JN172032

独ソ占領下のポーランドに生きて

祖国の誇りを貫いた女性の抵抗の記録

世界人権問題叢書 99

カロリナ・ランツコロンスカ 著
山田朋子 訳

明石書店

編者によるまえがき

「愛するもののために全力を尽くしたことが、特別な栄誉に値するとは思わない」[1]

カロリナ・ランツコロンスカ

本書の著者カロリナ・ランツコロンスカは、ブジェジェに源をおくランツコロンスキ家の末裔である。だが著者は、一四世紀まで遡る一族の歴史に対し、特権意識よりも責任感を抱いていたという。ポーランドのシュラフタ共和制時代、(2)ランツコロンスキ家の人々は積極的に政治に関わり、代議員や元老院議員に選出された。司教をはじめ、県知事、城代、スタロスタ（国王代官）といった聖俗の高官や、将軍や司令官となった者も多い。[3]著者は一八九八年に生まれ、二〇世紀を生きぬき、数々の歴史的事件を体験し、祖国ポーランドとその学問のために一生を捧げた。

一九世紀にランツコロンスキ家が落ち着いた場所は、ハプスブルク帝国の首都ウィーンである。四年議会の議員であり五月三日憲法(4)の支持者であったアントニ（一七六〇～一八三〇）は、第三次ポーランド分割後、ウィーンに移った。そこで彼はハプスブルク家の侍従となり、領邦議会議長に選ばれた。

彼の息子カジミエシ（一八〇二～一八七四）は元老院議員となる。その孫、つまり著者の父カロルは傑出した人物で、金羊毛勲章を受け、フランツ・ヨーゼフ帝の宮廷で侍従長に任命された。このように、一九世紀のランツコロンスキ家はハプスブルク帝国の多民族国家体制に組み込まれたのである。

著名な美術品収集家であるとともに美術史愛好家でもあったカロル・ランツコロンスキ（一八四八～一九三三）は、オーストリア＝ハンガリー二重君主国の盛衰を目の当たりにする。彼はガリツィア地方[5]やロシア領ポーランド王国[6]、シチリアに広大な領地を所有し、学問や美術品収集に大きな情熱を注いだ。ランツコロンスキ邸にある彼のコレクションは、ウィーンにあった最も素晴らしい私設画廊の一つであった。[7]カロルは三度の結婚、つまり最初の二回はオーストリアの女性、そして三回目はプロイセンの女性、リフノフスキー家出身のマルガレーテ（彼女の兄は第一次世界大戦時のロンドン駐在ドイツ大使［一九一二～一九一四］カール・マクス・リフノフスキー）との結婚を通して、「宮廷ならびに非常に排他的なオーストリアの貴族社会に馴染んでいたかのように見えた。」[8]彼はハプスブルク家の皇帝のもとにおけるポーランド人の自治に甘んじていたが、皇帝が逝去し、オーストリア＝ハンガリー二重君主国が崩壊するや否や、政治的幻想から抜け出した。彼はオーストリアやドイツの文化と強く結びついていたものの、戦前からポーランドの学問や文化の振興に心血を注いでいたのである。その活動により、独立後の政府からポーランド復興大綬章を授与された。カロルの死後、愛娘カロリナがベッドのサイドテーブルを片づけていた時、その背後に開かれたままの本を見つけた。それは、アダム・ミツキェヴィチ*の『パン・タデウシュ』であった。

カロルは子供たちに自分の政治的民族的傾向を押しつけることはなかった。三人の子供たち、アントニ*とカロリナ、アデライダはウィーンで教育を受けたが、ポーランドの文化や歴史に親しみを感じていた。第一次大戦中、ハプスブルク家の侍従長である父が皇帝の逝去に直面していた時、一八歳のカロリナは「旅団長」姿のピウスツキ*に憧れ、写真やパンフレット、鷲のバッジなどを集めていた。彼女は父がウィーンに建てた「ファニテウム」（最初の妻を記念して建てた療養所）で、ポーランドの傷病兵を看護していた時期もある。彼女の愛読書は、ステファン・ジェロムスキ*の『森の木霊』や『忠実なる河』であった。また、ユリウシュ・スウォヴァツキ*の詩を好み、暗唱していた。

　第一次大戦後、カロリナはギムナジウム時代に学問に情熱を抱き、ウィーン大学の著名な美術史教授マクス・ドヴォジャクの講義を聴講し始める。「スコットランド人向け」私立ギムナジウムを修了した（一九二〇年）後、ウィーン大学で美術史を専攻する。この進路選択は、幼少時から芸術に囲まれて育った彼女にとってごく自然なものだった。彼女はウィーンの邸宅にある絵画コレクションと、ヨーロッパの美術館を巡る旅行から大きな影響を受けていたのである。それまで夏季休暇に家族と訪れていたガリツィア地方のロズドウにある夏の邸宅には、先祖の肖像やポーランド絵画が所蔵されていた。屋敷の壁には、ヤン・マテイコやアルトゥール・グロットゲル、ユゼフ・ヘウモンスキ、ヤツェク・マルチェフスキ[9]らの絵画が並び、彼らはまるでランツコロンスキ家の「お抱え画家」のようだった。彼女は後に、ウィーンのネオバロック様式の屋敷では余り気分が良くなかったと回想している。「一年のうち約七か月はロズドウでの滞在を心待ちにしていた。私たちは通常、六月にロズドウに来て、ウィーンへ戻るのは一一月半ばだった。父と私の名前の日である聖カロルの日（父の誕生日もこの日）は重要で、ロズドウで祝うのが常だった。食堂ではその日、家族の伝統に従い、祝われる者の椅子が花で飾られた。」[10] 著者が木によじのぼったり木陰で子供らしい誓いをしたりした幸福な少女時代を過ごしたのは、ここロズドウだった。学生時代の著者は、公的支援が手薄なのを知り、「病人を援助して回った。」ウィーンに戻ると、美術史の講義を聞き、ミケランジェロの作品を学んだ。時折、父は娘の学生生活に不満を漏らした。「ルネサンスの女性たちは、教養はあったけれど、脇にカバンを挟んで朝八時に市電に乗ったりはしなかったよ。」博士号をとる前、カロリナは将来に迷いを抱いていた。他人のために尽くしたいという思いと看護や医療への興味から、看護学校を見学するためにワルシャワに向かったこともあった。

最終的に彼女が学問の方を選んだのは、ロズドウの医師タデウシュ・ラフスキの熱心で「他の人より賢い」助言を受けたためである。ドヴォジャク教授のもとで書いた論文、「ミケランジェロの『最後の審判』およびその芸術的系譜の研究」は、ドヴォジャクの死後、ユリウス・フォン・シュロッサー教授のもとで書き終え、一九二六年五月二六日にウィーン大学で美術史の博士号を得た。

一九二六年にカロリナはローマに長期滞在し、ルネサンス期とバロック期のイタリア美術についての研究に従事した。そこで収集した資料は後の学問的成果に結びついている。彼女はポーランド芸術アカデミー・ローマ支部で数年間、司書として美術史関係書に関わり、文献や写真資料を整理した。その中には彼女の父が寄付したものもあった。一九三三年に父カロルが没すると、ランツコロンスキ家の人々はポーランドのガリツィア地方の領地に戻って来た。カロリナはコマルノの領主となり、ルヴフに定住することになる。この決断には、大学職を得るという学問的動機も大きく関係していた。一九三四年にカロリナはルヴフ学術協会の会員となる。同年一〇月、彼女はルヴフのヤン・カジミエシ大学の委員会に美術史助教授資格審査を申請。委員会の認可により、彼女は大学で近代美術史の講義や演習を担当する。論文「バロック様式の発展を背景としたローマのジェズ教会第二礼拝堂の装飾」をもとにしたカロリナの助教授資格論文は、一九三五年一二月一三日に人文学部会議で満場一致で受理され、一九三六年一月一三日にヤン・カジミエシ大学委員会に承認された。[11] こうして著者は、美術史の分野で助教授資格を得たポーランド最初の女性となる。今や著者は、心からやりたかったこと、すなわち大学での学問の仕事に集中することができたのである。しかし彼女が常に口にしていたように、幸せは長く続かなかった。

＊＊＊

本書（原題『戦時の回想』）は、一九三九年九月の戦争勃発とソ連軍によるルヴフ占領から始まっている。著者カロリナは亡命することもできたが、勇敢な先祖と同様、戦う運命を選んだ。著者は外国の軍隊に占領されたポーランドを見捨てたくなかったのである。一九三九年と一九四〇年にかけて著者はまだ大学で美術史を教えていたが、かなり早い時期から地下活動に加わっている。非合法組織「武装闘争同盟」に著者が入隊したのは一九四〇年一月のことである。本書には当時の悲劇的な事件、つまりソ連奥地へのポーランド人の移送や拉致、無法状態、人々の絶望的雰囲気や無力さが詳細に描かれている。ルヴフの地下組織では密告により多数の逮捕者が出、一九四〇年五月に彼女はルヴフを離れざるを得なくなった。クラクフに着くと、著者はすぐに地下組織と連絡を取った。そして武装闘争同盟のクラクフ地区司令官タデウシュ・コモロフスキ大佐*のもとで、著者は様々な任務を遂行する。著者が訳したドイツ軍むけの道徳的内容のビラは町の壁に貼り出された。著者がとりわけ力を入れたのは、ポーランド赤十字での活動である。著者は志願看護婦として、捕虜収容所から解放された傷兵を献身的に看護した。それ以来著者は、「多数の死と葬儀」の目撃者となる。一九四一年後半、合法組織である「中央救護委員会」のもとで著者は総督府全域における囚人の救援を始める。著者はこの仕事に全身全霊であたった。著者がドイツ語に堪能なうえ貴族の出身であることや、断固とした勇敢な態度によって、ドイツ人への対応はスムーズに運んだ。著者が手配した刑務所への食糧調達や小包送付その他の救援活動は約二万七〇〇〇人の囚人に及び、多くの逮捕者の命を救った。

一九四二年一月、著者は中央救護委員会の職員としてスタニスワヴフに赴く。そこで著者はゲシュタポが行った大虐殺を知り、即座にコモロフスキ将軍に報告書を送った。同年三月に著者は中央救護委員会の支部代表となり、ドイツ当局に承認されたにもかかわらず、その活動は次第に疑惑の目で見られることになる。とりわけゲシュタポ高官ハンス・クリューガー*大尉に目をつけられた。一九四二年五月一二日、著者はコウォミヤでの中央救護委員会の会議中に逮捕され、スタニスワヴフの刑務所に送られる。著者の尋問にあたったクリューガーは、著者の毅然とした態度とポーランドへの愛国心の表明に苛立ち、著者が死刑になると思い、ルヴフ大学の二五人[12]の教授殺害に自ら手を下したことを彼女に告げた。こうして著者はそれまで隠されていた犯罪に対する最初の証人となったのである。クリューガーにとって誤算だったのは、ヒムラーに対してイタリア王家から外交圧力が入り、著者の死刑判決が覆されたことである。それから数日後の一九四二年七月八日、著者はルヴフの刑務所に移される。そこでSS警部のヴァルター・クッツマン*に聴取を受けた著者は、スタニスワヴフでの取り調べの経緯を話し、クッツマンの協力を得て一四ページに及ぶ報告書を書く。そこには、クリューガーがルヴフでの教授殺害を認めたことも含まれていた。この報告書はヒムラーに届けられた。著者を「ポーランドのショーヴィニスト（偏狭な民族主義者）」としてラーフェンスブリュック女性強制収容所に送った責任者がヒムラーであることはほぼ間違いない。一九四二年一一月二七日、著者はＳＳに連行され、ルヴフとポーランドを後にする。

著者はベルリンのアレクサンダー広場の刑務所に収監された後、一九四三年一月九日にラーフェンスブリュックに到着する。収容所での著者の番号は一六〇七六だった。国際赤十字の数回にわたる干渉の結果、彼女は特別拘留房に入れられる。この「特別扱い」を著者は屈辱的とみなし、自ら進んで一般囚人棟に移った。「そこには聞くに堪えない、考えられないような事実があった」と、著者はラーフェンスブリュックから出た後に書いている。本書には、女囚の生活が詳細に描かれている。彼女たちは病気や拷問、死に対する恐怖や不安を抱え、絶え間ない緊張を強いられていた。こうした極限状況の中で人間性を保とうとする不屈の精神を持つ女性たちがいた。彼女らは集会や講義、談話会を組織し、「名状しがたい野蛮で残虐な行為によって精神が傷つけられ壊されることを防いだ。」著者はこうした女性たちの姿を描いたのである。著者の美術史の講義には、「ウサギ」、つまり医学の人体実験に使われる女性たちも出席した。

終戦一か月前の一九四五年四月五日、著者は二九九人のフランス人女性とともに収容所から解放される。それは国際赤十字総裁のカール・ブルクハルト教授*による介入の結果であった。読者の脳裏にはラーフェンスブリュックでの最後のシーン、すなわち著者と女囚たちとの別れの場面が残っているだろう。著者は門を出る時、ジンクスに従って、収容所の方を見ながら後ろ向きに歩いて外に出た。

＊＊＊

著者はスイスで、ブルクハルト教授にラーフェンスブリュックの女囚の状況についての報告書を手渡した。そして体験したばかりのことをスイスの学術誌にフランス語とドイツ語で発表した（「ラーフェンスブリュックの想い出」Souvenir de Ravensbrück (*Revue Universitaire Suisse*, 1945, vol. 2), Erlebnisse aus Ravensbrück (*Schweizerischer Hochschulzeitung*, Jg 19: 1945/46, Heft 2)）。この頃、著者は本書の執筆に着手している[13]。その後イタリアに赴き、そこで共産主義国となったポーランドへの帰還を望まない第二ポーランド軍団の兵士らと会った著者は、新たな任務に就くこととなる。ヴワディスワフ・アンデルス＊将軍の勧めで、第二軍団の広報担当（後に中尉）として、軍団の約一三〇〇人の兵士を教えることになったのである。著者の豊富な知識や大学での経験は、ポーランド人兵士に、ローマやボローニャ、トリノにあるイタリアの大学で学ぶ道を開いたのである。後に、著者はイギリスとスコットランドでも同様の活動をした。

一九四五年一一月、著者はヴァレリアン・メイシュトヴィチ神父や亡命したポーランド人学者とともに、ローマに「ポーランド歴史学研究所」を設立する。この「小さな自由ポーランドの学問の拠点」で著者は、ポーランド文化発展のための出版活動や組織づくりに身を捧げた。この決断について、後に著者は次のように語っている。「祖国の運命によって、私は愛する美術史の研究を捨てる道を選びました。…その時の私はこれが正しいことだと思ったのですが、私の生涯で唯一の辛い自己犠牲となりました。私に求められたのはミケランジェロの研究ではなく、全く別の仕事であるポーランド文化への貢献でした。その時の私は、今は西欧の文書館でポーランド史の史料の研究と出版に全力であるべきだ、と思ったのです。」[14] ポーランド歴史学研究所で著者は、ポーランド史の年刊誌『アンテムラレ（稜堡）』（二八巻）、記念碑的な史料集『エレメンタ・アド・フォンティウム・エディティオネス（出版史料集）』（七六巻）、『アクタ・ヌンツィアトゥラエ・ポロナエ（在ポーランド教皇庁大使館史料集）』発行に貢献した。一九六七年に設立されたブジェジェのランツコロンスキ家基金がどれほどポーランド文化の振興に役立っているか、言葉に尽くせない。

著者カロリナ・ランツコロンスカはポーランドの学問と文化に生涯を捧げたが、いわゆる市民的愛国主義者ではない。一九九四年、彼女は一族の最後の一人として、父から受け継いだ第一級の絵画コレクションを、クラクフとワルシャワの王宮に「自由で独立の共和国に敬意を表して」寄贈したのである。その頃、月刊誌『ズナク（印）』はポーランドの優れた文化人に対し、『ポーランド的なるもの（ポルスコシチ）』とは何か？」という簡単なアンケートを行った。著者の答えは最も短かった。「『ポーランド的なるもの』とは、私にとってはポーランド民族に属しているという意識です。この意識の具体的証拠を示すことは可能でしょうが、その分析が必要かどうかはわかりません。」著者の活動の根底には、学問支援とともに、ポーランドの学術文化を永久に残したいという願いがある。

レフ・カリノフスキ、エルジヴェタ・オルマン

［追記］カロリナ・ランツコロンスカは、本書出版の翌年、二〇〇二年八月二五日にローマで没し、ローマのカンポ・ヴェラノ墓地に埋葬された。

独ソ占領下のポーランドに生きて

——祖国の誇りを貫いた女性の抵抗の記録

＊目次

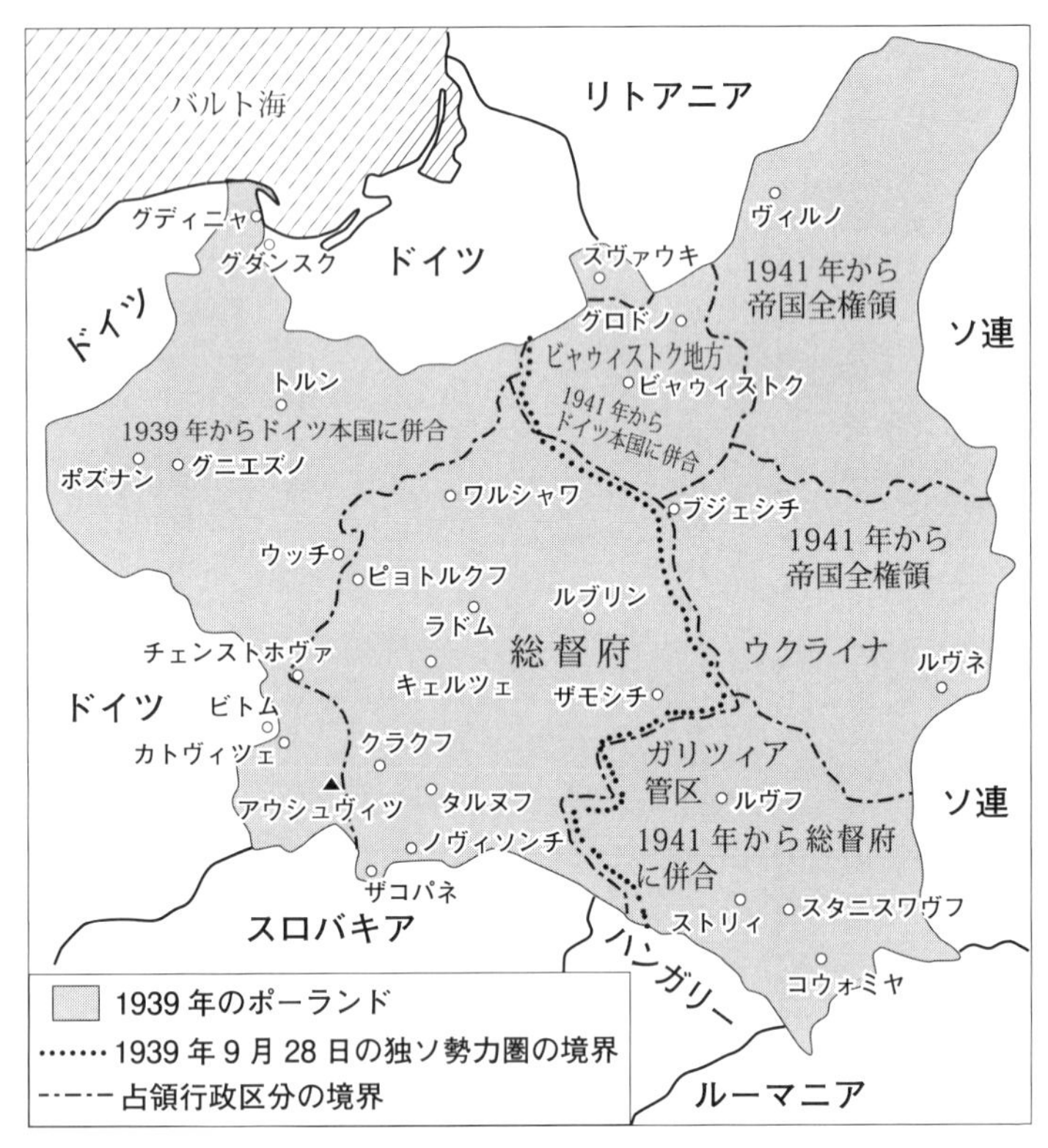

第二次世界大戦中のポーランド（1939～44年）

伊東孝之、井内敏夫、中井和夫編『ポーランド・ウクライナ・バルト史』
山川出版社、1998年、267頁より作成

はじめに

私の死後出版されるはずのこの回想録は、私がドイツの収容所から解放された直後の一九四五年から四六年に書かれたものである。[1] 当初、私はこれを英語で出版しようと考え、その一部を翻訳し、二つの出版社に持ちこんだ。するとその二つとも、「内容があまりに反ロシア的だ」という理由で断わってきた。数年後、別の二つのイギリスの出版社に持ちこんだが、ここでも断られた。今度は、「内容があまりに反ドイツ的である」という理由からだった。

この回想録は、何よりも私が第二次大戦時に経験したことの報告であるべきで、それ以上のものであってはならない。私よりもっと苦しんだ人々がいることは承知している。私はアウシュヴィッツにもカザフスタンにもいなかった。しかし、直接体験したこととの誠実な報告であるならば、その時代の実像に何かしら新たな事実を付け加えられると考える。

ここに書いたいくつかの事実は、現在よく知られ、より巧みに書いてある著作もあるけれども、私はほとんど書き直さなかった。内容の「簡略化」の問題は出版社の判断に任せる。なぜなら私には、五〇年以上前に書いたこの本を評価することも書き直すこともできないからである。私が出版社に出した条件とは、細部は省いてもいいが、この回想録が生まれた全体的な雰囲気は省かないでほしい、ということだけである。回想録の編集作業と出版を、レフ・カリノフスキ教授とエルジヴェタ・オルマン氏に委ねる。彼らが本書の何らかの部分を「省略」すべきかどうか、他の友人と話し合うことも可能である。

カロリナ・ランツコロンスカ
ローマ、一九九八年二月二〇日

第一章　ルヴフ
――一九三九年九月二二日～一九四〇年五月三日――

一九三九年九月二二日夜、ルヴフ[1]の町はソ連軍に占領された[2]。

その日の朝、私が買い物に出ると、数時間前に町に着いたばかりの赤軍の小さな一団が、もうあたりをうろついていた。しかし、一般市民はもとより、労働者ですら彼らを歓迎してはいなかった。ボリシェヴィキは幸福で誇らしい占領者には見えなかった。私たちが目にしたのは、青ざめた顔をし、汚い制服を着た男たちだった。彼らは不安そうで、警戒しつつもとても驚いている様子だった。彼らは、売れ残りの商品が飾られたショーウィンドウの前に長い間立っていた。彼らが意を決して店に入ってきたのは数日後のことである。店に入ると、彼らはにわかに元気になった。ある時、私の目の前で、一人の赤軍将校が赤ん坊の玩具のガラガラを買った。彼はそれを同僚の耳にあて、それがガラガラと鳴ると、あたかも初めてそれを見たかのように、二人して大声で喜び、無邪気に飛びはねた。そしてそれを買うと、満足そうに出て行った。あっけにとられた店主はしばらく黙っていたが、当惑したように私にこう言った。「一体これからどうなるんでしょうね。あの人たちは将校なんですよ。」

こうして私たちの新しい生活が始まったのである。私たちは冬の間、ボリシェヴィキがここに留まることを知った。それは、遠い春が訪れるまでは我慢するしかないことを意味した。私たちはラジオでヨーロッパのあらゆる放送を聞いては、「私たちが全く孤立しているわけではない。何が起こっているのかを知っているのだから」と何度も話しあった。ワルシャワがまだ抵抗していることを知った時には、とても羨しく思えた。その後ラジオを通じて、パリにシコルスキ*将軍を首班とする亡命政府ができたことを知った。ラジオと、発電所の修理後に街の一角に突如現れた拡声器からは、それ以外の情報も得られた。すなわちルヴフが「西ウクライナ共和国[3]」の首都となり、この国はソヴィエト連邦の幸福な構成員となるということである。「万国のプロレタリア、団結せよ！」という声を、初めてあちこちで聞いた。同時にラジオは、「貴族ポーランド国家」とその「かつての」軍隊について侮蔑的な情報を流した。家々の壁にはこれらの宣伝を風刺する落書きが描かれた。こうした占領直後の出来事から、ルヴフの労働者が新政府に反感を抱いたことは明らかだった。

その頃、あたかも地中から湧いて出たかのように、「ウクライナ地区委員会」が忽然と姿を現した。友人のゴウホフスキ家の邸宅が占拠され、彼らの本部となった。それは私的所有を否定する最初の占拠行動の一つだった。当時、所有者の子供たちによる物品持ち出しが難しかったため、私はすでに占拠されていた邸宅の屋根裏から、かつてオーストリア=ハンガリー二重君主国外務大臣だった故アゲノル・ゴウホフスキ*の燕尾服一一枚を苦労して持ち出した。私はこの高価な品々を、クラクフから来た人々の救援にあたる、いわゆるクラクフ委員会にただちに運んだ。委員会の責任者は、コット*とゲーテル*という二人の教授であった。あらゆる種類の男性の上着の需要がとても大きいのは明らかだった。前世紀に流行した幅広のカラーのついた威厳ある燕尾服に、すぐさま熱心な引き取り手が現れたのである。どうやら彼らはそれを必要とする方面の人々のようだった。

ルヴフの町はポーランド中からおし寄せてきた避難民で溢れ、一〇〇万近くまで人口が膨れあがっていたので、肩をぶつけずに通りを歩くのは難しかった。あらゆる乗り物が道路を塞いでいた。歩道では動くことすらままならなかった。何も考えずに逃げてきた数十万の人々が、おしあいへしあいしていたのである。道中、何度も爆撃を受け、一切の持ち物、時には身内を失ってここにやってきた者も多く、これからどうしたら良いのか途方に暮れているようだった。ボリシェヴィキによる占領後、ルーマニアに合法的に脱出するのは不可能となり、ハンガリーに脱出するのはさらに困難だった。それにもかかわらず、乗り物や徒歩で町を出る人々も多かった。だが、ルヴフに入って来る人々は、出てゆく人々より多かった。人々はひっきりなしにこう尋ねあった。「これからどうなるのだろう。」

難民の問題は、食料や宿泊施設の不足のために深刻化した。しかし状況は日ごとに改善された。農村から食料が届き、一部の人々は西部、つまりサン河の向こう岸のドイツ領となった地域に移り始めたのである。数日後、通りにひしめいていた群衆はめっきり減り、秋のルヴフの光景は新たな一団で彩られるようになった。その多くはフロックコートを着、毛皮の帽子をかぶった地主で、何とか町に避難所を見つけ得た人々である。彼らは、あちこちで虐殺が行われ、村々の「地主」が逮捕されたという最初の情報をもたらした。その頃、チョルトクフ近郊にある私の兄の領地ヤギェルニツァから管理人が来て、ボリシェヴィキの到着の一〇分前に、兄が妹と一緒にルーマニア国境に向けて出立したことを聞いた。兄と妹はその後ザレシチキを通過し、そこにいた多くの身内や知人に会ってから、ジュネーブに向かった。一方、農場にやって来たボリシェヴィキの長官は、兄の名を尋ね、「そいつを射殺する」と告げたということである。

私の領地であるコマルノ[4]についての最初の知らせは、忠実な女中のアンジャが届けてくれた。彼女は農民出身の素朴な少女で、重いトランクを引きずって来た。その後から彼女の保護者であるマテウシュ[5]が入ってきた。彼は七五歳の引退した執事で、堂々たるフランツ・ヨーゼフ風の頬髯をはやし、家を仕切っていた。私たちは挨拶を交わすと、アンジャはトランクを見せ、こう言った。「書類とノートを運んで来ました。中に全部あるかどうか、お確かめ下さい。」中身は全部揃っていた。そこには、私の八年間にわたる研究の成果で、印刷に回すばかりになっていた、ミケランジェロに関する草稿が含まれていた。「他のものもまだありますが、まずはご研究中のものをお持ちしました。それが最も大事だということは承知しておりますので。」ポーランド政府が国外に脱出した後[6]、コマルノの邸には農民たちが押し寄せ、目ぼしい物を盗っていった。その後ドイツ軍が来て、数日間邸に滞在し、入念に略奪してから、プシェミシル[7]に退却していった。それ以来、そこはウクライナ地区委員会の管理下におかれ、さしあたりソ連の影響は弱かった。

その時から、亜麻色の髪のアンジャは再び私と一緒に住むことになった。彼女はたびたびコマルノに行き、私や友人たちのために食料を調達してきた。また大きな危険を冒して、高価な品や私の様々な物を運んできてくれた。領地の農民や農場の使用人も頻繁に私の所に来て、何が起きているかを話してくれた。食料を運んできてくれる時もあった。ある時、チーズをもらったが、それを包んでいた紙が、私の蔵書にある一五世紀フィレンツェ絵画についての挿絵入りの本から抜き取られた、二枚のシートだったのを覚えている。

その頃、町にはさらに多くのボリシェヴィキがやって来た。彼らは女性を伴っていたが、彼女たちはとても醜くみえた。彼らは気に入った物をすべて買いあさった。どの店も彼らでいっぱいだった。前述した玩具のガラガラに似た光景は、日に何度も目にした。だが、彼らになじみのない品物が多かったので、使い方を間違えていることもしばしばあった。例えば、劇場に絹のネグリジェで友人と現れたり、尿瓶で花に水をやったりした。ソヴィエト連邦では欲しい物は何でも手に入るという噂のわりには、彼らは貪欲だった。ルヴフのある住民がソ連兵に、「ソ連にコペンハーゲンはあるかね」と試しに聞いてみた。すると彼らはこう答えた。「数百万もあるとも。」「では、オレンジはあるかね」「あるとも。いつでも山ほどあるが、今新しい工場をいくつも作っているから、もっとたくさんできるさ。」

私の勤めるルヴフ大学では、新しい支配者との初めての会見がかなり早期に開かれた。九月二九日、大学のコレギウム・マキシマム講堂に、教授や助教授、助手、学生、職員らが集まった。その数はとても多かった。演壇の上には、色鮮やかで巨大なスターリンの肖像画がかかっていた。これほど大きな肖像画に匹敵するのは、ビザンティンにある有名な肖像画だけであろう。しかし私たちの頭上にある人物像は、ビザンティン文化の古典的ルーツとは全く異なる気質を示していた。私はその容貌をぞっとする思いで眺めた。その後、いつでもどこでも、店でもレストランでも、街角でも路面電車の中でも、その顔を目にすることとなる。その容貌は、私たちとは根本的に異なっているように見えた。典型的な西洋人の顔には感情や思考がはっきりと表れている。しかし厚いヴェールで覆われたようなこの顔からは、思考や感情を窺い知ることはできなかった。その後、見慣れたとはいえ常に違和感を覚えるこの顔を眺めながら、私たちは、全く異なる気質の者たちに支配される現実を苦々しい思いでかみしめたのである。その時、ホールにソ連の高官、つまりルヴフのロシア人司令官が、ボリシェヴィキの上着を着た人物とともに入ってきた。後者は、背が高く太っているがとても知的な顔つきをしており、司令官は彼に敬意を払っていた。彼らは演壇に上がり、ロンシャン*学長と学部長たちを演壇に招いた。最初に、司令官が美しいロシア語で演説した。彼は集まった人々を歓迎し、「今後、紳士のみならず民衆も教育を受けることになるこの建物で、最初の会合を開きたいとかねてから思っていました」と述べた。次に、キエフ・アカデミー会員であるコルニイチュク*同志が登場した。

コルニイチュクは立ち上がってゆっくりと演壇に向かい、私たちに深々とした力強い声で悠然と語り始めた。彼は、この地方の方言とは少し異なる、キエフ訛りのウクライナ語で話した。彼は、真実と知識の偉大さについて、ポーランド文化がどれほど世界の文化に貢献したかについて語り、また、ポーランドの国民的詩人アダム・ミツキェヴィチ*に対して心から敬意を表した。さらに、人類を一つに結ぶ学問の力と価値について感動的に語り、大学、とりわけポーランド人とウクライナ人の二つの文化を融合するというルヴフ大学の使命について語った。わからない言葉があったにもかかわらず、この演説は私が聞いた最も素晴らしい演説の一つとして、いまだに思い出される。

コルニイチュクが演説を終えると、大学の新たな要人となるウクライナ人やユダヤ人、ポーランド人の共産党員たちが壇上に現れた。彼らは扇動的な文句を繰り返した。演説が大学からの旧「特権階級」[8]の排除に及んだ時、年配のクシェミェニェフスキ*教授が発言を求めた。彼は前学長で、一九〇五年の戦いに参加し、政治犯として投獄されたこともあった。彼の威厳ある姿が演壇に現れると、私たちは割れんばかりの拍手を彼に浴びせた。クシェミェニェフスキは振り返って学長に頭を下げ、「学長殿」と大きな落ち着いた声で呼んでから、コルニイチュクの方を見て、「アカデミー会員貴兄」と呼びかけた。それから聴衆に向き直って、「紳士淑女の皆さん」と呼びかけた。背の低い退屈な司令官には全く敬意が払われなかったので、彼は椅子の上で当惑していた。「たった今ご発言された尊敬すべき方（聴衆の中に座っていた当人は肩をすぼめた）は、特権階級を大学から排除したいとお考えですが、私はこう申し上げたい。もしも学問が真実と同様にただ一つならば、また、もしも階級の相違を認めないのならば、すべての人々、すなわち農民も労働者も、知識人も貴族もみな平等です。私は農民にも労働者にも、知識人にも貴族にも等しく教育を施すつもりです。私には学問と真実に貢献せんとする人々の出身階級に興味はありません。」クシェミェニェフスキは、反対者たちの甲高い叫び声を無視し、ホール全体を覆う喝采に包まれて演壇から降りた。次に司令官が、何が不都合なのか自分でもよくわからないような曖昧な表情をして立ち上がり、スターリンに送る電報の草稿を読み上げた。そこには屈辱的すぎない表現が慎重に用いられていた。「この電報を送るのに賛成の方は挙手をお願いします。」一、三〇〇人中、手を挙げたのは十数人だった。司令官は微笑み、「では、反対の方は？」もちろん、手を挙げた者は誰もいなかった。すると彼はにっこりとして、「電報の送付は承認されました」と宣言した。

　私たちは不快な思いで退場した。あたりは暗くなりかけていた。それでも私たちはなお、コルニイチュクの発言を聞いて、このルヴフのヤン・カジミエシ大学[9]が春までは、「滅亡した祖国の（ナウフラギオパトリアエ）救われた記念碑（エレプトゥムモヌメントゥム）」として維持されるだろう、という希望を抱いた。ところが、数週間後の同じ曜日の夜九時頃、コルニイチュクその人が二回目の演説をしたことを知った。それはウクライナ人の集会での演説であり、前回と同じく感動的なものだったが、ルヴフ大学からポーランド人全員を排除するという内容だった。

私たちは待ち続けていた。運命が私たちを見知らぬ方向に導いているようだった。私はその時、同時代の激変に立ち会うという歴史家としての好奇心で一杯だったと告白しなければならない。春までの数か月間、国全体が独立を奪われるのならば、私はソ連側にいることに満足した。こちらの体験の方がドイツ側より興味深いに相違ないからだ。また、共産主義では人間の尊厳について頻繁に論じているのに対し、ヒトラーはそれを否定し、人種という概念を代用していることも理由の一つであった。「向こう側」から入ってくる情報は、それを裏付けているようだった。私たちはラジオで、ドイツ占領地域では銃殺が多発し、ヤギェウォ大学の教授たちが逮捕され、強制収容所へ送られたことを知った[10]。この知らせに私たちは雷に撃たれたような衝撃を受けた。その後、ラジオはのべつ幕なしに、図書館や文書館を含むすべての文化施設が破壊され、あらゆる歴史的遺物が消滅したことを報じた。私たちは、「そのすべてが本当であるはずがない。報道の一部は反ヒトラー宣伝による嘘だ」という希望にしがみついた。中には、「ソ連は学問や文化を尊敬しているのだから、多くのものを救ってくれるにちがいない」と信じる者もいた。その印象は、大学が実際に開いていた時にとくに強かった。「全員、平常どおりに講義を行うべし」という勧告が出された。そこで、私たちは何もなかったかのように仕事をした。私も講義をした。だが、講義に来た学生たちはかなり風変わりだった。ポーランド人の若い男性は全くいなかった。隠れていたからである。学生たちは各々、本を借りたり論文指導を受けるために教員の住居に通った。講義にはかつて教えていた女学生たちが来た。彼女らは、「先生と過ごす数時間のおかげで何とか堪えられます」と言っていた。ポーランド人でない新しい学生たちは、当局から送られてきた者だった。私は以前の授業計画に従って、一四世紀のシエナ絵画について穏やかに講義していたので、新参者らは哀れにも、なすすべもなく数時間を過ごし、スクリーンに映るスライドではなく、目の前の空間をぼんやり眺めているだけだった。彼らは講師を見張るために来ていたからである。彼らはしばしば居眠りをした。ペトラルカの親友シモン・マルティニ[11]がどういう人物かを私が説明していた時、教室にはリズミカルな鼾（いびき）が響いていた。

大学の運営は、前年度に合法的に選ばれたロンシャン学長によって行われていたが、ある日のこと、キエフ大学教授のマルチェンコ*が新学長に就任した。マルチェンコは皆に、自分自身が労働者の息子であり孫であると言っていたが、それ以上のことは誰も知らなかった。だが、彼と常に一緒にいる同志レフチェンコは、彼より狡猾だった。レフチェンコは大学の「政治委員」だった。私たちの誰も「政治委員」とは何かよくわからなかったが、その称号は気にいらなかった。同志レフチェンコは私たちに興味を持っていた。私たちは履歴書のような用紙を受け取った。「出身階級」及び「発明の数」という二つの欄がことに重要だった。二つ目の欄には少し驚かされた。私はレフチェンコの秘書に、人文学者とりわけ歴史家にとって、発明が研究の目的ではないことを説明しようとした。彼女は驚いて私に目を向け、寛大な調子でこう言った。「仕方ないわね、同志。あなたに一つも発明品がないのならば、そう書かなければ。」

また、レフチェンコは私たちに、教授から用務員を含む大学の常勤職員の組合をつくるよう命じた。

数週間後、倉庫から食料がなくなった時、彼は用務員を組合から除名するよう要求した。こうしたやり方が私たちの社会感情にそぐわないと知ると、レフチェンコは苛立ち、こう言った。「あんた方の言う平等とやらは、我々のところにはない。」

この頃、新たな専門分野のために、ダーウィニズムやレーニニズム、スターリニズムなどの新しい講座が知らぬ間に次々と開設された。これらの講座はすべてキエフから来たウクライナ人教師が担当した。ある日、医学部が独立の「医学院」となり、大学のポーランド人教授の数が目に見えて減っていった。しばらくして、法学部や人文学部などの講座が次々と廃止された。やがて法学部には誰もいなくなり、人文学部でも毎日誰かが消えていった。

冬の初め、モスクワから教授の訪問団がやって来た。彼らは真面目で礼儀正しく、何人かは洗練された物腰ですらあった。歴史学部にはガルキン教授がやって来た。私は彼に学部長室に呼ばれた。が、彼と話すのは難しいことに気づいた。彼はドイツ史の教授でありながら、ロシア語以外は何も、ラテン語さえ話せなかったからである。彼は私の経歴や専門について聞いたが、何語で答えてもわからないようだったので、私は片言のラテン語を並べた。すると彼は頷くものの、ラテン語を一言も話さなかった。このやりとりの最中、クリウォヴィチ教授*が入って来たが、「会話」を聞くと笑いをこらえて出て行った。ガルキン教授は最後に私にロシア語で、「学部全体、とりわけ考古学と美術史を再編成しなければならない。博物館学芸員がいないからだ。あなたはできるだけ早くエルミタージュを訪れなければならない」と言った。数日後、ロシア人教授らは帰る時、何か困ったことがあったら連絡するよう、私たちに念を押して別れを告げた。彼らが出立すると、すぐに困ったことが起きた。ルヴフにロシア人教授らがいた間、ウクライナ人教授らはポーランド語を完璧に理解していた。ロシア人教授らは常に、教授の民族性も授業言語も重要ではないと言っていたからである。ところが、彼らがモスクワに帰るや否や、ウクライナ人教授らはポーランド語が全くわからないふりをしたのである。同時に、教員はウクライナ語での講義を強要された。私はそれを強要されなかった数少ない教員の一人であった。ウクライナ語習得の授業が組まれた。気の弱い者は要求に応じたが、多くの者はあいかわらずポーランド語で講義を続けた。

一九四〇年二月頃、我が歴史学部の新しい学部長にブラヒネツ*教授が就任した。毛皮の帽子をかぶり油脂の臭いのする靴を履いた彼は、私を学部長室に呼び、「バロック、ルネサンス、ルネサンス、バロック」というタイトルの講義を提案した。この奇妙なタイトルは、ブラヒネツ教授がバロックとルネサンスのどちらを前におくべきかわからないことからつけられたようだった。後になって私は、ウクライナ人女学生の一人が私の身の安全のために、私が講義をもらえるよう努力してくれたことを知った。ソヴィエトの連中に勧められた講義を担当して、解任された者はいなかったからである。ブラヒネツ同志はラテン文字さえ満足に読めないようだった。いずれにせよ、彼は学部長でいた間、一度もラテン文字で書かれた本を読んでいなかった。レーニズムとスターリニズムの教授であった彼に、それは必要なかったのである。

教授の解任と同時に、その研究室も消えた。唯物論的でない本や、ソ連に協力的でない本（そういうものは数多くあった）の多くは禁書の中に入れられ、そこからポルノ書籍の管轄下に移された。

少なくとも当面は、大学に職を持っていることが身の安全と住居の二つを保障してくれた。それがわかったのは、赤軍大佐のパヴリシェンコ同志と会った時である。一九三九年一一月一九日、私のフラットに赤軍大佐が現れ、部屋の一つを占拠した。私は彼に、「私の家には九月の爆撃で住居を失った家族がすでに住んでおり、残りの部屋は大学職員である私が養女（アンジャのこと）と暮らし、蔵書を置くために使う権利がある」と説明した。だが、何の役にも立たなかった。彼は家に入り込み、居候となった。[12] 私が家にいる時はたいてい彼は静かに座っていたが、私が出かけるや否や狂ったようになった。最初の夜、彼は妄想につかれたように部屋を歩き回っていたので、隣の部屋にいる私とアンジャは、大きなフライパンで武装し身構えていた。夜中の二時頃、彼は家具を全部自分のそばに寄せ、私の部屋へと通じる扉の傍らにバリケードを築き始めた。おそらく彼は、ルヴフの労働者の住居を占拠したソヴィエト兵の何人かが夜間に殺されたという話を聞いて、不安を覚えたのだろう。彼の行動は私たちを落ち着かせ、彼の神経も緩んだとみえて、間もなく大きな鼾が聞こえてきた。そこで私たちも泥のように眠りこんだ。朝になると、新たな騒ぎが起きていた。彼は守衛から私のことを聞き、家に入るなりアンジャに大声で、金の家具を出すよう要求したのである。彼はアンジャに、私のような「地主」が戦前、金ピカの家具を持っていたことをよく知っている、と言った。彼は私に、「お前がここにあるようなみすぼらしいがらくたに囲まれて住んでいたと信じるほど俺は馬鹿じゃない」と言った（私の家具は古いイタリア製だった）。彼は私の部屋に入り、蔵書を眺めた。そこにはイタリア語の本が多くあった。彼は真っ白な歯を剥きだしてこう叫んだ。「ファシストの蔵書だ！」ちょうどその時、私は家に戻り部屋に入ったところだった。パヴリシェンコは私に、「お前を逮捕する」と言った。私は姿勢を正し威厳をもって、「大学に行かねばならないので、今は無理です」と応じた。

すると彼は少し落ち着いて、「いつ戻るのか」と聞いたので、午後三時頃に戻ると約束した。しかし私はもちろん戻らず、アンジャの三人の兄が私の代わりに彼を出迎えた。彼らはこの地方の農民で、今はルヴフで労働者をしていた。パヴリシェンコは三人の逞しい若者を見て青ざめたことだろう。兄たちは大佐に、「もし髪の毛一本でも妹にふれたなら容赦しない」と言った。一番下の兄は、大佐が「絵本の中の虎」のようだったと言ったが、この譬えはぴったりだった。私たちは家から大事な物を持ち出し、知人の家に数日間、置かせてもらった。

しかし、大佐と一緒に住むのは全く不可能なことが明らかになった。パヴリシェンコは自分に関心のない物をすべて壊そうとしたのである。彼は台所からこまごました道具をすべて捨て去った。とくに心配だったのは、下水道の配管である。アンジャは私に、「彼が便器の中で髪を洗っている」と言った。その翌日彼は、「サボタージュした」と言ってアンジャを銃で追い回した。彼は便器の中で頭髪を洗おうとして鎖を引っ張ったが、水が流れ続けないため上手く洗えず、癇癪を起こしたのである。私が外出する時は、アンジャを家に一人で残さないようにした。若く美しい女性がいつ危険な目に遭うかわからないからである。私たちが帰宅すると、何かしら新たな事件が起きていた。そこで私は軍の検察局に行き、占拠者とのいざこざを訴えようとした。友人らは肝をつぶした。「検察局なんかに行ったら最後、あそこから出られないよ。」だが私はパヴリシェンコとのいざこざが終るまで待つつもりはなかったので、アンジャや間借り人らと一緒にバトリ通りの検察局に出向いた。

検察官は私たちの話を注意深く聞いた。ウクライナ語を上手に話せるアンジャが、賢く勇敢に話を運んだ。検察官は私たちに、家で陳述書を書いて翌日持って来るよう命じた。そこで私は陳述書を書き、間借り人たちがウクライナ語に訳した。翌日、検察官は再び私たちに会見し、また「明日」来るよう命じた。五回目に私たちが出向く時、友人たちはまるで永の別れでもあるかのように私に別れを告げた。私は戦前の所有状況を含む詳しい個人情報を書かされた後、家に戻って回答を待つよう命じられた。夜になって新しい事態が起きた。フラットの扉に、「大学教授が居住するため、此処の占拠を禁ずる」という紙が張られたのだ。アンジャと間借り人たちは玄関ホールにいて、私の姿を見ると口々に、少し前ここにパヴリシェンコと副検察官が来たこと、パヴリシェンコは武器を没収され、将校の印を剥ぎ取られ、頭には一般の兵士がかぶる安っぽい帽子をかぶっていたことを話した。副検察官は彼に、私物を持ち去るよう命じ、怯えている女性らに向かって、パブリシェンコ同志は赤軍の名誉を汚した罰を受けること、これ以降「女主人（ハジャイカ）」は静かに研究を続けられるだろう、と請け合った。

しかし、残念ながら、ソヴィエト兵に住居を占拠された多数の人々が、彼らを追い出す方法を知りたいとやって来たために、静けさは訪れなかった。

「ウクライナ地区委員会」の後にやって来たのは、より悪質な人々だった。ルヴフの軍事占領期間が終り、ソ連の「内務人民委員部（以下ＮＫＷＤと略す）」[13]が支配権を握ったのである。町の雰囲気は日に日に変っていった。真新しい茶色の皮のコートを着た人民委員か、紺色の帽子を被った民警が、「反革命的見解」を持つと疑われた人物の住居を、時間にお構いなく訪れた。私はとくに彼らに悩まされた。私は「地主階級」と登録されていたが、大学にいるおかげで人権を侵害されない議員のような立場だったからである。このことは彼らをひどく苛立たせた。「お前は戦前何をしていたのか？」と彼らは皮肉をこめてこう聞いた。「今と同様、大学で教えていました。ただ、戦前は落ち着いて本を書くことができました。今は講義の準備さえもできません。あなた方が毎朝銃底で私の家のドアを叩き、中に入って座り込み、毎日同じ質問をし、全く仕事をさせてくれないからです。ソ連では学問に対してとても配慮していると聞くのに。」「おまえは伯爵なのだろう。」「そちらではどうか知りませんが、ポーランドでは違います。」「ポーランドに伯爵はいないと言うのか？」「憲法にそうした称号はありません。」「憲法」という聖なる言葉を聞いたとたん、彼らは仰天した。私は自分の身分証明書をみせた。もちろんそこに称号はなかった。「本当にない！　でもお前の父親はそうなのだろう？」「私の父は芸術のパトロンです。」私の間借り人たちもそれを肯定したので、彼らはがっかりした。「ＮＫＷＤの本部に来い」というので、私は出向いた。そこでも同じ尋問が再現された。「芸術のパトロン」という言葉はとても役に立った。誰もそれが何のことだかわからなかったからである。しかしある時、それを知っている委員がいた。彼は毛皮の帽子を被った大柄な農民だった。彼は歯を剥き出して笑い、私にこう言った。「お前らが代々伯爵だったことは知っているぞ。」「祖父や曽祖父はそうでしたが、ポーランドでは違います。なぜなら憲法ではそうした称号を認めていないからです。」そしてまた、同じやりとりが続いた。

政治状況も目まぐるしく変わった。ソヴィエト連邦の憲法では、各共和国はソ連へ帰属するかどうかを自由意志で決め、それを承認してもらう手筈になっていた。そのため、ポーランドから「解放」された西ウクライナ共和国は、ソ連への帰属を望む民意を表明しなければならなかった。そこで、国民投票が公示され、選挙キャンペーンが展開された。[14] フランスにいるポーランド亡命政府はラジオで、この地域に居住するポーランド人に、投票に行くよう呼びかけた。投票しなければ住民が危険に晒されると亡命政府が判断したためである。それはとても残念なことだったが、私たちはほぼ全員、投票に行った。私の場合、私の苗字の綴りに誤りがあったため投票用紙がなく、投票しなかったが、それは偶然にすぎない。投票日の夜一一時（投票は一一時までできた）、民警が私の所に、「何故お前の夫は投票に行かないのか」と、恐ろしい形相で怒鳴り込んできた。私が未婚だということがわかると、彼らは大声で笑って出て行った。

その後、二回目の投票が行われた。めでたくソ連に迎えられた西ウクライナ共和国は、その代表を選ぶことになったのだ。経歴入りの候補者の写真が家々の壁に貼られた。ルヴフの候補者の中に、ストゥディンスキー*教授がいた。彼はウクライナ文学の優れた研究者としてオーストリアで特別栄誉教授となった素晴らしい学者だが、残念ながら戦前のポーランドで敵視され、通常の教授に降格されていた。ポーランド亡命政府は今回の選挙でも前回同様、投票するよう呼びかけたので、私たちは皆投票に行った。抵抗が無意味だとわかっていても、こうしたやり方は不快だった。投票は秘密で、民警の監視のもと、アンジャと私は前もって渡されたカードをカーテンの後ろにある投票箱に投じた。人民の意志は明らかとなり、憲法の目的は達成された。

その頃、私たちの周囲はさらに息苦しくなっていた。日は短くなり、冬の寒さがやって来た。この年の冬は並はずれて寒く、自由を失った辛さが骨身にしみた。ルヴフの街路脇に積み上げられた雪の山が徐々に高くなるように、逮捕者の数が増えていった。逮捕者には若い男性が多く、ルヴフのブリギトキ監獄は彼らで一杯になった。それとは別に、ある日突然、少年たちが跡形もなく姿を消した。彼らが消息を絶ったのは、学校で愛国的な歌を歌った直後のことである。その時、不吉な噂が流れた。

「少年たちはロシアに連れて行かれた」という初めての噂だった。ミツキェヴィチの『父祖の祭り』第三部[15]の場面と一字一句同じだった。違うのは、連れて行かれる多くが子供だったことである。その後、連行される大人も増えていった。少年たちの失踪後、鉄道の線路沿いに走り書きのメモが残されていた。そこには、「僕たちはロシアに連れて行かれます。戦争が終わったら、どうか僕たちのことを思い出して下さい」とあり、署名が続いた。教師たちは連行されなかった。戦争初期に姿を消したのは、レオン・コズウォフスキ*とスタニスワフ・グラプスキ*、そして共産党の検察官のルドヴィク・ドヴォジャクである。それ以降は、しばらく何もなかった。もっとも、占領直後には多数の将校が逮捕された。その中には、コジェルスクやスタロビェルスクから便りをよこした者もいる。彼らが集団でいるようなので、少しは楽だろうと思っていたのだが（彼らは後にカティン[16]で殺されることになる）。

連行された者の中には親しい人々もいた。ある日曜日のこと、私は助手と一緒に、食べ物を持って旧「保険協会病院」に出かけた。そこには傷病兵が収容されていた。ロシア人は見舞いを許したが、面会者を記録し、会話を盗み聞きながらベッドの間を巡っていた。痩せこけて空腹のルヴフの人々がそこにいた。彼らは食べ物を自分で食べずに、患者のもとに持ってきた。患者が回復するとどこかへ連行されるとわかっていたので、患者がルヴフにいる間できるだけのことをしたかったのである。あるホールに、小部屋へと続く扉があった。患者も面会人もその扉が開くたびに、扉に目をやっていた。「あそこには何も持って行く必要はありません。すべて揃っているのです。怪我人は重症でしたが、回復しつつあります。彼がもうすぐ連行されることは確かですが、どうすることもできません」と、助手が私に囁いた。突然、助手は、私が誰のことを指しているのかわからないことに気づき、こう付け加えた。「あそこにいるのはアンデルス将軍*です。」
その頃、町の外観も変化していた。ポーランド語の街路名はウクライナ語に変えられ、商店や工場からポーランド語の看板が消えた。ポーランド人店主は店を没収され、自分の家の一部屋だけに住むことが許された。建物所有者も同様だった。彼らは不動産のみならず、家財道具などの動産も奪われた時、「憲法で私的所有権が認められている」と主張したが、返ってきたのは次のような答えだった。「憲法が機能するのは秩序ある場所だけだ。我々はまず、ここで秩序をつくってから、憲法を適用する。」

自由業で、最初から最良の待遇を受けたのは医師である。彼らの住居はそのままにおかれた。医師はソヴィエト兵や彼らの子供たちを治療した。子供はしばしば危篤状態に陥った。子供たちの間では骨肉腫の発生率がとりわけ高かったのである。奇妙なことに、健康な子供も子供らしくなかった。彼らは笑ったり走ったりせず、固く青ざめた表情で通りを歩き回り、計り知れない悲しみと諦めをたたえた目に絶望的な疲労を浮かべていた。店のショーウィンドーを見る目も虚ろだった。

事実、ショーウィンドーは空で、商品があった場所にはスターリンの肖像が掲げられていた。古道具屋だけには物が増え、美しい品物が飾られていた。ルヴフ市民が生きるために、伝統ある貴重な品々を売り払っていたのだ。それはとても辛いことだった。食料品のみならず、あらゆる商品は通常の店以外の場所でしか手に入らなかった。その一つが、町の中心にあるミコラシュ・アーケードであった。私はそこに定期的に通い、多くの時間を費やした。そこで薬や注射、脱脂綿や綿布、様々な種類の包帯を買ったのである。「何か起こるにちがいない」[17]春に備えるために、真っ先にそうするべきだと思ったのである。怪しげな売人は、赤軍に没収される直前、薬局からこれらの商品を奪ってきたのだろう。私は買った物を自分の家や知人の家に蓄えた。何かの役に立つと思ったからである。もちろん、このことは絶対秘密にしていた。ある日、私の家で、友人で彫刻家のヤドヴィガ・ホロディスカ*に手伝ってもらい、絨毯の上に大量の包帯を広げていると、彼女の友人で陸軍大佐の妻のレーニャ・コモロフスカ*が入ってきた。私は彼女のことをよく知らなかったので、誰かに告げ口されるかもしれないと思い、不安を感じた。

数か月後、民警がアーケードに目をつけ、そこにあったすべての店を二度にわたって閉鎖したので、私たちはルヴフのユダヤ人街にあるスカルプコフスキのビルの裏手に移ることにした。そこは大きな広場で、大量の雪と泥に覆われ、ならず者から上層の文化人に至るまであらゆる人々が行きかい、必要な物も不用な物もすべて売買することができた。そこには家具も、自動車その他あらゆる機械の部品も揃い、ドルの闇市場もあり、絵画やカーテン、布団や毛布、シーツや枕（新品や中古品、汚れた物も）、男性用ズボン（新品や古着、破れた物、繕ってある物もない物も）、男女の衣服のあらゆる部分、様々な衣服（夜会服から花模様の部屋着まである）、鍵や釘、陶器（割れた物も）、ボタンやピン、本物や偽の銀器、医療品や楽器、ウェルズの探偵小説の翻訳書まであった。

これらすべてがもの凄い喧騒と人ごみの中で売買されていた。私が姿を見せただけで、医療品の売人がたちまち傍にやって来た。彼らは私を「先生」と呼び、「じきに品物がなくなるから、商品を患者に高値で売るといい」と忠告してくれた。別の商人は手錠を売っていた。手錠は幅広の新品で、商人の肩にかけられていた。ある売店には、マンドリンのかたわらに、病人用の黄色いゴム輪が吊り下げられていた。私はこの恐ろしい悲劇的な光景を何年間も忘れられなかった。それは、東方世界がルヴフに押しよせてきたことを示す光景であった。

一九三九年一二月二一日、ポーランド通貨のズウォティを無価値にするという命令が出され、商業的投機的なあらゆる活動に終りがきた。私たちは皆、何もせずに数時間立ちつくしたままだった。ショックは大きく、町は不安に包まれた。何も知らぬ人々は店に入り、商品を買おうとした。「ズウォティは使えない。ルーブルを持っているか」と店主に聞かれた者は、ぎょっとしたまま店から追い出された。ある者は市電に乗り、運賃を払おうとしたが、ルーブルを持っていなかったので、降りるよう命じられた。誰も、何も理解できなかった。「どこで、いくらでズウォティをルーブルに換えられるのか？」「換えられる所はどこにもない。ズウォティは価値を失った。」当時、ルヴフのポーランド人のほとんどはルーブルを持っていなかったので、ロシア人のもとで働かねばならなかった。クリスマス・シーズンは最悪だった。その後、闇の両替のおかげで、状況はある程度改善された。ユダヤ人らがズウォティを買ったためである。「向こう側」つまりドイツ領ではズウォティがまだ通用していたのだ。彼らはわずかなルーブルと莫大な額のズウォティを交換した。

クリスマスはとても辛かった。金銭が不足していたためだけではない。情報が全く入ってこなかったからだ。「こんなことが長く続くわけがない」と信じていたにもかかわらず、全世界を覆っていた静寂は私たちを意気消沈させた。私たちは東方でヴェイガン将軍*が戦っていることに希望を抱き、「春になれば連合軍が中近東からドイツに進軍するだろう。その時は必ず、ボリシェヴィキも『自動的にここから出て行くだろう』」と信じていた。「この状態はもう少し続くだろう」と語る人々もいたものの、私たちはそれを一瞬たりとも疑わなかった。

良い知らせが何もなかったので、驚くような予言がばらまかれた。人々はそれを書き写し、家に置いていたので、家宅捜査のさいそれが重大な証拠とされた。最も流行ったのは、「四年戦争」についての韻を踏んだ予言である。時には噂を流す人々が不安を感じたためか、「ヨーロッパの戦争とくにポーランドで始まった戦争はそれほど長く続かない」とされたが、その予言はこう約束していた。『鉤十字は槌と共に落ち』、ポーランドは海から海へと至る国土を持つことになろう」と。冬には、聖人アンジェイ・ボボラ[18]の予言とされるものが出回った。それは、ロシア人は一月七日か九日にポーランドから出て行くというもので、学校で騒ぎ立ててそれを広めた子供たちは、そのかどで逮捕された。ヴェルニホラの予言[19]も新たな「お告げ」で私たちを戸惑わせた。予言に抗うのは難しかった。人々にとって予言は、断つことが難しい麻薬のようだったからである。

フィンランドとソヴィエトの戦争[20]も、私たちにソ連が弱いという希望と確信を抱かせた。そのため、フィンランドの降伏には大変失望させられた。ドイツ領となったサン河の向こう側のニュースも恐ろしいものだった。ラジオはひっきりなしに、ポモージェ地方やポズナン地方からの総督府へのポーランド人の移送について報じていた。総督府とは、ドイツ人がポーランド人に居住を許した地域の名である[21]。ラジオは、老人や女性、子供らが何も持たずに、極寒の中、ポーランドの町や村から追い出されたと報じた。彼らは一週間あるいはそれ以上、移送された。時には、遺体を貨車から降ろすことも許されなかった。私たちは慄きながらそれを聞いたが、理解してはいなかった。自ら経験しなければ、何もわからないものである。

私たちはずっと、西側世界はこちらで何が起きているのか知らないでいると思っていた。それはとても残念なことだが、ある偶然の出会いに喜んだことがある。詳しい日付は覚えていないが、その冬のある夜、私はスピンスキ通りの教授会館で頻繁に開かれていた会合からの帰り道、ドウゴシュ通りを足早に歩いていた。歩道と車道は雪でできた土手で隔てられていた。私は街灯の下を歩いていた。その光は私を照らしていたのだろう。一台の橇が止まった。橇にいた毛皮を着た男性が立ちあがり、手を振って私の注意を引こうとした。御者の横にはトランクがあった。興味を覚えた私は、汚れた雪の塊を跨いで車道に出た。橇にいたのはヴァツワフ・レドニツキ*教授だった。彼は私に洗練されたフランス語で、「トランクを失う危険性があるので、橇を降りて別れを告げられない」ことを謝った。そして彼は、「今晩、クラクフに向けて出立する」と話してから、声を潜め、何と、「そこからブリュッセルに向かう」と言ったのだ。私は早口で彼に、「それはとても嬉しいことです。あなたならここで何が起きているのか西側に知らせることができますね」と言った。彼が私の計画を聞いたので、私は大学に残ると答えた。橇が動いた。「楽しいご旅行（ブォン ヴィアッジョ）を！」と私は叫んだ。「楽しいご滞在（ブォナ ペルマネンツァ）を！」という彼の声は、遠くから聞こえてくるような気がした。

単調で重苦しい日々が続いた悲劇的な年の最後の夜、個人的なある事件が起きた。家の前に一九台ものトラックが停まっていたのだ。その中の一台には、私たちの建物の地下室にあった石炭が積まれていた。民警が、建物にある石炭を「国有化」するため全部押収せよ、という命令を受けてやって来たのである。その石炭は戦前、私たちの建物の住民が共同で購入したものだった。私はアンジャがいないことに驚いた。しばらくして、彼女が息を切らしながら走ってきた。「検察官の所に行ってきました。石炭を取り上げるのは禁止だということです。」彼女は遠くの方からそう叫んだ。私は建物のもと所有者の住居に行った。彼は警備兵に外出を禁じられ、脅かされて奥の部屋に座っていた。私はまだ何もとられていないのを確認すると、建物にあるすべての住居のドアを拳で叩き、女性たちに外に出るよう呼びかけた（寒さは厳しかった）。フランス革命時にパリの女性が最も過激だったことを思い出し、その例に従おうと思ったのだ。「まさに革命ですよ。女性は通りに出て下さい。」数分後、十数人の女性が階段に姿を現した。私は、石炭の押収は禁止だとアンジャが検察官から聞いて来たこと、通りに出てできるだけ大きな声で叫び、助けを求めなければならないことを話した。女性たちは同意した。彼女らの背後から、私たちに驚いた男性が三、四人出てきた。私たちはあらんかぎりの大声をあげ、地下室に駆けつけた。そこには石炭を持ち出そうとしている民警がいた。彼らは私たちに気づき、叫び声を聞くと驚いて、流暢なポーランド語で、私たちに「落ち着くように」と言った。その時、通りがかりの二人の少年がこう言った。「女の部隊をつくれば、ポーランドが復活するのにな。」この言葉を聞いて勢いづいた私たちがさらに騒ぎたてたので、民警は地下室から出て行かざるを得なくなった。私たちの周囲に人だかりができたので、制服を着た一人のボリシェヴィキがやって来た。私たちは彼に、民警が法を無視していること、石炭は「全住民ソユーズ」の所有なので「共産主義的」であることを説明した。ボリシェヴィキは権力を行使して、民警を追い払った。数分後に彼が戻ってみると、民警は一人もおらず、トラックもなかった。石炭を積んだ二台のトラックは、騒ぎが始まる前に走り去っていた（私たちがこのことを悔やんだのは、石炭が不足した三月になってからである）。大晦日のその日、私たちは叫び疲れて暖かい部屋に戻り、勝利に酔って休んだ。

一九四〇年は私にとって記念すべき年となった。一月二日、私は「武装闘争同盟（以下ZWZと略す）」[22]のメンバーとして入隊の宣誓をしたのである。かねてより私は地下軍事組織への参加を望んでいたが、心を決めかねていた。地下組織は雨後の筍のように多かったものの、そのほとんどが党派的なものだったからである。ZWZがフランスにあるポーランド軍司令部に属する軍事組織だということがわかった時にやっと、私はそこに参加する努力を始めた。そして一月二日にヴワディスワフ・ジェブロフスキ大佐*が手に持つ、キリスト像のついた十字架を前に入隊の宣誓をしたのである。

その日から二年半の間、私は宣誓の意味について考え続けた。抵抗運動に従事する者は誰でも、たとえ自分が重大な任務を果たせなかったとしても仲間の誰かが引き継いでくれると考える。抵抗運動の存在は私たちの忍耐の源であった。絶え間ない危険ゆえに、多くのポーランド人が抵抗運動に心地良さを感じていた。勇気そのものは賞賛に値する。私たちは皆、勇気によってもたらされる素晴らしい瞬間を称える。勇気は戦火の中の友情を鍛えてくれる。だが、地下活動には別の側面もあるのだ。作戦は基本的に短期間のうちに果たされねばならない。その準備には機転と慎重さが不可欠である。しかし準備した後に作戦を成功させるには、勇気が必要である。ZWZの後身である「国内軍（以下AKと略す）」[23]の活動は数年間続いた。組織には問題のある人々も含まれていた。虚栄心が強く、自分は誰も知らないようなことを知っていると自慢するような人々である。自惚れや高慢さは多くの不幸をもたらす。また、善悪にかかわらず、軽率な判断をする危険性を生む。軽率な判断はとても多く、人を英雄か裏切り者かのどちらかに判断したがる我々ポーランド人の極端な気質のもとでは、それはとくに危険だった。気の弱い人々は性格が歪み、嘘をつくことに慣れ、不実な行為や相互不信が生じるのだ。不規則に仕事をし、待つだけで数週間を無駄にする人々もいた。こうした人々はとりわけ若者にとって害となる。彼らは、弛みない努力や規則正しい仕事の継続に悪影響を与えるからである。

　こうした活動家は後になって、自分の手柄を吹聴することだろう。一方、名を隠し、寝る所もなくさまよい、昼も夜も敵に追い回され、食べる物も着る物もなく、森や汚れた地下室を這い廻りながらも英雄譚に出てくるような偉業を成す人々について、語られることは稀だろう。

　しかし一九四〇年一月二日当時、私はそうしたことを全く知らなかった。わかっていたのは、私が隊員として認められ、活動するということだけだった。はじめのうち仕事が全くなかったので、私はラジオのニュースをチェックし、要約した。[24]私の家には数日ごとに地下組織の将校たちが集まり、他のグループへの報告や打ち合わせをしていた。当時私が連絡をとっていた人々の中に、とくに記憶に残る人物がいる。それは、聖マリア・マグダレナ教会の教区司祭、ヴウォジミェシュ・チェンスキ*神父である。彼は仲間の中で最も強く固い意志を持ち、最も怜悧だった。ある時、私がした内緒話に対して、彼が驚くほど激しい反応をしたことを憶えている。もう一人は、私の家で開かれる会合に通っていた、暗号名「コルネル」*という背の高い少佐である。私は彼の容貌に、ぞっとするような強い嫌悪感を覚えた。私は彼と握手することさえ辛かった。数年たった今、その頃のことを思い出すと背筋が凍る思いである。その会合は同じ場所、つまり、危険な階級出身である私の家で、定期的に開かれていた。台所には出口がなく、常に警察の監視下にあった。もちろん、私は定期的に居住地を届け出ていた。それだけではない。地下組織の地区司令官ジェブロフスキ大佐が何日か私の家に滞在していた時もずっと会合は開かれていた！　それらを思い出すと、私たちが無事だったのは単に運が良かっただけで、理性的に行動したからではないという結論に達する。

その頃、政治状況が少しずつ明らかになってきた。ソヴィエト連邦に属する共和国は、憲法によってかなり大きな自治権を与えられていた。モスクワが扱うのは、外交問題と軍事問題、そして「革命の安全」問題のみだった。その他のことは「連邦に加盟したソヴィエト共和国政府」に任せられていた。私たちの場合、それはウクライナ共和国の首都キエフを意味した。私たちは常に、日常生活で私たちを支配しているのはモスクワではなくキエフ、つまりロシアでなくウクライナであること、一七世紀のフメルニツキの乱[25]以来続くウクライナとポーランドの歴史的確執がいまだに尾を引いていることを実感していた。ポーランドにはヴワディスワフ四世以来、東方から何度も野蛮な人々が攻めてきた。彼らは社会的スローガンを掲げ戦いを挑んできたが、それは自らにない文化への嫌悪とコンプレックスに裏打ちされたものだった。その文化とはポーランドのものであったから、ポーランド的なものすべてが攻撃の対象となるのである。

ルヴフでは、日常生活に関する限り、共産主義やロシアの帝国主義よりも、単純で時には粗暴なウクライナのナショナリズムの方がはるかに影響が強かった。

反面、このモスクワの帝国主義は私たちに（主にラジオを通じて）、ロシアがポーランド全土を征服し、「ポーランド人を苦しめている」国境が消える日が近いことを約束していた。戦前はロシア人も素晴らしい学問や文化を有していた。いまやそれらは血の海の中に消え去った。ある学問分野は再建されたが、文化は違う。伝統なくして文化はありえない。モスクワの人間はこのことを非常によく知っている。だからこそ、学者たちは尊敬されるのだ。ただし彼らの研究が、階級闘争の概念や唯物論およびロシアの帝国主義的原則に反しない限りにおいて、である。

その頃私たちは、大学の名称をめぐるキエフとモスクワの争いを目のあたりにした。そこで問題とされたのは一つの単語である。キエフはモスクワに対して、「イヴァン・フランコー記念ルヴフ・ウクライナ大学」とするよう求めた[26]。モスクワは、「ウクライナ」という語を除くよう要求した。モスクワはウクライナの詩人の名を大学につけることに異を唱えなかったが、大学に民族名をつけるのに反対していたのである。そのためあちこちに、「イヴァン・フランコー記念ルヴフ大学」という文字の入った掲示や通達が現れた。だが、ウクライナ人がこの「不完全な」名称に苛ついていることは明らかだった。ウクライナ人は有力な同胞の支持をとりつけ、この問題を再びモスクワに提出した。その結果、ある日、大学の入り口に二つの大きな紫色の看板が現れた。その一つにはロシア語で、もう一つにはウクライナ語で、こう書かれていた。「イヴァン・フランコー記念ルヴフ・ウクライナ大学」。キエフ側が勝利したのである。

しかしながら、キエフ側は内部にも難しい問題を抱えていた。はじめのうち彼らは、知識人を含むウクライナ人住民による無条件の支持をあてにしていた。その後しばらくすると、ポーランド領だった地方の住民（第一次大戦前はルシン人と呼ばれていた[27]）とキエフ地方の住民の間に相違があることが明らかになってきた。戦前ポーランド領だった地方で、七〇〇年におよぶ西方文化の影響を消すことは不可能だった。この地方のウクライナ人は、たとえポーランド人と政治的に敵対していたとしても、先祖代々ポーランド文化の中で育っていた。彼らは絶望しつつもポーランド人の側に来て、突如彼らの支配者となったウクライナ政府が信じ難いほど野蛮で異質だと認めることが度々あった。彼らと話すと、彼らと私たちの間に将来、理解や同意が生じるのではないかという希望がわいた。

私たちはソヴィエト内部の厄介な問題にも戸惑わされた。赤軍の中の教養ある将校、とくにロシア生まれの者は、ＮＫＷＤやそのやり方に対する反感や軽蔑を、家主に隠さなかった。とりわけ彼らは露骨な反ユダヤ感情を抱いていた。ＮＫＷＤにはユダヤ人が数多くいたのである。私たちはそれがモスクワの基本的な特徴だと思っていた。

市民リストの細目に、社会的出自や職業など、新たな項目が毎日のようにつけ加えられていくのは驚きだった。例外は、ドイツ占領地域から来た認可難民であり、さしあたり彼らはそのままにされた。どのみち彼らの数は減っていたのだ。一一月、ドイツとソ連は、難民がサン河を渡るのを数日間認める協約を結んだ。

戦前からこの地方に住んでいた者は皆、老人と子供を除き、強制的に労働に就かされた。生存に不可欠なもの、つまり住居や食糧、時には空気や水でさえ、労働カードによって保障された。働かぬ者は革命の敵である。憲法一一八条によれば、市民は労働の権利ならびに、労働の量と種類に応じた支払いを受ける権利を持つ。社会の存続のために、こうした基本的条件には無条件に賛同する。しかしながら、国家のみが雇用者なのである。働かない者が死ぬべきならば、また、労働を与えるのが国家だけであるならば、国家すなわち党から仕事をもらえる者のみが生存権を持つのである。換言すれば、党の気に入らない人間は仕事をもらえず、死ぬしかないのだ。この発見は私たちを震え上がらせた。

私生活は四六時中、当局の監視下におかれ、それは私室にまで及んだ。当局とのコンタクト（どんな場合も避けられない）は、別の形がとられた。市民はひっきりなしに、体制や社会秩序の変化や新しい状況について自分の意見を述べるよう迫られたのである。市民は絶えず次のような質問を浴びせられた。「ソヴィエトの社会問題の解決方法は正当かどうか」「導入された改革を肯定的に捉えるかどうか」「ロシア人と一緒にいて楽しいかどうか」「ロシア人の到来を喜んでいるかどうか。」最後の質問が最も頻繁に問われた。どっちつかずの答えは悪く受けとられた。一言一言が信じがたいほど細かく調べられた。

その頃、教育状況も厳しくなっていた。

学校は、ソ連侵攻後、速やかに再開され、ただちに新しい授業計画が導入された。多くの時間がウクライナ語の授業にあてられた。大学も同様だった。ロシア語は教えられなかった。ポーランド語の授業時間は減らされ、読み書きだけとなり、宗教の時間は廃止された。その代わりに設けられた談話のテーマは、ソヴィエトが天国であること、最良の庇護者である父なるスターリンの善意について、ポーランド人地主の残酷さや労働者迫害について、などだった。親はこうしたプロパガンダにひどく悩まされた。というのは、プロパガンダに対する子供の反応が悪すぎたり良すぎたりすると、逮捕者数が増えたからである。

戦時中の子供は、ポーランドの歴史や文学、宗教について、戦前よりも熱心に学んだ。学校で禁じられたこれらの科目は、以前なかったほど家庭内で熱心に教えられたためである。ポーランドでは伝統的に、歴史と文化、宗教が分かちがたく結びつけられ、若者はそれを守るために血を流してきた。

しかし予想に反して、学校における宗教教育の廃止を除き、真の意味での宗教的迫害はなかった。もちろん司祭は厳しい監視下に置かれたが、確固たる政治的原因がなければ聖職者の逮捕はなかった。

宗教生活に関して当局がとった方法は異なるものだった。教会に莫大な税金をかけたのである。私はこの問題について、領地から定期的に情報を得ていた。戦争が起きた時、コマルノ近郊にあるフウォピ村（全住民がポーランド人）では新しい大きな教会が建設中だった。[28] そのためソヴィエト当局は村に莫大な税金を課したが、村人は開戦時に農産物を売ってかなり稼いだので、税金を即金で支払った。建築費が不足すると、教会の完成のために農民自らが競うようにして働き、備品や内装の費用を支払った。

ある時、シクストゥスカ通りを歩いていると、「おやまあ！」という大きな声をかけられた。それは巨大な袋を背負った一人の領地の農夫だった。「この中にわしが何を持っているか、奥様はご存知ないでしょうな」と、彼はウィンクして言った。「知らないわ。でもとても興味があるわ。」「聖アントニ様の像でさ。わしが買ったんでさ」と、彼は勝ち誇ったように答えた。「奥様。奴らは教会の建物の傍に来てはわしらを馬鹿呼ばわりしますが、神様を信じない奴らの方こそ、気のふれた阿呆だということを奴らは知らないんでさ。」ボリシェヴィキの中にもこの意見に賛同する者がいた。まだ暗い早朝に、こっそりと教会の告解室に入ってきて、懺悔して聖餅を拝受した者がいたのである。ある司祭に聞いたことだが、司祭が聖餅を配っていると、ソヴィエト兵が突然彼の前に跪いたので、躊躇した。するとその兵士は頭を上げ、小声でこう言った。「ご聖体を下さい（ダバイテミボハ）。」そこで司祭は、彼の望みをかなえたのである。

領地の農民は私の所にちょくちょくやって来ては、領地で起きている事を話した。彼らによれば、とてもひどい事が起きていた。彼らの主な目的は、政治問題に関する情報を集めることだった。私は彼らに、「ポーランドが再建されるには、まだ長くかかるだろう」と話した。農場の土地は農民の間で分配されたが、分配には不満が残っていた。彼らは分配された土地が小さすぎると思っていたのだ。確かに彼らは土地を無料で貰いはしたが、土地をくれた者を全く信用していなかった。土地をくれた者が土地の所有者ではなかったからである。領地の農民は私に、「この状態は少なくとも一時的なものだと思っています」と強調した。さらに彼らは、私が地主の立場（責任は大きいが憎悪の対象になる）に急いで戻ろうとしていないことに居心地悪く感じているようだった。彼らはコマルノに帰ってこう話していた。「奥様は俺たちがいなくても困らんようだ。大学で稼いでいるからだ。俺たちを全く急かさないのも問題だ。」彼らの間でパニックが起きたのは、集団農場建設についての話が始まった時である。

昔からポーランド人が居住するフウォピ、ブチャウィ、ティリグウォヴィといった村々や、カジミエシ集落のような所の農民の状況は困難をきわめた。

彼らは戦前から、たえず村の間で争い事を抱えていた。彼らは民族意識がとても強く、美しいが少し古風なポーランド語を話しており、周囲をウクライナ人集落に囲まれ孤立していた。今も気丈に振る舞ってはいるものの、生活は楽ではなかった。ある時、私の所にクリツコ・コロニアの農民がやって来た。そこは第一次大戦後、私の父がかつてのクリツコ農場を区分してつくった新しい集落だった。その土地を購入したのは、近隣のポーランド人農民だった。客は明らかに不安そうで気落ちしていた。彼はしばらく世間話をしたあと、突然こう言った。

「わしがここに参ったのは、わしらのところで新しい事態が起きているのですが、それが何だかわからないからなのです。」

「どういうことなの？　話してちょうだい。」

「奴らがわしらを登録しているのです。」

「誰を？」

「わしらを、です。前の戦争の後に農場の土地を買ったわしら、クリツコ・コロニアの者らを、です。」

「誰が登録しているの？」

「ここにやって来たソヴィエト兵です。どうすればいいでしょう？」

「彼らに詳しい名簿を作らせないようにしなさい。」

「ウクライナ人がわしらのことを嗅ぎ回っているのです。わしらが何人いるか数え、子供まで見張っているのです。ロシアに移送されないよう、神様に祈るだけです。ウクライナ人がそう話していました。」

「彼らはあなた方を怖がらせたいだけよ。考えなどないわ。」

彼は出ていった。それは一月の、早朝のまだ暗い頃だった。二月一一日の、やはりまだ暗い早朝、ブチャウィから私のフラットに一人の農民がやって来て、アンジャと私を驚かせた。彼が狂人のように見えたからだ。彼はぶつぶつと何かつぶやきながら泣いていた。そして、「皆いなくなった」と叫んでいた。外は零下三〇度だったので、私は熱い飲み物を彼に飲ませて正気に返らせようとした。彼はそれを飲み、座り込んだ。彼によれば、夜にクリツコ・コロニアに軍隊がやって来て、短時間で村人全員を連行していった。つまり、第一次大戦後に農場の土地を買って住みついた、ポーランド人集落の全家族を連れ去ったのである。ポーランド人が連行されてから三〇分後、近隣の村からウクライナ人がやって来て、夜だというのに農家を占拠した。連行された者は準備にせいぜい一時間ほどしか与えられず、食料少々と羽根布団くらいしか所持できずに、追い立てられたのである。

「彼らはどこに連れて行かれたの?」

「列車に。」

「列車ですって?」

「駅にまだ停車していました。でも、兵隊は誰も外に出しませんでした。」

話をしている間、私の脳裏には一つの考えが浮かんだ。クリツコ・コロニアは人里離れた場所ではないから、もっと恐ろしいことが起こったのではないかということだ。

「ブチャウィでは連れて行かれた人はいる?」

「いいえ。フウォピからも誰もいません。」

一時間後、彼は何か新しい事がわかりしだい戻ると約束して、出ていった。

昼に二人目がやって来た。彼とは面識がなかったが、やはり気を動転させていた。彼はルヴフ近郊の技師だった。彼は泣きも叫びもしなかったが、もの凄い早口で同じことを繰り返した。何とかわかった話の内容とは、次のようである。森番をしている彼の義弟の一家が夜中、コマルノの森から連れ去られた。どうやら彼らはコマルノに停車している列車に詰め込まれたらしい。義弟は駆けつけて来た妻の母に生後二か月の子どもを預けようとしたが、ソヴィエト兵に見つかり返されてしまった。

ルヴフとコマルノの間にあるいくつかの駅には軍隊に見張られた列車が数台止まっており、列車の中からは歌声が流れていた。

午後、第三の訪問客があった。今度はフウォピ村から来た年寄りの農夫だった。彼もまたほとんどしゃべらず、こぶしを強く握りしめて台所に座っていた。しばらくして体が少し温まると、ぽつぽつと話を始めた。彼によれば、ソヴィエト兵のために「入植者」（ポーランド人のこと）名簿をつくったのはウクライナ人である。「ポーランドが再建されなければ、名簿に載せられた者たちは誰も生きていられないだろう。」彼はそう宣言すると、別れの挨拶もそこそこに出ていった。その時私は、ポーランド人に対するウクライナ人の復讐心がいかに強いか、また、この恐ろしい出来事の後でも二つの民族が共通の基盤の上で共存できると思うならば、それは素朴な夢物語でしかないことがわかった。

あくる二月一二日、ルヴフはパニックに包まれた。町のすべての駅に、家畜用貨車を連ねた長い列車が続々と現れたのである。そこからは歌声が流れていた。最もよく歌われたのが、四旬節に歌われる讃美歌「苦い嘆き」[29]だった。列車は軍隊に見張られていた。駅はルヴフや郊外から来た人々で溢れていた。もしも貨車を見張っているのがキルギス人かカルムイク人ならば、なすすべはない。しかしロシア人ならば、見て見ぬふりをしてくれることもあった。貨車の上部にある小さな格子窓から、水や食べ物、ミルクや薬を渡すよう、彼らに頼むことすらあった。寒さは厳しかった。日照り続きの絶望的な一九三九年九月と同じく、その時の寒さは絶望的だった。駅には絶えず列車が到着した。貨車の扉は閉じられていたが、死体を捨てる時だけ開けることが許された。が、許されないこともあった。線路の死体は夜に集められた。その中には凍死した子供が多かった。ある村では人々は何も持たずに、羽根布団も持てずに、ウクライナ・ソヴィエト兵に追い立てられたからである。列車はルヴフの西部や東部からやって来た。同様の情報は四方八方から、すなわちソ連占領下のあらゆる県や郡から届いた。一九一八年後に土地を購入した村に住むポーランド人が連れ去られたのだ。彼らはポーランド政府が「人為的に」つくりだした場所への「流入民」とみなされたのである。その時はまた、森林警備員も連れ去られた。ルヴフのあらゆる駅の線路に停められた家畜用貨車には、一両平均八〇人が乗せられていた。その中で死ぬ者も、生まれる者もいた。極寒は続いていた。ようやく最初の列車が東方へと動き始めた。最も恐ろしい瞬間に歌われるのは、いつも同じ歌だった。「ロタ」あるいは「神よ、ポーランドを」[30]である。

この頃（正確な日付は覚えていない）、決して忘れられない訪問客があった。タデウシュ・フェドロヴィチ*神父である。彼は時々、様々な援助活動のために私の家に立ち寄っていた。私が扉を開けると、彼の顔にぶつかりそうになった。彼の顔は穏やかで、晴れやかで、内面の幸福のために輝いているかのようだった。私たちをとりまく苦しみと比べると、それは不思議なほど対照的だった。

「お別れを言いに来ました。」

「どこにいらっしゃるのですか、神父様。」

「わかりません。」

彼は座ると、片方のポケットから、小さな聖水用のクリスタルのグラスを取り出した。「これは家から持ってきました」と、彼は微笑みながら言った。そして、もう一方のポケットから小さな本をとりだした。そこには極めて小さな字で、ミサの式次第が書かれていた。それで、私は彼がこれから何をしようとしているかを理解した。

東方へ行く列車に乗り込もうとする司祭たちがいること、警備兵が見張っているものの、時には列車に彼らがうまく潜入できることを私は知っていた。フェドロヴィチ神父によれば、教会組織の上役は彼の出立に同意しており、彼は動き出した列車に潜入するつもりだった。彼はそれを二日後に予定していた。彼は私に、成功を祈るよう頼んだ。彼は微笑み、燃えるような目で私に別れを告げ、出ていった。彼が出ていった後に扉を閉めると、光の筋があとに残っているような気がした。[31] 間もなく彼は出立した。

ポーランド東部全域でこうした事件が起きたのは、一九四〇年二月一一、一二、一三日のことである。一〇日ほど後、約一〇〇万のポーランド人農民が連行されたという情報がこの地方のZWZによってもたらされた。その数字がかなり正確だということは後になってわかった。

耐えることしかできなかった。しかし、状況はさらに困難になっていった。待ち焦がれた春が足早に近づいて来たが、政治状況に変化は見られなかった。ラジオでは実際の事件は語られなかったが、ドイツへの総攻撃の準備が進んでいることがわかると、私たちは元気づいた。厳しい寒さは相変わらず続いており、逮捕者が増えた。自白を強要するさい、拷問が行われたという情報も増えた。血が流れるほどの殴打のほかに、拷問の中には東方のやり方に倣ったものもあり、しばしば爪と指の間に釘を打つことも行われた。ユダヤ人が死刑執行人だったこともあった。多くのユダヤ人がNKWDで働いており、共産主義者となったユダヤ人プロレタリアートがいたためである。彼らの大部分は、占領当初からボリシェヴィキと親しくしていた。しかしながら嬉しいことに、そうでないユダヤ人もいた。[32]ある日、見知らぬ男が私を訪ねてきた。彼は名乗りもせず、「自分はユダヤ人であり、だからこそあなたを訪ねて来たのです」と言った。彼は私に、貴重品をすべて持って引っ越すよう説いた。さもなければ、すべてを失うことになる。ポーランド人全体が移送対象となっているが、「反革命的階級」出身の人々はとくに大きな危険に晒されている、と言った。彼は、個人的には私を知らないが、「ユダヤ人として、大学でユダヤ人への暴力に反対してくれた人を助けなければならないのです」と告げて、出ていった。この種の訪問はさらに二回続いた。もっとも、そのうちの一回は金銭を要求されたが。

ポーランド人は皆、何かを待ち続けていた。時間は十分あったものの、それはかえって辛かった。大学では仕事らしい仕事がなくなった。準備を必要とする講義はなく、研究など夢に見ることすらできなかった。[33]大学だけでなくルヴフ全体が、深刻な食料不足に苦しんでいた。ポーランド人のみならずウクライナ人も、やって来たボリシェヴィキも、一日に数時間仕事をしていたが、実際に働いている者は誰もいなかった。仕事に対する鈍重さと際限のない無関心が周囲をおおっていた。その頃、私は教授仲間の一人に英語を教えていた。生徒は有能で、数か月後には講義ができるほど上達した。私が偶然手にした本はとても適切なものだった。それは、アクトン卿の書いた『自由の歴史』[34]だった。自由という最高の財産を失った後にこの本を読む方が、そうでない時に読むよりははるかに感激も大きく理解も増すのではなかろうか。この本を読むことは、私たちにとって唯一可能な力強い抵抗だった。それは、周囲でおきているすべてのことに対する精神的抵抗だったからである。

同じ頃、コマルノから様々な情報が届けられた。その中に、森番のカロル・ドゥディクの逮捕の知らせがあった。彼は三〇年以上にわたり私たち一家にとって最も信頼できる友だった。彼は自分の仕事に忠実だったために命を失った。私は彼にコマルノを離れるよう懇願していたのに、留まり続けていたのだ。彼はロシア人に連行され、果てしないロシアの大地のどこかで亡くなった。[35] 彼の一家は彼の逮捕後、カザフスタンに送られた。

同じ頃、コマルノの役所にＮＫＷＤが来て、戦前の私と住民との関係について聞いていたという知らせを受けた。村の委員らは私にへつらうような報告書を出し、そのコピーを大学に送った。それを聞いて私は嫌な気持ちになったが、まもなくそれどころではなくなった。その年の復活祭は三月末にあたっていた。教会では、キリストの復活を祝う聖歌「喜びの日が来た」が流れているのに、あちこちで泣き声がしていた。復活祭が過ぎて間もない四月一〇日、ヨーロッパを震撼させる事件が起きた。ヒトラーがデンマークとノルウェーを占領したのだ！　私たちは悪夢から目覚めたような気がした。とうとう来た！　春になって冬の呪縛から解かれた渓流が一気に山から流れ下るように、この突然の出来事がきっかけとなって私たちを軛(くびき)から解放してくれるのではないかと思われたのである。私たちはラジオの前に釘づけになった。他のことはどうでもよくなった。個人的な不満も、危険さえ意味がなくなった。「どうせ長くは続くまい」と思われたのだ。

そのため、二日前から背の高い少佐が何度も私を訪ねて来たというアンジャの知らせも、あまり気にならなかった。彼はまた私を訪ねて来た。彼はロシア人で、俗悪なところが全くなく、礼儀正しく、背が高く、金髪だった。彼は、ベジャーエフ少佐と名乗った。彼は椅子に座り、私に、「私はあなたの家に住むことになります」と丁寧で静かに宣言した。私は、ここにはもう間借り人が数人いること、また、ここは大学教授としての私の住居であるから徴用を免れていることを話し、パヴリシェンコの件以来ドアに貼られている紙を見せた。少佐はそれをすべて聞いた後、静かにこう言った。「あなたはもう大学に籍はありませんよ。」そして、書類カバンから封筒を出して私に渡した。ベジャーエフ宛の大学からの通知はとても短く、私の解雇を伝えていた。私は、「正式な通知を受け取るまで、解雇されたとは思えません。講義があるので、すぐに大学に行かねばなりません」と言った。少佐は丁重に、「了解しました。あなたは通知を受け取ることになるでしょう」と言った。

私は大学に行った。研究室では、誰も私の解雇のことを知らなかった。私は講義をしに教室に向かった。すると、教室の入り口に見知らぬ女性が立ち、「二人だけで話したい」と私に言ってきた。私たちは廊下の脇に寄って話をした。彼女によれば、どうやらZWZの地区支部から情報が漏れたこと、おそらく密告によって私の属するグループの何人かが逮捕されたこと、同じ建物に住む知り合いの技師がそれを警告するために彼女を私のもとによこした、とのことだった。その時私は、建物の一階のドアに彼女の苗字が書かれていたことを思い出した。さらに彼女は私に、「すぐさま逃げなさい。自宅には戻らないで」と言った。私は彼女を信じたが、命令なしに彼女の話を鵜呑みにすることは許されなかった。また私は、その技師が高潔だが神経質であることを知っていたので、それほど緊急の事態だとは思えなかった。そこで私は、「何の事だか全くわからないし、何も知らない。ともかく講義に行かねばならない」と言った。私は教室に入り、ドナテッロの初期の彫刻について語った。その同じ日、私は特別便で「第一級パスポート」を受け取った。すなわち私は、国家にとり最も有用なソヴィエト市民かつ大学教授であるとみなされたのである。この発行稀なパスポートで、ソヴィエト政府は私に、「絶対に」連行されないこと、恥ずべき出身よりも学問的資格によって日常的に守られることを保障したのである。

ところが、あくる四月一一日の朝、ベジャーエフが私に見せた、私を解雇する書類が研究室宛てに届いたのである。学部長ポドラハ*教授は、この件でマルチェンコ「学長」のもとに赴いた。「学長」は彼に、「自分の義務はあなたがたのような教授と関わり合うことではなく、労働者の息子たちの中から将来の教授を育てることである」と言った。

その日の夜、友人たちは私に、数日間自宅で寝ない方が良いと忠告した。私は失業し、今や単なる「居住者」でしかなくなったうえ、私の家はＮＫＷＤの少佐に目をつけられているからである。私はその助言に従いたくなかったが、蛮勇を振わないことにした。そこで私はその夜、ヴィシャ・ホロディスカの家に泊めてもらった。私たちは長時間話し合った。この数日間、多数の逮捕者が出ていたからである。多くの場合、逮捕者は家長、それも医者や地主であった。私たちはその何人かが、ルヴフにあるブリギトキ監獄にまだいることを知っていた。あくる四月一二日は通常と変わらなかった。午後は私の書斎で行う英語のレッスンをいつものように済ませ、その後、家を出た。友人の家で夕飯をすませた後、知人が私を「宿」に案内しに来てくれた。一〇時頃、私たちは私のフラットの下を通りすぎた。私は知人の家の客用ソファに横になったが、よく眠れなかった。表では夜どおし自動車や馬車が通り過ぎ、何やら異様な雰囲気だったのである。明け方、「ルヴフ市民の半分が夜中に連行された」という守衛の知らせで目が覚めた。私たちは窓際にかけよった。早朝のぼんやりした光の中で、人々を満載したトラックが通り過ぎるのが見えた。トラックに乗せられた人々の身なりは良く、その中に、葬儀用のヴェールを被り石像のように座っている女性がいたのを覚えている。赤軍の兵士や警官が車のステップに立ち、彼らを見張っていた。目を凝らして見ていると、私を昨夜ここに連れてきてくれた知人が部屋に入って来た。

彼は奇妙な表情を浮かべ、黙って私に小包を渡した。それを開けると、そこには私の化粧道具と下着何枚かが入っていた。「これはアンジャさんがあなたに寄越したものです。彼女によれば、あなたはフラットには帰れません。ソヴィエト兵がそこにいて、あなたを待ち構えているのです。」昨夜、私のフラットには武器を持った兵士が八人も来たそうである。彼らはアンジャに銃を突きつけ、私がどこに泊まっているか白状するよう迫った。彼女はしらを切りとおした。朝方になってやっと彼らは出ていったが、通りで家を見張っていた。その間にアンジャは家を抜け出したが、私の所には来ず、見張りを欺くために反対方向へと向かった。それから私の友人のもとに駆けつけ、私に警戒するようことづけたのである。

その頃、町のあちこちから情報が集まっていた。昼にはすでに、連行された人々がルヴフのいくつかの駅に停まっている列車の中にいることがわかった。今回は町の人々、それも専ら、将校の家族や退官した役人、医者や地主だった。この四つのグループが当時とくにひどい弾圧対象となっていた。そのほかに、数日前に父親が逮捕された家族も対象となった。この時は、西部地域からの流入者を意味する「脱走者」で、連行された者はいなかった。第一の連行対象となったのは地主である。彼らは、もと領地住民が出した報告書に記載された人々であった。「地主」は吸血鬼であるのみならず、社会的良識を裏切り、偽りのプロパガンダを吹き込む、危険な革命の敵だからである。
再び、町や郊外から人々が駅に押しかけ、手に入るすべての物を列車に投げ込んだ。司祭もまた列車に潜入した。

移送者の財産は即座に売りに出され、その代金は現金にして彼らに送られることになっていた。だが、実際の例を私は知っている。私の住居にはベジャーエフ少佐が引っ越してきた。彼は家具の一部を焼いた。「なぜなら誰も欲しがらなかったからだ。」家具のいくつかは守衛にくすねられた。その時、私のノートと学術書がなくなったが、後者は格別惜しまれる（故人の遺品などを除き）。ヨーロッパで数千、否、数百万の人々がここ数年間に私と同じような体験をしていることを知ってはいたが、そうした知識は慰めにならないばかりか、逆に物事を悪い方に感じさせた。自らの過去を奪われた人々は、伝統や精神的財産、つまり文化を失う脅威に晒されるのである。

その頃、私は身を隠さねばならなかった。仲の良い人々のもとに身を寄せることはできなかった。私がお尋ね者だからである。私を匿ってくれたのは、それほど親しくない人々だった。彼らを危険に晒しているという意識に苦しめられ、この三週間は格別に辛かった。呼び鈴が鳴るたびにＮＫＷＤではないかと思い、家主たちを震え上がらせ、自分でも休んだ気がしなかった。私はドイツ占領地域に潜入するつもりはなかった。ヒトラーのもとでは仕事ができないだろうと思ったからだ。だが、こうした状況が続く限り、ここで祖国の「復活の時」を待つことはできないから、何とか国境を越えてイタリアへ、そこからフランスにいるポーランド亡命政府のもとに行こうと考えた。向こうでは、ドイツ占領下でのテロや残虐行為などはラジオ放送で知られてはいるものの、ソ連側で何が起きているかは知られず、情報が不足していると思われたからである。運悪く、ちょうどその頃、カルパチア山脈の国境を越えて、ハンガリーあるいはルーマニアに脱出するのが不可能になった。国境警備が非常に厳しいので、案内人は国境を越えようとする試みすらしなくなっていた。この手記を書いている今、無謀な計画を不可能にし、ポーランドで私がさらに二年間働くことをお許し下さった神にとても感謝している。しかしながら当時の私にとって、待つことは最悪の選択だった。私はできるだけ時間を有効に使って、外国での仕事を準備しようと努力した。さしあたり、ローマを第一候補においた。

私はチェンスキ神父と再び連絡を取り、「ローマに行きたいので、出発前にお会いできますか」と聞いた。バチカンで何を話したら良いのか、彼の情報と助言が欲しかったのである。ある日、チェンスキ神父から、「午後五時に中央郵便局に行き、そこからヴィシャ・ホロディスカにあなたの所まで案内してもらう」という知らせを受け取った。そこで私は様々な質問を準備し、全幅の信頼をおく人物を苛々しながら待った。彼との会話が個人的にとても重要であり、準備している仕事に決定的な指針を与えてくれると確信していたためである。六時が過ぎた。誰も来なかった。七時頃になってやっとヴィシャが現れたが、一人きりだった。私は彼女を見てこう言った。「チェンスキ神父様は逮捕されたのね。」「そうよ。」彼女によれば、神父は昼過ぎに自分の執務室で逮捕された。彼は望んだとおり、僧服のままだった。彼は私に常々こう言っていた。「彼らはいつかきっと、僧服でいる私を捕まえるだろう。今は人々を危険に晒さないように平服で歩かねばならない。だが、人々とともに平服でロシア奥地に行く気はないよ。」彼の逮捕はルヴフの人々をひどく落胆させた。強制連行の恐怖がまだ強かった当時はなおさらであった。人々はその時から数か月間、ベッドの脇に食糧とスキー服をおいて寝た。中には、これ以上待ちきれないという理由で、移送を希望する者さえいた。

何はともあれ、教皇に拝謁するにあたり助言をもらう必要があった。そこで私は、ローマに行く前に、トファルドフスキ大司教*に会えるかどうか問い合わせた。すると、会見の日付と、邸から追い出された大司教が住む修道院での朝七時のミサに、出席するよう提案された。ミサが終わった後、私は礼拝所から、自分の部屋に戻る大司教についていく手はずになっていた。そこで私は、できるだけいつもと違う格好をした。頭にスカーフを巻き、鼻眼鏡をかけ、ウォッカの瓶の入った籠を脇に抱えて修道院に向かったのである。私はミサに出席し、大司教が出ていく時に、そのあとについていった。大司教は私に、しばらく小応接室で待つよう告げたので、彼の戻る前に変装道具をはずす時間があった。大司教と向き合って座ると、私は、「ローマに行って教皇様に拝謁するつもりなので、何を話すべきか教えて頂きたい」と言った。老いた大司教は注意深く聞き、私が話し終えると微笑みながらこう言った。「教皇様には、私たちはとてもうまくやっているとお伝え下さい。聖職者は皆（まさに全員が）この上ないほど首尾よくやっている、と。最初の頃は気弱な脱落者が少し出ましたが、彼らがいなくなったことはかえって私たちには幸いでした。多数の司祭がロシア奥地に移送者たちとともに出立しました。他の聖職者たち（私たち皆かもしれません）は、移送あるいはこれから起こることを待っています。学校での反宗教教育プロパガンダはうまくいっていません。人々、とくに、これまで教会を敬遠していた知識人たちが私たちに近づき、多くの人々がミサに来るので、聖餅がいつになく多く要るのです。教皇様には、私の大司教区の聖職者全員と信者からの限りない忠誠の意をお伝えするよう、教皇様のためには皆、最後の血の一滴まで捧げる覚悟でいることをお話し下さい。どうか、すべてうまくいっていると教皇様にお伝えすることを忘れないで下さい。」私は彼を見つめ、話を聞いた。そして、この老人が強い個性を欠いた慎ましい人物であることを知った。[36] その時、私は次のように理解した。理想はそれに従う者を、あらゆる忍苦や不安、恐怖、ヒロイズムさえ超越する高みに、すなわち絶対的穏やかさにまで押し上げるものなのだ。その穏やかさの中にこそ本質的なものがあるのだ、と。大司教は話し終えると、私に道中の祝福を与えた。彼は、ローマと自らを繋ぐ最後の絆になるかもしれない機会をつくった私との別れに感動しているようだった。それから彼は、楽しげな声でこう言った。「ここで着替えて下さい。」彼は、私がスカーフを被り、ウォッカの瓶を入れた籠をとるのを見ると子供のように喜び、心から笑った。修道院から出る時私は、自分自身を小さく感じた。

そうこうしているうちに、待ちに待った春が来た。が、解放の時は訪れず、それどころか恐ろしい知らせが届いた。連合軍がノルウェーを見捨てたのだ。しかし、まだ終わりではなかった。さらに恐ろしいことが起きたのだ。一九四〇年六月一〇日、ドイツ軍がノルウェー軍を撃破したのである。[37] どうしてこんなことが長続きするのだろうか。この頃私は、他の知人のもとに宿を移さねばならなかった。前の家にこれ以上いられなくなったのだ。というのは、私の部屋にある唯一の窓が中庭に面しており、それを隔てた向い側に警官が住んでいたからである。私は換気を暖炉の扉だけでしていたのに、警官は私に目をつけてきた。私の部屋の窓は小さな空き地に面しており、そこには大きな白樺の老木が立っていた。その枝は、その頃ちょうど緑の小さな葉で覆われていた。私は何の疑いもなく、「この木の葉が落ちる頃に、自由なルヴフに帰ってくる」と皆に言っていた。だが、町を離れるという考えは名状しがたいほど辛いものだった。しかし、今度こそ絶対に出て行かなければならない。ここから山を越えるルートで国外へ出るのは無理だった。ザコパネ経由でハンガリーに入る方がはるかに容易だという情報を得た。そこで私は、それまで考えもしなかったこと、つまり「ヒトラーの側に行き」、そこからハンガリーへ向かうことを決断したのである。ちょうどその頃、九月戦役の時に「安全」だった東部に逃げ込んだ人々、いわゆる「脱走者」を合法的に西部に帰還させるために、第二の移送が準備されていた。ドイツの委託機関は、ルヴフでソヴィエト当局とともにその監督にあたった。友人らが私を助けてくれたうえ、私に何の義理もないある人物が協力を申し出てくれたので、私は同意するほかなかった。その人はすべての書類を揃え、クラクフに向かおうとしていた。「あなたを連れていく準備はできている」と彼は言った[38]。当初、私は彼の妻として行く手はずだったので、彼とソヴィエト式の結婚をしなければならなかった。それは役所の手数料と同じ値段だったので、五ルーブル婚と呼ばれていた。彼の姉妹でも良いということがわかった時、私たちはほっとした。そこで、彼の苗字をつけた私の書類が偽造された。大学の化学の教授が夜間、自分の研究室で、私の緑の身分証明書から跡を残さずに私の苗字を慎重に消し、消した場所に私の「兄」の苗字を書いた。

別離と出発の時が近づいた。私は、自分が皆のお荷物でしかないとわかってはいたけれども、敵前逃亡するような気分だった。だが、ソヴィエト当局に狙われている私は、赤の他人を危険に晒しているのである。私は親しい友人たちと忠実なアンジャに別れを告げた。彼らがいつアジアの奥地に送られることになるか、誰にもわからなかった。私自身もどうなるかわからないが、とにかく西部に逃げるのだ。もしもその時、私の狙われた理由が出身階層ゆえではなく、ＺＷＺ内部での密告のせいであることを知っていたなら、より気が楽だったにちがいない。後からわかったことだが、私が嫌悪感を抱く背の高い「コルネル」大佐が私たちを裏切ったのだ。手記を書いている現在、ルヴフのグループの中で存命なのは、チェンスキ神父とヤン・ヤヴォルスキ*、そして私だけなのである。[39]

重い気持ちで出発したのは、五月三日の夕べだった。晴れて暖かい春の夜だった。私たちを乗せた辻馬車は、私の大切な町を通り抜けて（月光に照らされたベルナルディン教会の尖塔の影を今も思い出す）、大きな車庫に着いた。そこから夜明け前にトラックに乗り換え、プシェミシルまで行くことになっていた。私たちは夜遅く出発したので、ルヴフを出た時には夜が明けており、聖ユーリ教会の丸屋根や聖エルジヴェータ教会の尖塔が見えた。私たち一行は二〇人ほどいたが、誰も話しかける者はなかった。こうしてグルデク・ヤギェウォンスキを通り過ぎ、そこから左手に曲がった。その道路標識には、「コマルノ」とあった。そこを通り過ぎた時に私は突然、初めて、この世界に自分を繋ぎとめる場所はもうどこにもないのだ、個人的なすべてのことから切り離されて世界に出ていくのだ、という思いに襲われた。

プシェミシルは旧知の人々で溢れていた。通りでは、常に誰かが喜びの声をあげて私に抱きついてきた。というのも、私はずっと前に死んだらしい、フラットから逃げる時に雨樋から落ちたとか、「緑の国境」で撃ち殺されたらしい、などと噂されていたからである。この困惑させられるおしゃべりや叫びは、当時プシェミシルにやってきたポーランド人が発するものであったが、私たちにはとても都合が悪かった。

その日、旧知のトマカ*司教の家を尋ねた。ドイツ側の司教に何か言伝てがあるのではないかと思われたからである。トマカ司教は父のような不安な表情で私を迎えた。「ここであなたは何をしているのですか?」「脱出しようとしているのです、猊下」と私は答えた。彼は私にバルダ*司教への伝言を託した。

　三日目、やっと私たちはソヴィエト当局の検問所にたどり着いた。そこでは細々としたことまで聞かれた。彼らは私たちから宝石やポーランド・ズウォティを奪った。ズウォティは一二月に価値がなくなったのに、執拗な貪欲さから略奪対象とされたのだ。私は多くの物を見つけられずに済んだ。皮のハンドバックの裏地や外套の襟に縫いつけて、隠していたからである。所持品検査の後は、書類審査だった。私の書類は、私の「兄」の書類がきちんとしていたために、彼らの特別の興味を引かなかった。次に、私たちは四人ずつになって、橋まで行くよう命じられた。私たちはロシア人の警備兵の脇を通り、橋を渡った。彼らは、「クラクフでまた会おう（ダスビダーニャフクラコヴィエ）」[40]と言った。彼らは、赤軍の他の兵士と同様、汚れ、ひげをのばしたままで、みすぼらしい制服を着ていた。私たちが橋の中ほどまで行った時、ドイツ兵の一団がやって来るのが見えた。彼らは体格が良く、ぴかぴかの制服を着、スマートだった。彼らといっしょに白いエプロンを着けた赤十字の看護婦がやって来た。「何はともあれ、ここはヨーロッパだ」と、私たちは声をかけあった。

第二章　クラクフ
―一九四〇年五月〜一九四一年六月―

私たちは橋を渡った。渡りきった先がドイツの総督府（第一章注21参照）であった。ドイツ人の兵士が私たちを取り巻き、歩くよう命じた。「Deutsch―Przemyśl（ドイツ―プシェミシル）」と書かれた標識を通りすぎ、私たちは四人ずつに分かれて進んだ。キリル文字に嫌気がさしていたので、標識のポーランド語の文字を目にするのは嬉しかった。傍らで私たちを眺めている人々がいた。あちらこちらで女性たちが私たちにスカーフを振っていた。彼女らはこちらに近づこうとはせず、怯えているように見えた。私たちはバラックに通された。そこは驚くほど不潔だった。座る所もなく、まして洗面所などない。私たちはトランクの上で二日間過ごしたあと、女性と子供が荷物とともに連れ出された。再び私たちは四人組になって、浴室棟に連れていかれた。そこでは、エプロンをした女性たちが私たちに、全裸になり、私物を番号のついた籠に入れ、同じ番号のついた木札を首に掛けるよう命じた。私の番号が五七番だったことをよく覚えている。木札を隠して持ち帰ったからだ。私は長い間それを持っていた。全裸になり、首にそれを掛けさせられた証拠にしたいと思ったからである（当時私は何と神経質だったことか）。ようやく私たちは浴室に入ったが、今度は二人ずつで、しかも、

「ネズミ出ていけ！（ラッテンヒナウス）」という叫び声のもと、シャワーの下を追い立てられた。そこから同じかけ声を浴びながら、両手を上にして狭い廊下から次の部屋へと歩かされた。扉には白衣を着た二人の男性が立ち、その向かいには一一、二歳の少年たちがいた。彼らは私たちを辱める目的で、私たちの中から特別に選ばれたのだ。そこからは一人ずつ歩かされた。白衣の男性が私たちの口の中を調べた。腕を高く上げていない者が見つかれば、腕を引っ張られ、脇の下に金か宝石があるかどうか調べられた。こうしてたくさんの貴金属が見つけられた。この「消毒」の後、さらに略奪品（バッグなどの私物）も同じく詳細に調べられた。その後、服を着るよう命じられ、外に追い立てられた。一人の女性が嘔吐した。すると、彼女の方にドイツ人の赤十字看護婦が、「早く立て」と怒鳴りながら近づいてきた。その後、私たちは再び四人組になって、もう少し清潔なバラックに連行された。そこでは乾草の上に寝ることができた。四日目の夜、クラクフ行きの列車が出る駅まで行進させられた。ようやく列車が動き出すと、ほとんどの旅行者は「やれやれ、ようやくだ」と安堵の声をもらした。多くの人々は疲れきって眠りについたが、心地よい春の夜ふけに、サン河の向こう側の明かりや、なだらかで懐かしい丘の影が東に消えていくのを眺める者もいた。

五月八日朝、クラクフに着いた。町は破壊されておらず、太陽がきらめき、人通りが激しかった。道路はドイツ人で溢れていた。高級店やレストランにはドイツ語で、「Nur für Deutsche（ドイツ人専用）」と書かれていた。それにもかかわらず、日常生活はルヴフと比べものにならないくらい平常に見えたし、外観もあまり変わっていなかった。当時、知人の多くはまだ自分の家に住み、朝食にも招待してくれた。食事は慎ましいとはいえ、普通の陶器で出され、銀のスプーンやフォークで食べていた。それはルヴフから脱出したばかりの私には驚きだった。また、ズウォティの貨幣価値失効というソヴィエト当局の政策の意味も今になってわかった。ドイツ占領下ではこうした経済破綻は起こらなかった。生活全体がアジア化することはなかったし、ヨーロッパ的外観が消え去ることもなかった。到着したばかりの頃、帰宅途中のスタニスワフ・クトシェバ*教授が名刺をくれたのには驚いた。私は、「まだこんな大昔の道具を使っているなんて馬鹿げている」と思ったが、その一か月後には私も名刺を注文していた。しかし最初の頃は、クラクフでは戦前の生活が変わらず続いていることに傷つき、苛立っていた。ルヴフのことばかり考えていたのだ。「また誰か移送されただろうか。」私たちはしじゅうこの恐ろしい問いを交わし、プシェミシルから列車が到着する度に駅に出かけ、誰彼となく問いかけた。私は、「友人がいつアジア奥地に移送されるかわからないのに、自分は安全だという意識に堪えられない」と愚痴をこぼした。最初の頃、私の愚痴がなぜ家主を愉快にさせるのかわからなかった。「自分が安全だと感じるなら、あなたはこちらに来てまだ日が浅いのね。すぐに事態が変わって喜ぶことになるわよ。」

到着した時に最も辛かったのは、ルヴフを離れた本当の理由を口にできないことだった。私がルヴフを離れた時、地下組織のZWZ（武装闘争同盟　第一章注22参照）クラクフ支部とほとんど連絡がとれず、ハンガリーやイタリアなどの国々へ密使として渡るという希望をかなえる見込みが全くなかったからである。しかし到着から四日後、ルヴフからマリア・クシェチュノヴィチ（暗号名ジージャ）*が私を訪ねて来た。ほとんど面識のない人物の訪問に私はとまどった。彼女は座って、こう言った。「あなたはＺＷＺに属しているのですね。」私はさらに驚いた。「あなたの宣誓に立ちあった人がルヴフから来ました。それで司令官はあなたのことを知り、明日一四時半にあなたに会うつもりでいます。」彼女は詳しい住所と、ドアのたたき方を教えた。翌日、私はでかけた。ドアを開けたのは、ジージャとレーニャ・コモロフスカ*だった。後者は、私がルヴフで包帯を片づけていた時に訪ねてきた女性である。二人は司令官との会見に立ち会ってくれた。司令官は、中年で背が低く、浅黒い顔をした男性で、暗い色の目で注意深く私を見つめていた。彼は、ルヴフでの情報漏れの詳細や、私の仕事について尋ねた。そして、ここにはさしあたって私の仕事はないと言った。私は国外に出る計画を話し、その動機を正当化しようと努めた。すると彼はすぐさま了解し、私を二週間後にハンガリーへ密使として送ると約束した。

　翌日、ジージャは私に、私が話していたのはＺＷＺのクラクフ地区司令官で、レーニャの夫のタデウシュ・コモロフスキ*であると教えてくれた。

　私は旅装を整え、再び時期を待った。司令官が私に、山道を長く歩く訓練をするよう命じたからである。そこで私はクラクフとその近辺を一日数時間歩いた。私と出会った知人は、ボリシェヴィキの占領下で私の神経がいかれたと思ったようだ。私がものすごい速さで「散歩」していたからである。

　その頃私は、生まれた時から知っている首座大司教サピエハ*公を訪問した。彼は私を温かく迎え、陽気な表情でこう尋ねた。「水道の話を聞いていますよ。あなたのお住まいにいたボリシェヴィキの話をね。あなたが詳しいことを話せないのはわかっていますが、それが事実なのか知りたいものですね。」私は大司教が、水洗トイレで頭を洗ったパヴリシェンコのことを聞いているのがわかったので、

「もしそれが洗髪のことならば、噂は本当ですよ」と彼に言った。すると彼はとても喜んだ。

それから別の話題に移った。私は大司教に内密にするよう頼み、「緑の国境を越えて」ハンガリーとローマに行く計画を話した。私は彼に、教皇に何を話すべきかを尋ねた。大司教の端正な顔に、見たことのないほど歪んだ表情が浮かんだ。「教皇様にこうお伝え下さい。教皇様がポーランドのことを全く話題にされないのは間違っておられます。このままではポーランド人の間でローマへの反感が生じ、危険な結果になるでしょう。私たちはできるだけのことをしていますが、状況に反対するすべはありません。なぜなら、教皇様がこれほど酷いカタストロフに陥ったポーランド人に全く呼びかけられておられないのは事実だからです。それから、ベルリンにいる教皇大使オルセニゴがダハウの強制収容所などに拘束されている司祭たちを訪問しないよう、教皇様に伝えて下さい。彼は少なくとも中立でないうえ融通がきかないので、彼の訪問は私たちをとても苦しめることになるのです。」大司教と別れる時、彼は私に、「出発する前にもう一度、訪ねて来るように」と言った。

そのほかに私は、総督府やドイツに併合された西部諸県で起きていることをできるだけ多く知ろうと努めた。西部諸県から追放されたポーランド人たちは、長い車両を連ねた列車で総督府へ連れて来られた。しかし暖かくなった今、彼らの数は減少していた。ドイツ人は彼らを厳寒の時のみ集団移住させるということである（それが事実だとわかったのは翌年の冬だった）。その頃クラクフでは、五月三日[1]から大量の路上逮捕が行われていた。彼らはこのポーランドの大切な祝日をわざと選んだのである。その日は誰も示威行動などしていなかった。多くの青年が路上やカフェや駅で逮捕された。その時私は初めて、誰もがよく口にしている言葉、つまり「ワパンカ（人狩り）」という言葉を耳にした。

その頃からこの言葉は人々の生活や意識に浸透し、ワパンカのない日はないくらい頻繁になった。「彼らはどこに連れていかれたのか」と問うと、「ドイツへの強制労働。とりわけ石切り場や強制収容所だ」という答えが返ってくる。ドイツの強制収容所の存在は当時、クラクフ特殊作戦（ゾンダーアクツィオンクラカウ）、すなわち悪名高いヤギェウォ大学教授逮捕事件（第一章注10参照）以来、ある程度知られるようになっていた。この事件の真相を私はその頃になってやっと知った。私がクラクフに着いた五月、収容所で生き残った老教授らが解放された。四〇歳以下の若い教授らは、ダハウの強制収容所にまだ監禁されていた。後に彼らは個々別々に帰ってきた。その頃、毎週木曜日、聖アンナ教会にある聖ヤン・カンティの聖像画の前で、彼らのためにミサが催された。そこでは、妻や母たちが夫や息子の無事を祈っていた。彼女らは私と同じく、幾度となく唱える主の祈りの中で、どうしても言えない句があったに違いない。それは、「私たちも罪びとを許します」という句である。[2]

そんな折、私は国外に出るのをもう少し待たねばならないという知らせを受け取った。というのは、今回はドイツ人に捜索されている人物を密使として派遣するので、私は次のチャンスを待つことになったからである。

当時、世界では重大事件が次々と起きていた。ベルギーとオランダが占領され、イタリアが参戦し、フランスは危機に瀕していた。[3] 私たちはフランスに全幅の信頼をおいていた。私たちの育った環境は、フランスへの愛着や賛美に満ちていたからである。とくに年配者の脳裏には、第一次大戦におけるフランスの英雄的行為の記憶が残っていた。

六月のはじめ、フランスがついにドイツ軍に占領され、[4] クラクフではそれを記念してありとあらゆる鐘が鳴り響いた。ジグムントの大鐘[5]が最も大きな音で鳴っていた。それはドイツの特別命令によるものである。クラクフの人々は六月の暑い日に窓を閉め切って、鐘の音が聞こえないように耳をふさいだ。午後、私はラジオを聞きに出かけた。それは私が当時、ほぼ定期的に行っていた唯一の「非合法」行為だった。[6] その日、BBCでチャーチルの演説が流れた。彼はいつもと違う声で二三言話しただけである。「フランスの知らせはひどいものだ。だが、我々は勇敢なフランス国民を忘れまい。現在戦っている唯一の国として、我々は全力をあげて我らの島を守り、ヒトラーの呪縛から人々を解放するまで戦おう（原文は英語）。」

クラクフは旗で埋め尽くされた。中央広場（リネク）の周囲には、一メートル半ごとに巨大な白い杭が打たれ、その上には白い丸を縫いつけた血のように赤い数メートルの布が掲げられた。白丸の上には謎めいた黒い鉤十字がみえた。この鉤十字の列は、「原ドイツ人都市（ウアドイチェシュタット）クラカウ」[7]の歓喜の印である。その晩、クラクフでは六〇名以上の自殺者が出た。

一方、生きて戦い続けようと思う人々の間ですら、勝利を疑う者が増えた。楽天的でエネルギッシュな人々でさえ、ドイツが敗北するとは信じられず、戦争はまだ一、二年は続くだろうと思われた。

ヨーロッパの運命は今やイギリスにかかっていた。「我々は全力をあげて我らの島を守る」というチャーチルの言葉にはぞっとさせられた。それは、「自由の島」が危険に瀕していることを示していたからである。

その頃、私たちの間ではイギリスへの深い親愛の情が生まれていた。それは数年間にわたり私たちの思考や感情に大きな影響を与えた。その感情には様々な要素が含まれていた。ヨーロッパ文明におけるイギリスの大きな役割や、今やイギリスがヨーロッパ文明の最後の砦となったこと、などである。ヨーロッパ文明はポーランド人の精神的基盤に他ならない。降伏したフランスに対する失望は、イギリスへの期待を強めた。イギリスへの親愛の情は、強く賢明で正しいイギリスという確信を伴ったが、それはこれまでなかったことである。私たちは全幅の信頼をこめてこの確信にしがみついた。また、この私たちの偉大な同盟国がいつ危機に陥るかもしれないという不安がイギリスへの親愛の情をさらに強めるとともに、新たなヨーロッパと強力なポーランドを築くには、イギリスのためにどんな犠牲をも厭わないという気を起こさせた。

中には少数ではあるが、次のように言う人々もいた。「イギリス人はとても現実的だから、彼らは自分の血を流すのを嫌がり、我々の血を要求している。今は我々に好意を寄せているが、後になれば気が変わるだろう。」こんなことを言う人々は敬遠された。

ドイツによるベルギーとオランダ、フランスの占領という新たな政治状況は、私たちの抵抗運動に大きな影響をもたらした。亡命政府との連絡は非常に困難になり、イタリア参戦後には急使の派遣はとても難しくなった。私たちは孤立したのである。ハンガリーやユーゴスラヴィアの先へ行くチャンスが失われたことがわかった。そこで私は司令官に、計画を実行できない以上、私を外国へ送らないように頼んだ。私は抵抗運動での活動に大した希望を持てなかったため、合法的慈善活動で役に立てるよう努力した。ポーランド赤十字で働くことを希望し、少し待ったあと、その非常勤職を得た。さしあたり、自分の考えで、ソヴィエト占領地域からロシア奥地へ移送された人々の名簿を作ることにした。毎朝、私の事務室の前に大勢の人々が詰めかけた。彼らはコジェルスクやスタロビェルスク（第一章注16参照）にいた将校たち（当時はまだ手紙をよこしていた）の家族か、アジア奥地から便りを受け取った家族だった。彼らは葉書を持って来て、赤十字名簿に登録された者はただちにロシアからアメリカやインドまたはカナダに移送されると信じこみ、私にできるだけ早くアメリカが割当ててきた仕事をこなすよう懇願した。大部分の便りはカザフスタンのキルギス農園からのもので、ポーランド人将校や地主の家族は、自分たちが羊小屋に住んでいることを知らせてよこした。便りの内容は次のようだった。毎朝、桶を持ってステップを三キロ歩いて水を汲みに行く。そのあと鋤をつけて耕作するために、ステップで夜通し見張っていた雄牛を投げ縄で捕えなければならない。これらの仕事はすべて女性がしていた。こうした肉体労働に慣れない女性はもちろん多かった。「フランス語の本を夢中になって読んでいます」と書いてきた女性もいたし、「子供たちの目の前で死ぬかもしれないことが唯一心配の種です」と書いていた女性もいた。

コマルノの森番は、「ウラル地方で働いており、子供は元気だ」という便りをくれた。故郷から離れたものの、私はクリツコ・コロニアの農民たちから短い便りを何通か受け取った。彼らはアジアの様々な地域から葉書をくれたが、その内容はどれも似通っていた。

私たちの事務室の壁にはロシアの地図がかけてあり、そこには葉書の出された地名、少なくとも「地方名（オブラスチ）」に小旗で目印をつけてあった。小旗が最も密集しているところは、カザフスタンとアルタイ地方だった。私たちはこちらがはるかに安全なのを恥じた。ドイツはアジアから遠いので、ドイツ人が私たちを移送するとしてもドイツの奥地なのだから。しかし、しばらくしてドイツ人が人々を近郊に移送し、そこからカザフスタンよりもはるか遠く（つまり死）へ送るための道ができたことがわかった。それはまだ初期段階にすぎなかったが。一九四〇年の夏、クラクフにはある噂が流れていた。ドイツ人がシロンスク地方の県境付近に何やら巨大な施設（大きなバラック群のようなもので、すべて有刺鉄線に囲まれている）を極秘裏に建てているというものである。もしもすべてが明らかにされたとしても、当時それを理解できた者は私たちの中には誰もいなかったろう。ドイツ人は**アウシュヴィッツ**を建設していたのだ。

その夏、私はポーランド赤十字で臨時の仕事を続けていた。ＺＷＺからはつまらない仕事しかもらえなかった。

口には出さなかったものの、重大な任務を与えられないことに私は苛立っていた。当時、赤十字の私の上司は、地下組織における私の上司でもあった。彼は、外科医でもあるアダム・シェベスタ大佐*で、エネルギッシュで知的なうえ、九月戦役ではザモシチ防衛戦に参加したという輝かしい経歴の持ち主だった。彼は私に対して常に距離をおいていたので、私は仕事をほとんどもらえなかった。

ある時私は、重大な情報を手に入れ、シェベスタ大佐にその件に関する報告書を出した。彼は私の話を注意深く聞き、苛立ってこう言った（その勢いに私は驚いた）。「あなたは重大な情報を大きな危険を冒して手に入れた。私はあなたに偏見を持っていた。」「あなたの態度を見ればわかりますよ、大佐殿」と、かっとなって私は言った。彼は立ち上がり、部屋を歩き回った。「どうしてあなたにそれがわかったのか。」「あなたは一度も私に仕事を下さらなかったので、それをお伝えすることすらできませんでした。その原因は、私が不適任というばかりでなく、おそらく大貴族という私の出自のせいもあるのでしょう。」「そのとおりだ。」私は、「やっと彼にそれをわからせることができた」と思った。国中で血が流されているというのに、ポーランドの自由のために戦う者の間でさえ、こんな馬鹿げた対立が存在しているのだ。「大佐殿、なぜあなたは私の社会的出自を嫌いながら、私がそれに対してどのように振る舞っているか一度もお尋ねにならなかったのですか？　もし私が伯爵の称号を持つ大貴族出身でなかったなら、祖国に対する私の義務はより大きいとお考えでしょうか？　我がランツコロンスキ家が有名なのは、一族が勇敢に戦ってきたからですよ。彼らはしばしば戦いの指揮をとりました。グルンヴァルトの戦いからウィーン包囲[8]に至るまで、ポーランドのあらゆる重大時に私の先祖は戦ってきたのです。そのために私は苦しんでいるのです。私は先祖に恥じることはしたくありません。私には命を賭けるに値する仕事を頂けるようお願いする権利があります。一体全体、階級的偏見のような馬鹿げたことに関わっている場合でしょうか？」私はこれで独白を終えなければならなかった。アダム・シェベスタが立ち上がり、私の両手を強くつかんでキスしたからである。その日から、彼は私の最も大事な友人の一人となった。

世界情勢は次第に危機的状況を強めていった。バトル・オブ・ブリテンが激しくなり、ドイツのプロパガンダは戦争の速やかな終結を約束した。ポーランド民族は皆、恐ろしい作戦に直接参加しているポーランド人パイロットと心を一つにしていた(9)。イギリスに対する私たちの親愛の情は、刻一刻と強まっていった。そこには、信頼、期待、限りない心配、将来への怖れ、そして、イギリスが自国とヨーロッパの存続のために正々堂々と戦えることへの羨望が含まれていた。

八月一五日、聖マリア教会でサピエハ*首座大司教がミサを行った。一九二〇年のヴィスワ河の奇跡(10)二〇周年を記念するその日のミサで、大司教がテムズ河でも奇跡が起こるよう、祈ることを皆知っていた。クラクフ全体が跪いて祈っていた。サピエハ大司教が教会の外に出ると、中に入れなかった群集が嵐のような拍手で彼を迎えた。一人のドイツ人が不安気に、「これは一体どうしたことなのか」と聞くと、「司教を見たら騒ぐのがポーランドの習慣ですよ」という答えが返ってきた。

数日後、忘れがたい出来事があった。私はZWZクラクフ地区司令官のコモロフスキから、「首座大司教のもとへ行き、戦争勃発一周年を記念して九月一日の日曜日にクラクフのすべての教会で『神よ、ポーランドを』を歌っても良いかどうか尋ねるように」という指令を受けたのである。司令官は、教会に前もって了解を得てから行動すべきだと考えて、大司教にこう質問しようとしたのである。そこで、私は教会にでかけた。私は赤十字の仕事で、教会のあるフランチスカンスカ通りに何度も行っていたので、待合室に入っても誰の関心もひかなかったし、大司教自身も驚かなかった。大司教はいつものように私を温かく迎え、私の来た目的を尋ねた。「今回は私自身の意思ではなく、命令で参りました」と、私はゆっくりと落ち着いて話をきり出した。彼は無言だったが、強い反応を示した。大司教の彫りの深い高貴な顔は若者のように輝き、黒い目は情熱的に燃え、薄い唇には微笑みが溢れた。机の向かい側に座って私の方に体を傾けるこの人物は、私の話を聞く間、大司教の紫色の僧服より甲冑が似合う武人サピエハ[11]となった。私は訪問の目的を話した。大司教は注意深く聞き、それから内容を覚えるかのように、私の言ったことを正確に繰り返した。彼は不安そうな表情を浮かべた。それから彼は、「答えを出すまで二日間待つように」と私に言った。私は立ち上がろうとしたが、彼はそれを止めた。「あなたは命令を果たしたのですね。では、個人的にあなたに聞きますが、もしあなたが私の立場だったらどうしますか。興味があるのです。あなたは同意しますか、それともしませんか?」「同意しません。」私はよく考えずにこう答えた。「今、皆の気持ちを奮い立たせる必要は全くありません。ドイツ人はこの示威行動を新たな逮捕や移送、殺害にさえ利用しかねません。私たちの義務は、歌ではなく戦いに命を捧げることです。」「ありがとう。あさってまたお目にかかりましょう。」私が再訪した時、否定の返事を受け取った。大司教のもとを去る時、私は彼に会話の内容を確認した。そして赤十字における私の仕事の詳細を打ち明けた。彼は喜んでいるようだった。「私たちの会話の内容を聞き出そうとする者がいるだろうか?」「もちろんです。私が逮捕されたら、ドイツ人に尋問されるでしょうよ。」その質問で私は愉快になった。

数日後、私はレーニャに、「大司教の返事をご主人はどう考えているの?」と聞いた。「ほっとして、大司教には分別があると言ったわ。」その時になってやっと、夫は妻に、是が非でも示威行動をしようとする若者たちにてこずっていること、彼らに反対していることを打ち明けた。彼は若者たちに、「大司教の決断に任せる」と宣言していたのである。

当時、私たちの道徳的指導者であったサピエハは、抵抗運動に関わっていなかった。地下組織は、大司教を危険に晒さないように、彼から距離を置いていたのである。そのためにちぐはぐなことも起きた。大司教は最上層の人々が「何もしていない」ことに落胆し、こうこぼしていた。「こんなご時勢に、静かに邸宅で座っていられるような者がどこにいるというのだ。」大司教は、最上層の人々も多かれ少なかれ、ナチに抵抗していることを全く知らなかったのだ。[12]彼がそれを知ったのは後になってからである。

危機が強まるにつれ、社会の緊張は極度に高まった。市壁周辺の公園で散歩していた子供連れの女性は、出会った知人からイギリスが占領されたという噂を聞き、卒倒した。

この辛い秋、私は戦争勃発後初めてワルシャワを訪れた。ワルシャワの地下組織に手紙を届ける密使となったのである。仕事はすぐに終わったが、私はワルシャワに強い印象を受けた。そこでは勇気と精神力がクラクフよりも強く感じられた。人々はより楽観的で、勝利への希望のみならず確信さえ持ち合わせていたのである。街頭に、ドイツ人や「ドイツ人専用」と書かれた飲食店がクラクフよりはるかに少ないのも嬉しかった。しかし、町の破壊状況には意気消沈させられた。瓦礫はかなり前に片づけられていたものの、シフェントクシスカ通りやフォシャ通りは、道そのものが消え去り、ワルシャワの名高い建築物であるクラコフスキエ・プシェドミェシチェ通りのラチンスキ邸や、セナトルスカ通りのザモイスキ邸、そして何よりも王城がなくなっていたのには愕然とした。[13]これほど酷い目にあった都市は他にないだろうと思われた。その頃私は、戦時中初めて列車に乗った。一六ある車両の中で一三両がドイツ人専用だったが、誰もいないか一人しか乗っていない車室さえあった。それに対してポーランド人用車両は混み合い、二本足で立つ空間すらないので、片足で一晩中立っていなければならないほどだった。その時初めて、私はドイツ人の車掌から、ドイツ人専用車両に続く通路に立っていることを咎められた。

この頃私は仕事が少なかったので、英語の勉強を続け、イギリス文学を学ぶことにした。この憂鬱な日々に、私は最も甘美な時間を英文学者ロマン・ディボスキ*の書斎で過ごした。彼は私がイギリスの魂の宝にふれるための労を厭わなかった。ディボスキ自身がポーランド語に訳したアーサー・H・クラフの詩[14]に、私は大変感動した。この詩はZWZに届けられ、地下出版され、賞賛された。その頃私は初めて、エミリー・ブロンテの作品にふれ、その素朴な人柄と、作品の持つ抑え難い力と荒々しく不完全だが力強いスタイルに感動した。彼女の詩「私の魂は臆病ではない」は、その後の困難な時期もずっと私を導いてくれた。

ディボスキの書斎で過ごした数時間は、六年にわたる戦時において唯一の幸福な時間だったように思える。彼の話にはイギリスやフランス、ドイツやラテン、ギリシャやイタリア、そして何よりもポーランドの文化の話題がちりばめられ、私は戦争勃発後初めて、教授からヒューマニズムの素晴らしさについて聞かされた。彼はポーランドの最も優れた人文学者の一人である。教授と過ごした時間は私に大きな力を与えてくれた。教授は当時、戦後発表するはずの重大なテーマに取り組んでいた。それは、アングロサクソンの民族意識やドイツ人について、また彼らとポーランド人およびポーランド文化との関係についてだった。「これはとても難しいものになろう。というのは、ドイツ人のことを知ってはいても、ここで起きていることを彼らが完全に理解しているのかどうかわからないからだ。人間の尊厳という概念の中で育てられた民族が、戦争を騎士的冒険と捉え、民族全体が野蛮状態に陥りえることを信じていないのだ。」ドイツ人を理解することは次第に難しくなっていた。ある時、私は教授に、親戚の住む村にドイツ人の管財人(トロイヘンダー)[15]が来て、親戚の家から古い時計などを持ち出している、という話をした。管財人にはヘルムートという息子がおり、私の従兄弟の子供と遊んでいた。従兄弟は、ドイツ人でもポーランド人でも子供どうしが憎みあうことがないよう、幼時期から互いに遊ばせていたのだ。しかしある日、子供たちは一緒に遊ぶのをやめてしまった。はじめ子供たちはその理由を言いたがらなかった。しばらくしてからやっと、年長の女の子が母親にこう言った。「ママ、私たちはもうヘルムートとは遊べないわ。」「なぜ？」「だって、ヘルムートは私たちに、大きくなったらパイロットになって、私たちの家に爆弾を落としてやると言ったのよ。」[16]ディボスキ教授と私は、ドイツ人の本性について考えこんでしまった。

中央広場(リネク)にあるミツキェヴィチ像が壊された日[17]の夜も、私たちは議論していた。私たちは二人とも意気消沈していた。その原因は、美しい銅像を失ったという事実(「戦後にもっときれいなものをつくろう」)のみならず、ドイツ人がどういう者かを雄弁に語る出来事だったからである。ディボスキは、自分の本棚にあるドイツ文学の傑作を指さしながら、手をもんでいた。「私は今日外出しなかったのだが、あなたはそれが本当に起きたと確信できますか？」私は彼に、朝から何度か中央広場(リネク)に出かけたこと、像の撤去に立ち会ったことを話した。群集は警察の周りに立ちつくし、女性たちは大声で泣いていた。しばらくして群集は追い散らされ、写真を撮っていた者たちは殴打され、逮捕された。しかしながらこの行動は、占領者の多くの行動と同様、目的を遂げられなかった。二日後には、撤去された像の写真十数枚が出回ったからである。広場にある織物会館(スキエンニツェ)の下で、少年たちが信用できそうな人々に近寄り、高額で「倒されたミツキェヴィチ像」の絵葉書を売っていた。もちろん私もその絵葉書を買い、戦後、それを外国人に見せて喜んだ。広場には頭の後ろを壊された銅像が二日間、横たわっていた。そこに花を手向けた女性が数人逮捕された。静かなクラクフの人々は怒りに震えた。占領の初期にはドイツ人を恐れていた民衆が、その時はじめて怒りを表したのである。ジージャの読み書きできない女中は三日間泣き通した。彼女がミツキェヴィチの「大即興詩」や『パン・タデウシュ』を理解していたとは思えない。ジージャに理由を聞かれた女中は、「とても傷つけられた思いです」と言っていた。グルンヴァルトの記念碑がクラクフ占領直後に壊されたのは、それが反ドイツ的なものだったから仕方がない。[18] ヴァヴェル城[19]のコシチューシコ像[20]が撤去されたのも、城に近づくことができなかったからよくわからなかった。黒と白の帯がついた柵に囲まれたこの城は、銃剣を持った夥しい数の警備兵によって見張られており、何か外国の物のようによそよそしかった。ヴァヴェル城が市民から隔離されたことは、ポーランドの独立喪失を雄弁に示すシンボルのように思えた。そこにあったコシチューシコ像の撤去に人々の関心が薄かったのは、像が建てられてからまだ日が浅く、ミツキェヴィチ像のようにクラクフの一部になっていなかったこともあろう。

また、私たちは数世代にわたって、民族に関係なく、詩人が芸術や文化の象徴であるという考えに慣れ親しんでおり、占領後一年たってもそれを忘れていなかった。ある日私は、壊されたミツキェヴィチ像の倒れている中央広場を通りすぎ、スワフコフスカ通りを歩いていた。私の目は月桂樹で飾られたブロンズの板に釘づけになった。そこには、「この家にはゲーテが住んでいた」と書かれていた。私はこう思った。「ゲーテと同じ民族がそこら中で罪を犯しているのにもかかわらず、この板を壊したり剥ぎ取ったりするポーランド人は誰もいない。なぜなら私たちはゲーテと戦っているのではないからだ」と。私はミツキェヴィチがワイマールを訪れ、金の羽ペンを贈られたことを思い出した。泥まみれにされてしまった人間性が、再びその高みに引き上げられる時はくるのだろうか？

その晩、私はディボスキに、「こんなひどい事をされても、ドイツ人の方が、ルヴフでミツキェヴィチ像の足元に花束を手向けたロシア人たちよりポーランド人にとって少しはましだ、という考えを消せない」と告白した。ディボスキとのつきあいは長く続けられなかった。これほど励んだ「授業」をやめるのは私には辛かった。新しい仕事ができたものの、私は「授業」を続けようと努力した。しかし、一二月になるとそれは難しくなった。

一〇月から私が新しい任務に就いたためである。この頃ドイツから、兵士と少数の将校から成るポーランド人傷病兵が帰還した。それまでは個々ばらばらか小さな集団で戻ってきたが、一〇月初め、クラクフに五〇〇人の結核患者が到着したのである。彼らはコペルニクス通りにあるイエズス会会館に収容された。ポーランド赤十字は、彼らの栄養状態が悪いという情報を得た。レーニャ・コモロフスカと数人の女性、そして私はコペルニクス通りに急いだ。私たちは食物を入れた籠を引きずりながら、長い廊下を進んだ。辿り着いた大きなホールには、予期せぬ光景が待っていた。そこには病人の他に、まだ歩ける将校の一団がいたのである。彼らは私たちを見ると、起き上がり、一年間会えずにいたポーランド人女性を迎えるかのように扉までやってきた。彼らは勲章をつけた制服を着ており、私たちをびっくりさせた。どうやって彼らはそれを剥がさずにいられたのだろうか。食物のつまった大きな籠には救われた。食物を配る時、籠を低く傾けることができたからである。

そのあと私たちは、重病人のいる小部屋に向かった。その中の二人は最初の日に亡くなり、数人は骨と皮で死ぬばかりになっていた。何人かの傍らには妻か婚約者が座り、帰ってきたばかりの、だが再び旅立つ（今度は永久に）愛しい者を辛い思いで見つめていた。その中には、ヘル要塞[21]を防衛したレフ・ステルマホフスキ工兵大佐がいた。彼の傍らには、うら若い妻が座っていた。彼は声も出せず、囁くことさえできずに、サファイア色の目で妻を見つめ、何か言おうと力を絞り出しているようだった。そしてやっと声を発した。「ポーランドに対する義務を果たした。」翌日、彼は亡くなった。十数人の仲間が葬儀に参列した。ドイツ人警備兵が控えめに彼らにつきそった。葬列が通りに出ると、通行人は帽子をとり、家々の窓から花が投げられ、市電には「まあ、何てことでしょう」という女性の声が響いた。葬列に加わり、みじめな結核患者とともにクラクフの町を通り抜けたことを、私は生涯忘れない。ラコヴィツェの墓地では、多くの人々が葬列に参加した。礼拝堂では、棺の傍らで友人らが見届け役を果たした。とても静かだった。時折、結核患者の乾いた咳が聞こえた。礼拝堂を出ると、病人たちは墓掘人をそっとおしのけ、棺を肩に担いだ。私は歩きながら、「ここには看護婦が何人かいるから、誰か倒れても助けられる」と考えていた。こうして私たちは美しく晴れたポーランドの秋空のもと、かなり離れた新しい墓所まで歩いた。途中、本当に助けを必要としたのは、兵士ではなく、感動のあまり気分が悪くなった看護婦だけだった。多くの花が手向けられた。その色はポーランドの国旗の色、赤と白だった。棺が地中に下ろされた時、スウォヴァツキ*の詩を思い出した。

「おお、神よ！
天の高みから放たれた矢が

国の勇者を貫いた
一握の骨によりて神に願う
我らが死に臨むとき、せめて太陽を煌めかせたまえ
天国の扉から明るい光を覗かせたまえ
我らが永久（とわ）の眠りにつくとき、我らの姿が皆に見えるように」
（ユリウシュ・スウォヴァツキ『メイスネル将軍の葬儀』）[22]

その後も死者や埋葬はとても多かったが、最初に見られたような葬儀はもうなかった。ドイツ人らは最初の例だけで閉口したからである。数日後、捕虜たちは解放された。病人は民間人となった。列車に乗れる者は、総督府の様々な地域へと輸送された。彼らはもう制服を着る権利がなかったが、平服がない場合、制服で列車に乗ることができた。ただし、徽章をとってである。この条件について説明するのは難しかった。それを理解できない人々もいたからである。徽章をとるという辛い作業の間、病人たち（死相が出ている者も一人ならずいた）は私たちの方に来て、「剥ぎ取った勲章をポケットに縫いつけてくれ」と囁いた。「すぐにそれが必要となるから」というのである。彼らは最初の頃、思ったことをすべて声高に話していたので、慎重になるよう説得した。周囲にはスパイがおり、病院の看護婦たちは「民族ドイツ人（フォルクスドイチェ）」[23]あるいはウクライナ人であること、占領体制とは捕虜収容所だけではないこと、ゲシュタポはドイツ人だけではないことを説明しなければならなかった。彼らは肝を冷やし、一人の下士官はこう言った。「もしそうならば、我々は捕虜ではなく奴隷だ。」彼らは去っ

ていった。クラクフには重病人と、ソ連領になった地方の出身者が残された。ロシアに家族が移送された者もいた。彼らも病人と同じく保護し、定期的に食物を与えなければならなかった。それは当時、それ程困難ではなかった。地域住民が非常に協力的だったからである。イエズス会士たちも寛容だった。彼らは、女性たちに司祭の私的な台所を使うことを認めてくれたのである。私たち女性は使徒と同じく一二人おり、交代で病人の食事をつくった。病院に多くいるウクライナ人の医師や看護婦の様々な嫌がらせから病人を守るのは大変だった。[24] 彼らの物理的かつ精神的指導者は、バジリア会のシスター・ユゼファだった。いつも微笑んでいる骨ばった顔、半ば閉じた小さな目、薄い唇の大きい口をした彼女の黒い修道衣姿に、私たちは恐怖心を覚えた。彼女が訪れた後はいつも何かがなくなった。それは食物のことも、毛布やシーツといった病院の備品のこともあった。それらの一部は、一定の期間後に出てくることもあったが、その時はもうウクライナ人の私物になっていた。食物は「シスター」の私室で、ロシア人聖職者を接待するために使われた。彼女はとりわけ私に反感を持っていた。それは名誉だが、厄介でもあった。私はそのために密告の対象となり、何度も病院のドイツ人監督者に呼び出されたが、幸い、大した騒ぎにはならなかった。[25] この頃、病院を少しでも清潔にしようと努力していたが、うまくいかなかった。

一二月、再び多数の結核患者が輸送されてきた。ドイツ人は病人のために、場所も食物も用意しなかった。重病人はイエズス会の病院にひしめいていた。ドイツ人兵士は彼らをベッドに投げ込むだけだった。彼らはとても弱っていた。その一人は、私がミルクを少し与えると、顔中を涙でぬらした。「ポーランドのミルクだ！」彼は茶碗を持つ力がないので、私のエプロンの襞に指をかけながら、こう繰り返すのだった。隣の板張りのベッドには、死にかけた病人がいた。彼は眼を閉じ、苦しみながら言葉を絞りだした。「少なくとも、僕は…ポーランドで…死ぬんだ…。」

今にも結核に感染しそうなイエズス会の若い司祭は、病人の間を静かに歩き回り、ベッドの傍らで臨終の祈りを唱えていた。「主よ、汝のしもべの魂を救いたまえ。ノアを洪水から救われたごとく。ダニエルを獅子の口から救われたごとく。若者を業火から救いたまえ。」祈りの言葉を聞きながら、私はローマのカタコンベ、つまり古代キリスト教徒の墓の情景を思い浮かべた。二〇〇〇年間、教会は同じやり方で信徒を永遠の世界へと導いたのである。

軽症の病人はドイツ人に連れ出されるのを廊下で待っていた。夜になってやっと彼らが行くことになったのは、クラクフのプロンドニク・チェルヴォニ地区にあるポーランド赤十字の病院施設である。だが、そこはまだ建物ができたばかりで、暖房も電気もなかった。何とか二本足で立てる結核患者は全員、ここに移されたのである。私たちは彼らに暖かいスープを入れた鍋を運んだ。ドイツ人のトラックを借りるために、私たちは運転手に、「すぐに鍋を運べ」と強い口調で命じた。丁寧に頼んでも断られるとわかっていたからである。効果はてきめんで、運転手は病院の前で私たちを待ち、空になった鍋も運んで来てくれた。この時、私がドイツ語とポーランド語のバイリンガルで育ったことが役立った。

この病院には別の問題もあった。より軽症の兵士の中には素朴な人々が多く、厳しく禁じられている愛国的な歌、とりわけ「神よ、ポーランドを」を絶え間なく歌っていたのである。そのため彼らに、それは危険な歌で、歌っても何の得にもならないと説明しなければならなかった。彼らは嫌々ながら従い、日曜のミサでは「お行儀良くする」と約束した。祝日のミサでは、彼らは普通の讃美歌だけを歌った。ところがミサが終わると、彼らは気をつけの姿勢をとり、愛国的な「親愛なる聖母マリア」を歌ったのだ。少なくともメロディーだけは自己流だったが。

彼らも出立していった。駅ではまた辛い出来事があった。私たちはドイツ人に厳重に見張られ、とり囲まれていた。列車に兵士らが乗り終わると、車両から軽症の兵士数人が飛び降り、人混みの中にいる私たちの前に立ち、こう言った。「ポーランド軍の将校および兵士は、ポーランド赤十字とシスターたちに心から感謝いたします。そのうちもっと良い仕事でお目にかかれるよう願っております。」

彼らの出発後も、私はレーニャが働くプロンドニク地区の施設に毎晩通っていた。死にゆく人が私を待っていたからだった。人間とりわけ若い人は死ぬ直前、周囲にいる誰か、とくに自分を支えてくれそうな年長者に愛着を覚え、全力で生に戻りたいと願う。時々、彼らは死の床でこのうえなく強く中身の濃い友情を結ぶ。到着した日に私がミルクを与えると泣き出した前述の兵士、ブロニスワフ・コズウォフスキは死に瀕していた。彼は日毎に体力を失い、自力で頭を上げられないほどだったが、他の結核患者と同様、意識は以前よりはっきりしているようだった。彼は私に毎晩そばに座っていてほしがった。彼はとても弱っていたが、様々なことを話した。肉体的衰弱はどうしようもなかったので、私は彼を遮らなかった。トシェメシノ近郊で生まれた彼は、二三年間の生涯のすべてを語り、私は彼と共にその一生を辿った。両親の家や隣人のこと、母が作ってくれた料理のことまで、細かく私に語った。重大事件に関する自分の意見も語った。彼は、村の小学校で教わらなかった事を知りたいという要求を強く持ち、彼が通ったトシェメシノの公共図書館（館内の本は全部読んだ）のことを熱心に話した。ある時、彼が私のことを知りたがっているものの、聞くのをためらっているように思えた。そこで、私は話のついでに、私がルヴフ近郊の出身であり、戦前は大学で教えていたことを話した。すると彼は驚いた表情を浮かべ、私を「シスター」と呼ぶのをやめた。「すごいですね。大学で教えていたあなたが、僕に飲み物をくれるんですね！」その時から彼は私に敬意を払うようになった。それ以来、私は何度も思う。「学問はそれを求める人すべてに与えられるべきである。それは人類の最も大事な理想の一つだ」と。

彼は常に過去形を使っていた。「僕は愛した。考えた」と。それは自分が死ぬ日に、「朕は王であった」と言ったルイ一四世を想起させた。彼も私も、彼の死が近いのをよく知っていた。彼が死について語る時、私はそれを否定しなかった。ただ彼は、「クリスマスイヴまで生きる」という唯一の希望を持っていた。毎晩、彼はこう言った。「今日も僕はずっとあなたを待っていましたよ。イヴまであと四日、三日、二日、ですね。ひょっとすると、イヴにあなたと聖餅を分けあえるかもしれませんね。[26]僕はとても弱っているけれど、もう少し生きられるかもしれない。」一二月二二日、彼の病状は急変した。翌朝、私は病院に行ったが、遅すぎた。彼は昨夜亡くなったのだ。最期の瞬間、突然彼は死に抵抗し、「僕は生きたい！」と叫んで亡くなった。その日の朝も病院は患者で溢れていた。私にはすべてが空しく思えたが、感傷に浸っている暇はなかった。

クリスマスイヴが近づくにつれ、私たちは祭日を皆で祝いたいと思うようになった。その許可をとるために私は様々な部署に行き、「祭日を祝うのはこれで最後だと思っている人々に、それを禁じるのは難しい」と説明した。ともかく皆で祈る許可をとらねばならなかった。「彼らはポーランドの解放のために祈り始めるのではないか」と問われ、「声に出して祈ることは決してしないとお約束します」と私は答えた。すると、もとオーストリアの将軍だったドイツ人は大声で笑った。「では、祭日を祝うことを許可しよう。誰が心の中で何を祈ろうが、私には全く関係ない。」

そこで、クリスマスイヴには軽症者のために、クリスマス・ソングと神父のミサが準備された。それは私にとって、戦時中に行われた唯一の真に美しいクリスマスイヴだった。クリスマスの後、コズウォフスキの葬儀が催された。患者が死ぬと、その患者の最期を看取った者が棺に従い、墓に赤と白の花を数本手向けることになっていた。その時は私の番だった。吹雪の中、棺の後に従うのは私一人だった。私は、数えきれないほど多くの彼の思い出に浸りながら歩いた。

その頃、このイエズス会の病院では、聖ラザロ病院の別の病棟にいた傷病兵の看護を引き受けることになった。それはさらに多くの問題を生んだ。そのため私はベルリンから来た主任医師フィシェダー博士に会おうと思った。私は、「博士は夜遅くなると酔っ払っているから、朝行った方が良い。彼はいつも皆におじぎをするように要求する」という助言を受けたので、朝の九時半に博士のもとに出向いた。部屋に入ると、遅すぎたことがわかった。この人物はイタリア国王の小人症のヴィットリオ・エマヌエレ(27)と同じ位の背丈で、ドイツ人には珍しく喜劇的なほど丁寧に私を出迎え、座るよう命じた。私は傷病兵への訪問と看護の許可証発行を願い出た。彼は私の言葉を遮り、「重要な要件のために前からあなたを待っていた」と言った。それは、「今後、ポーランド赤十字の全職員が私に会ったらまずお辞儀をするという条件さえのめば、許可のサインをする」というものだった。私は黙って聞いていた。彼は私の出した書類に震える手でサインしながら、私の沈黙に苛立ち始めた。そして私に、「わかっているのか。お前を信用しているのに、なぜ失望させるようなことをするのか」と、次第に声を荒げながら質問した。そして、「伯爵ならば文化的な人物だと思ったのに」と、恨めしそうにつけ加えた。私は威厳を保とうと身を固くして座っていた。私は酔っ払いの怒りを買った。「すぐに答えろ。お前は何月に生まれたのか?」と彼は叫んだ。「八月です。」「そうだろうと思った。ならば二一日より前だろう?」「八月一一日です」と、私はびっくりして答えた。彼はかっとなって叫んだ。「八月末に生まれた者は乙女座だから大人しいが、お前は獅子座なのだ。本当の獅子だ!」と、彼は机を叩きながらわめいた。私の家紋が獅子と炎だということを彼が知ったらどうなるだろうか、と私は思った。

この出来事がどのような影響を及ぼすかわからなかった。私は、カバンの中にある汗にまみれた許可証をとりあげられることを恐れた。その後、彼は何故か急に落ち着き、「こんな風に楽しく話しあえ、『次のポーランド解放戦争の時までに』我々が同意できるだろうことを嬉しく思う」と言った。こうして会話が終わった。それ以来、病院の様々な部署への出入りに困難はなくなった。

その頃、シスター・ユゼファとの確執がまた深刻になっていた。私たちとその仕事に対する彼女の嫌悪感は明らかだった。兵士の中には多くのウクライナ人がおり、彼らもポーランド軍の兵士だったので、私たちは彼らにもポーランド人兵と同じ看護をしていた。彼らウクライナ人兵が私たちにとても親切だったことがとくに、シスター・ユゼファを怒らせた。そこで彼女はおいしいケーキを焼いてドイツ人のもとに行き、私のことを告げ口した。私が裏木戸をくぐって夜の病院に忍び込み、盗みを働いている、と。私は事務所に呼ばれ、プロイセン的な副所長（フィシェダー博士はその日酔いつぶれていた）が料理長兼看護婦長と一緒になって、「ポーランド赤十字を訴える」と言ったので、私は不安にかられた。私は常に、彼らが私たちを辞めさせ、病人を看護せずに放っておくのではないかと恐れていたからである。私は、批判され怒ったプリマドンナのような顔をして、「どういう理由で私を非難するのですか」と質問した。返ってきた答えは、「不道徳な行為によって」だった。私はびっくり仰天した。もし私が笑い出せば、ドイツ人が激怒することはわかっていた。そのため他に何も思い浮かばなかったので、私はさらに腹を立てるふりをした。私は強い口調で、「夜、病院に来ているのは私だけです。私は生まれてこのかた、正面玄関の扉しか使ったことはありません」と、とても大きい声で、情熱的かつ威厳ある態度で証言した。ドイツ人らは声を潜めて話し始めた。それ以来、問題はなくなった。

当時、仕事はとても多く、辛いこともよくあった。仕事といっても、病人を生死の境に置いておくだけだったからだ。健康を回復した患者が一人もいないという事実は、私たちを落胆させた。

その頃、私たち赤十字のメンバーはお互いにとても親しくなっていた。最も親しいのは相変わらずレーニャだったが、数年たった今思い起こすと、とてもやさしい女性がほかにもいた。多くの気の毒な人々を卓越した料理の才能で喜ばせたスタシャ。繊細で時間に正確なマニューシャ。力強く粗野だが母性的なヴァンダ。彼女は私と同じ地方の出身で、ストレートな性格だった。クリスティナ・ワドミルスカ[28]はきれいで若く、ブロンドの髪をし、病人から崇められていたが、とても献身的だった。彼女は、「将校である夫にふさわしい働きをしたい」と常々言っていた。幸いなことに、彼女の夫はイギリスにいた。

周囲の状況はさらに厳しくなった。クラクフのほとんど全域で、人々が住居から追い出された。まともな住宅は「ドイツ人専用」にされた。家族とともにクラクフに移って来るドイツ人が増えたのである。ドイツ人の子供はポーランド人の子供に対して傲慢に振る舞った。市電にはポーランド人も乗れるのに、ドイツ人女性が車内で声高にこう話すのだ。「ポーランド人が市電に乗るようなとんでもないことが一体いつ終わるのかしらね。」ポーランド人に指定されたのは、駅の向こうのカジミエシ地区にある、とてつもなく不潔なユダヤ人居住区のみだった。その頃、ポーランドのあらゆる町のユダヤ人は、高い塀で囲まれたゲットーに閉じ込められていた。私たちは当時、恐怖を感じつつも、あんな命令が考え出され、実行できるとは信じられなかった。最も悲観的な人でさえ、ドイツ人が小さな空間にユダヤ人を閉じ込め、外界から切り離して何を準備しているのか、思いつきもしなかった。

しかし、ポーランド人の生活も困難になっていった。私たちが「劣等人種（ウンターメンシェン）」[29]だということが、どんな場合にも強く示されるようになった。その影響で抵抗運動はさらに強まったが、ヴァヴェル城にいるハンス・フランク*総督の監視下では無力であることを実感していた。総督はその残酷さにおいて、ポーランドにいるナチ高官すべてを凌いでいた。私は一度彼を見たことがある。私がブラツカ通り付近を歩いていた時、フランチスカンスカ通りから猛烈なスピードで五台の自動車とオートバイの列が走って来て、ナチ党本部の前に止まった。マシンガンを手にしたSSの兵士が自動車から飛び降り、門の入り口で二列になり、門を素早く開けた。その時、まっ黒な髪と目の制服を着た男が足早に彼らの間を通り過ぎた。彼の後から副官二人が、走るようについて来た。もし私が彼の顔を知らなかったとしても（彼の写真は至る所に溢れていた）、彼が総督のハンス・フランクだということがわかっただろう。彼は強い不安を隠さず、門の中に消えるまで、一歩ごとに左右を窺い、門は彼が入ると即座に閉められた。一六世紀のネーデルランド総督のアルバ公[30]は、ブリュッセルでフランクより気が楽だったに違いない。だがフランクと比べれば、アルバ公はお話にならないほど正常だった。クラウディウスやカラカラのような狂ったローマの皇帝は大規模な建築物をつくったが、フランクは美術品を盗み（チャルトリスキ家所蔵のレオナルド・ダ・ヴィンチの絵は彼の部屋にかかっていた）、ポトツキ家の邸のあるクレッセンドルフ（クシェショヴィツェ）に私邸を建てた。[31]しかし永久に彼の名を残すような演説は行わなかった。総督府設立一周年記念に彼はこう公言した。「この町に鉤十字の旗が消える時には、この町はすでに消え去っていることだろう。」あるいは、戦争勃発直前に建てられたヤギェウォ大学[32]図書館新館を開館して、こう言った。「この建物はドイツのものである。歴史をつくる民族のみが図書館を建てる権利を持つ。」また、「イギリスは占領した国にアヘンの喫煙所をつくったが、我々ドイツ人は図書館をつくるのだ。」もしも流血が伴わなければ、彼が登場する度になされる演説からは滑稽な印象しか受けないであろう。

その頃、刑務所や強制収容所に収監されるポーランド人の数には、厳しい割当制が敷かれていた。何かの理由で（例えば死亡率の上昇）割当数がある時期低くなったとしても、当時行われていたワパンカ（人狩り）が減少する理由とはならなかった。そのため、その割当制にひっかかった人物の逮捕原因を探るのはほとんど不可能だった。逮捕は恐ろしいほど増え、モンテルピ監獄[33]では人々が拷問にかけられた。血なまぐさい情報が全国から寄せられた。とりわけ多かったのはワルシャワで、そこは人口も多いが、抵抗運動が最も激しかったのである。ワルシャワのどんなことでも私たちの手本になった。ワルシャワの抵抗が強まれば強まるほど、犠牲者は増えた。ドイツ人自らも「人狩り（メンシェンファング）」と呼んだワパンカの件数は、ワルシャワではどこよりも多かった。ある大規模なワパンカがあった時、知人の娘が家のある建物に入ろうとすると、ちょうどその建物から出ようとしていた見知らぬ少年に出会った。「上に逃げて！　ワパンカよ！」少年は青くなった。「カバンが！」と少年は呟き、戻りかけた。ちょうどその時、ゲシュタポがやって来て、少年を捕えた。少女は素早く少年の首にしがみつき、「私の最愛の人！　私たちは引き離されるのよ！」と泣き叫んだ。その時彼女は少年からカバンをひったくり、階上にあがった。少年は連れ去られ、少女は家に入った。カバンの中は非合法出版物で溢れていた。「お前はその少年のことを知っていたの？」と母親が聞いた。「一度も会ったことないわ。どんな顔だったかも覚えてないわ。」

　このようなワルシャワの人々を前に敵は無力だったので、町の人口を減らそうと考えたのだ。それは敵にとって最も容易な方法だった。ワルシャワについでワパンカが多かったのは、ラドム地区である。抵抗運動は強まっているものの、ポーランドの独立が回復できても、ポーランド人が足りなくなるのではないかという心配に悩まされるようになった。それは、アウシュヴィッツで毎日、同胞が数百人も亡くなっている時だった。射殺されたり銃床で撲殺されたりした人々は一部にすぎない。大多数は「肺炎」で亡くなったのだ。彼らが真冬の厳寒の中、薄い木綿の服のまま長時間立たされ、春には水に浸かって朝から晩まで働くよう命じられていることを私たちは知っていた。

クラクフの教会の扉は、死亡通知で埋めつくされていた。そこには、名前、苗字、一九歳、二〇歳、あるいは三〇歳という死亡年齢、哀悼ミサは何時から、などという情報が記されていた。死亡通知に葬儀の情報がない時、それが何を意味するかは明白である。そうした死亡通知は次第に増えていった。ソ連領での逮捕や組織的移送と比べ、ドイツ領側の悲劇的状況の中でただ一つ良い点があった。ソ連領では、水の中に投げ込まれた石のように忽然と人が行方不明になり、連絡がとれなくなる。こちらではそうではなかった。ドイツ人のおかげである。

占領期のポーランド人は、ドイツ人が野蛮であると同時に几帳面であることも知った。しばらくしてわかったことだが、占領者には物的財産に対する異常な執着があり、とりわけ不足している物を奪う方法には顕著な特徴が見られた。思いがけなかったのは、強奪するさいに見せる（例えば住居を奪う時）あからさまな貪欲さである。一九三九年一一月、ルスカ通りの教授の家が「空になった」が、それは夜、照明を消した状態で、教授一家が二〇分で家を空けるよう迫られた結果である。教授一家はザクセンハウゼン強制収容所に送られた。同じような目にあった者は何人もいる。ジグムント・アウグスト通りの知人の家には、「絨毯はどこだ。早くしろ！」と、ドイツ人が息もつかずに叫びながら押し入ってきた。いわゆる「管財人（トロイヘンダー）」のやり方も同じである。彼らが屋敷や邸宅に入って、アンティーク家具や陶器、とくに時計を奪わなかった例を私は知らない。フランクやゲーリングがこうしたことを堂々と合法的にやっている以上、下っぱの者たちがやらぬわけがない。しかし、ドイツ人のこうしたやり方が私たちを最も苦しめていたわけではない。深刻な痛手となったのは賄賂である。私たちはしばしば、逮捕された者がどこにいるかを知るために賄賂を利用した。囚人へ小包を送るさい、ゲシュタポから多額の現金を要求されることも、逮捕者の釈放のためにさらに多額の現金を要求されることもあった。長い占領期を通じて、莫大なポーランド貨幣がこの目的で使われた。もちろん、目的が果たされることはほとんどなかった。その通常のやり方は次のとおりである。まず、逮捕された者の妻や知人の家に、「援助の提案」をする人物が現れる。特定の期日（その期限はとても短い）と場所に指定された莫大な金額が支払われれば、囚人は解放される手はずになっている。絶望した家族（通常は母親か妻などの女性）が、なけなしの宝石やドルあるいは芸術品を売って身代金をつくる。通常、ゲシュタポはその後現れないが、本当に釈放されたことも何度かあった。だが、それは非常にまれなので、こうしたやり方は次第に困難になった。するとドイツ人は、最初に半額を要求し、残りの半額は釈放時に受け取る、というやり方をとり始めた。ゲシュタポは初回の支払いを受け取るだけで満足したが、時には二回目の支払いを受け取って、本当に解放されることもあった。ただしその場合、ほとんどの犠牲者はまたすぐに逮捕され、時にはその日の晩に監獄に戻されることもあった。

私たちが最も恐れたのは、強制収容所への移送だった。とりわけアウシュヴィッツでの死亡率は監獄に比べてはるかに高く、そこからの解放はとても困難だった。私たちは常に、ドイツ人が降伏する前に収容所の囚人全員を殺すのではないかと恐れていた。かなり後になって私自身が監獄に入った時、囚人の多くが収容所への移送を夢見ていたことを知った。収容所で死が待っていることは明らかだが、収容所への移送とは最も恐ろしい悪夢、つまり拷問の恐怖が終わることを示していたからである（そうでない場合もあった）。

私たちの病院に送られて来たのは、捕虜収容所の病人ばかりではなかった。ジヴィエツの教師だったチェスワフ・ビェレヴィチ少尉は、ドイツ軍に捕まり、強制収容所に送られた。そこで彼は開戦一年目の厳しい冬、テントの中でほとんど何も着ずに凍えていた。この堂々たる体躯の男がそこで結核に罹ったのである。数か月後になってやっと、彼は捕虜収容所に移されたものの、すでに救う手段はなかった。肺がほとんどつぶれ、死に瀕していたのだが、体が丈夫すぎてなかなか死ねなかったのである。長時間、数日、否、数週間も、この二〇歳を少し超えた丈夫な男は苦しい息をしていた。彼が望んだのはただ、誰かが彼の傍にいることだった。彼によれば、「その誰かがこの苦しみの半分をひきうけてくれる」からである。彼は二月五日にやっと、苦しみから解放された。

その頃、新たな患者は次第に減っていった。患者の多くはドイツ本国で死んだ。総督府の病院には空きが目立ってきた。それは単に喜ばしいというだけでなく、私たちが夢見ていたことの徴候でもあった。私たちは神に、「解放のための世界戦争」を願っていた。私たちは、ドイツがロシアと戦争することこそがポーランド問題を解決する唯一の方法だと信じ、その開始を待ちわびていたのである。ドイツ軍がソ連軍を破り、その後、弱体化したドイツ軍を連合国軍が破る。その後、ドイツとソ連は倒れ、その中からポーランドが蘇る。ポーランドは、恐ろしい戦いの中で得た比類なき精神的結集力を持つ強国となる。莫大な血が流されることは承知の上だが、その代償として、ポーランドは歴史上、どの国民も持たなかったような国家となろう。階級的党派的相違が児戯に等しいと思われるような、二度と崩壊せぬ堅固な統一国家がつくられるだろう。

この危機的な数か月間、抵抗運動は活気づき、私にもささやかであるが興味深い仕事が与えられた。

ドイツ軍に宛てたビラを、ドイツ語に翻訳あるいは書き直す作業である。そのビラは、「適切な調子で」ドイツ軍の民主化を促す内容だった。

ある時、赤十字の勤務時間中に、私の連絡員であるバーシャがやって来た。私は彼女が事務所にやってくるのを好まなかったが、何か重要なことに違いなかった。彼女は、「あなたは英語ができるかしら」と聞いた。私ははっとした。「できるわよ」と私は答えた。「良かった。ヤーシ[34]があなたに期待しているのよ。」「なぜ英語が必要なの？」「イギリス人がいるの。」「どこに？」「ヤドヴィガ女王通りよ。今日の午後にそこに来てね。彼と話ができる人は誰もいないの。たぶん、パラシュート兵だわ。彼は味方の二人の女性のもとにいるわ。明日、プラヴジツ（コモロフスキ将軍の当時の暗号名）の所に行った時、この件について報告してね。」彼女は詳しい住所と合い言葉を教えてくれた。私は午後になるまで待ちきれない思いだった。私は、パラシュート兵がポーランド語を話せないのはおかしいと思ったが、好奇心の方が疑惑より強かった[35]。

勤務時間がやっと終わり、私は仕事場を出た。目的の場所へは、郊外にある「コシチューシコの丘」[36]あたりまで行かねばならなかった。その家は他の家々から少しばかり離れていた。私は目的の家を見つけた。ドアを開けたのは年配の女性で、合い言葉に頷いて、私を部屋の中に入れた。ドアの傍らに、若いブロンドの青年が座っていた。彼は見知らぬ者が入ってきたにもかかわらず、トランプ遊びのペーシェンスを止めず、頭もこちらに向けなかったので、彼がポーランド人でないことは明らかだった。私は彼が座っているテーブルの傍に行き、彼の前に立って手を差しのべた。「How do you do（はじめまして）」。すると、うら若い赤ら顔のブロンドの青年は体を動かし、ほっとした表情で微笑み、大きな手を差し出した。「あなたはどこから来たのですか?」「逃げてきました」「どこから?」「捕虜収容所(スタラグ)からです。」「どうして?」「あそこは居心地が良いというわけではないからです。英語を少し話せる一人の労働者が、僕に作業用つなぎ服と自転車をくれました。そして僕をピョトルクフにあるあなた方の組織に連れて来たのです。」「あなたはどこから捕虜収容所に連れてこられたの?」と、私は聞いた。「ダンケルクからです[37]」と彼は答えた。「では、あなたはパラシュート兵ではないのね?」「全く違います。僕は戦場には二日しかいませんでした。その後、収容所に入れられ、馬鹿げたことに逃げ出しました。」「なぜ馬鹿げているの?」「だって、僕は皆さんを危険に晒しているからです。脱出する手段なんてないことはわかっています。捕虜収容所では、脱出がこんなに大変だということを誰も知らないのです。」

私は、彼の姓名と所属部隊を控えた(彼の名がウィリアムだったことだけ覚えている)。職業は機械工。ロンドン郊外に母が住んでいる。翌日、私はすべてをプラヴジツに話した。彼も、イギリス人がパラシュート兵であることを期待していたにちがいない。プラヴジツは私に、ラコヴィツェ地区の墓地の向こうにある新しい住所を教え、ウィリアムをそこに連れていくよう命じた。ただし、連れていく前に、ウィリアムに次のことを確認しなければならない。つまり、私たちが彼をサン河の向こうのボリシェヴィキのもとに移すことに同意するかどうか。それ以外に助けられる可能性はないのだが。ウィリアムは、自分がこれこれこういうイギリス人で、収容所から逃げて来たという、ポーランド語と英語とロシア語の手紙を持ってソ連領に行かねばならない。彼の安全のため、彼の上司と母親にわかるように、詳細な情報をラジオでロンドンに伝えねばならない。ロシア人には手紙ではっきりと伝える。

この方法で、数日前にすでに、二人のフランス人を逃がした。彼らはサン河の向こう側で首尾よく受け入れられたと聞く。

私がウィリアムにすべてを話すと、彼はボリシェヴィキのもとに行きたいという大きな希望をみせた。私には、彼が何かインディアンのお話のような空想的な冒険を夢見ているように思えた。そう言いながらも彼は、「一週間あるいは二日でも待つことはできないだろうか」と聞いた。私には全く訳がわからなかった。ここクラクフで、英語しかわからない人間を匿ったら、私たち全員が射殺される危険に晒される。それはウィリアム自身が言ったことだ。収容所から逃げた兵士、つまり捕虜は厳罰を受ける。ロシアへは彼自身が行きたいと望んだのに、なぜ延期しようというのか。やっと彼は、ピョトルクフの庇護者のもとに残したクリスマスのプレゼントのことを話し出した。「とくにカフスボタンが大事なのです」と。彼は今度の旅にそれを持っていきたがったのである。だが、私にはそれはいささか大きすぎる望みに思えた。そこで私は単刀直入にこう言った。「もしも私があなたを保護したことで銃殺されたとしても、仕方ないわ。覚悟はできている。だけど、それはイギリス人のためだからであって、カフスボタンのためではないのよ。」彼はしゅんとなった。「では、戦争が終わったら戻って来よう。親友を尋ね、カフスボタンを取って来よう」と彼は言って、私と出かけた。

私たちはかなり遠くにあるデンブニツキ橋まで歩かねばならなかった。私はウィリアムの首と顔の一部をマフラーで覆った。困ったことに、彼がイギリス人に見えたからだ。だが幸いにも、彼はあまり背が高くなかった。辻馬車に乗った時、私はまたもや、「しくじった」と思った。馭者が、ラコヴィツェ地区のような遠くまで二人の客が黙りこくっていることに驚いたからである。そこで道中、私は馭者に、もちろんポーランド語で、途中にあるクラクフの記念碑や古い教会の説明をした。馭者はぶつぶつと相槌を打ったり驚いてみせたりした。夕暮れになってようやく、私はウィリアムを新しい庇護者の手に委ねた。「僕はまた、あなたが来る前みたいに、誰とも話せなくなります。」数日後、彼がサン河の向こう側で、首尾よく受け入れられたことを知った。

その頃私は、ある患者のもとで夜間勤務をしていた。彼は三三歳の海軍軍医で、ヘル半島防衛戦で衛生部長を務めたズビグニェフ・ヴェジボフスキであり、心臓病で亡くなった。彼は自分の病状を気にかけず、いつも元気で陽気だった。だが、真面目な時には戦争のこと、つまりヘル半島防衛戦について語った。彼はとても信仰深かった。復活祭の時に聖体を受けた彼は、自分の病状が悪化したら、ただちに司祭を呼ぶよう私に誓わせた。

ちょうどその頃、私は病院の仕事が少なかったので、彼のもとに何度も通った。病状は急激に悪化した。病人はもう話すこともできず、錯乱することもあった。彼が見る幻覚にとまどわされることはなかったものの、私は彼との約束を次第に負担に感じるようになっていた。私は復活祭の時にヴェジボフスキを訪ねた司祭の所に行き、すべてを話した。すると司祭は彼を訪ね、翌日に聖体を受けるよう提案した。「今回は、告解しないでも秘跡を受けられる」と。病人は喜んだが、少し驚いていた。その時私は司祭に、「病人は一人部屋に寝ています。臨終の聖体拝領だと病人に悟られないように、私も一緒に聖体を受けます」と言った。司祭は喜んで同意し、私に、「夜勤のあと、朝七時半に待つように」と指示した。夜は辛かった。もうすぐ彼に臨終が訪れると思われたからだ。

その朝、司祭は他の臨終間近な者に呼ばれたため、かなり遅れた。私は重い気持ちで司祭を待った。

なぜなら私は九時前に、地下組織の上司であるヤーシの所に行かねばならなかったからだ。ラジオを「中央救護委員会」(38)から借りるためである。そのうえ私は、その日引っ越す予定のヴェネツィア通りにある新住所を伝えることになっていた。引っ越しは、プラヴジッツ（司令官のこと）に新しい連絡場所を提供する目的であった。しかし、もし私が司祭を待たずに出ていったら、当時の雰囲気では、それは地下組織を裏切ることに等しい行為だったから、待たなければならなかった。

司祭が来たのは八時半だったので、私が病院を出たのは九時になっていた。九時以降にヤーシのもとに行くことは禁じられていた。それは私の初めての職務違反であり、とても残念だったが、仕方なかった。仕事は翌日、つまり四月二〇日の日曜日に延ばすしかなかった。私が夜勤を終え、病院を出たのは朝の八時一五分だった。スワフコフスカ通りのヤーシの家に着いたのは八時半だった。いつも通りにドアを叩いたが、返事はなかった。長く叩き、待った。再びドアを叩いた。今度は用心せずに、大きな音で。「日曜日だからって、こんなにぐっすり寝ているなんて」と私は腹を立てた。

とうとう私はそこから立ち去った。昨日の司祭の遅刻と今日の再度の失敗で、私は自分に腹をたてていた。重要な案件処理が遅れたことはわかっていたので、もう一度試してみようと思った。九時以降にヤーシのもとに行くのは禁じられていたが、日曜日ならば構わないだろう。そこで、近所にある聖マルコ教会のミサに行った。時間どおりに教会に着いた。三〇分後に教会を出て、ヤーシのもとにむかった。もう一度ノックしたが、何の応答もなかった。仕方がないので私は立ち去った。帰途、朝食のためにカフェに立ち寄り、自宅のあるヴェネツィア通りに着いたのは一〇時頃だった。もうすぐベッドに横になれるのが嬉しかった。私のフラットのある一番地の建物に近づいた時、その建物がある通りの向かい側に、レーニャとスタシャが立っているのが見えた。私は驚いたが、レーニャが脇にカルパチア地方風の花瓶を抱えているのが見えた。その花瓶は私の箪笥の上にあり、花瓶の底には蠟で、国内軍の所有である金貨が塗りこめられていた。「奴らが私の所に来たのだ」と私は思い、二人に近づかずに建物を通り過ぎた。

レーニャは私を見て、ついて来た。「あなたはヤーシの所に行かなかったの？」とレーニャが聞いた。「行ったわよ。でも、今日は何一つ片づけられなかったの。昨日は、病院を出るのが遅れて行かれなかった。今日はミサの前と後の二回行って強くノックしたのに、ヤーシは出てこなかったのよ。」レーニャは驚いた様子で聞いていた。彼女の顔が真っ青なことに私はその時初めて気がついた。「ヤーシは金曜、つまりおとといの夜に逮捕されたの。ゲシュタポが彼の家に張り込んでいて、訪問者たちを皆逮捕したのよ」[39]今度は私が驚く番だった。ゲシュタポがずっと見張っていたはずなのに、なぜ私が捕まらなかったのか全くわからなかったからだ。スタシャによれば、昨夜遅くプラヴジツから、「ヤーシの逮捕をレーニャとカーラ（カロリナの愛称）に伝えよ」と命じるメモが届いた。スタシャは翌朝レーニャの所に行き、「おそらくカーラは逮捕されるだろう。彼女は病院を朝早く出て、ヤーシのもとに向かうはずだから」と言った。スタシャが聖ラザロ病院に行ってみると、私は一五分前に出たと告げられた。その間、レーニャは私の家から軍資金を持ち出したのである。

こんな状況では、金貨を持って家に帰って寝るほかなかった。後になって、ゲシュタポがヤーシのフラットで金曜の夜から日曜の夜まで張り込み、一七人を逮捕したことを聞いた。日曜の朝、ゲシュタポはヤーシのフラットを一時間半だけ留守にしていた。彼らは総統の誕生日を祝うパレードに出席しなければならなかったからである。ヤーシを訪ねた全員が逮捕されたと報告しに来た者に、司令官はこう言った。「だが、二度そこにいた人物が私に報告に来た。」すると、「その人物は幸運な星のもとにいるのですね」という答えが返ってきた。それはヒトラーの誕生日に起きた出来事である。

翌四月二一日、私はいつもどおり午前中をピェカルスカ通りにある赤十字の事務所で過ごした。少しの間、事務所を離れた。席に戻ると、今しがたレーニャが来て、「できるだけ早く自宅に帰れ」という伝言を私に残して去った、と言われた。人も動物と同様、危険な時には勘が働く。私もその時、襲いかかる恐怖をやっとのことで隠した。何か重大なことが起きたにちがいない、司令官に危険が及んでいるにちがいない、という根拠のない不安に襲われたのである。事務室で少々、細かな問題を片づけてから外に出て、早足に自宅に向かった。階段には誰もいなかったので、一気に駆け上がった。鍵を取り出そうとするや否や、レーニャがドアを開けた。「レオンが捕まった」と、彼女は私の後ろでドアを閉めながらやっとのことで言った。私は彼女を見つめた。質問するのが怖かったのだ。レオン・ギェドゴウド[40]は組織の地区会計係であると同時に、司令官のプラヴジツが助手ヴォランスキの名で働く、ズヴェジニェツカ通りにある文房具店の店主だった。

レーニャは落ちついてはいたが、いつもより生気がなくこわばった顔をし、唇をかみしめていた。「それで?」と、私は聞いた。「私が店に行くと、夫(司令官のこと)はそこにいて、『すぐに出て行け』と言ったの。ゲシュタポが朝、逮捕されたレオンと一緒に店に来た時、夫は店にいたけれど気づかれず、そのままゲシュタポはレオンを連れて出ていったそうよ。それを聞いて、私はどんな危険を冒しても夫を連れて帰ろうとしたんだけど、夫は何かの連絡のために残りたがったの。私はあなたのアドレスを夫に渡したわ。そこは彼が立ち寄れる唯一の場所なの。だって、連中はまだ誰もあなたの新しい家を知らないから。だから、ここで待っていてね。出歩かないでね。私があそこに行くわ。それから、たぶんここに戻るわ。」「早く戻って来てね！」私が言うのに間に合ったのはそれだけだった。彼女はすぐに階段を駆け下りて行ったからだ。私は家に入って、ドアの傍の椅子に座った。そして待ち始めた。今日は何日だろうか？　四月二一日だ（昨日はヒトラーの誕生日だったから）。私は記憶を手繰ってみた。四月二一日とは何の日だったろうか。そうだ。パリリア祭（ローマの誕生を記念する古代ローマの祝日）だ。そう思い出すと、ローマでの楽しい学究生活の記憶がありありと目前に浮かんできた。肌寒い春の日だった。私は窓に近づき、ヴァヴェル城を眺めた。それは私に勇気をくれた。三〇分が過ぎた。レーニャがまだ戻れないことは確かだ。長くかかるだろう。ひょっとすると、とても長く。もしかしたらもう来ないかもしれない。その時、呼び鈴が鳴った。私はドアに飛びついた。スタシャだった。「もう待たないで。レーニャも彼も絶望的だわ！」「どういうこと？」「二人は店にいるわ。そこにはほかの人々もいるの。たぶんゲシュタポだわ。すべて終わりだわ。」彼女は極度に緊張していた。「あなたは街頭で何が起きているか知らないでしょう。奴らは路上で銃を乱射しているのよ。私たちの仲間が大切な物の入ったカバンを持って歩いていたの。彼は撃たれ、倒れながらも、足でカバンを蹴飛ばして下水道に落としたわ。奴らはカバンを手に入れられなかった。」

その時私は、恐ろしい緊張状態の中では、事実が文学作品の内容と混同されやすいことを思い出した。スタシャの話は、ジェロムスキ*の小説『忠実なる河』[41]のフベルト・オルブロムスキの死の場面だ。何ということだろう！　ジェロムスキの大好きな私が、こんな場面で彼の作品と出会うとは！　しかし、まずはスタシャを落ち着かせなければならなかった。「あなたはどこにいろという命令を受けているの?」「店の向かいの薬局よ。」「では、そこに行ってちょうだい」「すぐに行くわ。ただ、私はあなたに知らせて、レーニャの物を渡したかっただけなの。」彼女は私の手に金の腕輪を押しつけた。私はそれを機械的にバッグに投げ込んだ（腕輪を見つけたのは一週間後のことだ）。スタシャは出て行った。

私はドアの傍の椅子に戻った。一時間がたった。何も起こらなかった。極度の緊張状態で何もせずにいるのを強いられた者は、全力で何が起きているのか知ろうと意識を集中する。外部で全く何も起きていない時には、意識は内部に向かう。今も覚えているが、その時の私に、それまで知らなかった何か新しい強い感情が生まれていた。それは司令官に対する自己犠牲の感情だった。司令官が危険な状況にある時、何もしないで待たねばならないのは名状しがたい苦痛だ。その時突然、歴史上多くの人々が英雄的な行為に突き動かされる単純な理由がわかった。私はここで、髪の毛が真っ白になるような気持ちで、椅子に縛られたように座っていなければならない。他の事をしてはならないのだ。一時間四五分が過ぎた。突然、呼び鈴が鳴った。レーニャだった。無事だったのだ!「夫が来るわ。夫は私に、ある程度距離をおいて前を歩くよう言ったの。すぐにここに来るわ。」数分後、本当に司令官が来た。落ち着き払い、いつもとほとんど同じだった。「我々の周囲も危なくなったな。」彼が言ったのはそれだけだった。

午後、レーニャとヴィシャ・ホロディスカと私は、情報を集め、連絡をとりあい、司令官を一時的に農村に疎開させる準備のために、かわるがわる外出した。情報は悲惨なものだった。隠れ家はすべて襲われ、続々と逮捕者が出ていた。司令官は、拷問が行われているクラクフのモンテルピ監獄のことを絶えず考えていた。夕方、彼は私に、店から鍵を取って来て、ギェドゴヴド夫人の友人に渡すよう命じた。後になって知ったことだが、彼女は怯え混乱し、「ヴォランスキさんってどういう人だったかしら。その人の奥さんは背が低くがっしりした体格だったか、背がとても高かったか、思い出せない」などと言っていた。

その日、私には別の任務があった。ヴォランスキ氏（司令官の偽名）のフラットから書類を取ってくることである。書類は浴室の壁の裂け目に隠されていた。フラットの家主は私の知人のそのまた知人だった。そこで私は家主に、「カザフスタンの情報の件で来た」と言った。そのあと帰ろうと玄関まで来た時、私は急に「気分が悪くなった」と言い、浴室に入った（司令官は詳しくフラットの内部を描いてくれた）。私は浴室に入ると、立てかけてあった梯子に上り、司令官がくれたピンセットで、壁の裂け目から書類を取り出した。私は再び「気分が良くなる」まで待ち、フランス語で家主に別れを告げた。家主は、「あなたの体調が心配になったわ」と言った。

夜、私は起きたことを伝えるためにシェベスタ博士の所に行った。彼はまだ何も知らなかった。報告の最後に、私は一時間四五分待たされたことをつけ加えた。彼は私を見つめ、こう言った。「何でもないことですよ。あなたはその間、司令官とはどういうもので彼のために何をやれるかを考えていたのでしょう？」「どうしてわかったのですか？」「あなたを見ればわかりますよ。」

夜、レーニャと私は私の家主のもとに行き、「病気の従兄弟が病院に入るのを待っているが、泊まる所がどこにもない」と話した。家主が何を考えたかわからないが、病人が私の部屋の脇にある玄関前の小部屋に泊まることを許してくれた。[42] 二日後、司令官は出発した。

その後、私は最近怠りがちだった病院の仕事に戻った。そこでは絶えず何かが起きていた。イエズス会の病院はきれいに改築され、設備も整っていた。ヴェジボフスキはそこで五月四日に死んだ。亡くなる最期の日々、彼はしばしば正気を失い、朦朧とした意識の中で、ヘル半島を防衛しているようなうわごとを絶えず繰り返していた。彼を棺に収めた時、私は彼の命を救えなかったと感じた。私は彼に借りがある。もし聖体のことがなかったら、私はここにいなかったろう。

五月末、クラクフを離れている司令官に、病院での仕事が終わったら私に新しい任務を与えるようことづけた。受け取った返事とは、モンテルピ監獄で囚人を救援する女性の組織、いわゆる「パトロナト」に加わることだった。司令官はそこに「自分の側の」人間をおきたかったのである。そこで私は参加しようと手を尽くしたが、うまくいかなかった。「パトロナト」の委員長はとても高潔かつ献身的だが、少々教条的な社会主義者だったためである。彼は私の出身階級を問題にして、私の「パトロナト」加入に反対した。彼はもうこの世にいないが、彼に断わられたことに深く感謝する。もし断られなければ、私は最後まで「パトロナト」にいたことだろう。

それは六月のことだった。当時、私たちは毎日、ある事件が起きるのを心待ちにしていた。ドイツ軍が何か桁外れに大がかりな準備をしていたからである。ドイツ軍は新しい武器を装備し、ピカピカの軍服を着、素晴らしい馬と大量の不恰好な戦車を備え、毎日毎晩クラクフを通過していった。それは量も規模も膨大で、終わりがないほどだった。行進は昼も夜も続き、途切れることがなかった。それは駅と市壁公園付近から出て、カルメリツカ通りを通り、東方に向かった。ただ、奇妙なことに、支配民族（ヘレンフォルク）の力強さと対照的に、兵士の顔には肉体と調和してみられるはずの喜びの表情がなかった。兵士たちは断固とした、だが時には寂しげで奇妙な諦めの表情を浮かべ、唇をかみしめていた。

その頃、知人のもとに住む一人のドイツ人が休暇から戻ってきた。ハンガリー人の家主は彼に、ドイツの様子を尋ねた。すると彼は少し黙ってから、こう言った。「素晴らしいよ。だが、絶望的だ。」総督府全体は、日に日に臨戦態勢に変わっていった。病院も準備が整った。燈火管制に関する命令は最も厳重になった。空気には、ぴりぴりとした極度の緊張が感じられた。戦争開始について話したポーランド人は逮捕された。果たしてドイツ人は本当に、彼らが万全の準備をしていることをソ連が知らないと思っているのか、それともポーランド人を新たな方法で苦しめようと望んでいるだけなのか、全くわからなかった。

六月二二日日曜日の朝七時、ヴィシャ・ホロディスカが私の家に立ち寄った。私は気持ちよく眠っていたが、彼女は私を力いっぱいゆすった。「カーラ、起きて！　戦争よ！」私はヴィシャを見たが、信じることが怖かった。「母の家の隣にある修道院の修道士が、壁ごしにドイツ語のラジオ放送を聞いて、寝間着のままでいる母のもとに駆けつけたの。ドイツが全世界に向けて、ロシアと共産主義に対する戦争を始めたと放送したのよ！」私は起きて服を着ると、教会に行った。そこにはすでに跪いて感謝の祈りを捧げる人々がいた。私は教会から、ラジオを持っている知人のもとに駆けつけた。モスクワはあらゆる言語で、万国のプロレタリアートに向け、ナポレオンによるアレクサンドル一世への宣戦布告記念日にあたる今日、ヒトラーの軍隊がソ連国境を侵攻してきたと放送していた。ポーランド人は狂喜した。ポーランドを分断したあの境界、血塗られたリッベントロップ＝モロトフ線[43]が、今日から存在しなくなるのだ！　あの恐ろしい「国境」がこの瞬間、永久に消えたという思いは私たちを狂喜させた。ドイツ人よ、ロシア奥地へと勝利を摑みに行くがよい！　そこから彼らは戻らないだろう。なぜなら西部では、連合国軍がドイツ軍を負かしているだろうから。今こそ私たちは東方へ、再びポーランド領となるルヴフへ帰ろう。

翌日、私はラジオで、ロンドン亡命政府首相のシコルスキ将軍の演説を聞いた。その内容とは次のようなものだった。「ドイツ軍は弱体化し、その政策は狂っている。ポーランドでは皆、ドイツ軍がロシアを打ち負かすと深く確信しているようだが、私にはそうなるとは思えない。違う結末も考えられる」と。私たちは演説の真意を図りかねた。そんなことがありうるだろうか。そうなったら、東部ポーランドに再び危機が迫るということか。まさか！　そんなことはありえない。そう考えること自体、私たちとともに西欧文化を守るために戦っている人々に対する裏切りである。ブク河の向こう側にあるポーランドの東半分をロシアに手放すなんて、私たちにできるはずはない。そんなことを考えるのは気違い沙汰だ。ありえない。ロシアに打ち負かされるほどドイツ軍は弱くない。ロシア軍も応戦するだろうが、ドイツ軍を敗北させられないだろう。ドイツ軍が国力を消耗させた後、連合国軍がドイツ軍を潰すだろう。

数日後、ルヴフはドイツ軍に占領され、ひどく破壊されたという知らせが届いた。ルヴフからの直接の連絡はまだなかった。当面は落胆させられる噂だけで我慢しなければならなかった。ドイツ軍がルヴフ大学の教授たちを多数逮捕したという噂が流れた。様々な名前が列挙された。しかし確かなことは何もわからなかった。

やっと私に届いた最初の秘密メモには、ドイツ占領後二日目に人質として逮捕された二二人の教授や講師の名が書かれていた。その中には、妻や息子と一緒に逮捕された者もいた。監禁場所は不明だった。[44]メモによれば、逮捕者は医学部の教授が中心だが、工科大学や商業大学の教授もいた。それ以来、この謎めいた事件はずっと私の心に残った。

その頃、私は個人的な計画を立てていた。「パトロナト」への参加を果たせなかった私は、自分で方策を考えることにしたのだ。何か別のことを探さねばならない。当時、あちこちから監獄の状態に関する非常に痛ましい報告が届いていた。とりわけタルヌフからの知らせは悲劇的だった。そこにはとても大きな監獄があり、そこは占領当初は地域の赤十字から食糧支援を受けていたが、のちにドイツ人に支援を禁じられた。獄内で配られる食糧では足りず、毎日一八人から二三人が餓死している。私たちは詳細な証拠を得ていた。市の福祉課が一体ごとに死体処理費を支払っていたからである。死体は公然と運び出され、死の原因が餓死であることに疑いの余地はなかった。そこで私は「中央救護委員会（以下ＲＧＯと略す。本章注38参照）」会長のアダム・ロニキェル*に会いに行き、彼に、「ＲＧＯの仕事に囚人保護を加え、私をその担当にしてもらえるだろうか」と尋ねた。私は、自薦する理由として次の三つをあげた。(1)担当者は女性であること。なぜなら男性より安全だから。(2)夫や子供を持たないこと。なぜなら彼らに対する義務がないから。(3)ドイツ語が流暢に話せること。

同意してくれたＲＧＯ会長に感謝する。ＲＧＯは会長の結論を追認した。赤十字とＲＧＯ双方に同時に属すことが禁じられていたため、私は赤十字の仕事を止めてＲＧＯの職員になった。

第三章　総督府巡回
―一九四一年七月～一九四二年三月―

囚人救護活動のために、私は総督府（第一章注21参照）の役所を廻り始めた。中央救護委員会（RGO）（第二章注38参照）の活動には、総督府の許可が必要だったのである。逮捕理由にかかわらず、あらゆる囚人への食糧支援が私たちの要求だった。それ以外に、政治犯とコンタクトをとる方法がなかったからである。ドイツ司法当局はそれ程大きな要求を出してこなかった。内務省のような他の省庁も同様だった。それから私は「総督府行政府」社会福祉課に赴いた。そこで私はハインリヒ博士に会った。彼は若く、髪の毛をなでつけた典型的ドイツ人で、彼がゲシュタポに属していることは皆が知っていた。私は彼と、長々としたうんざりするような会話を交わした後、総督府のゲシュタポ本部に行くことになった。それは私にとって好都合だった。私の身辺に少々危険が迫っていたからである。私への尾行は一九四〇年四月頃からすでに始まっており、「クラクフを離れた方が良い」という警告や忠告を何度も受けていた。もしそれに従ったならば、仕事をあきらめて戦争が終わるまで身を隠さねばならなかったろう。私には、ゲシュタポの心臓部に乗り込む方がはるかに優れた防御手段だと思えた。なぜなら、自ら進んでゲシュタポ本部にやって来る人物は、「きちんとした」人間だとドイツ人が確信するに違いないと思ったからである。そこで私はゲシュタポ本部に出向いた。私を迎えたのは、とても背の高く黒い髪のSS少佐だった。彼の姓は覚えていない。彼は私をじっと見つめ、様々な話をしたので、尋問されているように感じた。幸運なことに、私は部屋に入るとすぐ窓を背にして座ったため、私の顔が影になり、彼の目に日光が反射したので気が楽になった。彼は私に、「なぜそれほど囚人を保護したいのか」と尋ねた。私は、「病人を看護できないので、同じような境遇の人々、つまり囚人と関わりたいのです」と答えた。彼は、「お前たちはどれくらいの量の食糧を運ぶつもりなのか」と聞いた。さらに彼は私に、「囚人の数を聞くことは決して許可しない」と警告した。私は、「囚人の数は重要ではないと承知しています」と答えた。少佐はこの間の抜けた答えを聞いて、満足感を露(あらわ)にした。その結果、彼は私に、「二日後に来るように。その間、上官と話をする」と約束した。二度目に私が行った時、とても長く待たされた。待っている間、一人の囚人が連れて来られ、少したってから連れ去られた。囚人は私を注意深く観察していた。私は自分が審査され、それに通らなかったと感じた（後になって、その時連れて来られた囚人は「レオン」だった可能性が高いと知った。彼はゲシュタポに情報をすべてぶちまけたそうだ。レオンと私は一度も会ったことがないので、私は審査にひっかからなかった。私に彼の店に行くことを禁じたプラヴジッに感謝する）。

やっと私は部屋に入るよう命じられた。二回目の会話が始まった。そこでもまた、「なぜ囚人保護に関わろうとするのか」という問いが繰り返された。そこで私は前よりはっきりと直接的に、意地悪くこう答えた。「なぜなら、それは自分の民族的な義務だと思っており、非合法ではなく合法的に行いたいと願っているからです」。その結果は、予想に反して肯定的なものだった。それ以来、彼は私の提案に好意的に対処するようになった。おそらく彼は、「こんなことを言う奴はとても単純だから、許可してもいいだろう」と思ったに違いない。最後に彼は、怖がらせるように、これ見よがしに私を罵りはじめた。彼は私が会話の中で危険な表現を使ったことを注意し、「囚人に届ける食糧の中にメモが見つかったが最後、お前たちを逮捕する」と脅した。私は、「政治犯か刑事犯かわからない、不特定の囚人のために運ぶ鍋の中に、どうやったらメモを隠しておけるのですか」と質問した。彼は、「何でも起こりうる」と答えたが、黙った。やっと私は部屋から出た。私は希望を抱いてこの苦役の場から離れた。

その日の夜、私は自分の住まいに監視がいないことに気づいた。西側の侵略者はつねに狡猾で残虐というわけではないのだ。

それから間もなくして、私は再びハインリヒの前に立った。彼は、電話で長く話した後、鉤十字と鷲印の飾りのついた許可証を私に発行した。許可証にははっきりと、「ゲシュタポおよび国家保安部は、RGOの協力のもと、この人物に、総督府における囚人への食糧供与を許可する」と書いてあった。彼は私に、「この書類があればタルヌフに行かれる」と言った。私はカードをひったくると、自分の家に急いだ。何度もそこに書かれたことを読み返し、そこに八月一一日と記されてあるのを確認した。その日は私の誕生日だった。ハインリヒは私に素晴らしいプレゼントをくれたのである。その夜、私は司令官に暗号で長い手紙を出した。それは、危険でないパンフレットの中にある文字の上に点（ルビ）を打って、そのパンフレットを送るという簡単なものだった。当時私はこうやって、司令官にラジオ放送の内容その他もろもろの情報を送っていた。今回は、私が「総督府全体の囚人を援助することになる」という報告だった。その時に初めて、次のような私的な言葉をつけ加えた。「責任はとても重い。助言を頼む」。数日後、短い返事が届いた。それは、「すべてのコンタクトを断ち、新しい仕事に集中し、それ以外のことをするな」という命令であった。

許可証を取得した翌日、私はタルヌフに赴いた。当地の刑務所はSSではなく、法務局の管轄下にあった。そこは戦前からある監獄だったので、看守や職員はまだポーランド人だった。ゲシュタポは逮捕者を監獄に入れ、「保護」していた。私を出迎えたのは年配の刑務所長で、ギュンターという名だった。彼は許可証を見て、私の人物確認をしたが、「クラクフの法務局からの命令を受けていないので、許可できない」と言った。そこで、私はすぐにクラクフに戻らねばならなかった。幸運なことに、ちょうど同じ日タルヌフにいたRGO会長ロニキェル*が、クラクフまで自動車に乗せてくれた。途中、私たちは知人を訪ねた。その時私は、ポズナン近郊のサモストシェルから移住してきたブニンスカ夫人と知り合った。私は夫人の住んでいた地域の様子を聞いた。彼女によると、彼女は自宅から追い出された。一年間は使用人部屋に住むことを許されたが、その後はそこからも追い出された。使用人部屋にいた時、春と秋に毎日、ボイラーが焚かれているのが窓から見えた。その燃料は、ブニンスキ家の名高い書庫にある高価で大きな革製の本だった(1)。

その夜、私はクラクフに着いた。許可証のおかげで、タルヌフに関する最後の難関をクリアできた。それから数日たった八月二五日、私はタルヌフのRGO事務所に電話して、スープ一二〇〇食を翌日準備するよう頼んだ(これはあらかじめ刑務所の所長に教えてもらった数字である)。朝、私がRGO事務所に行くと、刑務所長がその日のスープの配給を承諾したことを知った。事務所は熱気に溢れていた。その日の昼、私たちは鍋六個を積んだおんぼろの自動車に乗って監獄に向かった。監獄の前には、何かを待っているような人々がたむろしていた。彼らは、窓格子から漏れてくる、助けや食物を求める呻き声や叫びを絶えず聞いていた。後になってわかったことだが、彼らは囚人の家族で、夫や息子に衣服その他の入った小包を届けようとしていたのである。鍋を積んだ自動車の窓から見えた彼らの表情は忘れられない。大きな監獄の鉄製の門がガチャンと開いた時、彼らは極度に緊張しているようだった。運転手の横に座っていた私は、これが夢か現実か、劇中劇なのかわからなくなりそうだった。このタルヌフの監獄にはその時、ポーランドの自由のために戦った数多くの人々がいたのである。

私たちの車が入ると、門が背後でガチャンと音をたてて閉まった。車は大きな中庭で停まった。ポーランド人看守が感激した面持ちで出てきた。少ししてから彼の背後に、二、三人の囚人が現れた。彼らは死体のようにガリガリに痩せていた。その顔つきから、彼らが刑事犯であることがわかった。看守は彼らに、鍋を建物に運ぶよう命じた。鍋を運んでいた一人の若い囚人がよろめいた。全員が肉入りスープの香りに呆然としているようだった。残りの鍋を取りに戻ろうとすると、年長で赤毛の囚人(絵に描いたような刑事犯)がよろめきながら近づき、「何だ、これは!」と、鍋を見て叫んだ。そして私たちの方に大声でこう言った。「どうやら社会福祉課は棺桶の代金を節約したいようだな。」

少したってから車は出発し、残りの鍋を取りに戻った。それは、RGOタルヌフ支部の良心でありブレーンでもあるマリラ・ドモホフスカが運んできたものだった。鍋を全部渡し終えるやいなや、私は力尽き崩れそうな気分になった。私は女性たちに少ししたら戻ると告げ、大聖堂に駆け込み、神に感謝の祈りを捧げた。しばらくすると、傍らで跪いていた女性が憐れみをこめて私を見ているのに気づいた。彼女は、私が大きな不幸を抱えて教会に来たと思ったらしかった。私が嬉しさのあまり泣いていたからだが、そんなことが今時あるなどとは誰も思わないだろう。午後、委員会で見知らぬ人々に会った。彼らは監獄の下で、窓の中からこんな叫びを聞いたという。「スープを貰ったぞ。俺たちにスープをくれた人の所に行き、お礼を言ってくれ。」

このとても嬉しかった八月二六日以来、タルヌフでは囚人に定期的かつ十分に、あるいはできるだけ多くの食事を与えるようになった。

近隣の農村は囚人用の食糧を備蓄し、毎週それが運ばれるようになった。しかし、それは総督府全体で唯一のケースだった。食糧の備蓄を管理したのはマリラである。食事は節約して調理されていたが、美味しかった。

タルヌフのあと、ヤスウォとサノクに立ち寄った。ヤスウォの刑務所長はウクライナ人で、明らかに私を恐れていた。おそらく私がドイツ人と共に来たためだろう。絶えず私に深々とお辞儀をし、重要なことにとても従順だった。サノクでは仕事はより困難だった。そこの死刑執行人は、悪名高いゲシュタポのスタヴィツキー（この苗字はおそらく偽名）だった。サノクの監獄は文字通り血ぬられていた。絶え間ない逮捕と銃殺にもかかわらず、当地のＲＧＯは驚くべき勇気を奮って活動していた。囚人のために食事を作っていたのは修道女たちだった。奇妙なことに、スタヴィツキーは修道女に寛容だった。

次に私たちが向かったのは、ゲシュタポの管理下にあるノヴィ・ソンチの監獄である。そこには囚人の生死を決める（といっても死の方が多い）人物、所長ハマンがいた。彼は手ずからポーランド人を銃殺するのを習慣としていた。私は駅に到着すると、いつものように駅からまっすぐ当地のＲＧＯ事務所に向かった。私を迎えたのは、知的でエネルギッシュな若い女性事務員だった。私は彼女の緊張した表情に何かひっかかるものを感じた。ここに来る途中にすでに、町の人々が何か恐ろしい得体のしれないものに怯えているような気がした。声をあげて泣いている人々が何人もいた。私が自分の名を告げると、女性事務員は奇妙で不自然な声でこう言った。「あなたはわざわざ今日という日を選んでいらっしゃったのですか？」私は彼女が何を言っているのかわからなかったので、支部長を呼んでもらった。[2] すると唇を固く結んだ若い男性が来て、私を自分の執務室に招いた。「あなたは囚人の件でいらしたのですね」と、彼は簡潔に言った。「そうです。前にお伝えしたとおりです」と、私は驚きながら答えた。「今朝、ドイツ人が人質全員を射殺したと通告してきました」と、彼はゆっくりと、だがはっきり言った。「人質というのは？」「司祭を含む町の知識人ほぼ全員です。私たちはそのことを昨日知りました。人質たちが全員の署名入りの別れの手紙を送ってきたからです。そこには妻や母親に宛て、泣かないように、彼らが品位ある者とされたことに誇りを持つように、と書かれていました。手紙に記された全員の名の下には、こんな言葉が添えてありました。「Dulce et decorum est…（祖国のために死ぬことは）甘美で名誉である」と。この町の最も重要な人々がそこにいたのです。私の親友もいました」「理由は何ですか？」と私は聞いた。「理由などありません」と彼は答えた。「ああ、割り当てなのだ」と私は思い、質問を止めた。

こうした状況下で、私はその日、ハマンのもとに行くのをやめた。血を流したばかりの人間からは拒否しか得られないのは明らかだからである。また、その時監獄に残っていた人々の中には、是非とも食糧を届けたい者はいなかった。しかし私はさらに数時間、町に残った。事情を知っている人から話を聞きたかったためである。支部長は夜遅くまで、自分の執務室を歩き回りながら、犠牲者一人一人のことを、また彼らの妻や子供たちのことを話した。そのおかげで翌朝私がクラクフに戻った時、犠牲になったノヴィ・ソンチの教師や技師、事務員の全員を個人的に知っていたような気がした。彼らは命を捧げた祖国の再建を見ずして逝ったのだ。「限りない犠牲を払って生まれる将来のポーランドは、必ずや幸福で道徳的な国でなければならない」と私は思った。

次の刑務所はチェンストホヴァとピョトルクフ・トリブナルスキであったが、「成果」を得るのはそれほど困難ではなかった。最初から私は、チェンストホヴァでは大きな困難はないと聞いていた。当地の役所では不愉快なこともあったものの、他の町より残酷ではなかった。その時まで、そこでは銃殺も大規模なワパンカもなかった。人々は畏れを抱きながら、「ドイツ人の中には、町に漂う神聖な雰囲気を感じる者もいるのだ」と説明した。「シュヴァーベン人は聖母を恐れている」そうである。フランクやゲッベルスのようなドイツの高官も、ヤスナ・グラ教会を訪れた（二人とも覆いを開けて聖なる絵をみせるよう命令した。ゲッベルスは絵をみた瞬間、手をあげて聖母にヒトラー式の敬礼をした）。[3]刑務所の問題でも大した困難はなかった。ゲシュタポは私を不愛想に迎え、大声で叫んだり脅したりしたが、刑務所への食糧配給を承諾した。

翌朝、私はヤスナ・グラ教会にでかけた。そこには、晩秋の枯れ葉からこぼれる光が後光のようにさしていた。教会の入り口には、鉤十字と第三帝国の鷲印の入った大きな文字が掲げられ、軍隊による教会内での無作法な行為および犬の立ち入りを厳しく戒めていた（軍隊に対する「文化保護者」の要求はささやかなものだった）。

告解所には、白いあご髭の年とったパウリン会修道士が座っていた。私が彼に、「私の心は憎悪と復讐の思いでいっぱいです」と言うと、嬉しいことに、彼はこう答えてくれた。「神の行いは迅速ではないが公平です。神が我々に敵への愛を要求することはないでしょう。」

その夜遅く、私はピョトルクフに到着した。そこで私を泊めてくれた一家は、写真家と、教師であるその妻、ポーランド語学科の学生である息子の三人だった。彼らはとても感じが良く親切で、私を心から歓待してくれた。壁に飾ってあった、夫人を写した多くのカラーや白黒の写真が今でも目に浮かぶ。写真からは、二五年間にわたるその地方の写真史をふり返ることができた。その後数か月間、ピョトルクフに来る時はいつでも、私は彼らのもとで時を過ごすのを楽しみにした。当地のＲＧＯの支部長は、私に支部の内情を話してくれた。財政破綻に瀕していること、刑務所のこと、刑務所からうめき声や食べ物を要求する叫びが、とりわけ夜にははっきりと聞こえることなどである。刑務所に赴いた時に私を迎えたのはオーストリア人の所長で、囚人の必需品について私と長々と議論した。彼は刑務所のポーランド人医師を連れて来た。会話はドイツ語で進められたが、医師は私がポーランド人であることがわからないようだった。[4] 医師は、ドイツのどこかの慈善団体が囚人の健康状態を問題にしていると思っているようだった。というのも彼は、「誰を生かせばいいのですか。囚人全員なのか、あるいはまだ助けられる囚人だけですか」と聞いたからである。医師として彼は、餓死寸前の囚人を生き長らえさせる可能性を疑っていた。そうするには、彼らに念入りに考えられた食事を数週間与えなければならないが、それはほとんど無理だろう。私は、「食事はできるだけ全員に与える」と説明した。私が出て行こうとすると、所長は医師に、「お前は餓死という言葉を使ったな。これからその言葉を使わないよう警告する」と言った。また私にも、「お前も餓死なんて言葉を使ったら、仕事のためにならないぞ」と注意した。所長がオーストリア人だったのは幸運だった。

私は刑務所を出た。列車の発車時刻まで数時間あったので、ピョトルクフにある数多くの遺跡を見学した。それは一四世紀から一六世紀までのものが多かった。ここで見たピャスト朝やヤギェウォ朝[5]の遺跡を思い出すと、力が湧いてくる。遺跡に息づくヤギェウォ朝の偉大な記憶が時代を超えて輝きを放ち、ポーランドへの忠誠心を強めてくれるのである。

その日から、ピョトルクフでの仕事が始まった。食糧は極度に不足しており、ドイツ当局が食糧搬入を妨害する事件もあって、ここの仕事はとりわけ骨が折れた。それにもかかわらず、それ以来、ピョトルクフの囚人たちは定期的に援助物資を受け取れるようになった。二度目に私が訪問した時、医師は皆元気だと言っていた。

この頃、私は絶えずあちこちを視察して回っていた。ワルシャワには毎月通い、その頃そこに常駐していた武装闘争同盟（ZWZ）＝国内軍（AK）の司令官を訪ねた。彼は総司令官ロヴェツキ*（暗号名グロト）の副官だった。私は彼に、一か月間の活動や関わっている監獄にいる囚人の数、道中入手したあらゆる情報について、定期的に報告書を提出していた。

私の新しい生活はとても興味深いものだった。私は毎月、あちこちの刑務所を視察しようと努力したが、訪れる町の数は増える一方だった。月毎に、私の列車に乗る技術は上達した。しまいには、一つの車室に一六人の闇屋がひしめき合う中でも、車両の入り口近くにある包みの上に片膝をついても、ぐっすりと眠ることができるようになった。列車の乗換えには苦労した。列車が乗換えに遅れた乗客を待つことは決してなかったからである。とくに注意を要する地点がコルシュキだった。そこは私が毎月通う、ワルシャワとピョトルクフの間にあった。コルシュキで乗換えがうまくいったことは一度もなかった。いつも九時間は待たされた。おまけに、ポーランド人は駅周辺で待つことを禁じられていた。二つある、まともなレストランへの立ち入りも禁止されていた。したがって、小さな居酒屋に座って本を読むしかなかった。ある時私は、道中知り合った男性（二人の婦人を連れていた）に、私が買い物をする間、トランクを見ていてくれるように頼んだ。すると彼は、「あなたがいない間、あなたのお読みになっている本を貸してくれませんか？　何か読む物が欲しいのです」と言った。そこで私は彼に本を渡し、扉の方に行った。後ろを振り返ると、彼が本を開くや否や、唖然としているのがみえた。本は小さく緑の装丁で、おそらく彼はそれが『眠れる吸血鬼』あるいはそれに類する本だと思ったのだろう。その序文にはラテン語で、「Romam Urbem in principio reges habuere（都市国家ローマは、その起源から王に支配されていた）」と書かれていた。その内容は確かに、『吸血鬼』のようにスリリングだが、少々異なる種類のもの、つまりタキトゥスの『年代記』だったのだ。私が戻った時、彼は腹を立てていた。「ご本は有り難くお返しします。私はラテン語が読めないのです。ずいぶん前に忘れてしまいました」と、彼は不機嫌そうに言った。私は彼に、「あなたが私にこの本を貸してくれと頼んだのではありませんか」と言ったが、何にもならなかった。おそらく彼は今後、旅行中に本を貸してくれと女性に頼むことは二度となかろう。やっと、私たちの列車が出発した。その時、車中にいた一人の年配の女性が私をじっと見つめて、小声でこう言った。「あなたとピョトルクフに行くのは三度目ですわね。ワルシャワに行くのと大して運賃は変わらないのに、割に合わないのではないかしら。」

九月の末、私にとって重大な出来事があった。ルヴフに赴いたのである。

ドイツ軍の侵攻によってソ連軍が撤退した後のルヴフに行けるとは、夢にはみても、全く期待していなかった。プシェミシルにあったかつてのドイツとソ連の「国境」は、ボリシェヴィキ時代と同様、ポーランド人には固く閉ざされていたのである。ドイツ軍だけが戦車の長い隊列を連ねて総督府を通りぬけ、ロシア人の残していったすべてのものをドイツ帝国内に運び込んだ。ソ連軍は撤退する時間がほとんどなかったため、彼らが持ち出せたものは少なかった。その時非常に多くの物、とくに文化的価値の高い物や美術品(個人所有もあった)が略奪された。どさくさのなか、ウクライナ人も略奪に加わり、クラクフでそれをドイツ人に売り渡した。このようにして、マウォポルスカ地方[6]の東部から多数の芸術品が流出した。そのなかには、ロズドウ[7]にあった私の兄の所蔵品も含まれていた。ポーランド人は相変わらず「万里の長城(リッベントロップ＝モロトフ線のこと)」によって故郷から隔てられていた。噂によれば、向こう側には、キエフまで広がる自治権を持つ大ウクライナ国[8]が設立されるという。晩夏のある日、突然、マウォポルスカ東部地域が「ガリツィア管区」[9]として総督府に統合されるという情報を得た。私たちは信じられなかった。しかし間もなく、総督フランクがそこを訪れた時、ウクライナ人たちが凱旋門をつくって彼を歓迎したという情報が入った。フランク総督はルヴフで感動的な演説を行い、新聞は「ドイツ帝国へのガリツィア地方の返還」を書き立てた。もしドイツ人読者がその当時、インドやパラグアイがドイツ帝国に「返還」されたことを知っていたならば、ガリツィア地方の「返還」に驚きはしないだろう。喜んだかもしれないが、当然のことと受け取ったであろう。私たちはプシェミシルにあったドイツとソ連の「国境」が消え去ることを期待した。しかしそうはならなかった。ドイツ人は有料で、人々にサン河の橋を渡るのを許可したのだ。その時、私はルヴフに赴いたのである。

プシェミシルの町は東部に行く日を待つ人々でごった返しており、宿をとるのに一苦労だった。到着した夜、私が寝たのは歯医者の椅子の上である。翌朝、金を受け取ったSSが私たちを橋まで連れて行った。河の向こう側には中古品が溢れていた。夕方近く、私たちはルヴフに着いた。私はストリィ公園付近で下車した。秋の晴れた夕べだった。私はルヴフにいるということが信じられず、呆然と通りに立ちすくんでいた。すると、背の低い年配の女性が私に近寄って来て、「あなたはどこから来たの？」と聞いた。顔をみると、歴史学助教授のヘレナ・ポラチクヴナ*だった。私たちは抱き合った。三〇分後、私は友人の家に[10]着いた。私がルヴフを離れた五月三日から一年半が過ぎていた。私は休む間もなく、友人たちと様々なことを話した。とりわけボリシェヴィキについて語り合った。友人らは奇跡的にロシア奥地への移送を免れたのだった。一九四〇年夏に再び、長い車両を連ねた列車が東方に向けて出発した。その時対象になったのは、いわゆる「脱走者」、つまり一九三九年当時にポーランド西部にいた人々である。彼らはルヴフがドイツ占領下になっても戻って来なかった。この大量移送後、しばらく何も起こらなかった。が、独ソ戦勃発直前の一九四一年五月、また長い車両を連ねた例の列車が線路上に現れた。再び大量移送が準備されたのである。ただし、今度出発したのはポーランド人ではなく、ボリシェヴィキだった。彼らはポーランド人用に準備した列車で、ロシア中央部へとさっさと逃げていった。後で知ったことだが、この時の輸送はポーランド人知識人を一掃することが目的だった。ルヴフが爆撃された時、多くの住居の呼び鈴の上に、小さな奇妙な印がつけられた。印がつけられた家の者が皆、この晩、出発することになっていたのである。彼らは結局、出発しなかった。ルヴフはソ連軍の撤退後、他のポーランド地域と合併することになった。何はともあれ、ルヴフの人々はヨーロッパに戻ったことを喜んでいるようだった。彼らは私の不安に頓着せず、こう繰り返した。「ドイツ人は恐ろしい敵だけれど、もう一方の敵とは比べものにならない。あなたはブリギトキ監獄にいなかったのだから、ボリシェヴィキがどんな奴らか知らないのだ。」ブリギトキとは有名なルヴフの刑務所で、その話になると皆、平静ではいられなかった。ボリシェヴィキが撤退時に、この監獄の囚人全員を虐殺したのである。ドイツ軍は人々に、滅茶苦茶に破壊された監獄を数日間見て回ることを許した。そこに近親者を探しに行ったルヴフの人々は、身元の全く判らぬほど崩れた多数の死体の間を歩き回った。その壁には、磔にされた司祭らがいた。ある司祭の遺体の両の眼窩からは、ロザリオが垂れ下がっていた。もう一人の司祭の遺体は、胸を十字架の形に釘打たれていた。他にもこうした例がたくさんみつかった。それにもかかわらず、近親者によって見分けられた遺体もあった。服の端切れや歯型から判明することもあった。町はこの話でもちきりだった。三か月たっても、他のことを考えられなかったからである。

友人たちはドイツについてほとんど何も知らなかったので、私は西部地域について質問攻めにあった。彼らは、ドイツ軍が侵攻してきた時に連行されたルヴフの二二人の教授や助教授の話題に絶えずふれ、西部地域で彼らを探すよう頼んできた。彼らは人質がひどい目にあっていないか心配していた。また何の消息もない中、どうやって彼らを探したらいいか頭を悩ませていた。人質の中には、外科医のオストロフスキ*教授のような傑出した人物がいた。彼は妻と、間借りしていたジェレンスキ*（筆名ボイ）およびコモルニツキ*神父とともに連行された。また、学長のロンシャン*教授は三人の成人した息子とともに連行された。[11] 八〇歳をすぎた年金生活者ソウォヴィイ*教授は、孫のアダム・ミエンソヴィチとともに消息を絶った。レンツキ*教授は一八か月間ブリギトキ監獄に入れられたが、ドイツ軍侵攻の二日前に爆弾で開いた穴から逃げ出し、ボリシェヴィキの虐殺を免れた。しかし、自由を満喫できたのはわずか四日間だった。

「残念だが、クラクフでも教授たちが連行されたのだ。たぶん数か月後に解放されると思うが、まだ捕まったままなのかもしれない。」彼らは、ルヴフの教授たちの消息がわからないのは、ルヴフが西方からまだ切り離されているからだと思っているのだった。

当時のルヴフは、飢餓が蔓延するほどひどい物不足に陥っていた。ボリシェヴィキによる経済の破壊は恐ろしい結果をもたらしていた。ドイツ軍は町に何も運び込まなかった。

店は、ボリシェヴィキの「国営」店だった所以外になく、それらはすべて「ドイツ人専用」だった。私たちは腹を空かせて歩き回った。ある時突然、アンジャが現れ、コマルノから食物をたくさん運んできてくれた。一年半前に別れたこの最も忠実な親友との出会いに、どれほど感激したことか。アンジャはドイツ人に何の幻想も抱いていなかった。彼女は私にこう言った。「自分の国に『ドイツよ、何よりも素晴らしいドイツ』と歌いかけるような国民は、ちっとも偉くなんかない。こんな自信過剰は噴飯ものです。」また、「農村でのドイツ人の振る舞いはロシア人より良いとは言えないけれど、彼らは馬鹿だから、ルヴフに食料を運び込むのは簡単ですよ。」彼女は正しかった。ドイツ人は愚かで、その長所は東方の侵略者と比べた時にのみ、わずかにわかるにすぎない。私はこの滞在時に、ソ連の支配が住民の気質までも変えるほど、町に深い傷を残していることに気づき、ぞっとした。ワルシャワはもちろんクラクフさえ、これほどの絶望感を味わってはいなかった。

ドイツの占領は、ソ連の占領とは根本的に異なる影響を私たちにもたらした。ドイツ人のやり方は私たちを苛立たせた。すべてのポーランド人が迫害対象にされたことで、占領を経験した人なら決して忘れられない意識が生じた。それは、ポーランド民族の完全な一体化という意識である。国全体にふりかかった大きな不幸の真っただ中で、国民の団結が重視されたのだ。出身階級や所属政党の違いなど問題にならない。残されたのは、自らがポーランド人だという意識のみである。個人主義を持ちながらも、誰もがその集団の一部なのだと意識していた。こうして集団的熱狂と言いうるような何かが生まれたのである。それは、ポーランド人という理由だけで死を身近に感じるようになればなるほど強まった。この信じがたいほど強い一体感はあちこちにその源泉を見出した。個人が皆と同じ側に立つという感情は、ナショナリズムだけで片づけられるものではない。存亡の危機に晒されている自らの民族への愛情が日ごとに強まっていたのである。だが、戦いの目的は、民族の存続のためだけでなく生活に不可欠なものすべて、さらには理想を勝ちとることだった。キリスト教、人権、人間の尊厳といった理想のためである。私たちは幾度となく神に、私たちに残されたたった一つのことに感謝した。それは、最も崇高な人間的価値を守るために死ぬという意識である。この意識に基づいて、十字軍の時代を想起させるような雰囲気が生じていた。戦いが精神的かつ普遍的な要素を含むという事実は、中世的とも言えよう。

私たちはドイツ民族との戦いの中で、自らの理想を守ろうとしていた。ドイツ民族は、かつては文化的だったが、今や権力獲得と他者への暴力ゆえに自発的に文明を放棄し、自らの手で文化を抹殺している。私たちは幾度も、誠実なドイツ人であろうとすることは道徳的に非常に難しいに違いないと考えた。ドイツ人人口は多いのだから、中にはそうした人々も少しはいるはずである。ポーランド人側にある一体感とは逆に、ドイツ人側では、道徳的であることと祖国への奉仕義務との間の矛盾は消えないであろう。従って、この矛盾は集団の中に持ち込まれざるを得ない。その中で献身的に行動する人々には、一部ではあれ、ドイツの不名誉を拭う者もいるであろう。私たちは絶えずそうした人々を待っていた。

ポーランド人の団結のためには、「民族ドイツ人（フォルクスドイチェ）」（第二章注23参照）というカテゴリーは非常に有効だった。彼らすなわち物質的利益を追求する卑劣な輩は、（彼らの個人的安全はさておき）永久に私たちから引き離された。ヒトラーはこうした方法で私たちから、社会の屑のような人々（数は少ないが）を排除したのである。

ソ連の占領下では異なっていた。戦前は、立派な人間で良きポーランド人であると同時に、共産主義の理論的信奉者が存在しえた。ポーランドには、共産主義の実態を知る者がいなかったからである。その結果、ソ連の占領初期には、ソヴィエト権力に抵抗しなかった人々と抵抗した人々との間の道徳的相違は不明瞭だった。ヒトラーと同時にポーランドに侵攻したソ連は悪党にはちがいないが、ソ連に対する幻想を抱いていた者を悪党とは呼べない。共産主義の理論には多くの理想が含まれているからである。

過去はすべて悪く、共産主義は正しいと考える人々がいることは驚きではない。生活の改善を期待する貧しい人々は、社会正義など存在しないことを知らない。問題なのは、大衆出身ではないのに共産主義に関心を持つ人々、つまり、共産主義が到来したら数年で過去が「失われた楽園」となることを知らない人々である。彼らはソ連当局による途方もない嘘やテロや残虐行為を目のあたりにして、やっとその目論見を知ることになる。が、その時にはもう、あと戻りするのは遅すぎるばかりか、危険になるのだ。

ドイツ占領下において多数のポーランド人大学教授が逮捕や連行、虐殺されたが、総督府では非合法の大学教育が続けられた。それは、ソ連占領下で行われたうわべだけの合法的大学教育と比べるとはるかに良い結果をもたらした。ソ連占領下の大学勤務で経験した興味深い思い出の一つに、モスクワへの遠足がある。無理やり出席させられたモスクワの祝賀会では、学問の偉大さについての素晴らしい演説がなされた。それに応えてルヴフ大学元学長のクシェミェニェフスキ*は、ポーランド語で謝辞を述べた後、ロシア人に理解してもらえるように正確なロシア語でこう付け加えた。「これほど素晴らしい歓迎の辞を頂いたのにかかわらず、ここに列席しているポーランド人の教授たちは暗い影を感じています。なぜなら私たちは皆、家族をルヴフからアジア奥地に連れ去られているからです。」

彼が座った後、話す人は誰もいなかった。

翌日、老いたクシェミェニェフスキは連行された。友人たちは憤慨した。が、間もなく彼は戻ってきた。彼はソ連の秘密警察であるＮＫＷＤ本部に呼ばれたのである。そこで彼は、「家族の誰が連れ去られたのか」と聞かれた。彼は、「一人娘とその夫が一九四〇年六月に連行された」と答えた。彼らは住所を控え、ただちに調書をルヴフに送ると約束したが、それきりだった。

私がドイツ占領下のルヴフに滞在していた時、この豪傑の老人は、友人の家に泊まっていた私の所に来て、私に二二人の同僚を「探し出す」よう頼んだ。その頼みは半ば命令のようだった。私の所には同じ件でもう一人の大学教授がやって来たが、彼は私に、探すのを止めるよう忠告した。「彼らがいなくなったのはもうずいぶん前のことじゃありませんか。彼らについての情報で、信憑性のあるものはただ一つです。それによると、彼らが逮捕された翌日の明け方、彼らと同じ数の人々がヴルカに連行されたことが目撃されています。ヴルカはボリシェヴィキ時代からの処刑場ですよ。連行された者の中に、一人の負傷者だか殺害された者だかがいて、その人を二人で担いでいたそうです。また、足をひきずっていた女性がいたそうですが、それは、足の悪いオストロフスカ夫人に違いありません。」

数日後、私はルヴフ滞在を終え、クラクフに帰らねばならなかった。私はこの時、『ミケランジェロ作品における宗教問題』の原稿を持って帰ることにした。それはかつてアンジャがコマルノから救い出してくれたもので、私のルヴフ脱出の二日前に友人[12]に貸したため奇跡的に残ったものだった。私はまた、クラクフに親戚がいる二人の子供を連れて帰ることになった。私は子供を荷物と一緒に、ドイツのトラックが引く四つの鍵のついたトレーラーに載せた。こうして私たちはクラクフに向かった。

クラクフに着くと、私はルヴフの教授たちを捜すために、あらゆる手段を使って総督府と第三帝国の刑務所や強制収容所をあたった。しかし彼らの足取りは、あたかも水の中に投げ込まれた石のように消えていた。ＲＧＯのロニキェル会長はドイツのあらゆる機関に口頭と書面で問い合わせたが、何の回答も得られなかった。国内軍の司令官はロンドンに使者を送り、ラジオで彼らの情報を流すよう頼んだ。私はスイスにこの件について政治介入するよう請願書を出したが、長い間回答は得られなかった。数か月後、スイスから次のような返事が届いた。「ルヴフの教授たちは安全な場所にいるとドイツが請け合った。」

一〇月、私は再びノヴィ・ソンチに行ったが、ハマンには会えなかった。そこで私の守護聖人の日である一一月四日に出直して行った。駅から教会に立ち寄ると、ミサが行われていた。私は入り口近くに跪いた。「聖カルロ・ボロメオよ。[13] 今日はあなたの記念日です。私はあなたのお名前を頂きました。今ここで起きていることは、あなたの時代のミラノで起きた疫病よりはるかに恐ろしいものです。天命により、私はここで苦しんでいる人々を助けようとしています。聖カルロ・ボロメオよ、今日一日私の傍にいて下さい」と、私は心の中で唱え、教会を出た。

その後、私はノヴィ・ソンチの「死刑執行人」ハマンのもとに通された。その人物はサディストというより肉屋のような風体で、口数が少なく、太っており、俗悪で、大きく太く短い手をしていた。私はその手を、四五分の会話の間ずっとちらちらと見ていた。その手でどれほど多くの同胞の血が流されたことだろうか。幸いなことに、彼は私に手を差し出さなかったから、私はそれに触れずにすんだ。私は、ハマンがこの時私を逮捕することはないだろうとふんでいた。ハマンと私の間には巨大な犬がずっと立っており、正直言って、私はハマンよりその犬の方が怖かった。私はこれほど悪辣な表情の犬を見たことがない。犬は何回か私に噛みつこうとするそぶりをみせたが、主人は何とか思いとどまらせていた（後になって、この犬がハマンの唯一の親友かつ最良の仕事仲間であることを知った）。

最初、ハマンは囚人への食糧配給許可を出そうとはしなかった。が、ついに、囚人からの手紙が見つかるような「違反」が生じた場合は、すべての関係者を逮捕するという約束で、許可証を出してくれた。

ノヴィ・ソンチを出発する時、私は教会に寄って前と同じ場所に跪き、聖カルロ・ボロメオに感謝の祈りを捧げた。私はこの時ほど、祈りが天に聞き届けられたのだと強く感じたことはない。

次の仕事はピンチュフであった。私は当地の詳しい情報を私的ルートで入手した。未知の女性を通じて、監獄での強制労働についての情報を得たのである。それはラドム地区全体の政治犯、特に女性政治犯に対する暴力を伝えるものであった。そこで私はピンチュフへ向けて出立した。そこに行くのは容易ではなかった。数時間後、私はキェルツェで列車を降りた。キェルツェでは大した困難もなく、献身的な司祭の援助で囚人の問題を片づけることができた。私は、古く崩れかけた客間に移っていた一家のもとで夜を明かした。その後、おんぼろバスに乗ってブスコまで辿り着いた。ブスコのRGO支部は私に荷馬車を用意してくれた。疲れきった二頭の馬が荷馬車に繫がれた。客は私の他に、ウクライナ人技師と一人のユダヤ人だけだった。当時はまだ、腕章をつければユダヤ人も自由に移動できたのである。五時間ばかりたった黄昏時、荷馬車はユダヤ人の町ピンチュフに着いた。この町は一九三九年九月、廃墟と化した。塀に貼られた「ヒトラー通り」という街路名の板は、町にとりわけグロテスクな景観を与えていた。荷馬車が止まり、降りるとすぐに私は知人を探した。その人物はここで、大きな危険を冒して囚人のために働いていたのである。彼は裁判官だった。私は夜のうちに、彼と町の二人の要人からドイツ人当局との会談に必要な詳細な情報を集めた。わかったのは、町のさほど大きくない監獄に数百人の囚人がいること、女囚らは特別な棟に収容されていること、そこには総督府ラドム地区の重罪政治犯が収監されていることである。女囚らは劣悪な条件のもとにおかれ、虐待され拷問にかけられていた。その中の一人は最近元気な男の子を出産したが、彼女の夫がアウシュヴィッツで亡くなったことを知らないでいる。おむつを彼女に送らねばならない。さらに、彼女らのために危険を冒して英雄的に働いている二人のポーランド人看守がいるということもわかった。

あくる朝、私は監獄に出向いた。ポーランド人看守は私を監獄のすぐそばまで案内し、そこで私が用を済ませるまで待っていてくれた。私は建物の中に入ると（ハインリヒが出してくれた許可証のおかげ）、事務室に行くよう命じられた。事務室の壁の黒板には、各部署にいる男女の囚人の数が書かれていた。その黒板から、特殊女囚部には五四人がいることがわかった。私はその数を簡単にメモした。

やっと私は責任者のもとに通された。しかしこの時私が会ったのは、私の仕事に余り関係ない、下っぱで俗悪なドイツ人だった。彼から食糧配給の同意を取り付けるのは比較的簡単だった。私は、例外なく、すべての囚人に食事を与えること、それが総督府行政府の命令であることを、何度も強調した。このことは彼を不安にさせたようだった。「ほぼ全員というなら、同意しよう。」「いいえ、例外なく全員です」と私は繰り返した。すると彼は、「だがね、私が担当する部署の名をあんたが知ったなら、あんたは食べ物をやろうとは思わんだろうよ。あそこには女たちがいる。」ここで彼はしゃべりすぎたことを恐れるように話を中断した。「あんたがラドムのゲシュタポの許可証を持って来ない限り、それは無理だ」と、彼は繰り返した。私は、「ラドムは関係ありません。クラクフで出された許可証を持っているのだから」と答えた。それから私がベーコンと砂糖を持っていることをほのめかすと、彼は心を動かされたようだった。そこで私は彼に、成功したらベーコンと砂糖を渡そうと提案した。私はこの約束が果たされることを確信した。彼は、ポーランド人らが監獄内での彼の一挙一動を見張り、復讐しようと企んでいるのを匿名の手紙で知っていたので、ポーランド人を懐柔しようと考えたのである。しばらくして彼は、女性たちが下着や暖かい服を必要としていると話した。「もしもあんたが今日、このまま替えの下着なしに逮捕されたとしたら、一年後どうなっているか考えてもみなよ。それからまだ何かあったな。ここで生まれた子供がいるが、その子はおそらくある期間、RGOの保護下に置くことになるぞ。RGOは子供を引き取るのか。おそらく名なしになると思うがね。」「名前はあってもなくても構いません。いつでも引き取ります」と、私は応じた。そして心の中で、「その子は成長したら復讐者になりますよ」とつけ加えた（名前はもうついていた）。私はおむつを送ることを提案し、彼はそれに同意した。こうして私たちは様々なことをとり決めたのである。

帰りがてら、駅の近辺を歩いていると、年配の男性が喜びの表情を浮かべて私に挨拶してきた。親友が獄中にいるという彼と、私は長話をした。彼は親切にも、私を助けたいと思っているようだった。私はルネサンス式の教会に寄ってから、クラクフへ帰るつもりだった。「何ですって？　あなたは今日帰りたいのですか？」ピンチュフの人々は驚いて、口々に私にこう言った。「それは無理だ。ピンチュフからクラクフへの乗継列車は週に二便しかないのです。」次の乗継列車が来るのは三日後だとわかったので、私は別の手段でクラクフに戻ると言った。町の人々は、まるで誰かが月に行くとでも言ったかのように、不安そうに目配せしあった。私が行ける所まで行きたいと言い張ったので、やっと彼らはキイェという所まで行く、木材を積んだ荷馬車に席を見つけてくれた。新しい友人は私に、キイェの駅長あての手紙をくれた。駅からは、「どんなものでも、列車が来たら乗るように」ということだった。それから私は荷馬車に乗り込んだ。どれくらい長く乗っていたか覚えていないが、体の芯まで濡れ、骨の髄まで冷え切ってしまった。どしゃ降りの雨が、斜めに目に入ってきた。一一月の雨に濡れた野原は、あたり一面黒ずんでみえた。「ジェロムスキ*の故郷の方角だ。」私は、雨に煙る水平線や、「渡りガラスが私たちをついばむ」という彼の作品の一文を思い出して、少し体が暖かくなった。私は「カラスについばまれない」ように、かじかんだ手を強く握りしめた。監獄から監獄へと移動しながら、私はポーランドの最も深い傷を見て回っているような気がした。

暗くなる頃にやっと、馭者は「あれが駅だ」と言って、低い建物を鞭で指した。そこに着いて荷馬車から降りると、私の旅行用コートの襞から水が滴り落ちた。荷馬車は去って行った。あたりには人っ子一人いなかった。私はやっとの思いで、年とった耳の遠い鉄道員をみつけた。「クラクフ行きの列車はいつ出ますか?」彼は仰天した。「クラクフだって?」と、彼はまるでそんな町のことなど聞いたことがないかのように、ゆっくりと繰り返した。私はがっかりした。「駅長はどこにいるのですか?」「寝てるよ。」たぶん午後五時ごろだった。「どこか待つ所はありますか?」「待合室があるよ。」彼は小さな部屋の扉を開けた。その部屋は、後に入ることになる獄房によく似ていた。そこは私が知る限り、総督府で唯一、「ドイツ人専用」と書かれていない待合室だった。しかもそこにはドイツ人がいなかった！　しばらくして駅長が起きてきて（私が起こしたようだった）、私に「何か用か？」と荒っぽく聞いた。「列車を待っています」と私は、クラクフという突拍子もない言葉を出さずに、小声で言った。「列車ならたぶん二、三時間後になるだろうよ。今しがた出たところだからな。いつまた来るかわからないね。」「で、その列車はどこ行きですか？」と、私はおずおずしながら尋ねた。相手は驚いた。「イェンジェユフに決まってるじゃないか。あんたはどこ行きだと思ったんだね？」「良かったです。イェンジェユフで」と、私は彼を安心させるように答えた。その時私は、ポケットにある手紙のことを思い出した。「あなた宛ての手紙を持っています。」彼はそれを受け取り、開いて少し読むと、態度をがらりと変えた。「どうぞこちらへ。ここは寒いですよ。おやまあ、あなたはびしょ濡れじゃありませんか。」彼は私を暖かい部屋に通した。部屋に入りながら彼は、妻に何かを耳打ちすると、妻は私を親切に迎えた。そして私の服を見るなり、挨拶もせず夫を部屋から追い出し、私に服を脱いで乾かすよう命じ、熱い飲み物を運んで来てくれた。

数時間後、人が集まってきた。五、六人が切符を買いに来た。ようやく列車が耳をつんざくような汽笛を鳴らしながらやって来た。ホームはほとんど真っ暗だった。最後の瞬間、駅長は私を、背の高い足をひきずった若い男の所に連れて行き、彼に何かを耳打ちした。それから私の方に振り向いて、こうつけ加えた。「この人が道中、あなたのお伴をしますよ。」私たちは照明のない車両に乗り込んだ。見知らぬ同行者は私に席を見つけ、私の隣に座り、囚人の救護活動について尋ねた。彼の話しぶりから、彼が教養のある人だとわかった。私は差しさわりのない話をした。彼はこう言った。「どうぞお話し下さい。話している方がお互いに良いでしょう。重大な仕事がうまくいきますからね。私も話しますよ。」私は皆が知っているような事実をいくつか彼に話した。「あなたはここで働いているのですか?」と私は尋ねた。「石切り場です。労働者たちと働いています。人手が足りないのです」と、彼は答えた。こんな風に私たちは長い間、お互いの顔も見えず、お互いにどんな人間かわからないまま、最も重要なこと以外について話し合った。イェンジェユフに近づいた時、彼は立ち上がり、別れを告げて、駅の手前で飛び降りた。私は一人取り残された。

列車に揺られながら私は、この戦争のことを書く将来の歴史家は今までとは何か別の方法で書かねばならないだろうと思った。もちろん、戦争指導者が行う重大な決定の原因や結果、有名な作戦は書かねばならない。しかし、もし歴史家が本質的な事柄を把握し損ね、この戦争の重要な主人公は誰なのかを示せないとしたら、彼の著作は目的を遂げられず、将来のポーランド人は真実を知ることができないだろう。主人公とは、ポーランドの普通の市民である。農民や知識人、地主や司祭、村の少女や大学を出た女性である。「登場人物」とは、ピンチュフの囚人たちや彼らの支援者、また命の危険を顧みず彼らを餓死から救った看守たち、キイェの駅長、そしてさっきまでここに座っていた石切り場で働く見知らぬ人たちなのである。

突然、列車が全く関係ない所で止まった。誰かが叫んだ。「機関車が故障した。駅まで三キロ半ある。そこから三〇分後にクラクフ行きの列車が出る。」この最後の言葉を聞くや否や、私は数人の人々と一緒に列車から飛び降り、足を取られながら野原を駆け出した。やっとのことでイェンジェユフに着くと、今度は列車が三時間遅れていた。クラクフに辿り着いた時には、夜が明けていた。

この頃、私の仕事に変化が生じていた。ＲＧＯに経費を詳細に報告しなければならないのは勿論だが、囚人救護の仕事にはさらに多額の、しかも非合法の援助を必要とするようになっていたのである。私が立ち寄ったほとんどすべての町や村で、人々は私を信用してくれた。買収その他の方法を使えば、監獄にいる特定の個人へ食糧や衣料品を届けられると教えてくれる人もいた。こうした人々の犠牲的精神や勇気はすでに物質的限界を越えていた。彼らも金銭を必要としていたのである。私が次にワルシャワに行った時、副司令官は地下組織の政府代表部[14]に連絡をとって、経済的便宜を図ってくれた。それ以来、私はワルシャワに行く度に、地下組織から金銭を受けとった。間もなく、ほとんどすべての監獄は合法組織と非合法組織の両方から援助を受けるようになった。だが、ＲＧＯは非合法組織による援助も資金の出所も知らなかった。私が常に自らの「広い交友関係」や「献身的な親友たち」のおかげだと言っていたからである。とくに不安だったのは、私が使う金額が、いつか地下組織とは別の、ボランティア仲間の注意をひくようになるのではないかということと、この二重の任務がいつかどこかの監獄で明るみに出るのではないか、ということだった。だが、その頃は何とか仕事をやりくりしていた。

一一月末、私は再びルヴフに赴いた。この時はＲＧＯ会長のロニキェル＊、本部長のセイフリート＊、ユダヤ人互助協会[15]会長のメルヘルト博士[16]と一緒だった。博士は知的で、精神的にも優れ、寛大な心と勇気を持ち、恐るべき任務の中でいくつもの奇跡を起こしていた。私は数か月前に彼と知り合い、囚人支援での協力を彼に提案していた。それ以来、ユダヤ人互助協会は規則的かつ定期的に私たちに食糧を提供してくれ、私たちは刑務所にいるユダヤ人にも食糧を渡した。私がこの件を提案した時、地下組織の司令官は即座に同意し、ユダヤ人を助けるためにできるだけのことをするよう命じた。

　ルヴフでは、ウォンツキ通りにある刑務所に行くことになった。情報によれば、そこでは恐ろしい伝染病（とくにチフス）と飢餓が蔓延し、多数の死者が出ていた。私の頭には一つのことしか浮かばなかった。つまり、その監獄でポーランド人のみならずユダヤ人にもウクライナ人にも食糧を配るということである。ウクライナ人は最初これに同意しなかったので、私たちはポーランド人とユダヤ人のみを対象にして始めたが、後にウクライナ人も加わった。私たちは一緒に数か月間働いた。この時協力してくれたすべての人々を思い出すと、感謝の気持ちでいっぱいである。その素晴らしい協力者の筆頭に、レンカス*司祭の名を挙げたい。

　ルヴフには他の任務もたくさんあった。ＲＧＯ会長と本部長のルヴフ滞在の目的は、東部ガリツィア地方におけるＲＧＯの活動拡大、およびルヴフに重要な拠点をつくることだった。ルヴフ市民の絶望と無気力（そして残念ながらウクライナ人の陰謀）が任務の前に逐一立ちはだかった。ドイツ人はＲＧＯの活動を認めたが、ウクライナ人の策略によって水泡に帰した。東部の人々は様々な問題に介入するよう私たちに求めて来た。最重要の問題として浮上したのが、失踪した教授たちのことである。ロニキェル会長は彼らの妻や母にあたって詳細な情報を集めたが、何の役にも立たなかった。ロンシャン夫人がやって来たが、私はすぐに彼女だとはわからなかった。私の覚えている彼女は、情熱的で陽気なブロンド女性であったが、現れたのは物静かで白髪の老婦人だったからである。彼女はこう言った。「この世であのような恐ろしい行列を見た者は、私のほか誰もいないでしょう。家族が連行される時、私はドアの傍に立っていました。最初に夫、それから長男、次男、そして三男が連行されました。彼らは皆私の方を見てから、何も言わずに出て行ったのです。」彼女の後、ゲシュタポから話を聞いた。その答えはみな同じだった。つまり、「教授らの逮捕はゲシュタポの特殊部隊が行なったものであり、彼らは軍隊とともにすぐさま東部に向かったので、文書は何も残っていない」というものである。夫と息子を連れて行かれたノヴィツカ教授夫人はドイツ出身であり、「ポーランド人に嫁いだのなら、離婚して忘れるべきだ」と言われたそうである。私のもとに来なかったのは、夫とともに連行されたオストロフスカ教授夫人とグレコヴァ教授夫人だけだった。二人の豪奢な住居からはすべてが持ち去られた。居候も、使用人までも。ただし、使用人たちは翌朝解放された。住居は瞬く間に空になった。

地方から届く情報もまた陰鬱なものだった。とりわけ教育関係者に関する情報はひどかった。スタニスワヴフの町には、少し前まで数か月間この地方を占領していたハンガリー軍がいたが、彼らはポーランド人に評判が良かった。しかしハンガリー軍の撤退後、二五〇人が逮捕された。それはスタニスワヴフのほとんどすべての知識人で、教育や自由業に従事する人々であった。それ以来、彼らの消息は途絶えた。町のRGO代表はロニキェル会長に、「スタニスワヴフはゲシュタポ高官クリューガー*が管理しているので、何も活動できない」と言った。その時初めて、私はクリューガーの名を耳にしたのである。

その頃はルヴフの人々も、ドイツ軍がどういう者で、どういうやり方をするかを理解するようになっていた。私が最後にルヴフに滞在してから二か月間で多くが変わった。ドイツ人の占領をヨーロッパ的だとか、占領者が正直だとかと語る者はいなくなった。数えきれないほどのアネクドート（風刺的小話）がルヴフの町に飛び交っていた。例えば、ある将校が「自分の」家具を持ってある女性の住まいに引っ越してきた。数週間後、より良い物件を見つけた将校が再び引っ越す時、兵士らは家主の肘掛椅子も運び出した。「それは私の椅子ですよ」と家主の女性が丁重に言った。将校は、「そうだとも。だが椅子が私の家具によく合うのでね」と答えた。すると家主は、「あなたの将校としての品格にはあまりつり合いませんね」と答えた。椅子はそのまま残された。

ルヴフの人々は、教授たちの失踪やウォンツキ通りなどの監獄の悲惨な情報から、ソ連軍もドイツ軍も同じで、どちらの方がより酷いかわからないということを学んだ。その頃、ノルヴィト*の詩「わが祖国の歌」が回し読みされた。人々は皆、この思慮深い詩人の詩の数行を書き写した。そこには私たちの隣人の性格が描かれていた。

「東方から来るものは、偽りの賢さ、暗闇、鞭打ち刑と黄金の罠、疫病、毒、不潔さ」
「西方から来るものは、偽りの知恵、巧妙さ、本質を欠いた形式主義、そして自惚れ」

その頃、私は総督府の境界の向こう側へ興味深い旅行をした。当時、ルヴフには次のような噂が執拗に流されていた。それは、ボリシェヴィキに捕えられ、ドイツ軍による占領直前に東方に送られた住民が、ルヴネ近郊のドイツの民間人用収容所におり、餓死の危機に晒されている、というものだった。そこで私はＲＧＯ会長に、ルヴネに出かける許可を得るため、軍部に働きかけてもらうよう願い出た。知人らは私に、行方不明者の長い名簿と、戦前彼らと交流のあったルヴネの社会活動家の住所を私にくれた。ただし、医師であるその活動家が生きているかどうかを知る者はいなかった。ドイツ人がポーランド人の私に、ヴォウィン地方[17]への旅行を許可する可能性は低かった。ところが、彼らが許可してくれたので、私は旅に出ることになったのである。ブロディを出たドイツの軍用列車は、晩にルヴネに到着した。旅行には不向きな季節だったが、私はこの地方に来たことがなかったので興味深かった。私は駅から医師の家に向かった。残念ながら彼らの名は覚えていないが、彼らのことは忘れられない。彼らは私を親しい友人のようにもてなしてくれた。そこにいたのは、親切でエネルギッシュで気さくな主婦と、口数が少なくまじめな医師、それから八〇歳を過ぎた、ほとんど何も話さない彼の母親がいた。私は彼女が、耳が遠いために会話に加わらないのだと思っていた。しかし、彼女の鋭い視線には驚かされた。

彼らは、私がどこから、何のために来たのか尋ねた。「ルヴフですって。クラクフからですって。何てことでしょう！　そこで何が起きているか、話して下さい！」私が少しばかり話し出すと、彼らは驚きながら、たえず質問をして話を遮った。私は向こうの様子を知らない人々の質問に、どうやって答えたらいいのかわからなかった。「ポーランドの心臓部から初めて訪問客を迎えたことが、私たちにとってどんなに意味があるか、おわかりですか?!」と、突然医師が尋ねた。「それがどういうことか、想像がつきますか？　私たちが住むこの地方は、一九三九年以来ポーランド中央部から切り離されているのです。親しい者たちは移送され、その後、ボリシェヴィキは撤退直前に人々を殺しました。私たちは何とか生き残りました。ある者は奇跡的に逃れました。教区司祭のようにね。彼はロシア人に撃たれたのですが、弾が外れたので生き残り、数時間後に死体の山の下から抜け出したんですよ。」「司祭や他の人たちにも知らせなければ！」と、この家の主婦が叫んで、台所に消えた。しばらくして彼女は戻り、「使いを送った」と言った。間もなく数人が集まってきた。その中で覚えているのは、知的で信心深く想像力のたくましいギムナジウムの女性教師と、気難しそうな地主の老夫婦、そして若い教区司祭だった。司祭は悪夢のような体験後も、健康で溌剌としていた。彼はたくさんのボタンのついた法衣に紫の帯を締めて現れた。その恰好は私にローマと過去の日々を思い起こさせたが、他の人々を驚かせた。「クラクフから客人が来るなんて、ルヴネにとって祭日と同じではありませんか」と、司祭は私を歓迎してくれた。そこで私はまた、最初から話を始めねばならなかった。ようやく私は質問に移った。私はまず、「民間人収容所とはどういうものですか」と尋ねた。確かなのは、民間人収容所は数か月前までここにあったが、移転した。「どこへか」は、誰も知らなかった。ヴォウィン地方のポーランド人の状況は、総督府とは根本的に異なっていた。言葉の真の意味での迫害はなかった。なぜならこの地方では、ポーランド人はボリシェヴィキによる大量移送後には重大な危険分子とみなされなくなっていたからである。従って、ポーランド人はひどい扱いを受けてはいたものの、ユダヤ人ほどではなかった。ユダヤ人はそれまで聞いたこともないような方法で迫害された。大虐殺の対象とされたのである。私が泊まった家には、一人のユダヤ系知識人が匿われていた。その時初めて、私はユダヤ人虐殺の当事者に会った。彼によれば、怪我人も気絶した者も死体も同じ穴に落とされたということである。医師たちは、最近あちこちで起きた虐殺について怯えながら話してくれた。彼らは事件が起きたかなり正確な日付と、ヴォウィン地方にあるいくつかの地名を教えてくれた。ウクライナでもユダヤ人迫害はひどく、キエフや他の町ではさらに残酷だということである。

翌朝、私はこの地方のドイツ軍本部に赴いた。苦労の末、やっと私は将軍に会えた。彼は年配の陽気なオーストリア人で、私を丁重に迎えてくれた。彼は私の話を注意深く聞くと、難しい顔をして、副官や事務官らを連れて来た。彼らが話し合った結果、ルヴネ周辺でソ連軍に連行された政治犯は、ドイツ軍が占領した収容所にいるという事実がわかった。前線が東に大きく動いたため、囚人たちはゲシュタポの管理下に入ったのである。私は、「ソ連軍に逮捕された人々を、何故ゲシュタポがそのままにしているのですか」と聞いた。この質問に対して納得できる回答は得られなかった。将軍は黙って、私をじっと見ただけだった。「では、囚人たちのことを聞くために、ゲシュタポ本部に行かねばなりませんね」と私は言った。「そうですね。私はあなたに協力しましょう」と将軍が言った。彼は部下の将校にウクライナの地図を持って来るよう命じ、民間人収容所のある三つの地点を示した。

将軍はこれを部下にメモするよう命じ、メモを私に渡した。それから将軍は私に、「明日、キエフに行く気はありますか」と聞いた。もちろん私は、「あります」と答えた。それ以上思い切った提案をするのは難しかった。彼は私に、「二時間後にまた来るように」と言った。そこで私は部屋を出た。日曜日だった。教会に行くと、大勢の人々が祈っていた。その頃のルヴネには、まだ多数のポーランド人がおり、教会では讃美歌が響いていた。ミサの後、私は将軍のもとに戻った。彼は私に、「あなたの出発の詳細を決めるSS将校がもうすぐ来ます。あなたはキエフで、この地方の最も権威あるSSの一人、トマス将軍に会うことになります」と言った。しばらくすると、とても背の高いプロイセン的なSS将校が入って来て、将軍に冷ややかに挨拶した。将軍は私の用件を説明し、「明日、この人はあなたの車でキエフに行くことになろう」と言った。SS将校は自分の椅子に座り、かすれた声で、「民間人がキエフに行くのは大問題です」と言った。将軍は、「トマス将軍に直接この件を確かめるよう、彼女を行かせる。私は彼女に必要な書類を発行するつもりだ。キエフの本部に、彼女が明日の昼に到着すると伝えなさい。宿は軍当局がとってくれるだろう」と応じた。

午後、私は再び友人の家で過ごした。しかしその夜、将軍から、「あなたはキエフに行けない。SS将軍トマスが明日ルヴネに来ることになったからだ」という知らせを受けとった。私はがっかりした。SS将軍トマスとは、昼の一二時頃に面会した。私は、二、三人のゲシュタポが在席する中で、この件について尋ねた。私は助言に従って、「メモにある地名に民間人収容所があることを軍当局から聞いています」と話した。トマスは黙って聞いていた。突然、彼はこう聞いた。「あなたはここへどうやって来たのか？」「私はルヴフでロトキルヒ将軍から許可証を貰いました。」「見せなさい。」私は書類を引っ張り出した。トマスは部下に、それを書き写すよう命じた。それから私に、「すぐには回答を出せない」と言った。さらに、「詳細な情報が必要なので、RGO会長に連絡する」と言った。結局、当初の予想どおり、この問題を解決する希望はほとんどない、ということがわかった。その夜、私は友人の家に行った。そこで、ルヴフやクラクフ宛の手紙を何通か書いた。別れは名残惜しかった。老医師は、「あなたが来てくれたことを、皆死ぬまで忘れないだろう」と言った。年とった母親はずっと座って見ていただけだった。最後に、嫁が義母に向かって言った。「さあママ、何を考えていたか話してちょうだい。」老婦人は尊大な態度でこう言った。「何も目新しいことはない。いつもと同じだ。一八六三年の蜂起(18)の時よりましというわけじゃない。その時私は九歳だった。」

翌日の早朝、私は駅に向かった。列車を待っていると、私に「付き添い」がいることがわかった。それは前日に会った制服を着たゲシュタポで、彼も列車を待っていた。私たちは出発した。彼は駅に着くたびに外に出て、私の車室の窓の下を歩いた。私は彼が心配しないように、ずっと窓際に座っていた。私たちがブロディ付近の「国境」を過ぎた時、彼は私の所に近寄ってきた。そして私にメモを要求した（私はその内容を暗記していた）。私は、「仕事でメモを受けとったのだから、メモを渡す代わりに受領証が必要です」と言った。彼は一方の手でメモを持ち、他方の手で頭を抱えてぶつぶつとこう言った。「一体全体、将軍は何をしてたんだ。」だが、彼は受領証をくれた。翌日、私はそれをルヴフのロトキルヒ将軍のもとに持って行った。ドイツ人どうしの対立を生むかもしれないチャンスを逃したくなかったからだ。ロトキルヒは滑稽なほど驚いて、私の警告に感謝した。

この出来事には後日譚がある。ゲシュタポはクラクフでロニキェル会長を尋問し、私を逮捕すると脅したそうだ。軍からルヴネへの私の出張許可を受け取ったのがロニキェル会長だったからである。

一二月初め、私はクラクフに戻った。そこではモンテルピ監獄のほかに、聖ミコワイ刑事犯用監獄にも食糧を運ばなければならなかった。私たちがあらゆる種類の囚人を食糧援助の対象としていることを、実際にドイツ人に示さねばならなかったからである。そのために大きな問題が生じた。「子供が餓えているのに、盗人に食べ物を与えている」と、何度も非難されたのだ。ラドムでは囚人に食糧を与えることを強く非難されたので、隠れて食糧を届けなければならなかった。政治犯を助けるためには、刑事犯にも食糧を与える以外に方法がないことを理解できない者も多かったのである。

ほかの問題も生じた。私が頻繁にゲシュタポ本部を訪れていることが噂になり、私を要注意人物とみなす警告が地下組織の政府代表部に何度も寄せられたのだ。「私が死んだら、私の潔白を明かして下さい」と、司令官に頼まねばならなかったほどである。信頼を失うのがいかに簡単かを、私はその頃初めて知った。

クリスマス前に、私は再びピンチュフへ出かけることになった。前回の経験から、今回私は、女囚用に下着と暖かい服を準備した。そしておんぼろのポーランド赤十字のトラックを調達し、クリスマスイヴ前日の昼に出発した。トラックは何度か故障し、どこかの田舎町に着いた時にはもう日が暮れていた。運転手は私に、「修理に一時間半はかかるだろうから、食堂にでも行って体を暖めてきたらどうか」と言ってくれた。私は町の四角い中央広場で車から降り、「ここはどこですか」と通行人に聞いた。「ヴォジスワフだ」という答えが返ってきた。何ということだ！　ヴォジスワフだと！　そこは私の一族が数世紀にわたって住んでいた所で、先祖はその教会に眠っているのだ！　そこを訪ねなければならない。あたりはかなり暗くなっており、目を突き刺すような湿った雪混じりの強風が吹いていた。私は苦労して近道を見つけて進んだ。教会の門の下に立つと、炎と獅子のついたランツコロンスキ家の家紋が迎えてくれた。教会は開いており、クリスマスツリーを飾っている人々がいた。しばらくして彼らが出て行くと、私は一人取り残された。私は黒い大理石の記念碑の前に立った。それは私の父の曾祖父で、ブラツワフ県知事のマチェイの墓だった。私はまるで今回が初めてであるかのように、ラテン語で書かれた長い墓碑銘を読んだ。それは、祖国の滅亡に絶望して亡くなった故人の業績を称えたものだった。私はどきどきしながら読んだ。名高いこの碑文は、子孫である私に生々しい感動を与えてくれた。祖国が再び滅亡の危機に瀕しているこの時、私は一介の兵士としてここで働いているのだ。私は突然、祖国の悲劇が今もこうして続いていることに気づき、しばらく呆然としていた。やがて私は身震いしてから、トラックに戻った。一時間か二時間後、私はあわや先祖の傍らに葬られそうになった。トラックの車軸が壊れ、大事故となるところだったのである。しかし何とかワイヤーで車軸を縛り、トラックは進んだ。ピンチュフの友人のもとに着いたのは、真夜中近くになっていた。私は持って来た荷物を全部、友人に渡した。彼とは事前に連絡をとっており、準備万端整っていた。彼はおむつと食糧の受領書を渡してくれた。翌朝、私はクラクフに戻った。その日、ヴォジスワフでの滞在がまるで映画のワンシーンのように思い出された。私はクリスマスを、近親者を失った家々を訪問して過ごし、大晦日はルヴフの友人のもとで過ごした。

今度はスタニスワヴフに行くことになった。その日は零下二七度の極寒だった。ルヴフの駅に停車する車両の中で四、五時間待った後、六、七時間列車に揺られた。スタニスワヴフに着いたのは夜中の一一時で、私はまるで冷凍兎になったような気がした。灯りのない町を長いことさまよったあげく、私は「ホテル」にたどり着き、そこで夜をあかした。地元のRGO事務所に行くと、そこには奇妙な空気が流れていた。皆、小さな声で話しながら扉を眺めているのだ。私が「どうしたの?」と聞くと、「クリューガーの手下があちこちにいるので、普通に話せないのです」と言われた。その時私は、スタニスワヴフの知識人二五〇人が消息を絶った事件を耳にした。その時にスタニスワヴフを統轄していたのが、クリューガー*だった。失踪者は、文字どおりこの町の知識人全員、とりわけ中学校教員や自由業者だった。多くの技師や法律家も含まれていた。高名な外科医のヤン・コハイ博士もいた。私は彼の妻と話をした。彼女は、夫に命を救われたドイツ軍のパイロットたちがよこした手紙をみせてくれた。博士は自らの危険を顧みず、ソ連占領下のスタニスワヴフで撃ち落とされた飛行機のパイロットらを手術し、助けたのである。帰国したパイロットらがそれを報告したことで、その後コハイ博士にはドイツ航空省からゲーリングの署名入りの感謝状が届いた。だが、その感謝状が届いた時にはすでにコハイ博士は逮捕されていた。私は、「その感謝状を持っていますか?」と博士の妻に聞いた。彼女は、「夫の解放について交渉するために持っていたのですが、ドイツの役所を巡るうちに失くしてしまいました」と答えた。この大量逮捕以来、ポーランド人の失踪が相ついでいた。私は、「刑務所は大きいのでしょうか。彼らはそこから第三帝国に移送されるのですか」と聞いた。答えは、「移送については何もわからないが、刑務所は巨大で、二つの隣り合う建物から成っている。一つは司法当局の管轄下に、もう一つはゲシュタポの管轄下にある。後者を管理しているのがクリューガーで、前者は検察官のロッターが管理している」とのことだった。私はまず、ロッターにあたってみることにした。彼がポーランド人に敵対的でないと聞いたからである。

私は刑務所に出かけた。私を出迎えたのは、四〇歳代のやや背の低い男性だった。彼は私を仰仰しく出迎え、執務室に導いた。彼はふらふらしながら歩いていた。酔っ払っていたのである。私は自分の来た理由を話した。彼は話を聞き、酩酊状態にもかかわらず、十分理解したようだった。私が話し終わると彼は、「あなたのお話は承知しています。刑務所がそれに関わっていることを否定しませんが、ここにはポーランド人はいませんよ」と言った。ここで彼は話を中断した。「私がこんな状態であなたをお迎えしたことをお許し下さい。たぶんあなたは私を、酔っ払いの検察官だと思っているでしょうね。確かに、私はウォッカを飲みすぎましたが、自分が何を話しているかは承知しています。私の所にはポーランド人はいません。私は第三帝国からあなた方の敵としてやって来ましたが、ここであなた方を尊敬することを学びました。ここの刑務所にいるのはウクライナ人だけですよ。向こうにはポーランド人はいますが、数が少ないうえ犯罪者ですよ。」「では、政治犯は皆、向こうの建物にいるのですか？」と私は尋ねた。「皆とは、どういう意味ですか？」と、彼は興奮して尋ねた。「ドイツ軍がここを占領したばかりの時に、逮捕された人々のことです。二五〇人に及ぶ教師や技師、医師たちです。彼らの逮捕後、さらに多くの人々が逮捕されました。」「囚人を多く抱えているのはクリューガーです。だが、彼が囚人への食糧配給に同意するかどうか、疑わしいですね。」私には、検察官が知っていることすべてを語っていないように思えた。彼はひどく酩酊しているから、事実をもっと引き出せるのではないかと思った。「数百名のポーランド人が逮捕されたのならば、あちらの刑務所はもの凄く大きいでしょうね」と、私は彼に鎌をかけた。沈黙。それからついに彼は、「あちらには囚人は少ししかいませんよ」と答えた。「検察官殿にお尋ねします。逮捕されたスタニスワヴフの知識人たちはどこにいるのでしょうか？」私は声を張り上げて聞いた。検察官は立ち上がり、椅子の背にもたれて私に顔を向けた。沈黙が続いた。突然彼は、「皆ずっと前に死んだ」と叫んだ。「死んだ。そうだ。死んだんだ。」私が黙っている間、彼はこう繰り返した。「クリューガーが彼らを銃殺したんだ。私が来る前のことだ。何の権利もないくせに。裁判もせずに。検察官とは何かご存じですか？　私と一緒に彼の所に行き、すべてを彼に話してみたらどうですか。彼が私をどうするかはどうでもいいことです。」ようやく彼は座った。彼の叫び声の後、ひっそりとした沈黙があたりを覆った。しばらくしてから私は、「クリューガーのもとに行き、向こうの刑務所にいる人々のために食糧を運ぶ努力をしなければなりません」と言った。検察官は、「あなたと一緒にクリューガーの所に行きましょう。そうでなければ、あなたは彼のもとには行かれませんよ」と言った。

ロッターはクリューガーに電話し、私を連れて彼のもとに行ってもいいか、と尋ねた。彼は、クリューガーの所にウォッカを持って行くよう注文した。「二人で飲むために。」そして受話器を置いた。「クリューガーは承知しましたよ。さあ、行きましょう。」私が部屋を出ると、ポーランド系の苗字を持つロッターの副官が、私に毛皮のコートを渡し、素早く私の耳もとに囁いた。「彼は酔っ払っています。しかし彼が言ったことは本当です。私は待合室で聞いていました。」建物の外は極寒だった。ロッターは酔いから醒めた。彼は歩きながら私に、「もしあなたが私の話したことにショックを受けたとしても驚きませんよ」と、静かに言った。私は答えなかった。私たちは旧ビリンスキ通り、当時は警察通りだかSS通りだかに変わっていた第二の建物に歩いて行った。入るには、何の困難もなかった。私たちは階上に上がった。そこには待合室があり、タイピストが働いていた。私たちは木苺色をしたダマスク織の椅子に座った。しばらくして扉が開いた。最初に私が入り、ロッターが後に続いた。細長い大きな部屋の向こう側にある机から立ち上がったのは、とても背の高い、太り気味で金髪の、三二、三歳くらいの若い男だった。彼の口はとても大きく前に突き出ていて、唇は厚く、下あごはがっしりしていた。顔の下半分は上半分よりもしっかりしていて、青白い顔の上の方には縁なし眼鏡をかけた薄青い突き出た目があった。彼は私たちに、ソファに座るよう促した。ロッターがクリューガーに、私の来た理由を説明した。クリューガーは私の書類に注意深く目を通し、ぞっとするような青い目を細めて、さらに注意深く私を眺めた。私もできるだけ落ち着いて彼を見た。しかしこの時はどうしたことか、私は平静さを保つのも、抑えがたい恐怖心を隠すのも難しかった。彼がいかなる人間か知ったすぐ後で、彼と話さねばならなかったのだから、平静でいるのは困難だったのだ。クリューガーは、「刑務所ではポーランド人とウクライナ人、ユダヤ人を区別していないから、ポーランド人だけに食糧を与えることはできない」と、手短に語った。私は、「ルヴフと同様に、囚人全員に食糧を配ることはできませんか」と聞いた。「何らかの理由がなければ、それは不可能だ」と彼は答えた。彼が認めたのは、毛布や櫛、歯ブラシなどの配給のみだった。この刑務所は、RGOが食糧援助を行えなかった最初で唯一の刑務所だった。

　私はロッター検察官に別れを告げ、一人になった。あたりはすでに暗くなっていた。私は町を通り抜けた。寒さで平静を取り戻した私は、RGOの事務所に戻った。その夜はホテルでなく、客好きな女性社会活動家の家に泊まった。彼女はかつて七回も表彰され、その勲章を占領者から隠すために布団に縫い込んでいた。私はその布団を貸してもらった。寝る前に彼女は私に、その勲章をなでてみるよう勧め、勲章を貰った理由を事細かに説明してくれた。その話は私の気持ちを落ち着かせてくれた。私は、直面している事件の大きさに関係なく、人間の弱さは変わらないものだと思った。

　次の日、私はコウォミヤに赴いた。そこでは監獄の問題はとてもスムーズに運んだ。夕方、私はスタニスワヴフに戻り、その翌日、ストリィに出かけた。ストリィへは、数時間車に揺られて、午後遅くに到着した。現地のRGO委員は私を修道院に案内した。そこでは温かい食事と暖かい部屋、体を洗う湯まで用意してくれた。私は寝床に入ったが、寝つけなかった。ここ数日間の出来事や、まだ知らない何か他のことが気になって眠れなかったのである。ストリィには何度も来たことがあるが、それはずっと以前のことだ。そこで私は横になって、今いるストリィは、私が素晴らしい子供時代を過ごした両親の家のあるロズドウから四〇キロのところだ、と自分自身に何度も言い聞かせた。

翌朝、私はストリィの監獄の件を難なく片づけた。ＲＧＯの会議で、コウォミヤもスタニスワヴフと同様、残念ながらウクライナ人のせいで食糧援助が困難だということが明らかになった。小都市の支部間の連絡はとりわけ困難で、「支部の開設が進んでいない」という苦情がでた。私は、「ロズドウに支部がありますか」と聞いた。すると、「ＲＧＯの書記長がそこに近々行くことになっている」という答えが返って来た。そこで私は、「もし書記長が明後日に行くのなら、手助けできますから、一緒に行きませんか」と提案した。提案は受け入れられた。二日後の朝、私たちはストリィを出発した。ストリィとルヴフを結ぶ道路上にあるミコワユフで車を降りた。そこは私が数えきれぬほど何度も訪れた町だった。そこからの一二キロは、木製の橇と徒歩で進んだ。途中、書記長が橇から雪の上に滑り落ちてしまったが、それに気がついたのはしばらくたってからだった。私は馭者に書記長を待つよう説得した。それから私たちは雪の中を進んだが、まるで夢の中にいるようだった。そこは全く変わっていなかった。左手には、小屋や、丸屋根のついた教会、なだらかな丘が、右手には、雪に覆われた広大なドニエストル平原、そのはるか向こうにカルパチア山脈の一部がかすかに見えた。私たちは橇で進んだ。ようやくロズドウに到着した。私たちは橇から降りて、カルメル会の修道院に歩いて行った。私たちを迎えたのは、見知らぬ司祭だった。私は、ボレスワフ神父[22]のことを尋ねた。すると、司祭ははぐらかすように、「彼は出て行きましたよ」と答えただけだった。私が自分の名をあかすと、司祭は微笑んだ。「ボレスワフ神父はここにいません。あなたもご存じでしょう。彼は、『国内軍ができたのなら、ここにじっとしていられない』と言って、出て行きました。向こうの方にね」と司祭は言い、はるかカルパチア山脈の方を指さした。

ＲＧＯの支部結成を目的とした会議が三時にあり、書記長とはそこで落ちあう約束をした。それまで少し時間があったので、私は実家を尋ねることにした。途中、ユダヤ人女性に会った。彼女は私の姿を見ると、足に根が生えたように立ちすくんで、こう言った。「ひょっとしてあなたは私の知っている人ではないかしら？」「誰のことを言っているの？」「ランツコロンスカさんよ。」「それは私よ。」「だったら最悪の事態は終わった。もう大丈夫だ」と言って、立ち去った。彼女は底抜けのオプティミストらしい。

私は実家の門の下に立った。門が少し開いていたので、庭に入った。車寄せは厚い雪で覆われ、その真ん中に新しい足跡で踏み固められた小道があった。どうやらここには誰かが住んでいるらしい。そこで私は、雪に覆われた丘の上に立つ、ひっそりとした大きな館の方に歩いていった。その時、向こうの方から誰かがこちらに歩いて来た。私の心臓は高鳴った。年寄りの馭者のヤンだ！　私は立ち止って待った。ヤンはいつものように、不機嫌そうに地面を見ながら歩いていた。突然、彼は見つめている地面の先に新しい足跡を見つけた。怒りのあまり彼の頬はリンゴのように赤くなった。不埒にも、誰かが彼の領分を侵したのだ。だがその瞬間、彼の叫びが聞こえた。「何てこった！」そして、私の方に駆け寄って来た。私は彼をなだめようとしたが、それは難しくはなかった。ヤンは突然私に背を向けて、来た道を足早に引き返そうとしたのだ。そして彼は大声でこう叫んだ。「おーい。早く来い！　早くしろ！」その叫び声はとても大きく、ひっそりとした庭中に響きわたった。しばらくすると、年取った召使と彼の妻、そして息子夫婦が驚いて走ってきた。おそらく馭者が襲われたとでも思ったのだろう。少し遅れて、年老いた庭師がやって来た。彼は私を子供の時から知っていた。

召使夫婦は私を昼食に招いてくれた。昼食を準備している間、私たちは大きくがらんとした館の中を歩き回った。どの部屋もしんとして、実際より広く、数も多く思えた。価値のあるものはほとんどすべてボリシェヴィキが持ち去った。[23]残りはドイツ人が奪っていった。残されていたのはただ、三本足のバロック風の箪笥と、その背後にある、髪を刈り上げた先祖の肖像画だけだった。その肖像画はボリシェヴィキかドイツ軍の銃剣で破られていた。また、カバーが剥ぎ取られた肘掛椅子の上の壁に、銅版画「オッソリンスキのローマ訪問（一六三三年）」[24]が、斜めにかかっていた。それは、そのシリーズの中で唯一残されたものだった。化粧室はなくなっていた。ボリシェヴィキがここを休憩所にした時、ブルジョワ的だとして化粧室を壊し、礼拝所を食堂にしたためである。私は館の話を聞きながら、自分でも驚くほどそれらに冷淡だった。興味があるのはここにいる老人たちだけで、奇妙なことに、その他のことはよそよそしく感じられた。この時私が担っていた任務が余りにも重かったため、個人的なことにはほとんど無関心になっていたのである。先祖代々の部屋を歩きながらも、監獄のことばかり考えていた。だが、庭に出て、私の父がイタリアから運び込み、今は雪の帽子をかぶっているルネサンス風の彫像や花瓶、また、何百年もたった木々を眺めていると、様々な思い出がよみがえって来た。木々によじ登ったことや、ミツキェヴィチの「青春の頌歌」[25]を暗唱したこと、木陰で子供っぽい誓いを立てたこと、誓いを守ったことで創造主に対する大きな感謝にとらわれたことなどを思い出した。昼食の声がかかった。部屋に入ると、私はあっけにとられた。大きすぎるダマスク織の白い布に覆われたテーブルの真ん中に、私がかつて使っていた青い陶器の皿と、おなじみの銀のナイフとフォークが置かれていたのだ。召使は真面目な顔で、バター用ナイフがないことを詫びた。「妻が上手く隠しすぎて見つからないのです。次においでになる時までには、必ず見つけ出します。」私はそれを聞いて涙を拭った。私はこう叫びたかったのだ。「もうそれはずっと昔に過ぎたことなのよ！」だが私は、過去がまだ続いているかのように振る舞う人々の感情を大切にしなければならない、と思った。

神父立ち合いのもとで開かれた支部結成会議でも、個人的に感動的な出来事があった。数人の旧友、とくに教師時代の仕事仲間に会えたのである。この地方は食糧調達にあたって恐ろしいほどの物質的困難があり、ポーランド人は飢餓にあえいでいた。援助活動が直面する障害は、西部地方の一〇倍も大きかった。「いわゆるガリツィア管区における、活動を麻痺させるほど劣悪な食糧事情は、特殊な民族問題に起因しており、このことがＲＧＯの活動をどこよりも困難にしている。」このように私はクラクフで報告した。

それから一か月後の二月末、私は監獄を視察するために再び東部地方に行くことになった。この時はＲＧＯ本部長セイフリート*と一緒だった。私たちはまずスタニスワヴフに行き、クリューガーが許可してくれた物品、すなわち毛布、櫛、シーツなどを渡すことにした。セイフリートは、スタニスワヴフでの救護活動の困難さを知って驚いたようだった。また、ゲシュタポに「ＲＧＯ支部開設に同意するかどうか」と聞かれた者がクリューガーに逮捕されたことを耳にして、町の人々だけで問題を解決するのは難しいと考えた。こうした状況のもと、セイフリート本部長は私に、「この地方の臨時責任者としてスタニスワヴフに数週間滞在してはどうか」と提案した。それは大仕事だったが、私はその提案に心を動かされた。気がかりだったのは、囚人の救援活動をこれからどのように展開していくべきか、という最も根本的な問題だった。本部長は私に、「必ずしも西部に常駐しなくても良い。西部ではあなたがいなくても組織は動くからだ」と言った。「あなたは数週間、違うことに関わっても良い」と彼は請け合った。私が心配したのは、囚人の状態以外に、私が重大な仕事を数週間疎かにすることを地下組織の司令官が許してくれるかどうか、ということだった。セイフリート本部長は私が地下組織に入っていることを知らなかったので、それを相談できなかったからである。他方、私はこの恐ろしく困難な仕事、つまり先祖代々の地を含む東部一七郡のポーランド人を救う活動に強く心惹かれていたので、提案を受諾した。私はセイフリート本部長とともにクリューガーのもとに赴いた。クリューガーは私のRGO東部支部長任命と、毛布や櫛などを監獄に送ることに同意した。その後、私たちはガリツィア管区の他の都市（ストリィやサンブル、ドロホヴィチなど）を廻って、囚人問題を難なく片づけてから、クラクフに戻った。

第四章　スタニスワヴフ
―一九四二年三月～一九四二年七月七日―

三月になって、私はスタニスワヴフ[1]で仕事を始めた。それは瓦礫の上を這うようなものだった。助けを必要としている人々は非常に多いのに、仕事の可能性は限られていたからである。西方からの物資の輸送は非常に困難で、ウクライナ人の妨害は続いていた。クリューガーに対する恐怖は大きかった。スタニスワヴフの住民は、最初の大量逮捕のことを片時も忘れず、敬愛する人々がまだ生きているという希望を捨ててはいなかった。私は知人とこのことを何度も話しあった。私を信用して教えてくれた酔っ払いの検察官に迷惑をかけないよう気をつけながら。クリューガーへの恐怖が続くなか、逮捕者は増え続けた。私たちは知り合いの誰彼が連行されたということをあちこちで知った。それは総督府では珍しいことではなかったが、スタニスワヴフが特殊なのは、囚人の生死がまるでわからないという点だった。

ある日の朝、私たちRGOの事務所にウクライナ人の若いSSがやって来て、私と一対一で話したいと要求した。扉を閉めると彼は、身分証明書を見せ、ここで働いているダヌタ・ジャルキェヴィチ=ノヴァクを逮捕するために来たと言った。仕方なく私は彼と隣の部屋に行くと、彼はダヌタを呼んだ。彼女は二一歳で美しく、イギリスにいる空軍将校の妻だった。[2] 彼女は真っ青になって立ち上がり、手で顔を覆い、「おかあさん！」と一言、言っただけであった。それから部屋の真ん中に立ち、皆を見回してから視線を私に止めた。「あなたに私の母をお任せします」と言って、私を抱きしめた。私は「できる限りのことをする」と約束した。彼女は連行された。残された職員らは落胆した。私は何とか手を尽くして彼女の母の住所をつきとめ、そこに出向いた。すると驚いたことに、そこにはダヌタとウクライナ人SSがいたのだ。ダヌタは彼に、別れを告げるため母のもとに連れて行ってくれるように頼んだのである。彼女の並はずれた美貌がウクライナ人の同情を買ったのかもしれない。SSが彼女を連れ出そうとしたちょうどその時、私が入って来たのである。ダヌタは暖かい服をまとっていた。黒い模様の緑色のセーターを着、スカーフをつけていたのを覚えている。母親も娘も落ちついていた。ダヌタは私が来たのを喜び、母親に「事情聴取だけだからすぐ戻る」と告げた。彼女は母親に微笑んで、出て行った。私と二人きりになるや否や、母親は取り乱した。が、すぐに我に返り、娘のものを探し、メモを焼いた。

ダヌタの逮捕後、私たち職員はひどく落ち込んだ。とはいえ仕事はゆっくりと進められた。復活祭に私はクラクフとワルシャワに行った。クラクフでは、ディボスキ教授が私に、何度か奇跡的に救い出された原稿を返そうとした。しかし私は、もう少し預かってくれるよう、こう言って頼んだ。「この先私がどうなるかわからないけれど、戦後、この原稿を本にして出版したいのです。」

ワルシャワでは、当時国内軍の副総司令官となっていたコモロフスキ将軍*にスタニスワヴフのことを知らせた。そして、「ロンドン亡命政府の広報部に、このことをしばらく公表しないようにお伝え下さい。そうでないと、この先私が活動できなくなるので」と頼んだ。将軍とはこの滞在時に二度、長時間話した。将軍は私に、今度ワルシャワに来る時には数日間滞在し、総司令官であるグロト*将軍と接触するよう命じた。総司令官は私から直接、刑務所の活動について報告を聞きたいと思っていたのである。私はずっと前から総司令官と知り合いたいと願っていたので、とても嬉しかった。あちこちで噂されるように、彼は「生まれながらの」司令官であるにちがいない。彼は以前から私の仕事についての情報を得ており、私に十字戦功勲章(3)を授けてくれた。今回、個人的に彼と知り合えるチャンスを得られて嬉しかった。コモロフスキ将軍は私の新しい仕事をあまり評価していなかった。将軍に別れを告げた時、彼は突然、非常に厳しい声でこう言った。「私はあなたに東部におけるいかなる軍事組織との接触も禁じる。今、この瞬間も東部は危険だ。密告が横行しているのだ。住民はあなたを信じ、地下組織とコンタクトをとろうとするだろう。彼らは組織の援助を必要としているからだ。だが、あなたは危険を冒してはならない。東部では用事を素早く済ませ、すぐに囚人の救護活動に戻りなさい。」

それは四月八日火曜日のことだった。私は再びスタニスワヴフに行った。今度は、私を助けるためにタルヌフから来たマリラ・ドモホフスカと一緒だった。彼女の努力のおかげで、カウシやコウォミヤと同様、スタニスワヴフでも仕事がはかどった。ＲＧＯ支部が開設され、子供たちへの栄養補給が始まった。私とマリラは、五月中旬には通常の仕事にもどれるだろうと考えていた。春の訪れは遅く、寒さは厳しかった。そのうえ地下組織とのコンタクトを禁じるという将軍の命令が私に重くのしかかっていた。地下組織からコンタクトを求める試みが数回あったものの、私の仕事は合法的なものだけだというふりをしなければならなかった。それは非常に残念なことだった。彼らを助けられることがわかっていたからである。スタニスワヴフを覆う空気はいつもと同様、重苦しかった。仕事と、深い友情で結ばれたマリラだけが救いだった。私は一度か二度、「仕事の報告のため」クリューガーに会おうと試みた。それは彼が私にスタニスワヴフ滞在を許した時に要求したことだったが、彼は私に会おうとしなかった。そこで私はこうした努力をあきらめ、仕事を続けた。

四月二五日土曜一〇時、クリューガーが突然私を呼びつけたので、私は彼のもとに出向いた。私はいつものように、控室の木苺色の椅子で待つよう命じられた。しばらくして執務室に通された。クリューガーは一人ではなかった。机の傍のテーブルに秘書が座っていたのである。クリューガーは立ち上がらず、私を見ようともせずに、机の向かい側にある椅子に座るよう命じて、こう言った。「私はお前を警察として聴取しなければならない。」[4]私は座って、その理由を尋ねた。彼は、「お前がここで許可されていない活動をしているからだ」と大声で言った。私は彼に証明書を見せた。そして、この証明書はこれまで私がしてきた活動よりはるかに広範な活動を認めていること。食糧を管理するルヴフのドイツ当局は、私が食糧に関する問題で出向いた時には対応してくれること。私の行っている活動はとても緩やかなものであること、を語った。彼は態度を変え、次のように言った。「問題なのは、お前の持つ証明書が違法行為を認めているのかどうかではなく、お前が他の目的のために慈善活動を利用しているということなのだ。」「どういうことなのかわかりません。」答えはこうだった。「お前の態度が気にいらない。お前は我々の帝国にふさわしくない。」この最後の言葉はとても彼の気に入ったようだった。というのも彼は、その後の会話の中で、机を拳で叩きながらこの言葉を何度も繰り返したからだ。「お前にいくつか質問しなければならない。お前はポーランド国家の崩壊を認めるか?」私は微笑んで、「あなたは私を逮捕しようと決心なさったのですね。私がどんな答えかご存知のはずですからね」と言った。「何故、お前はそんなに落ち着いていられるのか?」と、彼は苛立ちをつのらせながら聞いた。「お前は最も危険な状況にいるんだぞ。では、改めて尋ねよう。自分の答えに気をつけるんだな。お前はドイツの敵か?」「あなたは私がポーランド人だということ、ポーランドがドイツと戦争状態にあることをご存じではありませんか。」「私の問いに答えよ。お前はドイツ帝国の敵か? イエスかノーか?」「もちろん、イエスです」「とうとう言ったな!」と、彼は勝ち誇った目で秘書を見た。そして、「記録せよ!」とはっきり言った。女性秘書は頷きながら書いた。そして彼は再び私を見た。「いつからだ?」「兄弟の果てしない苦しみを目にした時からです。」するとと彼は、ポーランド人に対する憎悪と、ポーランド人によるドイツ人への迫害について語り始めた。彼は私を怖がらせようと語り始めたのだが、話しているうちに興奮してきて、ついには叫び、足を踏みならし、机を拳で叩き、唇をゆがめ、野獣のような形相になった。私はそのすべてを静かに聞いていた。他に手だてがなかったからだ。彼はポーランド人に対する罵りを中断すると、今度は私が冷静でいることを非難し、「その落ち着き払った態度を崩してやる」と約束した。それは私をさらに冷静にさせた。私は彼に、「自分の民族にそれほど高いプライドを持つドイツ人が、なぜ他の民族のプライドを尊重できないのか理解できません」と言った。彼は眼をそむけ、声の調子を変えて言った。「それは全く別のことだ。」「もちろん、それは全く別のことですね」と、私は言った。彼は黙った。しかし私の母がドイツ人だということを知るや否や、「お前の態度は腹にすえかねる」と非難した。

数年たった今、三時間四五分にわたるこの会話[5]の詳細は覚えていない。彼が何度も怒りに駆られてこう叫んだことは覚えている。「帝国にとって唯一の真の危険な敵はポーランド人だ。フランス人でもイギリス人でもなく、お前らポーランド人なのだ。」

この会話の最中に突然、彼が何の確証もなく私を疑っていることが明らかになった。彼が、「お前のような人間が地下組織に属してないとは信じられない」と言ったからである。私は、「調査すれば、それは明らかになるでしょう」と言った。すると彼は、「お前はポーランドの地下組織にどう関わっているのか」と聞いた。私は、「この手の質問に否定的な答えをしても彼は信じないだろう」と思ったので、私は、「その活動に共感を覚えています」と答えた。彼は椅子から飛び上がり、机から身を乗り出してこう聞いた。「どこで働いていたのだ？ どのような役職にあるのだ？」「地下組織では働いておりません。何の役職にもついていません。」彼は声を荒げた。「どういうことだ。お前はその活動に共感を覚えると言ったくせに、もう否定するのか！」「ご存知のように、私は生まれも育ちもポーランド人です。ポーランド民族（ナツィオナル ポリン）です。私の民族の解放を願う活動に同情を感じずにはいられません。」「では、もう一度聞こう。どこで働いていたのだ？」「どこにも。地下活動には共感以外の何物かが必要だからです。」「何が？」「第一に、仕事をくれる誰かが必要ですが、私にはそういう人物がいませんでした。」彼が私を信じず、私の運命がこの時決まることはわかっていた。そこで、私はさらにこう続けた。「それには二つの原因があると思います。地下活動に従事している人々は、私が合法的な慈善組織で働いていることを知っているのでしょう。おそらく彼らは、慈善活動も自らの民族的義務を果たす方法だとする私と同じ考えのため、それ以上は要求しないのでしょう。そのほかに、たぶん、私が非常に率直な性格であること、さらには私がとても背が高く、おしゃべりで声が大きく、身振りも派手なので、地下活動には向いていないと思われているのでしょう。確かに私自身、列車の下に爆弾を投げるなんてことはできませんからね。」

クリューガーは驚いて聞いていた。私が話している時に一度、秘書に向かってこう言った。「こんな事は聞いたことがない。記録せよ！」そして、やっと彼は私の顔を見た。これは会話の最中、彼がほとんどしなかったことだ。そして目を細め、こう言った。「機転がきくな。」私は馬鹿みたいに微笑んだ。彼は肩をすくめた。私は彼が信じたのだと感じた。うぬぼれの強いドイツ人は、自分自身を笑いとばすような言い方を絶対しないことを私は知っていた。だからこそ、自分がおしゃべりだから地下組織の誰も私に近づかないと言った時、クリューガーは私を信じたのだ。彼は驚き、私は勝った。

彼は話題を変えた。スタニスワヴフでの私の仕事について聞き、私の仕事上の友人らを抵抗運動の活動家だと非難した。彼はRGOで働く人々の名を尋ねた。私は、「皆の名を記憶しているわけではない」と答え、「私と直接あるいは間接的に働く人々の名簿をマリラ・ドモホフスカに持って来させてはどうか」と提案した。私には彼女にどうしても会う必要があったからである。クリューガーは私に、彼の目の前でマリラに電話をかけるよう命じた。しばらくしてマリラがやって来た。彼女は部屋に入ってきた時、どんな状況なのかわからないようだった。彼女がクリューガーに名簿を渡した時にやっと、私は彼女に目配せすることができた。他に方法がなかったのだ。彼女の顔は紙のように青ざめていた。クリューガーは名簿の名前を読みあげながら、指で数を数えていた。その時私は、彼の親指が人差し指とほぼ同じ長さなのに気づいた。最後に彼は、「名簿の中に被疑者がいる」と宣言した。彼はマリラに退室するよう命じた。マリラは私の方に振り向き、「あなたを待っていましょうか」と聞いた。私は彼女に仕事に戻るよう言った。彼女が出ていくと、クリューガーは再びポーランド人を罵倒した。突然、彼はそれを止め、私に向かって、「お前を逮捕しない」と言った。「お前が警告を肝に銘じて行動するならば、ルヴフに行って良い」と告げた。それから一歩遅れて私の左側を歩き、階段を降りて私を見送った。

私は街頭に出て、一人になった。太陽が照っていた。春だった。私はRGOの事務所へと急いだ。マリラがそこで私を待ちわびていることを知っていたからだ。私が入っていくと、彼女は落ち着いていた。私たちは抱きあってから、「クリューガーの親指が人差し指と同じ長さだったのを見た？」と尋ねあった。

その一時間後、私は以前の予定どおりルヴフに出かけた。駅では疲れのためやっとの思いで立っており、車中は混んでいたが、石のように眠った。

ルヴフでは、仕事を片付けてから、クラクフから来た上司と会い、スタニスワヴフでの事件に関する報告を司令官に伝えてもらった。私は二日間ルヴフで過ごし、仕事に戻った。そこでは自分が監視されていることがすぐわかった。私は「非合法」行為をしなかったので、その事実はむしろ喜ばしいことだった。私がスタニスワヴフで合法的な仕事だけをしていると確信したら、クリューガーも安心するだろうと思った。私は静かに仕事をしていた。ある時、不愉快なことがあった。仕事帰りの夜、薄明かりの中、マリラと話しながら通りを歩いていた時だった。突然、私たちの背後に誰かが近づき、私の耳もとでこうささやいた。「クリューガーがお前を捕まえる。クリューガーがお前を捕まえる。」それが恐怖心による幻聴だと気づいて、私は自分自身をしかりつけた。仕事はたくさんあったし、辛いことも多かった。滞在時間は終わろうとしていたから、それ以上、他の問題に割く時間はなかった。五月末の精霊降臨祭の日に、[6] RGOの本部長セイフリートが視察に来ることになっていた。私たちの努力の成果を見てもらってから、西部に戻ろうと思った。

仕事はスタニスワヴフのみならず、カウシやコウォミヤでもはかどった。五月一二日朝、RGO支部を立ち上げたコウォミヤに向けて、私はルヴフから来たトラックで出発した。曇っていたが美しい日だった。遅れてきた春はやっと盛りを迎えていた。あたり一面が緑だった。春の森を抜ける道の美しさは忘れられない。コウォミヤに着いたのは昼だった。市当局で、入手の努力をしてきた食糧配給証を受け取った。コウォミヤの学校の子供たちは、一二日後には食糧配給を受けることだろう。私は幸せだった。午後には太陽が顔を覗かせた。片付けるべき問題が山積していた。夕方、私は良い知らせを伝えるために、老練な社会活動家である主席司祭のもとを訪れた。その名前は覚えていない。[7] 彼は喜んで夕食を私に振る舞ってくれた。それは当時のコウォミヤでは豪華な贈り物であった。私はすでに他の所で食事をとっていたが（もちろん大した量ではない）、司祭とともに夕食をとり、ベランダに座って語り合った。気持ちの良い春の夕べで、私は日没を眺めながら、今日一日首尾よくいったことを神に感謝した。朝は素晴らしい道中だったこと、コウォミヤで仕事に着手できたことを。目前には、沈みゆく太陽の金色の光がこの地方を輝かせていた。その後、私は司祭に別れを告げ、ギムナジウムの教師であるパヴウォフスカ夫人のもとにむかった。私は彼女の家に泊まっており、八時にそこでRGOの集まりが行われるのだ。私は準備中の活動について報告し、新しい支部に対する責任を感じ、RGOのメンバーに食糧配給証を渡した。私たちは上機嫌だった。その時、誰かが呼び鈴をならした。パヴウォフスカ夫人が出て行くと、しばらくして三人の男を連れて来た。その一人は私服だったが、他の二人はSSの制服を着ていた。彼らは私のことを尋ね、私の身分証明書を確かめた。彼らは、「これは秘密の非合法集会である」と叫んだ。私はそれを否定し、市当局に問い合わせるように言った。彼らは皆に解散するよう命じ、私だけを逮捕した。私は部屋を出しなに、RGOのメンバーの一人にドイツ語で、「明日の朝早くクラクフのRGOに電話し、私が逮捕されたことを伝え、仕事を中断しないように、誰かを私の後任に据えて下さい」と頼んだ。かなり暗かったが、この頼みがどんなに重要かわかるように、彼の目をしっかり見据えた。もしRGOに知らせが届けば、早急に司令官の知るところとなろう。そして地下組織の仲間たちにも伝わるからである。

私たちは外に出た。彼らは私を快適な乗用車に連れて行き、奥にいる私服の男の横に座るよう命じて立ち去った。隣の男は私をじっと見つめていた。数年たった今、こうして書いていると、私がその時、数百万の同胞と比べてどれほど恵まれていたかわかる。その後にも先にも、私は数えきれないほどの人から逮捕時の状況を聞いたが、いずれも肉体的精神的ショックを伴うものだった。私の場合は、自分自身の素朴さのおかげでショックはそれほど大きくなかった。「ゲシュタポが、すぐにコウォミヤの集会が非合法かどうかを確かめるだろう」と確信していたからである。とはいえ気分が良いわけでもなく、とても疲れていたのでぐっすりと眠りこんでしまった。だいぶ時間がたってから、ゲシュタポたちが戻ってきた。彼らは止まっている車の前にある食堂から、ほろ酔い機嫌で出てきたのである。彼らが乗り込むと、車は動き出した。彼らの会話から、私たちがスタニスワヴフに向かっていることがわかったが、私は大して嬉しくはなかった。道中、朝方あれほど感動した春の森を抜けながら、それがずっと昔のことのように思えた。車は途中で故障した。車が長く止まっていたので、私はまた眠りこんだ。目覚めると、私は黙っている隣の男と二人だけだった。車の修理を手伝っていたのは、ほろ酔い機嫌の彼の同僚だったのだ。隣の男はサンドイッチを食べていた。その時私は、マリラが今朝、私にサンドイッチを持たせてくれたことを思い出したので、それを食べ始めた。隣の男は驚きを隠さず私を見つめたので、私は可笑しくなった。やっと他の男たちが修理を終えて車に乗り込んできたので、私たちは出発した。スタニスワヴフに入ると車は街を通り抜け、刑務所に直行した。脇道にある刑務所の門が開けられ、車が中庭に入ると、門は背後で閉まった。私は車から降りるよう命じられ、本部棟に連行された。その二階でクリューガーが勤務しているのだ。私は一階の執務室に連行され、姓名その他を問われ、人物照合された。「これは一体どういうことですか」と私が尋ねると、「あなたは逮捕されたのです」という答えが返ってきた。

それから私は再び中庭を抜け、低く細長い建物に連行された。長い廊下を行くと最初の部屋の扉が開いており、明かりがついていた。そこには二つの鉄製の寝台があった。その一つには黒髪の小柄な女性が横になっており、もう一つが私のものだった。私の背後で扉が閉まった。私はまだ残っていた卵とパン一切れを食べ、毛布をかぶって横になった。その毛布は二月に私がここに送った物だと気づいた。同室者は私を恐ろしそうに見つめてから、毛布で顔を覆った。私は石のように眠りこんだ。

朝、私は起きて顔を洗うよう命じられ、同じ建物にある執務室に連れて行かれた。そこで、メースだかマースだかいう名の所長が私に応対した。私は彼に、できるだけ早く事情聴取をするように頼んだ。私は間違って逮捕されたと確信していたからである。私は持ち物すべてを取り上げられた。洗面道具と、何とか隠しおおせたアッシジの小さなブロンズの十字架を除いて。それから、監獄に戻るよう命じられた。獄房の同室者はチェルニョヴェッツ出身のウクライナ人女優だということがわかった。彼女は抜け目なく、私を注意深く観察しているようだった。しばらくすると看守が戻って来て、私について来るよう命じた。再び中庭を通ってビリンスキ通りの本部棟に向かい、階段を上がってクリューガーの執務室に行った。私はおなじみの控え室で待つよう命じられた。私は木苺色の椅子に腰掛けた。女性秘書がクリューガーの部屋に入り、しばらくして出てくると私に、「大尉が椅子に座るのを禁じたので、立つように」と言った。そこで私は立ち上がった。その時になってやっと（何と時間がかかったことか）、私はクリューガーに逮捕されたことがわかった。塀の向こう側で暮らしたことのない者は、それがどんなに大変なことかわからないだろう。それは説明しがたい。しかし重病患者ならば理解できるだろう。彼は、生命が危機に瀕している時は、希望の方が理性よりも千倍も強いということを知っているからだ。医師ですら重病の時には、死の兆候が明らかにもかかわらず、死の直前まで自分の回復を信じるという。今ならば、その理由がわかる。監獄とはそれとよく似た所だ。生きたいという欲望。そして動物的な本能が、ここでは道理や理性よりも強いのだ。

反面、クリューガーに逮捕されたという確信は、この時の私に大きな力と心の平安をもたらした。私は部屋に入るよう命じられた。この時も秘書はおらず、私はクリューガーと二人きりだった。私が部屋に入ると、前と同様、クリューガーは目を上げず、こう言っただけだった。「また会ったな。俺が勝ったのだ。お前にはメクレンブルク州のフュルステンベルク近郊にあるラーフェンスブリュック強制収容所に行ってもらおう。」「いつですか?」と私は聞いた。彼は拳で机をたたいて叫んだ。「何だと? まだそんな質問をする勇気があるのか!」私は笑った。「他に私に何が残されているというのでしょう」と私は尋ねた。「いつ出発するのか知りたいのです。」「知らん。集団輸送の時期次第だ。ここからクラクフへ。クラクフから第三帝国に、だ。」「まずい」と私は思った。途中にあるモンテルピ監獄ならば、仲間がたくさんいるのに。スパイも何人かいるけれど。「この決定は、以前お前が俺の問いに答えた結果だということを承知してもらいたい。お前がもし俺に違う答えを出していたら、自分の国のためにしていた仕事を奪われずにすんだのに。」この時、初めて彼は私を苦しめるのに成功した。私は監獄のことを思い出した。私は、「何か虚勢を張ったり、不必要な答えをしたりしたのではないか」と、もう一度自問した。「否だ」と思った。「別の答えを出すことはできませんでした。私は自尊心を失えなかったからです。それなくしてはあんなに働けなかったでしょう」と私は答えた。「私は劣等人種のポーランド人にすぎませんが、シラーを暗唱するのをお許し下さい。」

「命が最も尊いわけではない。
最も悪いのは罪の意識だ。」

クリューガーはおどけて絶望した表情をしてみせた。私は彼に言った。「これは『メッシーナの花嫁』の最後の部分です」「そうだ、そうだ」と彼は熱心に頷いた。「命が最も尊いのではなく、最も悪いのは罪の意識です。もし私があなたに対して異なる対応をしていたならば、罪悪感を覚えるでしょう。」沈黙。それから彼は話題を変え、こう言った。「お前がドイツ人女性の娘である以上、お前の態度は処罰に値する」と。「お前は裏切り者として収容所に行くのだ。」「それは、収容所に入る栄誉を与えられたということですね」と、私は答えた。彼は再び沈黙してから、「こんな答えは聞いたことがない。それがどういう意味か理解できない」と言った。それから彼はまた、ポーランド人のことを大声で罵り始めた。「彼らは無気力で態度が悪い」と。この時も私は笑い出した。「あなたはポーランド人を非難しますが、何の根拠もないじゃないですか。」すると彼は突然、「どんな手段を使っても、お前を自殺できないようにしてやる」と、私に請け合った。私は彼にこう言った。「それはたやすいことですよ。私は自らの生を駆け引きに使おうなんて思っていませんからね。第一、私のカトリック信徒としての信念が自殺を許さない以上（ここで彼は歯をむきだした）、それはできません。第二に、私は自殺を望みません。私は馬のように健康ですから、強制収容所でも耐えられますよ」と。彼は再び、「お前を痛めつけてやる」と約束した。私はこう言った。「もちろん、精神が健全であれば自分を律することができますが、精神を病めばどうなるかわかりません。」こんな風にあらゆる可能性について話すと、彼は悪意を露（あらわ）にしたので、私はこう言った。「私の問題を手っ取り早く片付けさえすれば、すべてなかったことにできますよ。」「お前は一体何を言いたいのだ？」「私は生きてここを出られるとは思っていません。」「俺が逮捕すると言った時から、お前は死を覚悟していたのか?」「もちろんです。」「なぜだ?」「ここにいるからです。」彼は鼻を鳴らした。それから彼は逮捕の詳細について尋ねた。私は、コウォミヤで捕まったこと、そこでのRGOの集会が誤って非合法集会とみなされたことを話した。「それは単なる口実だ。俺はお前を捕まえるために、スタニスワヴフのお前の事務所に部下を送ったのだ。そこでお前がコウォミヤに行ったと聞いた。私はお前に、逮捕の危険を悟られるリスクを冒さなかったまでだ。」私は胸のつかえが下りた。昨日できたばかりのコウォミヤのRGOのメンバーに何も起きていないと確信したからである。

私はとても疲れていた。突然、クリューガーが、「スタニスワヴフでは俺のことをどう思っているか」と聞いた。私は答えをはぐらかそうとした。彼は再び口に泡を吹き始め、質問を繰り返した。「人々はあなたを恐れています。あなたのお名前は、教師や技師、医師といった二五〇人の逮捕と結びつけられています。」「簡単に言うなら、ポーランドの知識人たちだな。」彼はにやにや笑い、頷きながら私をさえぎった。「外科医ヤン・コハイ博士が逮捕されたのを知っているか? 博士は自らの身の危険を顧みず、四人のドイツ軍パイロットの命を救った人物だ。それを医師としての義務だと思ったからだ。だが彼は跡形なく消えたよ。帝国航空省からの感謝状が来たが、それは彼のもとには届かなかった。逮捕された後だったからな。感謝状を受け取ったのは私の手を通してだ」とクリューガーは言った。「それにもかかわらず、その人物は解放されなかったのですか?」と私は聞いた。「それが何だというのだ」と、彼は驚いて問い返した。「町に進軍してきた時はいつでも、我々は前もって作成した逮捕すべき者たちの名簿を持っているのだ。そういう所をお前は知っているだろう?」彼はここで猛々しく笑った。私は呆然とした。それが何を指しているのかわからなかったからだ。彼は続けた。「ルヴフだ。俺が今、何を言っているかわかるだろうな。ルヴフのことだ！」彼は再びあざ笑った。「そうだ。そうだとも。大学の教授連中が消えただろう。は、は。あれは俺がやったのだ。俺が、だ！　お前はもうここから出られないのだから、話してやろう。[8] そうだ、そうだとも。…曜日（ここで彼はおそらく木曜日をあげた）、午前三時一五分だ。」彼は私の目を見つめた。彼はこの時、狙いが当たったと思ったようだ。明らかに喜んでいたのだ。この時私は、誰かに金槌で次の言葉を頭に打ち込まれたような気がした。「彼らは死んだ。殺したのはこいつだ！」すると夢のように、レンツキ、ドブジャニェツキ、オストロフスキなどの人々の姿が目に浮かんだ。ロンシャン夫人の憔悴しきった顔が頭をよぎった。処刑場になったに違いないヴルカの丘のことを思い浮かべた。足の悪い女性がいたのに、彼らはどうやって深夜に連行されたのだろうか。足を患う女性とはオストロフスカ夫人だ。クリューガーは私を見すえながら、話を続けた。「そうだ。俺がルヴフに短期間滞在した時だ。国防軍に配属されたゲシュタポの部隊と一緒にやったのだ。」（私は「戦地（フェルド）ゲシュタポ」と呼ばれていた者たちのことを思い出した。）「我々はすぐに東部に向かって出発し、しばらくしてから戻って来たのだ。」

その後の会話は細かく憶えていない。教授たちの思い出が溢れてきたためだ。ただ、しばらくしてからまた彼がどなり出したことを憶えている。「お前は反抗的だ。痛めつけてやる」などと。二時間後、彼は私に、「疲れているに違いないが、座るように勧めはしない。なぜならお前は親切を受けつけないだろうし、拒否される危険を冒すのは嫌だから」と言った。規則によれば、囚人は立っていなければならない。「座るかね?」「もちろん、いいえです。」「そう言うだろうと思ったよ。だが、俺はポーランド人に対するのとは違うやり方でお前を扱おう。」彼はここでお辞儀をした。「私は騎士としてあなたを扱いましょう」と、彼は力強く言った。私はその言葉に身震いした。その瞬間、彼は怒り狂った。自分の座っている頑丈な机を叩き壊すのではないかと思うほど、彼は机を強く拳と足で叩き、獣のように吠えた。「何だと? お前は俺の騎士としての対応を断るだと? 俺が将校としてお前に話しているのに、お前は俺を単なるゲシュタポとしか見ないんだな。違うか?」「もちろんです」と私は答えた。「お前はゲシュタポにはプライドがないと思っているだろう?」彼は逆上して怒鳴りながら、最後のこの言葉を何度も繰り返した。「だが言おう。ゲシュタポにもプライドがあるんだ。お前が考えるのとは違う、な。どんなプライドだかわかるか? 『忠誠こそ我が名誉』[9]だ。わかるか? ゲシュタポにはゲシュタポのプライドがあるんだ。忠誠こそが名誉なのだ。お前は俺の騎士としての対応を拒否したな!」「私にとってそれが屈辱だということはおわかりでしょう。」「では、どうしてほしいのだ?」「他のポーランド人と同じように扱ってほしいのです。」「よかろう。」彼は立ち上がり、ベルを鳴らし、私を連れていくよう命じた。

私は監獄に戻った。この時の聴取は二時間四五分続いた。私は疲れきって、ベッドに身を横たえると、眠ってしまった。目覚めた時に最初に頭に浮かんだのは、クリューガーが教授たちを殺したということだった。次に頭に浮かんだのは、別のことだった。彼が真実を私に明かしたのならば、それは彼が私を教授たちと同じ目にあわせようとしているからだ。それは明らかである。もしも彼が「恐怖療法」の後で私を解放しようとするならば、あるいはラーフェンスブリュックに私を送ろうとするならば、彼はそれを言わなかったに違いない。従って、私は次の喚問について考えておかねばならない。この時から私はそれを始めた。喚問された時のために心の準備をしておこうと努めたのである。しかし実際には、それを始めた日から長い期間が過ぎたので、難しくなっていた。私が祈りに没頭しようとしたり、この世から遠ざかろうとしたりする度に、何者かが私の中で叫び出すのだった。「神を悩ませるな。神はまだお前をお呼びでない。神はお前に全く別のことを求めている。この監禁状態にあって、お前自身を失わぬよう気をつけよ。別の世界を選ぼうとするな。お前は生きるのだ。」それは非常に強烈な体験だったので、あらゆる考えを消し去って精神的にこの世から遠ざかろうとするのは難しかった。

そうこうしているうちに、獄中生活が始まった。当初、私の状況はすばらしいものだった。私は二人部屋で、それぞれに自分の寝台があり、洗面台は清潔で、窓は大きかった。同居者は親切だった。私は初めから彼女に見張られているのではないかと疑っていたので(二度も口に出さなかった)、脅かされないよう気をつけた。食事も悪くなかった。朝晩大麦コーヒーが出され、昼はスープとジャガイモまたはキャベツ、何度か肉も交じっていた。最も重要なことは、毎日パン半斤が出されたことだ。そのため私は空腹ではなかった。最も残念なことの一つが虱(しらみ)だった。それはそれまで私の知らなかった生き物で、さされると痛みを感じた。しかし虱はそれほど多くいなかったので、何とか対処できた。ともかく「時間」だけはたくさんあった。それは私にとって全く新しい経験だった。戦時中のみならず、それに先立つ長い期間も、仕事や任務を果たすために私は常に忙しく駆け回っていたのである。ソ連占領下では多少のゆとりもあったが、この二年間は様々な仕事や緊張の中で、時間を忘れて動き回っていた。監獄の仕事についてからは、息つく間もなく走り回る毎日だった。今、突然全く異なる状況におかれた。奇妙なことだが、逮捕された初めの頃は、比較的良好な状況のもとで時間があり余るという新しい事態は不快ではなかった。私は非常に疲れており、この何年かで初めての休息がとれたのである。義務もなく、急ぐ必要もなかった。当時は監獄もまあまあ静かだった。最初の頃、周囲で実際に何が起きているか全く知らなかった。私は同居人から間接的に監獄の状況を知ろうと努めたが、その話題に移るといつも彼女の表情は変わり、黙りこんだ。彼女は「クリューガー」という言葉をひどく恐れた。彼女は、「彼はピアノを弾くのがとても上手い。とりわけベートーベンが得意だ」ということしか言わなかった。私は全く情報を得られなかったので、この数年間怠けていたこと、つまり思索を始めた。

日常生活、とくに毎日取り組んでいた仕事から無理やり引き離されたことも原因であろう、突然、私は重い病気になった。私はこれまで一度も病気をしたことがなく、それが私の精神的進歩における大きな欠点であることを知っていた。そこで私はこの新しい状態を、体力と感情、思考と意志の強化に利用しようと決意した。しかし、時折現実に引き戻された。とりわけ辛かったのは、監獄の仕事につけないことだった。私はこの仕事を愛し、仕事に従事できることを神に感謝していた。もしも囚人支援の仕事と抵抗運動の両方に携わっていたことが発覚したら、あるいはもしゲシュタポがその内容を知ったとしたら、私はやはり逮捕されたであろう。しかし、もしそうなったとしたら、私はもっと誇りをもってゲシュタポに対峙しえただろうし、尋問しだいで死に追いやられるようなことはなかっただろう。とはいえ、二回の尋問内容を思い返しても、私の答えが挑発的だとは思えなかった。それどころか、命を犠牲にしても考えていることすべてを話したいという誘惑と常に戦っていたのだ。尋問中に自制するのは非常に困難だということは知られているが、何年も積み重なった憎悪や恐怖、何よりも際限のない軽蔑を暴露しそうになったことが私にも一度だけある。多くのポーランド人はこうして、好むにせよ好まざるにせよ、死に急いだ。私がそうしなかったからといって、罪がないとは思わない。だが、私の仕事は危険と隣り合わせで、続けること自体が難しかったのかもしれない（囚人救護には当時二万七〇〇〇人が従事していた）と考えると、辛かった。有難いことに、最初の尋問と逮捕の原因を司令官に知らせることができた。司令官や仕事のことを考えると辛くなる理由は他にもあった。二回目の尋問の時、クリューガーはとてもしつこく地下組織について尋ね、「お前がそこに参加していないとは考えられない」と繰り返した。「調べはついている」と彼は言った。彼は、私のクラクフの住所も知っていた。もし、彼がモンテルピ監獄にいるスパイから私のことを聞こうとしたならば、大変なことになったであろう。彼は私がパニックを起こすほど恐れる麻薬を処方することもできたであろうから。ドイツ人が尋問で詳しい答えを引き出そうとするさい、意識を混濁させる特別の薬を使うことを私は知っていた。そのため私は、自分が複数の仲間と情報を共有していることと、自らの優れた記憶力を呪っていた。自分が必要以上の多くを知っていることが恐ろしかったのである。

逮捕された数日後、獄房の扉が乱暴に開けられ、クリューガーが駆け込むように入ってきた。私の前に立ち、激怒した声でこう聞いた。「で、新しいことはないのか？　何も供述を変えないのか？」

私たちは見つめ合った。「はい、大尉殿。」「そう言うと思ったよ」と彼は言って、出て行った。ドアの脇で聞いていた同室の女優は肝を冷やし、窓から外を見て、「今、彼は建物から出て行こうとしている」と告げた。「彼はあなたの所だけに来て、腹を立てたのよ。」

同じ光景が数日後も繰り返された。その時、彼は副官を連れ、鞭を持った手を背中に回していた。彼は再び私に同じことを聞いたうえ、「お前に関する情報はすべて明らかになっている」とつけ加えた。私は、「それは良かった。では、すぐに自由の身になれますね」と言った。すると彼は、「全く逆だ。お前には地下牢に移ってもらう」と言って、出て行った。

逮捕された数日後の日曜の夜、通常とは異なる時間に扉が開いた。すると、青いコートと赤いゴム引きのマントを着た、身なりの良い、うら若くすらりとした金髪の女性が入ってきた。彼女は泣き、震えていた。姿形からポーランド人であることに間違いなかった。私は彼女に近づき話しかけたが、ひどく泣いているので何もわからなかった。

彼女が少し落ち着いてからわかったのは、クリューガーが彼女を逮捕し、つい今しがた彼女を殴打したということだった。彼女はもともとスタニスワヴフで両親と暮らしていたのだが、この町で若者の逮捕が頻発したため、両親は彼女をクラクフに住む姉のもとに避難させていた。ところが、彼女は軽い気持ちで二、三日、母のもとに戻って来た。裁判所の役人だった父親は別の町にいた。スタニスワヴフには彼女の学校時代の男女の友人が多く住んでおり、彼女の家に出入りしていた。今日、ゲシュタポが家宅捜査に来て、友人の住所録と一緒に彼女を連行したのである。その時も、また数年たった今になっても、私はあのウツィアが地下活動をしていたとは思えない。ともかく彼女は若すぎた。とても恵まれた環境で育った少女で、不安も責任もなく、ただ「そうしたかったから」というだけで、両親の心配をよそに、スタニスワヴフに遊びに来ただけだったのだ。

二日後、私は獄房から出され、連れて来られた部屋であらゆる側から写真を撮られた。それから中庭に連行され、再び写真を撮られた。そのあと道を渡って別の建物に連れていかれ、さらに個人写真を三組撮られた。今度は手に、番号（たぶん一一六番）のついた「政治犯」と書かれた大きなブリキの板を持つよう命じられた。私は板を持ちながら笑いをこらえていた。獄房に戻ると、二人の同居人も楽しそうだった。ウクライナ人女性は私がいないのを利用して、ウツィアに、私が逮捕されたばかりの時は驚いたと話していた。監獄に入れられたのに、私が何の感情の変化も見せずにゆで卵を食べてさっさと寝てしまったのを見て、「この人は気が変なのか」と思ったからである。彼女は毛布で顔を覆い、何が起こるか朝まで待った。が、何も起こらなかった。

その頃私は、ウツィアがショックから立ち直るのを助けようとしていた。成果は現れ、彼女は日に日に強くなっていった。彼女は自分の母のことを非常に心配していた。「ゲシュタポは好奇心を露にして、両親の家の中を眺め回していた」と彼女は語った。私は、グレコフ教授やオストロフスキ教授らの素晴らしい住まいを思い出した。ゲシュタポはあのような豪華な住居を好み、すべてを奪っていくのだ。

数日後、突然、通常は誰もいない小さな中庭に面した小窓の下から声が聞こえた。女優は顔色を変え、「祈らねばならない」と囁いた。しばらくして看守がやって来た。彼らは窓を閉め、寝台に上って外を見るのを厳しく禁じた。その時、中庭に足音が聞こえた。私は何のことかやっとわかった。私はアッシジの十字架を取り出し、まもなく神の御前に立とうとする人々のために祈り始めた。静かだった。が、それは長く続かなかった。「後ろを向け！」乾いた銃声が響き、同時に地面に何か重い物が倒れる鈍い音がした。再び、「後ろを向け！」という声。それからまたバンという音と、荷車からジャガイモの袋が落ちるような、乾いた鈍い音がした。五つ目の体が倒れた時、三人の男の足音が遠ざかり、やっと沈黙が訪れた。翌朝未明、固い地面を掘るシャベルのきしむ音が聞こえた。その後、再び窓が開けられたので、私は寝台に上り中庭を見た。そこには二メートル四方ほどの、土を新しく掘った跡があった。

逮捕から二週間後の五月二六日火曜日、クリューガーがまた来て、前と同様、「考えを変えたか？」と、私に問いただした。この時も私は何も答えず、彼の前に立ち、その目をまっすぐ見つめただけだった。すると彼はウクライナ人女性の方に向き、こう言った。「お前は釈放だ。出ろ！」女優は私物をつかみ、房から走り出た。それから彼はウツィアの方に向いた。「私物を持って、別の房に行け！」ウツィアは私を見、私物を持って出て行った。クリューガーは、「ここに別のウクライナ女を一人連れて来い」と、彼への恐怖を隠せないでいる看守らに命じた。彼らはクリューガーに話しかけられている最中、ずっと震えていた。看守の一人が命令を実行すべく出て行き、年取った農民女性を連れて来た。するとクリューガーは、「違う。こんな女じゃない」と叫んで出て行った。しばらくして戻ると、彼は尋問の時のように、私に下品ににやにや笑いかけた。「私物を持って下に行け！　地下牢だ！」私は看守に房から出され、地下にある大きくてもの凄く不潔な獄房に連れて行かれた。私がそこに入ると、外にいるクリューガーが鉄の鎧戸を閉めるのが天窓からみえた。看守は音を立てて扉を閉め、鍵をかけた。私は地下牢にとり残された。私は一人になったが、それを嬉しく思った。

この地下牢が「中庭」への最終段階のように思えたので、私は気持ちを整理しようと努めた。が、ここでさえ私は生きているだろうと感じることがよくあった。中庭では処刑が続き、私の新しい住まいからも銃声を数えることができた。私はひとりぼっちで、落ちついていた。部屋は一日じゅう真っ暗というわけではなかった。日に三度、食事と掃除の時に明かりがともされた。私はじきに新しい環境に慣れ、心地よく一日を過ごす方法を見つけた。私は毎日、ヨーロッパの大画廊の一つを思い描き、そこにある絵画を眺めた。もちろん、私が「育った」ウィーンの画廊からそれを始めた。それから、プラド、ルーブル、ウフィツィ、ヴェネツィアの画廊に移った。時々、集中力が驚くほど強まった。ヴェネツィアの色彩が地下牢にいた時ほど鮮やかに見えた時はない。その時私は、エル・グレコの有名なエピソードの意味が理解できた。ある日、グレコを知人のダルマチア人が訪ねると、グレコは真っ暗な部屋に座っていた。驚く客に、グレコはこう答えた。「心の中の光を見ようとする時、日光は妨げになる」と。残念ながら、私は彼ほど創造的でなく集中力もないが、このクリューガーの墓場では、色彩や形の記憶が鮮明に浮かび上がるのだ。私はかつての自分の世界に心を遊ばせ、気分が良かった。邪魔だったのは、二つの自然現象だけだった。一つは虱で、暗闇の中ではそれを捕まえる方法がなかった。もう一つは神経的なもので、空気が足りないせいで窒息するのではないかという不安だった。私は自分に、「地下牢は大きいうえ、たった一人しかいないのだから酸素は足りているはずだ」と言い聞かせた。四日目か五日目の食事の時に、ウクライナ人の刑務所長ポパディネチが来て、「お前は何日間地下牢にいるか知っているか」と私に聞いた。通常ならば二、三日なのに、私は長くいるからだった。私は、「知らない」と答えた。ウクライナ人は頷き、低い声で、「大尉殿がじきじき天窓の鎧戸を閉めたのだから、聞くことはできない」とつけ加えた。その夜、ウクライナ人看守は私に裏切らないと誓わせてから、数時間、窓を開けてくれた。[10] 新鮮な空気のおかげでぐっすり眠れたのかどうか、定かではない。ある日、牢の掃除のさいに明かりが灯された時、私は「家具」の全部に、ソ連の秘密警察であるNKWD（内務人民委員部）の印がついていることを確認した。ソ連とドイツの占領の証拠がこれほどはっきり見られることに、私は強烈な印象を受けた。壁にかかっている壊れた棚のような物の側面の板に、ポーランド人の名前がいくつか彫られていた。明かりがある時間を利用して、私はあまり目立たない所に、数日かけて十字架で自分の名前と日付を彫った。私の死後、何らかの足跡を残すために。その情報が国内軍の本部に伝わることは間違いない。ただし、それはこの地がポーランドに戻された時の話だ。

この頃、クリューガーは二度、私の所にやって来た。同じ会話が繰り返され、彼はまた激怒して出て行った。私には彼が、誰かあるいは何かに飛びかかろうとしている檻の中の動物のように見えた。私は彼にこう聞いてみたかった。「ベートーベンのオペラをピアノ曲と同じくらい良く知っていますか」と。なぜなら、彼は『フィデリオ』のドン・ピツァロ[11]を思い起こさせたからである。

七日後にやっと、私は地下牢から出されてクリューガーのもとに引き出された。途中、開いている獄房の傍を通った。その扉には、チョークで1P（ポーランド人一人のこと）と書いてあった。扉は開いており、看守が中で立ち働いていた。その小さな房には窓がなかったが、扉の外からの光で、片隅に鎖で縛られ奇妙な姿勢で蹲っている人が見えた。

私はクリューガーの部屋に入った。今回は、そこにもう一人のSS将校がいた。彼の副官であろう。尋問の時間は短かった。クリューガーは私に、「俺の騎士的対応を拒絶した結果を十分味わったか」と尋ねた。答えはなかった。彼は、「地下牢で視力が損なわれたか」と聞いた。私は「いいえ」と答えた。彼は私に、「何か変わったことがあるか」と尋ねた。私は、「はい」と答えた。彼は驚いた。「私は弱っていますので、私を強制収容所に送る手間が省けると思いますよ。」沈黙。彼は怒り、不機嫌になった。彼は、「医者の診察を受けさせてやる」と言った。それから彼は、私をどこかの雑居房に連れていくよう命じた。

私は監獄に戻った。所長のポパディネチは六号室の扉を開けた。体を洗っていない人や病人のいる集団の、むっとした空気や臭いが鼻についた。私は房内に入った。その瞬間、誰かが私の首にしがみついてきた。ウツィアだった。とても痩せ、青ざめ、余り美しくなくなったが、前よりしっかりしていた。私たちは床の隅に一緒に座った。ウツィアによれば、彼女の母も彼女と同じ日に逮捕され、同じ監獄の異なる房におり、二度ほど、ジャガイモの皮を剥く時や廊下を掃除する時に母を見かけた。最近逮捕された者によると、ウツィアらの住まいは略奪され、釘一本残っていないということだった。

私は雑居房の中を眺めた。そこはとても明るかったので、新しい同居人の顔を注意深く観察できた。そこにはあらゆる世代の女性がいた。多くは見るからに犯罪者の顔をしているか、性病の跡があった。彼女らは私を不機嫌そうに見つめていた。房内では主にウクライナ語が話されていた。私が眺めていると、私よりいくつか年上の女性がポーランド語で話しかけてきた。彼女は私に、「同じ寝台に一緒に寝る?」と聞いた。「ウツィアは若いからあなたに場所を譲り、床に寝るでしょう。」彼女が信頼できそうだったので、私は喜んで応じた。次に私に近づいて来たのは、かなり若い女性だった。彼女はまっ黒なおさげ髪で、頬骨の突き出た意地悪そうな大きな口と、黒々とした情熱的で野性的な大きな目をしていた。彼女は赤い大きなバラの模様のついた絹製の黒いガウンを着ていた。彼女はウクライナ語で私の名を尋ねてから、自分がこの房の責任者だと言った。彼女が去ると、ウッィアは私の耳に囁いた。彼女には十分注意しなければならない。彼女が房内を仕切っているからだ。ウクライナ人コミュニストである彼女は、看守らと良好な関係を保ち、ポーランド人を嫌っていた。

以前の房との根本的な違いは、雑居房には餓えがあったことだ。私たちは朝と晩に二度、大麦コーヒーの代わりに茶色の水、昼にはジャガイモの粉の混じった水を手にした。主食はパンで、各自に配られるのは一二等分にしたパンの一片だった。

一日たつと、私たちの房で重要な役割を果たしているのは、責任者のカーチャと、くだんの年配のポーランド人女性、つまり鉄道職場長の妻であるミハリナ・コルディショヴァの二人だということがわかった。カーチャはウクライナ人女性全員に恐れられていた。とりわけ何人かのポーランド人女性は彼女をひどく怖がっていた。彼女は日に何度か房から出て、ジャガイモの皮を剥いたり、廊下を拭いたり、ゲシュタポの部屋を掃除したりしていた。彼女はゲシュタポととても良好な関係にあった。房に戻ると、彼女はガウンの下から何かしら食べ物を取り出して、ウクライナ人たちと分けあった。コルディショヴァ夫人は、あの食べ物はゲシュタポの食堂か、小包の中にあったものだと教えてくれた。私は、「どんな小包なの?」と聞いた。「あなたも知っているでしょう。囚人の家族が身内のために、ここに食べ物をたくさん送ってくるのよ。」私はRGOで働いていた時に、逮捕された人々の家族（例えばコハイ博士夫人）が定期的に小包をここに送っていたのを思い出した。

カーチャは「婆婆（しゃば）」つまり「監獄の外」の情報も何度か仕入れてきた。彼女はいつも、「彼」がスタニスワヴフにいるかどうかを知っていた。「彼」つまりクリューガーの名を彼女は一度も口にしなかったが、彼女の目に浮かぶ怖れからそれが誰のことだかわかった。

カーチャはその日、発疹チフスで何人死んだか、または何人が「森に連れて行かれた」かを知っていた。彼女の様子から私たちは多くのことを知った。彼女が不安気にしばしば扉を見やる時は、処刑が準備されているのだ。クリューガーの不在時には、彼女は陽気だった。その間、囚人は殺されないからである。殺されるのは、クリューガーがいる時だけだった。彼女が雑居房に戻って寝台に身を投げ、何時間も泣いている時は、ボリシェヴィキの前線が後退し、ドイツ軍が勝利を重ねていることを意味した。彼女はポーランド人を根っから嫌っていたが、それを隠して私たちに愛想をみせた。コルディショヴァ夫人だけが例外だった。彼女に対しては、カーチャさえ尊敬の念を持っていたのである。カーチャはウクライナ人女性の誰に対しても、夫人に対するほど丁寧に対応しなかった。コルディショヴァ夫人は皆に親切で、一度も誰かに腹を立てるようなことはなかった。彼女はカーチャの後にこの房に来た最古参の一人で、四か月間ここにいた。ロシア人に接収された彼女の家の中にロシア人の古いズボンが見つかったというだけの理由で、彼女は投獄されたのである。彼女はとても控えめで用心深かった。数日たつと彼女は私を完全に信頼し、「この房で見聞きしたことすべてのせいで、ほとんど誰も信用していない」と私にうち明けた。それにもかかわらず、夫人は分け隔てなく囚人すべてに親切だった。皆がとても不幸なことを知っていたからだった。彼女は自分を全く勘定に入れず、自分以外のすべての人々、とりわけ愛する夫と、彼の成人した子供たちのことを心配していた。彼女は子供たちを我が子のように育て、愛していた。彼女は若い時にやもめの男性と結婚し、自分の子供はいなかった。義理の子供を自分が生んだ子供と平等に扱うことはできないだろう、と思ったからである。彼女は今になっても目に涙を浮かべ、この自己犠牲について語った。彼女には音楽の才能があり、夜になると房内でコーラスを指揮した。ポーランド人もウクライナ人も、知識人も売春婦も、すべての女性が声を合わせて歌った。コルディショヴァ夫人の好きな歌は、「イエスよイエス、我らに奇跡を起こしたまえ」だった。肉体的には衰弱しているが信仰深いこの素朴な女性は、力強い声でコーラスを導いた。私たちの中で彼女に頭を下げない者はいなかった。

刑務所当局の命令で、女性の多くはゲシュタポのために靴下やセーターを編んでいた。私は品物の用途を知ると、「視力が悪いので編み物はできない」と言った。毛糸は殺された人々が着ていたセーターやマフラーをほどいたものだった。ある時、コルディショヴァ夫人が私に緑色の混じった黒い毛糸の玉をみせ、「誰のセーターか見覚えある?」と私に聞いた。「最初の日、あなたは私にダヌタ・ノヴァク、あのきれいで若い、飛行士の妻のことを聞いたわね。その時、私はあなたをまだよく知らなかったから、知らないって答えたの。これはダヌタのセーターよ。奴らは彼女が地下組織に属していることを暴き出したの。処刑の直前、彼女はクリューガーに、『ポーランドはまもなく蘇る』と言ったわ。それから殺された。他の多くの人々のようにね。」

飢餓はますますひどくなり、私たちは急速に弱っていった。同じ頃、雑居房は人で溢れかえっていた。数日間不在だったクリューガーが戻ると、その地方で逮捕された人々を連行して来るからである。ウクライナ人女性は数人で、多くはポーランド人女性だった。ポーランド人女性のほとんどは、「ハンガリー人と関係した」罪であった。スタニスワヴフの地は、ボリシェヴィキの退却後、すぐにハンガリーに占領された。[12] その数か月間、ポーランド人とハンガリー人は親しくなり、多くのポーランド人女性がハンガリー人と婚約したり、ハンガリー人がポーランド人の家に住んだりした。クリューガーはこうした人々全員を逮捕し、監獄に送ったのだ。富裕な人々は個別に逮捕し、彼らの目の前で家から高価な品々を手ずから略奪した。男性の礼服や貯蔵品、銀製品やシーツ類も例外ではなかった。クリューガーに殴打された人々はとてもショックを受けて獄房に入ってきたので、その翌日か二日後になってもそのことがわかるほどだった。ウクライナ人女性も増えたが、彼女らとの共同生活はポーランド人女性にとって大変辛かった。とりわけ私には辛かった。いつもは私にやさしいカーチャが、私の出身階級に関するボリシェヴィキのプロパガンダを口にする時、私に強い敵意を燃やすのだった。彼女は私のことをドイツ人から聞いたのである。それにもかかわらず、ウクライナ人の中には私に人間的に振る舞ってくれる者もいた。様々な重大問題について彼女らと話し合うこともあった。問題が重要であればあるほど、話し合いは必要となった。たとえ銃殺を逃れたとしても、日を追うごとに餓死者の数が増えていったためである。餓死の方が銃殺より千倍も無念だと思う。飢えを経験したことのない人々は、飢餓が本当に恐ろしいことを理解できない。理論家も社会活動家も、飢えが道徳心を破壊することを知らない。体力の衰えた私は、ウクライナ人女性がゲシュタポの食堂を片づける時にジャガイモを貰ったりするのを見ると、意地悪な気持ちになった。ジャガイモを持っているのが私ではなく彼女だ、という羨み。ジャガイモの粉でできた「水」と呼ばれるスープを鍋からすくう料理人を憎んだ。彼はポーランド人女性にスープを配る時、キャベツの切れ端などの具がお玉に入っていると、それを鍋に戻してしまい、ウクライナ人女性だけにおいしい具を配るのだった。私は怒ってこのことをコルディショヴァ夫人に話すと、彼女は落ち着いて、悲しげに、「そのことは数か月前から知っているわ。餓えた人はそうした感情に囚われるの。真の善人はいないわ」と言った。

飢餓状態が忍耐の限度を超えていると思われたので、私たちはドイツ人所長のメースに、ゲシュタポのために仲間が剥いている大量のジャガイモの皮を私たちのスープに入れて煮てもらうよう頼もう、と決めた。唯一ドイツ語を話せる私は、皆の代表としてこの願いを伝えることになった。メースは話を聞いてから静かにこう応じた。「それは無理だ。ジャガイモの皮は我々の豚の餌なのだから。」

ある日、カーチャが、司祭がチフスに罹ったという知らせを持って来た。「どんな司祭？」と私は聞いた。「ナドヴォルナのスマチニャク*司祭よ。彼はここにずっと前からいるの。」「私たちがどれほど彼を探したことか」と私は思った。それ以来、私はこの英雄的人物の容態を知ろうと努力した。良い時もあれば、悪い時もあった。ウクライナ人女性は彼の房の掃除に通い（ポーランド人女性には許されなかった）、「彼は穏やかな表情でとても落ち着いて寝ている」と告げた。司祭が重体に陥った時、ドイツ人は彼にミルクを与え始めた。おそらく、彼らは何らかの情報を得るために司祭を必要としたのだろう。司祭は一度も誰も裏切ったことがなかったので、彼らを怒らせていたからだ。しかしミルクを与えるのが遅すぎた。スマチニャク司祭は六月一七日に亡くなった。一度も会ったことのないこの人物の死の知らせは私をひどく意気消沈させた。彼のような人々はどんどん減っていく。ポーランドが蘇った時、誰が残って仕事を続けられるだろうか。三年もの間、最良の人々が祖国のために次々と亡くなっていった。祖国のために誰が生き延びられるだろうか。

雑居房の外にある廊下はとても広かった。廊下ではしばしば、「おまけ」の殴打が行われていた。拷問のさいに「記録された」殴打の数は、尋問の時に行われたものだ。この「おまけ」の殴打は、メースをはじめ看守全員が行っていた。囚人が看守の立ち並ぶ廊下を走って往復することも一度ではなかった。囚人には霰のように革の鞭がふり注いだ。看守の下卑た野獣のような叫び声が響きわたった。時には、「俺を殺せ（ザビイテメネ）！」というウクライナ語の声がした。また時には、鞭で打つ音と身体の倒れる音しか聞こえないこともあった。そんな時、カーチャは声を潜めてこう言った。「またポーランド人だ。」すると雑居房の扉が開けられ、看守が彼女に雑巾とバケツを持って出るよう命じる。しばらくして戻ってくると、カーチャはまっさおな顔で、「今度は血がバケツ半分も溜まった」と告げるのだった。

その頃、私たちの隣にある男性雑居房では、「自然死」する者が出始めていた。壁が薄かったので、向こうで起きていることが聞こえた。餓死は様々な形をとった。しばしば最後の瞬間に痙攣が起きた。ある夜、叫び声とうなり声が交互に聞こえた。その夜、看守が何回かやって来ては静かにするよう命じたが、断末魔の苦しみはゲシュタポでさえ抑えられなかった。

朝方になってやっと、完全な沈黙が訪れた。カーチャが言うには、男性雑居房では毎朝死体が一つか二つ運び出される。ある時、ポパディネチがやって来て、「お前らの房で全員がまだ生きているのはどういう訳か」と聞いた。「たぶん、女には悪魔と同じ物があるんだな。」しかし私たちもかなり弱っていた。早道をしようと、壁にもたれずに房を斜めに横切るのは次第に困難になった。よろめきながら進むのも辛かった。窓は開けてあったが、房の中はひどく蒸し暑かった。向いには民事拘置所の大きな建物があるので、空もわずかしか見えず、それも暗い青色をしていた。それでも私は空を見て、イタリアと、私の進む道を教えてくれた無数の美術品を思い出した。ドイツ人は祈祷のさいの合唱も禁じたが、私たちにはもう歌う力もなく、夜毎の聖母の祈りの連祷もできないほどだった。私たちは衰弱していたが、コルディショヴァ夫人のはっきりした声は聞こえていた。「天上の薔薇よ、ダビデの塔、象牙の塔」と唱える彼女の声は、私たちの合唱の声より大きかった。年寄りも若者も、ポーランド人もウクライナ人も、街頭に立つ女性も純潔な女性も皆、慰められた。飢餓や病気、虱や汚穢の中で、死を目前にして、皆、聖母マリアに願いを寄せた。

この頃一度、私は小包を受け取った。小包を開けると、パジャマやセーター、下着、夏のワンピースとストッキング数足があった。私はクラクフから送られてきたこれらの私物に見覚えがあった。これらの物を眺めて、私は奇妙な気持ちになった。「自由な時の物」が囚人にとって何を意味するかを伝えるのは難しい。それらは以前の生活が本当にあったのだという具体的な証拠であって、生活し、記憶し、自由にあちこち歩いている人々が向こう側にいるのは事実なのだ。

ある日、ウツィアが再び尋問を受け、彼女の父もここにいることを知った。のちに彼女は窓越しに、父親が仲間とともに石を砕いているのを見た。父親はすっかり面変わりしており、彼女は最初、誰だかわからないほどだった。かわいそうに、彼女はひどく苦しんだ。スタニスワヴフに来るという彼女の軽率な行動が、両親に不幸をもたらしたのは明らかだったからである。

その頃、ユダヤ人が中庭に集められ、天候にかかわらずそこに放置された。所長がかん高いしわがれ声で、厳しく彼らに注意を促すのが絶えず聞こえた。私たちの所には数日にわたって、病気の子供がぐずったり泣いたりする声が聞こえたが、日毎に弱まり、ある夜、全く聞こえなくなった。

これらすべては私たちの間でひそひそと語られたので、知らない者はいなかった。他方、雑居房で交わされる声高な会話は、私たちの日常生活からは縁遠いものだった。常に語られた話題は二つある。明け方から真昼まで、女囚らはそれぞれ前夜見た夢を詳しく話し続けた。その後の時間は、様々な料理やその調理方法が詳細に語られた。常に繰り返される料理の話題に、私は苛立った。飢えが否応なくかきたてられるからだった。しかしどうしようもなかった。コルディショヴァ夫人でさえ熱心に「調理し」、それで気持ちが晴れると言うのだった。時々、私は何か楽しいことを言おうと努めた。ある時、一人の少女が私に、「あなたがこんなにも能天気でいられるのはどういう訳なの？」と聞いた。カーチャは私の代わりにこう答えた。「そうね。彼女は何も気にしてないみたいだけれど、髪の色が心痛のあまり変わっているわよ。」

女囚たちの話題は様々だった。もちろん、口喧嘩はしょっちゅうで、何も盗られていない時でさえ、盗っただの盗られただのと文句を言っていた。時には、禁じられているのにかかわらず、一日中祈ったり、カード遊びをしたり、時には二つの事を同時にやっていた。ある時、花柄のガウンを着たカーチャが、寝台に背を半ばもたれかけて、ポーランド語で「聖母の時間」を歌っていたのを覚えている。その歌は、ある女囚が検査の時に身につけて隠し通した、小さな祈祷書に載っていたものだった。彼女はその本で占いもしていた。ちょうどその時、ヤンカ[13]が入ってきた。金髪の彼女が房の扉に現れた時、彼女はアザラシの毛皮を着ていた。つまり彼女は冬に逮捕されたのだ。知的で疲れた顔をしたヤンカは教師だった。彼女はすでに数か月間、監獄に入れられていた。彼女の逮捕の原因は、婚約者がゲシュタポに捜索されていたことにある。彼女はルヴフのウォンツキ通りの監獄から来た。私はすぐに、「あそこの囚人の救護活動は今どうなっているの？」と尋ねた。うまくいっていると聞いて、私は嬉しかった。ヤンカはそこで選ばれて調理場で働いていた数少ない囚人の一人であり、週に何回か窓越しに、我々ＲＧＯの仲間がスープや薬やその他の様々な物を運んでくるのを見ていたからである。それから数日後、ヤンカは尋問から嬉しそうに戻ってきた。彼女に向けられた質問から、婚約者が捕まっていないことが明らかになったからである。「私がどうなろうと構わないのよ。彼がまだ捕まっていないということが大事なの。」その日からヤンカと私は様々な話をしたが、雑居房の隅の床に静かに座り、皆と同様、栄養失調で衰弱していった。一方、房内はさらに人で溢れた。その頃、内通により抵抗運動関係者の逮捕が再び増加していたのである。逮捕者の多くが私のことを聞いていたが、私がＲＧＯ以外の組織に関わっていたことを知る者は誰もいなかった。私は司令官の最後の命令（囚人救護活動のみに集中せよという）を思い出し、胸をなでおろした。

カーチャはさらに重苦しい情報を運んできた。それは、「森に連れて行かれた」者についての情報だった。処刑は中庭ではなく、森で執行されることが多かったのである。

ある日、この地方に住むシタルスカという名の女性が入ってきた。彼女はロズドウの生まれで、私の父親を知っているということがわかった。過去との思いがけない結びつきに私は心を動かされた。私たちは共に家族の思い出を語った。有難いことに、彼女は素晴らしい贈り物、つまり、生卵をくれたのだ（彼女はそれを牛乳の缶と一緒に持って来た）。私は卵を食べた後、体力が回復したように思う。

数日後、シタルスカは尋問の時にひどく殴打されて戻ってきた。今では雑居房にはポーランド人の方が多くなっていた。彼女らは尋問に呼び出され、無残な姿になって戻って来た。ある時、看守は一人か二人を呼び出す代わりに、ポーランド人とウクライナ人を集団で呼び出しだ。その中にはウクライナ人のナーチャもいた。彼女は、品行は悪いが性格が良いので皆から愛されていた。シタルスカとヤンカも呼び出された。ヤンカの顔は輝いていた。「やっと自由になれる！」私たちは抱き合い、もし彼女が私より早く釈放されたら、私のことをルヴフのRGOに伝えるよう約束した。彼女は私の手に、自分のまだ口をつけていないパンの塊をおしつけ、他の人々のあとを追って出て行った。彼女らは廊下で二人ずつ並んで待っていた。突然、窓ごしにトラックの到着する音が聞こえた。私はコルディショヴァ夫人の顔を見た。彼女はあいまいに頷いた。再び扉が開き、再び何人かの女性が引き出されていった。彼女たちは死んだように黙ったまま出て行った。看守は何度も戻って来ては、新たな名を呼んだ。そのあと、奇妙な悪魔のような表情を浮かべた赤毛の警部がやって来た。彼の出現はいつも新たな不幸をもたらした。私たちは彼を、「くたばり損ないの馬」と呼んでいた。彼はさらに誰かを呼び立ててから、私たち全員に床に座るよう命じた。立ち上がるのも、窓の外を見たりするふりさえも許されなかった。そこで私たちは座り、次に扉が開くのを待っていた。扉が開けられる度に、自分の名が呼ばれるのではないかと思った。誰かが、「主に避難所を求める者」を唱え始めた。祈りの句は私に新しい力を与えてくれた。「たとい、千人、万人があなたの傍に倒れても、災いはあなたに近づかない。あなたは自分の目でそれを見、悪人の末路を見るだけだ」（旧約聖書　詩編九一）。トラックが動いた。その数が多いことは音でわかった。三〇分後にトラックが戻り、しばらくすると廊下に衣服の山ができた。ゲシュタポはそれを分類し、良い物を自分の物にした。その中にヤンカの毛皮があるのが、わずかに開いた扉の隙間から見えた。

その夜、カーチャは何かの用事で呼び出された。戻って来ると、「森への旅行」はこれで終わりではなく、まだ先に準備されていると語った。その夜は長い間、誰も眠れなかった。皆、「その時」を待っていたのだが、やがてひどい疲労感に襲われ、深い眠りについた。夜中に扉が開いた。看守が大声で呼んだ。「カロリナ・ランツコロンスカ!」私は目を覚ました。殺されるとわかったが、最初の瞬間は夢から覚めきっていなかった。突然、コルディショヴァ夫人の静かな声がした。「何でもないわ。ルヴフ行きの列車よ。明け方に出るのよ。」私はコルディショヴァ夫人自身もその言葉を信じていないことがわかったが、彼女の声でしっかりと立ち上がることができた。私は服を着た。看守は私に私物を持つよう命じた。私はそれらを仲間に残したいと頼み、看守はそれを許した。「祈っててね」と、私は頼んで出て行った。私はポケットに手を入れ、そこにアッシジの小さな十字架があるのを確かめた。私にはその時、ただ一つの心残りがあった。それは、私が死ぬのは夜の闇の中であって、昼間の太陽の光のもとではないということだった。「父なるユピテルよ。私たちが死なねばならないのなら、せめて太陽の光の下で死なせて下さい!」『イリアス』で、アヤクスはこう叫んだ。今になって私は、この詩の一文から、ホメロスがいかに偉大で人間の魂を知りぬいていたかということが理解できる。また、人は、「dulce et decorum(国のために死ぬことは)甘美で名誉である」というホラティウスの句に力づけられることも知っている。私は死を覚悟し、落ち着いていた。

廊下に出ると、クリューガーがそこにいないことに気づいた。処刑のさいには彼が立ち会うことを私は知っていた。彼はその楽しみを一度も断ったことがないのだ。横にいるSS将校は、廊下から右に曲がった。「なぜ左ではないのだろう。そちらに小さな中庭があるのに」と、私は思った。その瞬間、突然私はヴォジスワフに眠る先祖のことを思い出した。私は、先祖が怖れもせず、「不名誉なこと」もしなかったと確信した。私たちは大きな広場を通りすぎた。新鮮な夜の空気が私に力をくれた。私はあちこち見ながら進んだが、何もなかった。一台のトラックすらなかった。私には何が何だかわからなくなった。将校は私を中央の建物に導き、階段を上るよう命じた。私は以前ここに来た時よりも楽に、階段を上がれることに気がついた。私は自分の衰弱を感じなかった。これからどうなるのかという好奇心でいっぱいだったためであろう。

私が連れて来られた所は、事務室のような部屋だった。そこには将校とタイピストが座っていた。彼らは私の調書を書いていた。彼らは私に、出生からの全経歴を話すよう命じ、長いこと話し合いながら書いていた。私はとても疲れていた。ミルク入りのコーヒーとケーキが運ばれた。タイピストが喜んで食べ始めた。私はその時ふらつき、テーブルに手をもたれた。将校は私に、獣のような大声で、もたれかかるのを禁じた。それからまた質問した。質問はクリューガーの尋問の内容に関することだったが、その調子ははるかに事務的なものだった。やっと私は調書にサインをさせられ、雑居房に戻った。私が大きな中庭を横切った時、ちょうど夜が明けた。それは私の人生最期の日の夜明けだと思った。カーチャもコルディショヴァ夫人も、「調書にサインしなければ処刑されることはない」と言っていたからである。それをしたということは、公式に「問題」が終わったことを意味していた。

私は、「自分は昨日、彼女らと一緒に森に連れて行かれたのではなくて、夜に調書をとりに連れていかれただけだ」と自分自身に言い聞かせた。おそらく私は、カーチャが言っていた、今日の二回目のグループに属するのだろうと思った。

雑居房に戻ると、皆、私をびっくりして出迎えた。ウツィアは喜び、コルディショヴァ夫人は感動してくれた。私はひどく疲れてお腹がすいていたが、ヤンカのパンしかなかったので、それを食べて眠った。朝、私たちの周囲は静かだった。隣の男性雑居房はかなりゆったりし、中庭にいるユダヤ人に対する所長の怒鳴り声もなかった。カーチャによれば、昨日はとても多くの人々が出されたから、今日も昨日と同じくらい出されるだろう。おそらくこの後、また大量逮捕があるだろうから、監獄を空けておくのだ。

午後、私が床で居眠りをしていた時、看守が入って来て、再び私の名を呼び、こうつけ加えた。「釈放だ。」房内が騒然となった。私は信じたくなかったので、「もう騙されない」と言った。看守は私が釈放されることを誓った。ウツィアとコルディショヴァ夫人は私の首にしがみつき、彼女らの家族に知らせるよう懇願した。すると雑居房が大騒ぎになった。皆、何かを伝えたがったからである。看守は私を出口へと急き立てた。そこで私は私物を摑み、それを皆に配るよう目配せした。もう一度別れを告げる時、私は皆に小包を送ることを約束した。扉に近づくと、一人のウクライナ人の少女が私に抱きつき、私の顔をひき寄せた。彼女は私に、「後ろ向きに出て行って。私たち皆をひっぱり出して行くように。この雑巾を踏んで！」と言って、私の足元に雑巾を投げた。そこで私はもう一度、この不幸な女性たちの方にふり返り、手を伸ばし、雑巾に片方の足をかけ、もう一方の足で後ずさりしながら敷居をまたいだ。雑居房を出ると、扉が音を立てて閉まった。私は廊下に立ち、半分夢見心地だった。私は一二時間前と同様、廊下を進んだ。ただ、あの時は死に向かって歩いていたが、今度は生どころか、自由に向かって歩いているのだ。それは千倍も素晴らしいことだった。

事務室で私を迎えたのはメースだった。彼はとても感じが良かった。「見ろ。お前の番が来たぞ。」私は、彼が「ジャガイモの皮はお前らにはやれない。豚の餌だから」と言ったのを覚えているだろうか、と思った。彼は私に、返された書類をよく調べるよう命じ、所持金を確かめた。私は書類を熱心に調べ、ハインリヒにもらったゲシュタポの書類があることを確認し、ほっとした。それは私が囚人救護の仕事にただちに戻れることを保障していたからである。所持金（四〇〇〇ズウォティあった）を数えながら、私は心の中で笑った。それは地下組織の政府代表部のものだったからだ。私は、「刑務所で見聞きしたことについて、いかなる情報も口外しない」という誓約書に署名するよう命じられた。私は、「これですべてですか。もう行っても良いのですか」と聞いた。すると、「ちょっと待て。お前には車で出てもらう」と言われた。

「なるほど」と私は考えた。「監獄から釈放された者を町の人に見せたくないのだな。」「お前は我々の帝国にはふさわしくない」というクリューガーの言葉が思い出された。私はしばらく待った。やっと見知らぬゲシュタポが来て私に、「すべて持ったか。なくなった物はないか」と礼儀正しく聞いた。私は「なくなった物はありません」と答えた。私は玄関に出た。オープンカーが来ると、それに乗った。ゲシュタポが運転手の横に座った。突然、クリューガーの副官が出て来て、「全部返してもらったか」と私に聞いた。私が「はい」と答えると、車は走り出した。

第五章　ルヴフのウォンツキ通りにて

――一九四二年七月八日～一九四二年一一月二八日――

刑務所の門が開き、世界が広がった。街路に誰もいなかったので、私たちの車はスタニスワヴフの町を素早く通過した。郊外にさしかかった時、葬儀の傍らを通り過ぎた。葬儀を仕切っていたのは知り合いの司祭だった。さらに車が進みかけた時、私は司祭の注意を引こうとして大きく身体を動かした。それはほんの一瞬だったが、効果は絶大だった。司祭は私に目をとめ、身震いし、足をもつれさせ倒れそうになった。だがその時はもう、私たちはそこから遠く離れていた。私はスタニスワヴフの風景を眺めていた。ちょうど教会の鐘楼が水平線に消えていくところだった。「ポーランドが解放されるまで、ここには戻れないだろう。ここで一緒に働いた人々や監獄でともに苦しんだ人々、少なくともその家族を探しに戻るのは、ポーランドの解放後のことになろう。その時、死をかいま見たこの地にまた戻ろう。今は生きて働かねばならない。ここの監獄で過ごした八週間の経験はとても価値がある。」車はこの美しい肥沃な土地を通り過ぎた。それは一九四二年七月八日のことだった。穀物は実り穂をたれ、私は長いこと味わえなかった新鮮な空気を胸一杯に吸い込み、生き返った気がした。二度と見られないと思った風景、つまり畑や家々、菜園、カトリック教会や正教会といった故郷の風景を眺めて、どれほど感動したことか。私たちはハリチに到着し、そこからドニエストル河を船で渡った。この河は若い時から慣れ親しんだ河だ。ドニエストル河がロズドウ近郊を流れていることに気づいて、心が熱くなった。

ルヴフに着いたら何をしようか、と私は考え始めた。今日、教会に寄る時間があるかどうかわからない。RGO（中央救護委員会）支部から直接友人たちの所に行くべきか、それともまず、クラクフに電話をかけるべきだろうか。迷いながら、自分のことを自分で決めるというのは何と素晴らしいことだろうと嬉しくなった。しかし、思いは常に六号室の雑居房にひき戻された。私は運転手の傍らに座る護送人に、「この車で、私の獄房仲間に私の名を伏せて食糧小包を送り届けてもらえますか？」と尋ねた。彼は、「明朝八時までに小包を持ってくれれば、直接手渡そう」と答えた。

車はプシェミシラニを迂回して、まっすぐルヴフに向かった。私は町の手前にある丘から大好きなルヴフを眺めて、感動にひたった。陽光が薄れ、町の上には夜の帳が降り始めていた。とうとうルヴフに着いた。車が止まると、私は車の中に置いたコートと様々な荷物を手に取って、RGO支部の前で降りようとした。ところが、車はスピードをあげて中心街を通り過ぎた。その時私には、車がペウチンスカ通りに向かっているとわかった。車は、かつてソ連のNKWD（内務人民委員部）本部だったゲシュタポ本部の建物の前で止まった。私は車から降り、建物に入るよう命じられた。私は愚かだった。が、おそらく何か形式的なことだろうと思った。護送人は私を連れて階段を上がり、クッツマン警部がいるかどうか尋ねた。「今は七時半なので誰もいない」という答えだった。私たちは再び一階に下りた。護送人はスタニスワヴフに電話してから、当直の役人と二言三言話し、私が座っている扉に近づいてきた。「何かあったのですか?」と私は聞いた。「すぐにわかるだろう」と彼は言って、部屋から出て行った。するとすぐに、ヘルメットを被り銃剣を持った守衛のウクライナ人が入って来た。彼は有無を言わせぬ調子で、私について来るよう命じた。私たちは外に出て、トミツキ通りを曲がり、そこから刑務所のあるウォンツキ通りに向かった。刑務所で私は、再び時計と所持金などを取り上げられ、獄房に入るよう命じられた。再び扉がガチャンと閉まった。信じられないほど汚い床に放り出された私は、瞬く間に眠りこんだ。

市電の音と通行人の足音で、私はやっと目がさめた。獄房の天井の下には曇りガラスの小さい窓があった。ここがレオン・サピエハ通りの近くであり、窓の向こうの数メートル先にはルヴフの人々が歩いているのだということがわかって、とても嬉しかった。私はこの新しい状態について考えた。二四時間もたたぬうちに、処刑されるふりをされ、その後釈放されるふりをされ、今また新たな監獄に入れられている。私は、昨日の車窓からみた素晴らしい故郷の風景を思い出した。それは私に一瞬、自由への希望を抱かせた。幻影は突然消えてしまったが、思い出は残った。ダンテはなぜ、「不幸な時に幸福な頃を思い出すことほど辛いものはない」と言ったのだろうか。幸せな思い出は生きるための大きな力となると思う。

その時、部屋の隅にあるマットレスに寝ていた二人のドイツ人女性が目を覚まし、おしゃべりを始めた。二人とも、もと役人だった。一人は闇取引で捕まり、もう一人は堕胎した友人を匿った罪だった。別の隅にマットレスもなく寝ている二人は、ルヴフの住人だった。少ししてからゲシュタポが入って来て、「コーヒー」とパンを運んできた。間もなく彼は私を呼びに戻って来た。廊下で少し待つ間、彼は私にこう尋ねた。「なぜ闇取引などに手を染めたのか。厄介なことになるのに。」

その時、ウクライナ人看守がやって来て、私を連れ出した。私たちはまたトミツキ通りを歩いた。この日も、晴れ渡った美しい夏の日だった。私は注意深く周囲を見回したが、知人は誰もいなかった。私たちはペウチンスカ通りのゲシュタポ本部に入った。そこでは四階まで階段で上らねばならなかったが、それはスタニスワヴフの監獄から出てきたばかりの私には一苦労だった。私たちは、「ポーランド政治問題課　クッツマン警部*」と書かれた三一〇号室の扉の前に立った。部屋の中に入ると、数人が忙しそうにタイプライターを打っていた。ウクライナ人看守が何かの書類を渡した。それから私は次の部屋に連れて行かれたが、そこには誰もいなかった。少ししてから第三の部屋に入るよう命じられた。部屋に入ると机から男性が立ち上がった。彼は四〇歳位の中背で、こめかみと目のあたりに白髪の交じったブロンドの髪をしていた。彼は私に近づき、あれこれ尋ねてから、「あなたには少し待っていただかねばなりません。スタニスワヴフの事件についてもう一度聴取しなければならないのです」と謝った（!）。彼は私を第二の部屋に通し、窓際に座るよう命じた。「私はまた逮捕されたのですか。それとも自由の身なのですか」と、私は尋ねた。彼はあっけにとられた。「昨日、私は正式に釈放されたのに、一体どうなっているのか全くわかりません」と、私は言った。彼は、「釈放については全く知りません」と答えた。私たちはお互いに注意深く見つめ合った。彼はその目と口元に憂鬱そうな表情を浮かべ、私に関わることを迷惑がっているように見えた。その時、彼は私の体調が良くないことに気づいたようで、「あなたは今日、食事をとりましたか」と聞いた。私は「とりました」と答えたが、彼は出て行き、数分後、パン五切れとマーガリンを乗せた皿（!!）を持ってきた。そして私に食べるよう勧め、自分の席に戻った。私は食べ始めたが、多すぎたのでじきに食べるのを止めた。そして窓際に座って待った。

一時間ほど経った。クッツマンは再び出て行き、私について来るように言った。クッツマンは私の背後でドアを閉め、私に「机の向こう側に座るように」と促した。彼の前には分厚い書類綴じが置かれていた。クッツマンがそれを開く時、そこに「犯罪歴なし」と大きな字で書いてあるのが見えた。「なぜ私の書類がこんなにぶ厚いのか」と私は考えた。クッツマンは、スタニスワヴフでの取り調べについて尋ねた。「あなたはクリューガーに、『独立のポーランド国家しか認めない』と証言したのですか?」「私はそう確信しておりますが、一度もそれを証言したことはありません」と私は答えた。「何ですって?」「私はまるで判事に尋問されたようなもので、『はい』と『いいえ』しか答えられなかったのです。クリューガーは私に、私がドイツ人の敵であるかどうかと尋ねたのです。」「これは大変重要なことです」と、クッツマンは言った。「私が答えずにいると、クリューガーが質問を繰り返したので、私は自分の名誉を守るためには他に言いようがなかったのです。クリューガーは同じ方法で、私に、『ポーランド国家の崩壊を認めるかどうか』と聞いたのです。」事情聴取の間、私は、クッツマンがクリューガーに対して反感を抱いており、私の話が本当だと信じ始めているように思えた。さらに、奇妙なことだが、彼がこの問題に不快感を持っているような印象を受けた。私は話しながら、クリューガーがポーランド人をとても軽蔑していることを思い出し、そう口にした。すると、クッツマンは苛立ちながらこう言った。「そんなことはありません。逆に、我々はあなた方の態度に驚嘆しているのです。」そして突然、私にこんな質問をした。「あなたはイタリア王家の方をどなたかご存知ですか?」私はびっくりした。「いいえ、誰も」と私は答えた。「しかしイタリアの王家があなたの解放を求めて、ヒムラー*に外交圧力をかけてきたのですよ。」私の脳裏に、愛するイタリアがぱっと浮かんだ。「もしあなたがサヴォイア家[1]の方々を誰も知らないとしても、外交圧力があるのだから、イタリアに有力なお友達をお持ちなのでしょう。」私の目の前に、背の高いロフレド・カエタニ*の姿が浮かんだ。彼は私の遠い親戚で、「ファリス」と呼ばれたエミル・ジェヴスキ[2]の娘であるポーランド人の孫であった。カエタニはピエモンテの公女と親しかった。彼女は王位継承者の妻で、バイオリンを弾いており、ロフレドは指揮者で、彼女のピアノ伴奏もした。[3]二人ともムッソリーニが大嫌いだった。その時、クッツマンが続けてこう言った。「私にはこの問題に口を挟む権利はありませんが、このことをあなたに伝えておきます。どうぞお好きなようにお考え下さい。しかし、この外交圧力はとても有力なので、あなたの逮捕が『不当なもの』となることをご承知下さい。ヒムラーはこの件を不快に感じています。[4]彼はこのことが面白くないので、あなたをルヴフに連行するよう命じました。今度は、私がベルリンに送るあなたの調書をつくらねばならないのです。今日、それを一緒に書きましょう。その上でどうなるか、様子を見ましょう。」「クリューガーは私を強制収容所に送ると約束しました」と私は言った。「知っています。クリューガーがあなたを収容所に送るより前に、私の調書と釈明がベルリンに届くよう願っています。しかし、もしうまくいかなくても、あなたをできるだけ良い状況に置くようにしましょう。数週間後に自由の身になるよう、願っていますよ。」「クリューガーが私の釈放を邪魔するのではありませんか?」と私は聞いた。クッツマンは私を素早く見た。「彼はあなたの釈放に反対しましたが、結局、譲歩せざるをえませんでした。」ここで彼は、私が何か言うのを待つように、突然、言葉を切った。そして私の目を見てこう言った。「ＳＳ全国指導者ヒムラーの命令によって、あなたは丁重に扱われ、良い食事を与えられるでしょう。独房をあてがわれ、シーツを貰え、廊下を行き来する自由も得られます。食事はどうなさいますか？」「ＲＧＯから小包を受け取ることをお許し下さい。」「どうやって手配しますか？　誰かをここに呼びましょうか？」「ＲＧＯの刑務所課の職員を呼んで下さい。彼女に全部頼みます。」彼はＲＧＯに車を送った。

その時、年配の男性が入って来た。彼はクッツマンより背が高く、より高位のようだった。クッツマンは立ち上がり、私の姓を言った。年配の男性は自己紹介をするように、「刑事委員会（クリミナルラート）のスタヴィツキーだ」と名乗った。「サノクの死刑執行人」だ、と私は思った。彼は私に、「何か必要な物はあるか」と聞いた。私は、「ＲＧＯに、下着と洗面道具を届けてくれるよう頼んで下さい。昨日、釈放だと言われたので、囚人仲間にあげてしまったからです」と言った。「釈放されたとはどういうことだ？」とスタヴィツキーが聞いた。私がこれまでの経緯を話そうとすると、彼は話題を変え、「スタニスワヴフではどのような待遇を受けたのか」と聞いた。「普通です。雑居房にも地下牢にもいました」と、私は答えた。「地下牢だって？」と、クッツマンが繰り返した。「まさか全くの暗闇の中で暮らしたというわけではなかろう？」とスタヴィツキーが聞いた。「暗闇の中です。七日間。」スタヴィツキーはすぐに別れを告げ、出て行った。「私があなたの係になります。ヒムラーの命令を遂行します」と、クッツマンが言った。「おそらくあなたは、ヒムラーがこのような命令を出した唯一のポーランド人でしょう。あなたはサヴォイア家の外交圧力がどれほど効果的かご存知でしょう。何かできることはありますか？　独房、シーツ、食事と…。本は？」と、彼は尋ねた。「あなたは本が欲しいのでしょう?」「本はかつて私の人生そのものでした。閣下」と、私は答えた。「では、どこから取り寄せましょうか? 私にできるのは、ストリンドベリとニーチェの本をお貸しすることだけです。ルヴフにある私の本はそれだけです。」「ありがとうございます。しかしそれは私の好きな作家ではありません。もしお許し下さるならば、RGOに食料と一緒に本を送ってもらうよう頼めないでしょうか?」「いいでしょう。」

ちょうどこの時SSの男が入って来て、RGOから女性職員が来たことを伝えた。クッツマンは私に二番目の部屋に行くよう命じた。そこにはレシャ・ドンブスカ*がいた。彼女は私と共に働いていた親友だった。私は彼女に、盗聴されているにちがいないから注意するよう、目で合図した。彼女の眼は喜びの涙でいっぱいだった。私は彼女に食糧小包について話すさい、すばやく小さな声で、クラクフに私の無事を伝えるように言った。「私のこと心配した?」「イエスでもあり、ノーでもあるわ。あなたのために祈ることしかできなかったの。ペテロが捕まった後の『使徒伝』みたいなものよ。覚えている?」私はその一節を思い出して心が熱くなった。

その時、クッツマンが入って来た。彼はレシャに向かい、「この人は食料品と衣料品の小包を受け取る権利があります」と言った。それから彼女に、私が必要としている物を書き出すよう命じた。次に、刑務所本部を通じ、必要に応じて私が注文する書籍を送るようにレシャに頼んだ。私は彼女に、シェイクスピアのオリジナル版とローマ史の本を送るよう頼んだ。それはオッソリネウム[5]の博物館館長で私の友人ミェチスワフ・ゲンバロヴィチ*教授に依頼すればよい(後日、私は彼を通じてこれらの書籍を受け取った)。重要なのは、ゲンバロヴィチが他の人々に私の状況を伝えることである。私が頼んだ後、レシャ・ドンブスカは立ち去った。

　クッツマンは私に向かってこう言った。「これから私は行かねばなりません。一時間半後に戻ります。あなたはここでお待ち下さい。ここに昼食を運ばせます。よく考えて下さい。昼食後、調書を作りましょう。」そして出て行った。私は部屋に一人残された。扉は開いていた。執務室には誰かが座っていた。様々な考えが浮かんだ。昼食が運ばれてきた。私はとても空腹だったが、少ししか食べられなかった。再び開け放した窓辺に座り、考えに集中しようとしたが、難しかった。余りにいろいろなことが起こった上、混乱していたのである。ある確信めいたことが頭に浮かんだ。クッツマンがクリューガーを嫌っており、もしかしたらそれが理由で私を助けたいと思っているのではないか。これまで私は、クリューガーについて控えめに話してきたが、それはひょっとしたら間違いではなかったか。ひょっとすると、クリューガーにされたこと、つまり「騎士的対応」のことも、私を処刑しようとしたことも、すべて話すべきなのかもしれない。そしてクリューガーが私を個人的に虐待したことがわかれば、クッツマンは私を個人的に助けようと思うかもしれない。その後、私の思いは再び大好きなイタリアへと移り、この国に命を助けられたと感じ、人生は素晴らしいと思えた。

　やっとクッツマンが戻って来た。彼は私に、自分の執務室に入るよう命じた。そこにはタイピストが座っていた。「では、調書をつくりましょう」とクッツマンが言った。私は、「追加証言をしたいのですが、そのためにあなたと二人きりにさせてほしいのです」と言った。そこでクッツマンは秘書を退室させ、ドアを閉めた。彼は私を興味深げに見つめた。が、何も言わなかった。私はこう話を切り出した。「あなたは私の問題をすべて明らかにしたいようですから、私はあなたにある重要なことをお話しします。それは、クリューガー大尉が私に個人的な嫌悪感あるいは憎悪をお持ちだということです。」「そうだと思っていました」と、クッツマンは勢いづいて言った。それから私は彼に、クリューガーのもとでの八週間にわたる獄中生活について話した。「騎士の対応」についても、飢餓や、獄中における梅毒の明らかな兆候についても、地下牢のことや獄中での銃殺刑についても、クリューガーが獄房にいる私の所に来て、私を処刑するふりをし、そのあと解放するふりをしたことも話した。私はなるべく客観的に、事務的な口調で話した。クッツマンは注意深く聞いていた。私は、彼が私の話を前よりずっと注意深く聞いて、恥じ、ひいては憤慨していることを感じた。彼は立ち上がり、部屋を歩き回り、歯をくいしばった。私は、スタニスワヴフでポーランド人がどのように扱われたかを話した。さらに私は、町のほとんどすべての知識人が連行され、跡形もなく消え去ったことを話してから、「監獄で見たことを考えあわせると、彼らがまだ生きているという希望は全く持てません」と語った。するとクッツマンは私をさえぎり、大きな声でこう叫んだ。「クリューガーはさらに別の恐ろしい事を、ここルヴフでやっているのだ！」その時私は立ち上がり、クリューガーについて知っていることすべてをクッツマンに話そうと決心した。あの時から数年たった今でさえ、この時の自分の行動を合理的に説明できない。私が覚えているのはただ、その時自分がそうしたということだけだ。私はこの時、この半狂乱のような行動が不可欠であること、クリューガーという死刑執行人と戦うためには、クッツマンにあらゆる武器を渡さねばならないと感じたのである。私はこの決定的な瞬間、全く冷静に、内なる命令に突き動かされたかのように、これが自分の義務であるという確信に基づいて行動した。クッツマンが、「クリューガーは恐ろしい事をここルヴフでやった」と言った時、私は静かにこう答えた。「私はそれを知っています。」「何を知っているのですか?」「クリューガーがルヴフ大学の教授たちを殺したことです。」「どうして知っているのですか?」「クリューガーから聞きました。」そして私は、五月一三日にクリューガーが私に言ったことをクッツマンに繰り返した。

クッツマンは立ち上がり、私の目を見据えながら三回、こう質問した。「彼がそれをあなたに話したのですか?」私が三回とも「イエス」と答えたのを聞いて、彼はこう言った。「私は彼の傍にいたのですよ。私は彼のもとで勤務していたのです。私は彼に、あの夜、名簿に記載された大学教授のグループと他の要人らを連行するよう命令されたのです。私は、『住居には誰もいなかった』と報告しました。だから彼らは生きているはずです。」「あなた方はその名簿をどうやって手に入れたのですか?」と私は聞いた。「もちろん、ウクライナ人学生とかいう奴らからですよ」と彼は答え、顔を手で覆った。「因果応報ということを考える時はいつでも、やったことの報いとして、いつかきっと何かが起きるだろうと思っています。」それから彼は急に正気に返り、語調を変えてこう聞いた。「あなたは私が言ったことを誰かに告げ口するつもりではないでしょうね。」「ご心配には及びません」と私は言った。しばらくして彼はこう尋ねた。「あなたは今私に言ったことを文書にするつもりですか?」「私にそれは許されません。もしそうしたら、クリューガーはスタニスワヴフとその周辺地域のポーランド人すべてを殺すでしょう。」「いや、そういうことにはならないでしょう。これまで証人がいなかったのだが。今度はうまくいくかもしれない。おそらくは。いや、しかし…。あなたはそれを書きたくないのですね?」と、彼はつけ加えた。私は急に怒りがこみあげた。「故郷の人々をクリューガーから解放するチャンスがたとえ一パーセントでもあるならば、私は自分の生命を惜しみません。

でも、私には復讐に走ることは許されないのです。なぜなら、私の命はクリューガーのためにあるのではなく、スタニスワヴフに残っている不幸なポーランド人のためにあるのですから！」「そんなことは起こらないと保証しますよ。チャンスは一パーセント以上あります」と彼は答えた。「では、書きましょう。」彼はほっとして、座った。彼は私に書く道具一式を渡した。そして私のいるそばで、ウォンツキ通りの刑務所に電話をし、私のために独房とベッドのシーツなどを用意し、食料や衣料、書籍の入った小包を受け取れるようにせよ、と命じた。また、私のために机も用意されることになった。次の尋問までに供述書を書くよう促されたからである。クッツマンはその時にはもう、すっかり落ち着いていた。「私は、この問題をすぐに解決するとお約束できません」と、彼は微笑みながら言った。「あなたの書類を私が直接ベルリンに持って行かなければならないので、時間が長くかかるでしょう。今日は一九四二年七月九日ですね。二、三週間後に私はベルリンに行きますが、はっきりと何日になるかわかりません。」私は、「私自身の運命は重要ではありません」と請け合い、「今はもう、自分が監獄から出られるとは思っていません」とつけ加えた。彼はじっと私を見て、「そうならないよう望みます」と言った。「では、さっそく調書を書きましょう。すぐにでもそれを送らねばならないのだから。」

クッツマンはタイピストを呼び、私に、「まずは草稿を書きましょう」と言った。草稿では訂正がきくからだ。調書は非常に短かった。クッツマンは、「この人物は一度も地下組織で働いたことはない」という宣言から書き始めた。彼はこの文章を、私を強く見据えながら二度、繰り返して書いた。私もまた、彼をできるだけ強く見つめ返した。私が「ドイツと敵対関係にある」とされたことについては、「私はポーランド人であり、独立ポーランド国家のみを認めており、その運命がどうなろうとも心構えはできている」とした。「あなたはこの調書に満足ですか?」と、クッツマンは尋ねた。「一つだけ訂正したい個所があります。それは、『敵対的』という語の前につけた『いわゆる』という語を消してほしいのです。」クッツマンは私の要求を受け容れた。次に、彼はテキストを書き写させてから、私に署名させた。そして彼は私を、再びウォンツキ通りの監獄に連行するよう命じた。

監獄で私は、机と椅子などがある独房をあてがわれた。ポーランド人なのか「民族ドイツ人（フォルクスドイチェ）」なのかわからない女看守は、「あなたについて『今までにない』特別な命令を受けている」と明かして、私を独房に入れた。一人になるや否や、私は信じがたいほどの疲労感と眠気に襲われた。清潔で白いシーツに驚き、ベッドに横になって寝た。次の日、私は書き物にとりかかった。私の体力は栄養ある食物によって回復しつつあった。私は、尋問の様子や獄中で見たあらゆる出来事について書いた。スタニスワヴフの殺戮についても書いた。

数日後、再び私はクッツマンのもとに呼ばれた。彼は私に、「いつ書き終わりますか?」と聞いた。私は、「二日後には完成します」と言った。「今日、ここにあなたの属するRGOの職員がまた来ます。あなたは次回の小包の中身について希望を伝えることができますが、彼女が来るのはまだ一時間先です。」クッツマンは時計を見たのち、注意深く私を見た。「あなたは散歩に行ってもいいですよ。」私は彼が何を考えているのかわからなかったが、たとえ護衛つきでもルヴフの町を歩きたかった。私は黙っていた。突然彼は、「もしも私があなたを一人で散歩に出したら、あなたはどうしますか?」と尋ねた。彼が質問を繰り返したので、「なんですって。一人で?」と、私は間の抜けた声をと思った。）

出した。ついに私は理解し、微笑んだ。「あなたが私を一人で散歩に出したとしても、あなたは私を名誉という鎖で縛っておられるのでしょう？」「そう言うと思いましたよ。この建物からあなたを散歩に出しましょう。私の時計をお貸しします。」（私は彼に借りた金時計が、ある種の信用を意味するのだと思った。）

私たちはペウチンスカ通りで立ち止まった。「一時間後（それより早くならないように）、ここに来て下さい。あまり見通しの良くないこの木の下です。」別れる時、彼は私の方に振り返って、こう言った。「もしあなたが戻らなかったら、私は銃殺されます。」私は笑って歩き出した。私は監視人がいると思ったので、町に行かず、左手の、家々の向こうにある丘の方に行ってみた。驚いたことに、私は全く一人だった。私はペウタヴァ河の川岸の草地まで歩いた。とても疲れたので、草の上に座った。太陽が輝いていた。両手で土に触り、緑の草木や青空を眺めた。やがて立ち上がり、時間に間に合わなくなるのを恐れた。戻る時、私は戯れに、友人が多く住むこのルヴフで逃亡する、一〇〇〇通りの方法を思い描いた。ただ一つの考えが浮かばなかった。それは、逃亡計画を実行することだった。クリューガーとの戦いの奇妙な展開は、私にあらゆる争い事を控えさせたのである。私はペウチンスカ通りに戻った。まだ早すぎる時間だった。そこで私は、ナビェラク通りに行ってみたのだが、そこである事が起きた。見覚えのある一人の男性に出会ったのである。彼は私を見るなり、感極まった声で叫んだ。「ランツコロンスカさん！　解放されたのですか？」私はにっこり笑ってやりすごすつもりだった。だが、全く効果はなかった。その人は戻って来て、私の後についてきた。そしてこう尋ねた。「お伴しても構いませんか？」この人はゲシュタポ本部のあるペウチンスカ通りを私と歩きたいのだろうか、と私は思った。「申し訳ありませんが、私は誰かと接触するのを禁じられているのです」と、私は微笑みながら答えた。彼は立ち止まったが、私はそのまま進んだ。後年、私は何度もこの正直な男性のことを思い出した。彼はその後、「あの時は幻影を見たのだ」と確信するようになったにちがいない。私がペウチンスカ通りの指定された場所に戻ると、喜びを隠しきれないクッツマンの姿が見えた。私たちは何事もなかったかのように監獄に戻った。

数日後、私は完成した供述書を彼に持って行った。それは、必要ならば、自らを弁護できるように書いたものだった。クッツマンは私にそれを声に出して読むように言った。そこには、私が言わなかった事実が多数含まれていた。彼は聞こうと努力し、悲しんでいるようだった。私が読んでいると、急にドアが開いて、スタヴィツキーが入って来た。そして、「ここで何をしているのか?」と聞いた。クッツマンはスタヴィツキーに、「この人は指示に従って、獄中で書いたメモを読み上げているのです」と答えた。その時、二人のゲシュタポの間に緊張が走るのを感じた。スタヴィツキーは少し躊躇し、クッツマンを見てから私を見、何も言わずに出て行った。クッツマンは再び座ったが、黙ったままだった。スタヴィツキーの足音が廊下に遠ざかった時、クッツマンはほっとして、私に先を読むよう命じた。読み終わると私に、「翌日もう一度来て、供述書全部をタイピストに口述筆記させるように」と命じた。タイプした紙は一四ページに及んだ。それから彼は私に、コピー三部にサインするよう命じ、それを注意深く机の引き出しに入れ、とても複雑な方法で鍵をかけた。その時彼は、動揺していたためか、私が独房で書いた草稿を取り上げるのを忘れた。私はクッツマンに、「衛生係として監獄で働くことを許してほしい」と頼んだ。彼は承知し、所長にそれを伝えた。

その時から、私にとって戦時中で最良の時が始まった。私は獄房ではなく、大きな普通の窓のある、二階の小部屋をあてがわれた。そこは監獄の中庭に面した日当たりの良い部屋で、嬉しい事に、監獄を思わせるような鉄格子がなかった。そのうえ、自分の意思で出入りできる掛け金のついた扉があったので、監獄の女性房を自由に行き来することができた。一日二回、獄房を見回り、薬を配ったり手当てをしたりした。ポーランド人女性による手当てを、女囚たちとくにポーランド人は喜んでくれた。

ある朝、女看守が来て、「刑務所長の命令で、あなたを数時間雑居房に移します」と言った。彼女は声を低めて、こうつけ加えた。「おわかりでしょう。今日、あなたは窓辺にいられないのですよ。『処刑コマンド』が来るからです。」そこで私は雑居房に行った。女囚らは何も知らず、私が一緒に床に座って、長く話していられるのを喜んだ。私がここに来る時はいつでも、薬を配るために短時間立ち寄るだけだったからである。しばらくして扉が開き、数名の名前が呼ばれた。沈黙があたりを包んだ。女囚たちは立ち上がり、頭を上げて出て行った。その後扉が閉まったが、すぐにまた開いた。再び名前が呼ばれ、数人が消えた。それは、マリー・アントワネットのいたテンプル監獄を想起させた[6]。その日、私は自分に嫌気がさしていた。なぜなら私は心の奥底で、今日連れていかれるのは私ではないことを確信し、ほっとしていたからである。

翌日は、いつもと同じだった。朝、薬をもらうために衛生兵のもとに行った時、彼に、「ここではどうやって刑が執行されるの?」と聞いた。衛生兵はこう答えた。「囚人は中庭で空のトラックに乗せられ、しゃがむよう命じられる。もし誰かが頭を上げたら、銃で撃たれる。トラックの四隅には銃を持ったSSが立っている。そうやってトラックはルヴフを通過し、郊外のヴルカという所まで行く。

そこで銃が乱射される。」

その頃私は、この衛生兵ととても親しくなった。ウクライナ人の彼はアンドリイ・ピャセツキーという名で、知的で教養があった。彼はルヴフ大学の助手で、私が教えた学生の夫だったことがわかった。彼はドイツ人を憎んでいたが、その憎しみには裏切られた愛情のようなものが含まれているようだった。それは、ウクライナ民族の将来についての強い不安でもあった。彼はボリシェヴィキにも否定的な感情を持っていた。私は彼にこう言った。「ウクライナ人がソ連とドイツの双方と友好関係にあったとしても、ポーランド人とウクライナ人の間に何らかの妥協が必要だという事実は変わらない」と。しかし、この正直で高潔な人物は、私の結論の正しさを認められないと同時に、ウクライナ民族教育の偏見から免れることもできなかった。ピャセツキーとの仕事は理想的に進んだ。彼は知的で誠実であり、囚人を差別せず、ポーランド人もユダヤ人も、ウクライナ人も救った。彼の仕事は膨大なものだった。男性の囚人が多かったからだ。他方、私の仕事は少なすぎた。そこで私は、一階分の男性囚人の看護という追加許可をもらった。すると、仕事がとても増えた。私はRGOに、私宛の小包にもっと多くの食物を入れるよう頼んで、送ってもらった。私に送る食糧の量は制限されていなかったので、一人分に指定された大量の食糧に対しても、刑務所当局は受け取りを禁止しなかった。小包が来ると（通常は午後五時頃）、ピャセツキーは私の所に来る口実をつくった。彼は私に仕事の話をしながら、ポケットに食物を詰めこんだ。SSは私たちが何をしているのか知らなかったので、何とかごまかした。女性房の方は簡単だった。というのも、看守が皆ポーランド人女性であり、助け合って食物を配ったからである。彼女たちはドイツ人の職員が不足しているため、最近、看守になったのだ。それまでいたのはドイツ人女看守であり、皆の反感を買っていた。彼女は獄房に水を運ぶことを許さなかったので、疫病が流行った時には、女囚は水で顔を洗うことができず、朝食に出るコーヒーを使わねばならなかった。水の搬入禁止は当局に命じられたわけではなく、他のことと同様、ドイツ人女看守が自らの勤勉さを見せつけるために出したのである。

その頃、囚人も看守も皆、ここで冬に起きたことを話していた。誰もが忘れがたかったからである。監獄ではチフスが蔓延し、毎朝毎晩、大変な苦労をして死体を運び出した。病人の間をまたぎながら、潰瘍に覆われた死体を戸口に運ばねばならなかった。水不足、驚くべき不潔さ、数百万の虱（しらみ）その他の虫、そして飢餓が、もと警察署だったこの監獄に蔓延していたのである。町の人々はそこで何が起きているかを知っていた。東方カトリック教会[7]ルヴフ管区長シェプティツキー*が遺憾を表明したものの、何の役にもたたなかった。今は前より空間に余裕ができ、疫病もなく、水が与えられるようになった。飢餓はスタニスワヴフよりもましになった。配られるパンの大きさは大きくなり、スープも少しは濃くなった。週に三回、RGOから多くの援助物資が届けられた。それは肉や玉ねぎなどが入ったスープで、窮状を救ってくれた。モラルも飛躍的に改善された。階級闘争や民族的対立は影を潜めた。皆が等しく虐げられていたためである。もちろん、各獄房に「タレコミ屋」がいたが、それは普通のことだった。私たちの女看守は親切で、できるだけ助けてくれた。ある時、私は彼女から、「自分の房を片付けなくていいから、ユジャの気晴らしをしてちょうだい」と頼まれた。仕立屋だった女囚ユジャは、小柄で若く、温和な性格で、整った顔立ちと黒い縮れた髪をしていた。四か月半前に逮捕された時には、とても美人だったにちがいない。今は肌が黄色くなり、表情がうつろだった。彼女は一度も尋問を受けていなかった。彼女は兄とともに逮捕されたが、おそらく二人ともハンガリーとの国境地帯に畑をもっていたことが逮捕原因であろう。ユジャには無理やり食べさせねばならなかった。「私はいいから、他の人にあげてちょうだい」と彼女は言うのだった。ユジャは誰とも喧嘩しなかったが、誰とも親しくならなかった。つまり人を避けていたのである。

ある日、私は手伝いに呼ばれた。ユジャが、掃除していた倉庫の中で、首を吊っていたのである。私たちは遺体を降ろした。ちょうどその時、スープの入った鍋を運んできた料理人たちが、縄を切って、ユジャを取り巻いた。私は人工呼吸を始めた。遅すぎたことは明らかで、始めから絶望的だったけれど。医者が来たが、何もできなかった。女看守は監視不行届きの罰を恐れた。だが、ドイツ人が来て女看守に、「こういうことがもっと頻繁に起こらないのは残念だ。食糧が節約できるから」と言ったので、彼女は安心した。しばらくして、エレガントな明るい色の花模様のワンピースを着た、一八歳くらいのきれいな黒髪の女性が入ってきた。彼女は所長の娘で、SSと仲が良かった。娘はユジャの遺体のある倉庫に入った。そこで彼女は靴を履いた足で、死者の頭を蹴って弄び始めた。ユジャの縮れ毛は左右に揺れた。娘に付き添っているSSでさえ、やり過ぎだと感じたようだった。SSは娘の袖を引っ張り、「ここから出ましょう」と繰り返した。娘は止めようとせず、「どうして？こんなに面白いのに」と言った。私は、何百回繰り返した問いをまた自問した。「ドイツ人の本質とは、一体何だろうか。」

ユジャの死には、短い後日譚がある。ユジャが亡くなった二日後、ゲシュタポが彼女の獄房にやって来た。彼は報告書を書くために、ユジャの同室の女囚らに自殺の原因を尋ねた。女囚らは口々に、ユジャが四か月間の監禁生活に耐えられなかったこと、逮捕当初に期待していた尋問まで待てなかったことをあげた。ゲシュタポは、「訴える理由がないから、尋問がなかったのだ」とつぶやき、報告書を閉じた。こうしてユジャの問題は処理された。

監獄生活はさらに続いた。毎日、朝も夜も、私は男女の獄房を廻り、長く狭い廊下を歩き、たくさんの仕事をした。そして女性の方が男性より、肉体の点でも道徳的な点でも忍耐強いことを確信した。受動的な役割には、女性の方が男性より耐えられるようである。

やがて事態はさらに悪化した。酷暑のせいで、獄中に赤痢が流行ったのである。それはとくにユダヤ人の獄房でひどかった。私は、人間とは思えないほどげっそり痩せた顔をした、とある名高いユダヤ系の苗字の女性に会った。仮に彼女の名をラパポルト夫人としよう。彼女には同じ監獄に夫と一六歳の息子がいたが、心臓が弱り下痢が止まらず、体力を消耗していた。監獄のユダヤ人医師は、彼女を助ける手立てはないと言った。彼女は扉の傍の床に横たわり、私に会う度に、「助けて」と懇願するのだった。「息子のために生きなければならないの。」その頃、RGOは様々な物資を監獄に送り込んでいた。女看守は様々な飲み薬をつくるのを許してくれたので、私はそれをつくって彼女のもとに持って行った。一週間後、私は大喜びで医師に、「ラパポルトさんが元気になった」と告げた。ところが数か月後、がっかりさせられる事件が起きた。彼女の夫と息子が殺され、それを知った彼女が自殺したのである。彼女を生き永らえさせ、彼女に最悪の苦しみを味わわせたあげく死なせたのは私に他ならない。だが、当時はそんなことを考えてもみなかった。

私は以前から医学に大きな興味を持ち、看護にも強い情熱を持っていたので、仕事に生きがいを感じていた。仕事場があることで幸福感すら抱いており、神に感謝していた。囚人救護という新たな仕事は、言い尽くせぬほど私に適したものだった。

八月四日、女看守がやって来た。彼女はとても混乱した表情で、私を「ドイツ人部」に連行するよう命令された、と言った。「ドイツ人部」とは、敷地の中に新たに作られた独立した建物で、他の部署と完全に分けられ、ドイツ人のみに監視されていた。そこには多数のドイツ人が収監され、そのほとんどは重罪の政治犯で、完全に孤立させられていた。

私はその理由を聞いたが、女看守は、「わかりません。薬や書類を全部とりあげ、何も持たせず連行するように、と厳命されました」と言った。「彼らが何を恐れているかおわかりでしょう。こうした状況では自殺が起きやすいのです。私物を持って下さい。」私は所持品をまとめ、「ドイツ人部」に向かった。そこでは、大きく明るい独房を与えられた。SSは私の背後で扉をばたんと閉め、鍵をかけ、私に、「鍵は所長の所にある。今後、お前との接触は（食物や小包を入れるための）扉の小窓を通してだけだ」と告げた。私は鉄格子の入った小窓から、向い側の獄房の小窓を見つめた。私は患者たちのことを思い浮かべ、とても残念に思った。夜になり、SSが小窓に食物を押し入れた時、私は房を掃除するためのバケツを頼んだ。彼は立ち去り、戻って来ると、「刑務所当局はそれを必要と認めない」と言った。しかし翌日、私は他のドイツ人から大きな水差しを貰った（バケツは小窓に入らなかった）。

私は、これから何をしようかと考えた。クッツマンは私に、「必要な時には、私のもとで取り調べを受けるように」と言っていたので、そうしてみた。それから二日後、鍵を持ったSSがやって来た。私は連れ出され、ユダヤ人の墓石が敷きつめられた中庭を抜けた。死者のみならず異教をも敬うよう育てられた正常な人間にとっては、文字や彫刻のある墓石を踏むのは譬えようのないほど苦痛である。私はクッツマンのもとに連れていかれた。彼は私の状況を何も知らなかったようだった。彼は電話で二言三言話し、どこかの事務室をいくつか廻ってから、やっと戻ってきた。そして私に、「私には何もできない。あなたの移動は上部からの命令なのだ。が、あなたは食料品の小包と本を受け取る権利がある」と、悲しそうに言った。私は房に戻った。新たな囚われの時期が始まったのだ。その時書いていたノートの一冊は、今でも手元に残っている。

そのノートはこんな言葉で始まっている。

ルヴフ、一九四二年九月一八日

「おれのいるこの牢獄を世界にたとえようといろいろ考えをめぐらしてみたが、なにしろここに生きているものと言えばおれ一人だ、どうもうまくいかぬ。なんとかならぬものか。まず、おれの魂を父親とし、おれの頭脳をその妻とする。この二つから、たえまなく

思想という子孫が生まれては、育っていく、
その思想がこの小世界の住民となるわけだ。
彼らは外なる世界の住民と同じ様に気まぐれだ、
思想は満足することがないのだから。」（原文は英語）[8]

（シェイクスピア『リチャード二世』第五幕五）

この文章はここでの題辞に使えない。なぜならこの文章が自分の考えと一致しているとは言い難いからだ。だが、ここには私の考えが多く含まれている。ここ数年間、多忙な毎日が続いたあとで、今、瞑想と精神集中を強いられる時期が始まった。実践的な仕事を奪われた後、私にできることは精神的営為だけだ。私には本を読むことが許されている。ルヴフでのこの時期、最初の頃は、私は歴史書を読んでいた。…グリエルモ・フェレッロ『ローマの偉大さと凋落』（四巻）である。そのスタイルは少々、ジャーナリズム的だ。…流暢だが、根本的な問題を注意深く避けており、心理的才能は見られない。だが、フェレッロを読んだことを後悔していない。多くの出来事に遭遇して、人は「歴史に対する従順」というべき精神的平安を得られるのだ。

ルナン『マルクス・アウレリウス』は素晴らしい。若い頃、私はマルクス・アウレリウスの考えに感嘆していた。今、彼がとてもよそよそしく感じられるが、それは私だけではなかろう。「人よ。そなたは偉大なる都市の市民なのだ。平穏な心で生きよ」という文章には、私の現状をぬきに考えても、何かが欠けている。

本書が書かれた一九世紀末は、大きな戦争もなく、実生活は軽視される風潮にあった。我々の時代にはそんなことはほとんどない。マルクス・アウレリウスの高貴な魂は、生活全般から超然としている。生活がまるで、はるか彼方のことでもあるかのように。我々の時代の徳は virtus とはかけ離れている。virtus という言葉には、美徳や力という意味も含まれる。そしてそれは最も重要な行動基盤、すなわち他者への道徳的影響を与える基盤なのである。

マルクス・アウレリウスの周囲の人々に対する態度にも、多くの疑問を感じる。もし、ある人が悪に遭遇したら、人間にはよくあることとして悪を意識的に見ないようにして通り過ぎるとしよう。すると、それを見ていた人々も多くの場合、悪をやり過ごすのに「弁解」するようになる。つまり、悪を根絶するために何かしなければならないという義務感から逃れようとするのである。しかしながら、人に悪に立ち向かう努力をさせるのは責任ある者の義務である。そのためには、例えば二つの方法が考えられる。一つは、他者よりも厳しい義務と責任を自らに課すこと。そして他者には、その人の能力の範囲内で義務を果たすよう要求することだ。この問題について熟考するには数か月かかるだろう。私にはその時間があるのだから、精神力を集中させ、将来の仕事の準備をしよう。おそらく私は、この世にあと二、三年はいられるはずだ。悪に直面した時個人的にどういう立場をとるかについて考えることが私の課題であり、この答えを準備しなければならない。……精神的向上は私に残された唯一可能な営為である。ルナンを読むと、思考が刺激される。

シンコ『ギリシャ文学』(二巻)

ホメロスについての数章、とくに『イリアス』がすばらしい。私は本書を読んで、数日間『イリアス』について考え続けた。
「『イリアス』の晴れやかさ」と「『オデッセイ』の魅力」について、シンコが比較しつつ書いていることは的確である。だが、この大きなテーマを理解し尽くしているとは思えない。『イリアス』の雰囲気は晴れやかなだけではなく、何よりも英雄的である。『イリアス』を読むことは、魂の「日光浴」であるのみならず、人を「世界と人間性の天国のような夜明け」へといざなう。英雄的行為によって燦然と輝く美しい詩なのである。『イリアス』を読んだ者は誰でも（意識せずとも）、アキレスの盾が発する輝きや、ヘクトルをとりまく光輪を感じるだろう。『イリアス』は私たちの内面を高める。だからこそ、理想主義者は常に『オデッセイ』よりも『イリアス』が好きなのだ。『オデッセイ』は放浪者の冒険の話、抜け目のない英雄譚である。「若者は『オデッセイ』を好み、年長者は『イリアス』を好む」とする時、シンコは誤りを犯している。
私の場合、一五歳の時に初めてホメロスを読んだ。その時の『イリアス』の印象は、まるで雷光にうたれたかのようだった。それは、三年後にフィレンツェでミケランジェロのダヴィデ像を見た時の印象に匹敵する。が、『オデッセイ』については何も覚えていない。[9]
主観的に言えば、芸術作品に対する態度が年齢とともに変わるというのは信じられない。若い時に大きな印象を受けた芸術作品が、成長するにつれてつまらなくなるということもまた、私には信じられない。若い時の理想は色あせることはない。理想は個人とともに成熟するものだ。若い時に感じた理想に執着する者は、常にそれを実現しようと努力する。たとえ部分的であっても。しかし、若い時に何者にも心を動かされなかった者が、年をとってから突然、人生の理想を見つけられるわけではない。なぜなら彼には何もないのだから。目が見えずに生まれた者は、年齢を重ねれば目が見えるようになるわけではない。

『イリアス』について言うならば、それは、ギリシャ文化とイタリア文化の入り口に立つ二つの傑作、二つの文化の頂点のうちの一つである。そのもう一つが『神曲』である。あらゆる傑作と同様、この二つの作品は、人間精神の新たな段階の開始を告げたのみならず、前の段階の終焉を告げるものであった。『イリアス』がミケーネ文化に属するのかギリシャ文化に属するのかという論争は、ダンテの詩が中世に属するのかルネサンスに属するのかという論争と同様、不毛である。境界にある位置は、遠くからは両方に属するように見えるのだ。

この比較が衝撃的なのは、『イリアス』も『神曲』も、少なくとも素人には、先行文化の衰退あるいは後に続く文化の未成熟の兆候にみえることだ。ギリシャとイタリアの天才は、ユピテルの頭脳から生じたミネルヴァと同様、聖なる魂の宿る作品を生んだのである。

このノートには、ウォンツキ通りの監獄で起きた事件は間接的に書かれているにすぎない。私はこのノートを独白として書いたにすぎず、回想録にしようなどと思ったわけではない。もちろん、獄中では常に見つかる危険がある。一度、房内の捜査があった。しかしそれは短時間で終わった。というのも、SSの男は捜査を始めてすぐにギリシャ語辞典を見つけた。そのとたん、驚いて捜査を打ち切り、出て行ったからである。

表面的には私は全く孤立していたが、実は、「世界」すなわち囚人たちと連絡をとりあっていた。

週に一度、シャワーを浴びる時がチャンスだった。最初にシャワーを浴びに行った時に私を連れに来た看守は、私がそれまでいた建物の女看守だったのだ。彼女が二度目にシャワー室へ私を連れに来た時、彼女は私に、「処刑コマンド」がまた来ると教えてくれた。その時、処刑された人々の中には、ヘレナ・ポラチクヴナ*助教授と彼女の忠実な女中、そしてゾフィア・クルシンスカ[10]が含まれていた。

シャワーの温度調節をしていたのは、キエフ近郊に住んでいたウクライナ人技師であり、私は彼と週に一度、長話をした。ありがたいことに、女看守はいつも私をすぐに独房に帰すことを「忘れた」からである。技師の名はティモンといった。彼は若く利発で、知識に餓えていた。誰かが彼に、私が学者であると話したので、彼はまるで大富豪に接するように恭しく私に接してくれた。彼は私を一週間待ち、会う度に何か新しいことを学ぼうとした。そのため私は二〇分間、彼の興味のありそうなことを話した。そのお返しに彼は、新たな逮捕者から仕入れた政治情報を教えてくれた。ティモンによると、戦争はまだ長く続くだろうが、ドイツの敗北は間違いない。ただし、私たちは一度も「それからのこと」を話さなかった。私はその頃読んだ本について話した。彼はまるで福音書の内容を聞くように聞き、子供のように礼を言った。会話の時間が余りとれないような時は、彼は私にその週の出来事を話してくれた。このおしゃべりは彼の心を落ち着かせるようだった。彼はあたかも悪い物を吐き出すかのように話した。彼は、「また処刑が行われた」と言った。彼はいつも、「砂地に行った」（処刑された）者が何人いたか知っていた。殺されたのが誰かさえ知っていることもあった。とりわけ上等な服を着た者がいた時はよく知っていた。処刑後、服は「消毒」のために浴場にいる彼の所に運ばれたからである。その後、ＳＳの男たちは服を分けあった。

服が流行の上等の物だと、消毒されないこともあった。ＳＳの男たちがすぐにその服に殺到したからである。男性用であれ女性用であれ、ユダヤ人の毛皮のコートからは、裏地にぬいつけられた金貨やドル紙幣がみつかることがよくあった。そんな時には、取りあいの喧嘩になった。獲る物が多ければ多いほど、貪欲さは募った。その頃、私は「主の祈り」を唱えるのが次第に辛くなっていた。「私たちも罪人を許します」という句にひっかかったのである。私には周囲の出来事を許すことができない。自分自身のことをどうこう言うわけではない。私もひどく苦しんではいるけれど。神様に嘘はつけない。私は悩んだ末、とうとう「主の祈り」からこの句を省いてしまった。そして戦争が終わるまで、その句を唱えなかった。解放された後、私はこのことを司祭に告白すると、彼は「多くの人がそうしていましたよ」と応じてくれた。

状況はさらにひどくなった。独房からもそれがとてもよくわかった。刑務所当局は私が囚人らと連絡をとるのを阻止できなかったうえ、様々な物音を遮断することもできなかった。耳を覆いたくなるような時がよくあった。誰にも助けを求められない全くの孤独の中で、何時間も誰かが拷問を受けて苦しむ声を聞くのは耐え難い。獄中生活につきものの、周囲の房から漏れる音のことを言うのではない。ウォンツキ通りの監獄ではこの秋、それまでとは異なる、ある事件が起きていた。それは、ルヴフを含むポーランド全体で、ユダヤ人ゲットーを解体する時期だった。ユダヤ人の虐殺がルヴフで行われたことを、私はティモンから聞いた。ある日、ユダヤ人の墓石が敷きつめられた中庭で騒ぎが起きた。そこには大勢のユダヤ人が駆り集められていた。足音から察するに（窓が高い所にあったので外が見えなかった）、数百人はいたのではなかろうか。ＳＳの男らの怒鳴り声、銃床で殴る音、うめき声が人々の足音とともに響いた。時折、銃声が聞こえた。後でティモンから聞いたことだが、それは行進できない老人や病人を、SS高官のペルツが列から選り分けていたのだった。中庭から引き出されると、ユダヤ人は二人か四人ごとに並ばされ、行進のリズムに合わせて順番に殴打された。時には、乾いた木製の銃床で頭を殴っているのがわかった。それは、服に覆われた肩や背中を叩くよりもっと鈍い音だった。

ユダヤ人たちがトラックに乗せられる音も聞こえた。女性や子供らが集められた時、その中にいた一人の女性のかん高い声を今も思い出す。彼女はたえず同じことを叫んでいた。「私はユダヤ人じゃない。ペウチンスカ通りの刑務所本部に電話して！」そして彼女は、部屋番号と担当者の名前を叫んだ。「早くしないと手遅れになる。これは間違いだ。私はユダヤ人じゃない！」彼女を静かにさせようとすればするほど、絶望的な声は大きくなり、何度も同じことを繰り返した。彼女のブロークンなドイツ語には、ユダヤ的な特徴は全くなかった。その時、大勢の人々が殴打され、トラックに詰め込まれた。この女性はさらに大声で同じことを叫んだ。エンジンの鳴る音がした。車が動き出しても、同じことを繰り返す彼女の叫び声が聞こえていた。「電話して！」トラックは出発した。中庭は空になり、静寂が支配した。次の時まで。

中庭でのSSの会話もよく聞こえた。ある晩、彼らがこう話していた。「ユダヤ女の所にちょっと寄ってみようぜ。焼きを入れるためにな。」彼らは立ち去った。ユダヤ人女性の雑居房は私の独房のすぐ下にあった。床がとても薄いので、何が起きたかわかった。少しすると、女性や子供の甲高い叫び声や泣き声が響きわたり、SSの男らの笑いと野蛮な唸り声が朝まで続いた。

朝にはまた照明が灯った。灯りとともに本とノートも返された。

九月二〇日、日曜日（獄中での一九回目）

「だめですよ、また悪い考えを起こしたりして。人間はね、この世に登場するときと同じく、退場するときもじっと耐えなくてはならないのです。時の熟するのを待つ、それがすべてです。」（原文は英語）[11]

（シェイクスピア『リア王』第五幕二）

ともかく、「supremum nec metuas diem nec optes（死を恐れず求めず）」だ。私たちは死と隣りあわせだ。私たちは生を遠ざけることもできる。しかし、より高い視点から見ると、私たちは生を愛しうる。私たちは何時でも生を失いうるが、理想のために生を差し出すこともできるし、他者のために証人になることもできる。自分の生が終わる時期などどうでも良い。つい最近、死が近いことを知った。死は怖くないが、今は数か月前に比べ、はるかに生を愛している。

「これまで俺が見聞きしたこの世の不思議の最たるものは、人々が死を恐れることだ。

死は避けがたい結末、
来るときには必ず来る」（原文は英語）[12]

と、カエサルは第二幕で言っている。

九月二四日　二週間前、頼んでおいたシェイクスピアが届いた。これは最近の最も重要な出来事だ。この瞬間から、私の獄中生活は全く違ったものになった。シェイクスピアは前にも何回か読んでいる。だが、この状況下で私の理解力は弱まり、いつものように内容を把握できない。その代わり、傑作に対する感受性がとても強まっている。読んでは書き込みをし、また読み直す。まるで今までシェイクスピアを知らなかったかのように。冷静でいられない。

世界はおそらく、天才が作品を生み出すためにつくられたのだ。天才とその作品以外は重要ではない。それ以外のすべては「灰と影」にすぎない。民族の教師になりたいと思う者は誰でも、天才の作品を手に入れようとすべきだ。なぜならこうした作品を知る者のみが、一部ではあれ、生とは何かを知ることができるからだ。

シェイクスピアはミケランジェロの死の年に生まれた。これは象徴的で画期となる出来事だ。この事実は次のことを示している。つまりこの年以降、イタリアがヨーロッパの精神的ヘゲモニーをとらなくなったこと、芸術が時代の重要な表現ではなくなったこと、新時代は古典様式を追求しなくなったこと、つまり、自然を理想化し純化しようとするのをやめたこと、である。シェイクスピアは個人の魂を描き、あらゆる人間の不幸、あらゆる人間の宿命は、新たに発見された環境 ananke または運命 mojra に由来すること、ソフォクレスが語るように、外部ではなく人間の内部から、つまり、それまで知られなかった精神的深みから発していることを示したのである。レンブラントの肖像は、この新しい時代のさらに進んだ段階のものである。

一〇月九日　五日間書かなかった。時間がなかったのだ！　私はミケランジェロに関する研究論文の準備のためにノートをつくりはじめた。序を書き、書き進めていた。だが、ボリシェヴィキが来てから七か月間というもの、それを全くできず、時間を無駄にした。その頃は自分の研究室もあったのに。今、一冊の本もコピーもない独房の中でそれをしようとしている！　もし私がここにもっと長く閉じ込められていたとしても、ミケランジェロの重要性に関する論文は書けないだろう。それは物理的に不可能だからだ。だが、最も重要な部分をここで書き始めることはできる。前書きと序文（ルネサンスの概観）、ならびにメディチ家による保護の章はすでに書いてある。

私はこの論文を書き終えるまでここにいたいとは思わない。何が起きようと、書くことができること、食物を配れない人々に知的な糧を幾ばくかでも提供できることに感謝する。

これは真実「石造りの塔も、真鍮の城壁も、
窓一つない地下牢も、鉄の鎖も、
強靭な精神力を押さえ込むことはできない。」（原文は英語）[13]

（シェイクスピア『ジュリアス・シーザー』第一幕三）

一〇月一八日　昨日、トゥキュディデスを受け取った。生まれて初めて、戦死者の名誉についてのペリクレスの演説を全部読んだ。四四年間生きてきたのに、刑務所に入って初めてこの演説を読むことになるなんて、恥ずべきことだ。しかし、この状況下でさえこんな宝を得られるとは。生とは何と素晴らしいことか。

この頃、私にはある変化が起きていた。それまで鉄のように頑丈だった体が衰弱してきたのだ。皮膚に何かおかしなかゆみを感じて、夜によく眠れなくなった。

一〇月二八日、私は八月四日以来いた大きく明るい独房から、同じ階にあるとても小さく暗い独房に移された。引っ越しはこうして始まった。突然、扉が開いて、SSの男が私に、荷物をまとめるよう怒鳴った。そして、ちょうどその時、廊下を掃除していた若いユダヤ人女性たちを私の手伝いにつけた。その中の一人は、整ったシリア風の顔立ちをし、ラヴェンナのモザイクにある聖女に似ていた。彼女は私の本を手に取り、トゥキュディデスや数冊のラテン語の本を目にすると、足に根が生えたように立ちすくんだ。SSの男が廊下に出た時を見計らって、彼女は私の耳にこう囁いた。「これは何？　あなたは誰？　これはかつて私の専門だったのよ！　私はガンシニェツ*教授の弟子です。」彼女は本を抱えて長い廊下を進んだ。彼女の大きな黒い瞳から流れる涙は本を濡らしたが、泣き声はたてなかった。

それから数日間、彼女が廊下を掃除している時に、小窓ごしに彼女に食物を少々渡すことができた。その後、再び中庭でユダヤ人の大輸送が始まった。その翌日、またユダヤ人女性たちが廊下を掃除していたが、その中に彼女はいなかった。

新しい独房は、それまでの独房と同じ階にあった。このことは私にとってとても重要なことだった。なぜなら私は、ＳＳの男や隣人たちのことを知っていたからだ。つまり、配る食物を誰に託しえるか、誰がどこに「住んでいるか」がわかっていたのだ。ＳＳの中にも様々な人々がいた。オーストリア人もいたし、「民族ドイツ人」もいた。その中の一人はルヴフ工科大学の聴講生で、私のことを知っており、私に会って恥ずかしい思いをしているのがわかった。清掃員の中には、自分のことを聖職者だと言う、とんでもないドイツ人もいた。彼らには、人数に応じて大小の包みに分けた食物を各房に配るよう頼むことができた。彼らはかなり誠実に食物を配ってくれた。隣人は、食物を受け取ったしるしに壁をノックした。上階に住むルヴフ劇場の俳優は、足で床を踏み鳴らした。離れた獄房の住人は、私がシャワーを浴びに行く時（通常は木曜日）、小窓ごしに、包みを受け取ったとか、何回受け取った、などと囁いた。受け取っていないこともあった。ポーランド人女看守と歩いている時、何度か、刻んだ玉ねぎや角砂糖を小窓ごしに配るのを許してもらった。もちろん、ＳＳのいない時に、である。

しばらくの間、最も大事な話し相手だったのが、一〇歳の少女ヤンカ（姓は忘れた）である。彼女は抵抗運動に参加したかどで逮捕された。彼女は尋問のさい、すべてを否定するのではなく、「知っているけどしゃべらない。だって、ポーランド人だもの」と繰り返していた。ヤンカは「民族ドイツ人」の女性と同じ房だった。後者はヤンカが、入浴時に私と何を話すかをスパイしているようだったので、彼女にも食物を渡さねばならなかった。数週間後、ヤンカは連れて行かれた。一階には、八歳のもう一人の「地下活動家」がいたが、私は彼女と直接会ったことはなかった。彼女はとくに厳重に見張られており、ヤンカと違って一度も入浴に連れて来られなかった。

私は数量無制限の小包の受取りを一度も禁じられなかったので、命令に忠実なドイツ人は、私のような世界から隔絶された囚人に驚異的な食欲があることを怪しまなかったし、驚きもしなかった。この食糧援助活動は私に大きな力を与えてくれた。

新たな独房で、私の体調は悪化した。そこはとても暗く、空は全く見えない（以前の房からは鉄格子ごしに毎晩カシオペアがみえた）ばかりか、とても小さく、壁の一辺がわずか二歩しかなかった（前の房は自由に散歩できた）。とりわけ湿気がもの凄く、始終濡れている管のような物が房内に通っており、雨の多い一一月には気持ちが悪かった。さらにひどいことに、灯りの電力が弱いため、午後になると読み書きが難しかった。数日後、「命令により」、その電灯も取り去られ、代わりに夜間用の青い小さな電灯が据えられた。これは二つの事を意味した。一つは、私に対する特別の嫌がらせが始まったこと。もう一つは、午後三時以降、房の中が真っ暗になるので、ミケランジェロの論文などの執筆や読書が難しくなることである。そこで私は夜の数時間、思い出せる限りのあらゆる詩を暗唱した。あるぞっとするほど嫌なSSの男がいて、監獄の死のような静寂の中で私が声を張り上げると、彼は苛ついた。とくに彼は、マンゾーニの『五月五日』[14]と『イリアス』が嫌いだった。彼は常に、私が出られないように錠がちゃんとかかっているかどうか調べに来た。この男が廊下の向こうから近づいてくると、私はドアに寄りかかって大声で暗唱した。例えば、『イリアス』の「Klythi meu argyrotoks（お聞きなさい。銀(しろがね)の弓持たす君よ）」[15]を暗唱すると、彼は急いで廊下の向こうに逃げて行った。

私はまた、大好きなエミリー・ブロンテの詩も暗唱した。ある時、奇妙な音がしたので暗唱を中断した。それは、あたかも高い所から大きな滴がぽたぽたと落ちるような音だった。何がどこから滴り落ちているのか、暗闇ではわからなかったので、テーブルの上に手を伸ばすと、角砂糖の紙袋にふれた。それはその日、RGOから私に送られたものだった。奇妙な音とは、角砂糖が湿気のために溶けて、テーブルから雫となって落ちる音だったのである。そこで私は角砂糖を陶器の皿に置いた。翌朝の朝食には、美味しい砂糖入りの水を飲むことができた。

この頃の私のノートには、大学の若い人々に向けて、学問の意味をどう説明すべきか、学ぶ意義とは何か、学問の目的とは何か、などの私見が綴られている。またそこには、万聖節（一一月一日）を前にした死者の想い出もあった。ラコヴィツェ地区の墓地に眠る私の父や友人たちについてである。

私が看取った人々の墓を思い出す。…コズウォフスキ、ビェレヴィチ、ヴェジボフスキ。…サルヴァトル墓地には、素晴らしい劇作家カロル・ロストフォロスキが眠る墓がある。そこには今日も、彼の妻のルージャと息子たちが訪れていることだろう。[16]私もいつかまた、彼らと一緒にそこに行けるだろうか。

今日の万聖節に、亡き人を悼みはしても、訪れるべき墓のない人々はとても多いだろう。友情は友人の死で終わりはしない。友情の終焉とは、友人から受け継いだ考え方を失う時だ。友人は、彼の想い出や影響が存在する間は生き続ける。もし我々が第三者に友人の考え方を伝えるなら、友情は消えない。他の人々の間でその友情はさらに生き続ける…。我々は何者でもない。ただ、プラトンの知恵を伝えるだけだ…。その時、我々は世界を結びつける鎖となろう。それこそが真の伝統である。

一一月一日　日曜日（獄中二五回目!!）

（どれほど長くなるのか?）昨日『イリアス』が送られてきた。

一一月八日　日曜日（二六回目）

（日の出前は最も暗い。だが、どんな時も暗い！）（原文は英語）

その頃、私はSSから、今後週一回の入浴を禁じられること、クッツマンが九月にルヴフを発ったことを聞いた。私は新たな危機に備えて、クッツマンに会見を申し入れていたのだが。そこで私は、こう結論づけた。私の問題、つまりクリューガーに対する告発がベルリンで挫折し、その結果、クッツマンはどこかに送られ、私は（最良の場合でも）ここで虐げられるか、秘密裏に殺されるかであろう。万一の場合に備え、私はクリューガーを告発した書類の草稿をポーランド人女看守に託した。彼女が全くドイツ語を理解できないことは皆が知っていた。私は彼女に、「これは私の供述書で、私が死んだら信頼できる人に渡すように」と頼んだ。その人物から、この書類が国内軍の司令官に渡ることは承知していた。私は次のような考えに苦しんだ。つまり、私が苦労して二通の秘密情報を持ち出したにもかかわらず、私が死んだら、司令官に「あいつは無責任にも余計なおしゃべりをした結果、

『消された』のだ」と思われはしないか、という考えである。[17] ドイツ人がそれを私の処刑理由にするだろうことは明らかだった。

ある日、私はスタニスワヴフから間接的な情報を入手した。新しいSSの男が私に、「ここはスタニスワヴフよりひどいんじゃないか」と尋ねたのである。どうやら彼は私を覚えていたようだった。私は即座に彼に、コルディショヴァ夫人のことを聞いた。私が彼女の名を書くと、彼は思い出し、目を伏せて何も言わなかった。私はウッィアのことも尋ねた。「あの若いきれいなブロンドの女性よ。彼女のご両親もあそこにいたの。」「俺は知らない。覚えてない」と彼は言った。その時私は、彼女たちが死んだことを確信した。

その頃、SSのいない短い間を見計らって、エウゲニア・ランゲ夫人が私の小窓に立ち寄ったことがあった。彼女はかつてRGOにおり、私より前に逮捕され、今は監獄の調理場で働いていた。彼女は驚いて私に、「何が起きているか何も知らないの？」と尋ねた。私は、「たぶん、処刑があったのでしょう。朝から建物の中も、中庭も騒々しかったから」と答えた。彼女によれば、十数人のウクライナ人、それも知識人だけが殺された。ルヴフのウクライナ人グループによる、反ドイツ的行動に対する報復として殺されたのである。彼女はピャセツキーが死んだことも知らせてくれた。彼女が去った後、私は扉の前にしばらく立ちつくした。ピャセツキーとは短い間だったが、一緒に働き、意見を交わし、親しくしていた。彼と将来について話し合ったことを思い出した。[18] 共通の戦いで流された血によって、いつしか私たち二つの民族の間に連帯が生まれることだろう！

一一月一一日　今日はペリクレスの演説を読み、翻訳した。おそらく数万のポーランド人が、一九四二年の独立記念日を監獄で過ごしているだろう。私はこの日を記念して、この一節（Ⅱ・37）を訳そう。

「事公けに関するときは、法を犯す振舞いを深く恥じおそれる。時の政治をあずかる者に従い、法を敬い、とくに、犯されたものを救う掟と、万人に廉恥の心をよびさます不文の掟を、厚く尊ぶことを忘れない。」

または、Ⅱ・61・4

「諸君は偉大なポリスを住処となし、このポリスに恥じぬ気質をつちかってきたはず。たとえどのような災害に苦しめられようとも、敢然と立ちあがり、われらの誇りを掲げねばならない。…諸君は私的な悲哀に袂別をつげ、われら全体の安泰をつかまねばならない」[19]

一一月一二日　初雪が降った。半年前の五月一二日朝、私は車でコウォミヤに向かっていた。地面は新緑で覆われていた。昨夜、システィナに関する主要部分の草稿を書き終えた。

一一月一五日　再び日曜。二七回目の。力が漲っている。仕事をしたい。素晴らしい！今日の「使徒書簡」は最も重要な文章だ。「Plenitudo ergo legis est dilectio（だから、愛は律法の完成である。）」（ローマ第13章10）

一一月二二日　二八回目の日曜日！　何かを待ちつつ、トゥキュディデスを訳す。

この一一月二二日のメモから間もない二六日の木曜日、突然、扉の小窓が開いた。見知らぬSSが頭を突っ込み、私に姓名を尋ねてから、こう言った。「荷物をすべてまとめろ！　明日午前、第三帝国に出発だ。早朝に入浴だ。」頭が消え、小窓が閉められ、獄房に静けさが戻った。私はなかなか考えをまとめられなかった。「第三帝国への出発」だと。どういう意味だろうか。クッツマンがベルリンで敗北し、ここには戻らず、私は強制収容所あるいはもっと遠い所に行くということなのだろうか。ここルヴフには私の知人が多くいるから、SSは私を第三帝国のどこか遠くに追いやりたいと思っているのだろう。

暗くなってから、私は小包から食料を取り出した。そして隣人や雑居房の女性たちに配るために、幾つかの山に分けた。女看守は私の入浴後、それを配ってくれるだろう。

私は青白い電灯のもとで、苦労してその作業をやった。少なくとも、この時間は誰かに邪魔される危険はない。その時、足音が近づき、扉が開き、戸口に制服姿のドイツ人が立った。彼は一般の兵士ではなく将校だった。それは、廊下の薄暗い灯りの中に浮かび上がった、マントをつけ、つばのない帽子をかぶった人影からわかった。彼の背後には、廊下で気をつけの姿勢をとっているSS兵士がいた。私は立ちすくみ、並べた食物を前にどぎまぎしたが、それは出発前の房内の検査だと思った。沈黙の時が流れた。将校は私に向かって、房から出るように「頼んだ」。彼はクッツマンだった。私は房を出た。「私たちを灯りのある所に連れて行ってくれたまえ」と、彼は兵士に言った。私たちは廊下を通って、看守の部屋に行った。「私がノックするまで、ここで二人だけにしてくれたまえ」と、クッツマンは看守に言った。看守は出て行き、扉を閉めた。灯りの光がまぶしかった。私が呆然としていたので、クッツマンは私に、座って彼の話を聞くよう強く繰り返した。そして彼も腰を下ろし、帽子をとった。「私は長い間ここにいませんでした。」「知っています。」「その原因は知らないでしょう。」「知りません」と、私はぼんやりと応じた。「生まれてからこの方、これほど大変なことはありませんでした。が、おそらくそれは片づきました。時間がありませんが、あなたに話さねばならないことがたくさんあります。最も重要な事から始めましょう。クリューガーは失脚しました。彼の協力者で、ここでの私の上役であるスタヴィツキーも、です。あなたがご自分の供述書を読んでいた時に入ってきた人物です。」「ベルリンでは誰がそれを読んだのですか?」と、私は聞いた。「SS全国指導者です。大騒ぎになりました。ヒムラーが逆上したのです。背後にサヴォイア家がいなければ、あなたはすぐさま銃殺されたでしょう。」「クリューガーは、スタニスワヴフのポーランド人のことで私に復讐しようとしているのですか?」「その時間はありませんでした。彼はベルリンにいます。そこには総統大本営からヒムラーつきの判事が来ました。彼はSS少佐へルツルで、証人つまりあなたの到着を待っています。あなたはヒムラー本人から尋問を受けることになるかもしれません。ベルリンでは、何か月も基本的な問題について議論していました。つまり、ポーランド人女性を証人として聴取できるかどうかということを、です。ある者はあなたの聴取に賛成し、他の者はあなたの処刑に賛成しました。前者が勝ちました。クリューガーは、ルヴフの教授たちの殺害(「ルヴフの流血の夜」のことです)についてあなたに話したことを断固として否認しました。私はすでに自分の意見を述べています。今、問題はあなたの手に委ねられています。あなたはご自分の国民に大きな責任を負うのです。だから私はここに来たのです。このことは他言無用です。私の命はあなたにかかっているのです。もしもあなたが判事の信用を勝ち得ることができたなら、ベルリンの了解がなくても、ガリツィア地方でのアーリア人殺害禁止令[20]が出るでしょう。それは大事なことです。たとえこの状態が長く続かないとしても。というのは、我々は戦争に負けつつあるからです。」私は驚いた。「ご存じないのですか？　単刀直入にお教えしましょう。アメリカ軍がアフリカにいるのです。アレクサンドリアにいたロンメル軍は敗北しました。[21]状況は明らかです。あなたが判事に真実を話して納得させ、私たちが勝利することを信じていますよ。ただし、絶対にそうなるとは限りません。私に関しては、教授たちを射殺せよと命令された時、私がそれを拒否したことが明るみに出てしまいました。それは収容所行きを意味しますが、そうはならないでしょう。ルヴフからは移動させられるでしょう。そう行動したからには、ここに残れないのです。」「あなたはポーランドに残るのですか？　つまり、総督府に残るのですか？」と、私は聞いた。「私はポーランドに残りたいと思います。たとえ、我々がここでやっているあらゆる恥ずべきことゆえに、戦後ポーランドの法によって絞首刑になるとしても構いません。その時は何らかの助けがあるかもしれませんが。しかし、私たちはいくつかの点で合意しておかねばなりません。もし判事があなたに、なぜ私があなたのために動いているかと尋ねたら、どう答えますか？」「私にできるのは、あなたがドイツの名誉のために動いていると思う、と答えるだけです。」「それだけですね」と、彼が言った。「あなたの状況がどうなるか、まだわかりません」と、彼は続けた。「強制収容所にあなたが送られることはおそらくないと思います。もしかすると、あなたは仮釈放の対象となるかもしれません。」「仮釈放とは？」と、私は尋ねた。「あなたがそこから決して出ないという約束のもとで、例えば、ベルリンに居住し、自由に生活することです。」「悪夢だ」と私は思ったが、「この問題で自分の運命がどうなるかは重大ではありません」と、彼に説明しようとした。「そんなことを言わないで下さい。あなたの生死は紙一重の差なのですよ。」「私はもう、ベルリンで銃殺されることはよくわかっているのです。」少し間をおいて彼はこう言った。「そうはならないと思います。」「でも、もしそう決まれば、結局、『dulce et decorum…（甘美で名誉な）』祖国のための死を遂げることになります」と、私は応じた。彼はむっとしてこう言った。「甘美でも名誉でもない、卑劣な殺人にすぎません。」

それから彼は私に、ベルリンで尋問を受けたら、「ルヴフでの待遇が悪くなった。ヒムラーの命令に反して、『スタニスワヴフの影響で』そうなった」と言うように頼んだ。彼はとうとう立ちあがった。「私はもう行かねばなりません。他に何か私にできることはありませんか？」「お願いがあります。私はこの房で、ミケランジェロに関する本の一部を書きました。学問に関する他のメモもあります。もしも私が戦争に生き残ることができたら、それらはとても役立つでしょう。明日、私はそれを刑務所長に渡します。それを検閲後、RGOに私の私物として送っていただけますでしょうか。ただし、検閲官は教養ある人でなければなりません。でないと、ギリシャ語のテキストは暗号だと思われますから。」「そのノートを私に下さい。」「房の中にあります。」彼は立ち上がり、扉をノックした。看守は扉を開け、私たちは私の房に向かった。私は彼にノートを渡した。「ここには学問上のノートの他に何もありませんか？」私は、「ありません」と答えたが、それは本当だった。「では、私がこれを持って行きましょう。明日の朝、ＲＧＯにこれを送ります。[22]他に何かありませんか?」「あなたにお礼を言いたいです。」彼はつっけんどんに、「礼には及ばない」と言った。私は彼に、「あなたが私にして下さったことはとても貴重なことであり、敵を尊敬できるというめったにない機会を頂いたのです」と言った。彼は頭を下げた。そして、少しの間黙った。やっと彼は廊下に出て、私の前に立ち、背筋を伸ばしてこう言った。「あなたの幸運を祈ります。」それからゆっくり、はっきりとこう言った。「そしてあなたの民族の幸運も。私がこのことを心から真面目に言ったと信じて下さい。」私もこう応じた。「あなたに大きな幸運がありますように。」彼は出て行った。私は自分の房に戻った。しばらくして人心地がついた時、私は限りなく幸せな気分だった。私は万能の神に、生涯に受けたことすべてを感謝する祈りを捧げた。それは、逮捕されてから毎日唱えていたものだった。

「私の魂を主に捧げます。
主は私に偉大なことをなさいました。
主は私をおつくりになりました。
主は私に美しい人生をお与え下さいました。
主は私を恐ろしい苦しみの中に落とされましたが、
それを除くための魂の力を下さいました。」

この夜は新しい句をつけ加えた。

「主は私を、あなたの正義の道具にして下さいました。」（原文はラテン語）

私がルヴフ大学の教授たちの復讐をすることになったので、自分があたかも神の道具になったかのように感じたのである。私の逮捕が東部地方の人々を死刑執行人から解放することに繋がるかもしれないという意識は、その時からずっと私の大きな支えとなった。それは、その後の幽閉期間ずっと、自分が他の者より大きな特権を持つとさらに感じる原因となった。なぜなら、「敵は私に対して大きな代償を払わざるをえない」という確信を持ったからである。

しかし、ルヴフでのこの最後の夜、より現実的な考えのために眠れなかった。ポーランドを去る前に、誰がルヴフの教授らを殺し、何故私が第三帝国に行くのかを司令官に知らせなければならない、ということである。この考えにはある種のエゴイズムが含まれていた。いくら楽観的な私でも、自分がすぐに死なないとは思えなかったので、司令官に別れを告げたかったのだ。そして、私が自分自身を安く売ったわけではないこと、無思慮で反ドイツ的な態度ゆえにこうした事態に追い込まれたのではないことを、司令官にわかってほしかったのだ。そこで、朝になり、やっと明るくなったのを見計らって、私は早速仕事にとりかかった。シンコの著書『ギリシャ文学』にルビを振って、司令官に暗号で短い報告を書いたのである。仕事には絶えず邪魔が入った。数か月間、墓場にいるようにひっそりと過ごした私だが、その日ほど静寂を欲したことはない。誰かが絶えず入って来て、出発の準備やら医者の診察やら、入浴やらを命じたのだ。そのため報告書はとても短かったが、ポーランド人女看守が私を入浴に連れて行くために現れた時には、「ルビうち」は出来上がっていた。彼女はすでに、司令官宛の二つの暗号文を持ち出してくれていた。彼女は私に抱きつき、心から別れを告げた。私は彼女に、返却する本と女囚への食物を渡してから、彼女の目をしっかりと見据えて『ギリシャ文学』を渡し、この本をクラクフにいるヴィシャ・ホロディスカに送るよう頼み、彼女の住所を教えた。私は彼女にその内容を二回、はっきり繰り返した。彼女にはこれが私的な依頼でないことがわかったようだった。この報告書は、届かなかった最初のものとなった。

入浴後、刑務所長の在席する中で、私はＲＧＯの職員たちに別れを告げた。その日がちょうど「スープの日」だったからである。二人の女性（一人はレシャ・ドンブスカ）はとても不安そうで、怯えているようだった。おそらく二人は、女看守や医者と同様、これが私との最後の別れとなると思っていたのだろう。私といえば、今までより良くはならないだろうと思ったが、悪いことが起こる予感もなかった。ともかく、あれこれ考える時間はなかった。一一時頃、私は監獄から出され、レオン・サピエハ通りに停車している自家用車に乗り、中にいる二人のゲシュタポの間に座るよう命じられた。運転手の傍らには、若いドイツ人女性がいた。車が動いた。その日は冬の美しい日で、小雪が太陽に煌めいて舞っていた。車の中から突然、グルデツカ通りを渡る、大きな毛皮の帽子を被ったフランチシェク・ブヤク教授*の姿が見えた。私は自分が誰だかわからないように、頭を車の奥深くにひっこめた。こんな姿の私を見たら、彼は嘆くに違いない。とはいえ、ルヴフに別れを告げる時、大学の誇りであると同時に、私に親切に接してくれた人物を目にすることができたのは嬉しかった。

私たちは駅に着き、そこで車を降りた。ゲシュタポの一人が手続きを済ませる間、もう一人が私と一緒に入り口で待った。私は最後にルヴフを眺めた。それから駅の正面玄関を見上げた。壁にあった金属製の文字板は剥がされていたが、「Leopolis semper fidelis（永遠に忠実なるルヴフ）」と書かれた跡がたやすく読みとれた。

私たちは駅の構内に入った。ゲシュタポたちは私のトランクを運んだ。それから私たちは列車に乗り、予約してある三等席に向かった。列車が動き出した時、私はこの上なく愛しい風景を眺め、心を動かされた。最後に見たのは夏で、刈り入れ前の風景だった。今は、降ったばかりの雪が薄く積もる、荒涼とした光景だった。プシェミシルを通過する時、二年半前、ここを通ってボリシェヴィキのもとから逃げたことを思い出した。今、ドイツ人が私を故郷から連れ出そうとしている。だが、私ははっきりとした目的をもって列車に乗っている。その考えが私の心を少し軽くした。

夜の帳が降りると、これまでの獄中生活が思い出された。そして、ルヴフのウォンツキ通りで過ごした四か月半はとても良かったという結論に達した。私は「墓掘り人のもとにいた」スタニスワヴフを出て、体力を取り戻し、素晴らしい人々と知り合った。餓え、絶望している独房や雑居房にいる数千のポーランド人と比べ、私は大きな特権を与えられた。私は必要以上に多くの食物を貰った。ホメロスやシェイクスピア、トゥキュディデスといった精神的な糧も得た。さらに、ミケランジェロについて書くことができた。

そして今、強制連行は極めて快適な状況の中で進められている。祖国から第三帝国の監獄や強制収容所への出立は、多くの者にとっては終わりの始まりだ。とくに心理的には。私には重大な義務がある。私の役割は受動的なものではなく、困難だが積極的なものだ。この旅の終わりには再び戦いが待ち構えているという意識が私を力づけた。

夜中の二時、列車はクラクフに着いた。私はこの瞬間、私がすぐそばを通過しているのを知らないで眠っている友人や仲間たちに思いを馳せた。

ゲシュタポはまともに振る舞っていた。同行の女役人は、私を一瞬でも一人にしないよう、私につきまとった。彼らは夜も交代で眠った。彼らが私の自殺を恐れていることは明らかだった。強制移送のさい、よく自殺が起きた。私はそんな心境になかったので、彼らはゆっくり眠れた。朝六時頃、夜が明けた。私は勤務中のゲシュタポに、「今どこにいるのですか」と聞いた。「もうじきビトムだ。」それはポーランド共和国の国境だった町だ、と私は思った。かなり前に総督府を抜けたのだ。戦前の国境が近い。そこで私は起き上がり、廊下に出た。私は車室を背に立った。その時には、そっとしておいてもらえるとわかっていたからだ。私はこうしてポーランドを出たのである。「私は再び祖国を目にすることができるのだろうか。だが、私は祖国のために身を捧げたのだ。今、敵に捕えられ、祖国をあとにしている。一年後、あるいは一年半後、祖国は自由になるだろう。」もし私がその時、祖国なき追放者として戦後を生きることを知っていたら、それほど誇らしくは感じなかったろう。しかしその時には、そんな恐ろしい考えが浮かぶはずもなかった。こうして列車がビトムに着く頃には、私は祖国に別れを告げていた。突然、私は全く独りぼっちで、目の前には巨大な敵である第三帝国が広がっているのだ、と感じた。

それは一九四二年一一月二八日のことだった。

第六章　ベルリン
―一九四二年一一月二九日～一九四三年一月九日―

私は車室に戻って眠った。目を覚ました時には、ヴロツワフ(1)あたりにさしかかっていた。私は、この地域が爆撃されているかどうか注意深く眺めたが、その形跡はほとんどなかった。午後、私たちはベルリンに着いた。道中、私を連行してきたゲシュタポたちは、どこに私を連れていくべきか長々と議論していた。彼らの受け取った電報には、ただちに私をベルリンに連行せよ、としか書いてなかったのだ。そこで私たちはタクシーで、ゲシュタポの様々な機関や監獄を回った。監獄の一つにとても近代的な建物があり、私は「ベルリンの獄中はどんなだろう。おそらくアメリカ式なのだろう」と好奇心がわいた。しかしそこでもまた、「女性は受け入れていない」ということで断られた。ある事務所で彼らは長々と電話で話した結果、アレクサンダー広場にある監獄以外に空きの獄房がないことがわかり、そこに行くことになった。私たちは道に迷った末、一九世紀に建てられたローマ式要塞のような汚い巨大な建物の四階に辿り着いた。私はとても狭い独房に閉じ込められた。ペンキの剥がれた壁や床には、暗い色のワックスが雑に塗られていた。夜はふけていた。私はとても疲れ、板張りの寝台に倒れ込むと、すぐに寝入った。

翌朝起きると、高い所にある大きな窓の鉄格子ごしに、都会の灰色の冬空が見えた。私は起き上がり、顔を洗いたかったが、すぐに困ったことが起きた。古い丸椅子の上に置かれた琺瑯（ほうろう）の小さな洗面器が、コマルノやロズドウの幼稚園で使われているものより小さかったのだ。どうしようかと思っていると、扉が開き、看守が来て、「コーヒー」をくれた。彼女は自分を「女軍曹殿」と呼ぶよう命じた。彼女は比較的若く、醜くはなかった。私は、「ドイツ人はこんな称号を持つ女性と喜んで結婚するのだろうか」と思った。扉は再び閉められた。監獄での日曜日がまた始まったが、ここにはもう本はなかった。その時、私はそれほど本を読みたいとは思わなくなっていた。最近は、毎日のように本の整理をしていたからである。ルヴフから私を連行してきたゲシュタポは、「月曜日にまた来る」と私に言った。新たな戦いに備えなければならない。思いはあの夜の、クッツマンの訪問に立ち戻った。クッツマンによれば、彼は自分の命を賭けて、教授らの射殺を拒否し、敵対者を失脚させようとした。そしてポーランド人の幸運を祈ってくれた。しかし彼は、最後の一線を越えなかった。帽子につけた髑髏のマークを取らず、不名誉と思う制服を着続けている。何という国民だろう。高潔で勇敢な個人が卑劣な行為（クッツマン自身がそう言った）に関わっているのだ。このような国民が道徳的堕落から抜け出す時が来るのだろうか？

　午後、看守全員の上役である「女曹長殿」がやって来た。彼女は年配の痩せたドイツ人女性で、白髪を後ろにまとめており、落ち着いた声で女囚たちを点呼した。彼女は私に、夜に電灯をつける権利があると言い、他の要望を尋ねた。私は、もう少し大きな洗面器を頼んだ。彼女は私を見つめ、後ろに立っている部下を見てから、また私を見た。「もっと大きな洗面器だって？」と、彼女は驚いた声で繰り返した。「そんなものはない。だが、それをどうするつもりなのか？」「私は大人なのです。これ位の大きさの洗面器は、私たちの所では六歳くらいの子供が使うのです。」彼女は「おかしなこと」と言って、立ち去った。

食事は少なかったが、スタニスワヴフよりは多かった。空腹だが、少なくとも餓死はしないだろう。一一月三〇日月曜日の朝、昨日私に付き添ったゲシュタポが来た。私たちは外に出て、路面電車に乗った。私には戦前と同様、ベルリンの住民とくに女性が醜く見えた。また、爆撃された箇所がとても少ないことをみて、滅茶苦茶に破壊されたワルシャワを思い出して悲しくなった。再び私たちは道に迷い、二、三か所立ち寄った後、やっと近代的なビルに入った。その二階にある住居の扉には、ぞっとするようなSSマークと、「SS全国指導者付き判事」と書かれた黒い板がかかっていた。玄関の時計は一〇時を指していた。私はすぐ中に通された。付き添い人は扉の外に残った。

私は大きな事務室に通された。私の前には、黒い髪と目をした三二、三歳くらいの背の高い、制服を着た男が立っていた。付き添い人が以前、私がSS少佐のヘルツルから尋問を受けるだろうと言っていたのを思い出した。窓際にはもう一人の、背が高く痩せた、平服姿の金髪の男が立っていた。ヘルツルは私の苗字をかなり正確に発音し、私に本人かどうか質問した。それから彼は私に、窓の向い側の大きなテーブルに座るよう命じたので、日光がまぶしかった。彼自身は、窓の横にある左側の事務机の前に座り、彼の正面には痩せた金髪の男が座った。

ヘルツルは私に私の供述書のコピーを見せ、「執筆者とサインに見覚えがあるか」と聞いた。次に、「なぜあなたはこれを書いたのか？」と聞いた。私は、「なぜならクッツマン警部に、私が警部に話したことを書くよう命じられたからです。」「クッツマン警部についてあなたはどんな印象を持ったか?」「判事のようだと思いました。」その時私はヘルツルが、クッツマンと私が示しあわせていることを知らないと思った。「なぜあなたはこれを書いたのかね? ドイツ人に学問を授けるためかね?」「総督府に住むポーランド人女性なら、そんな大それた考えが頭に浮かぶことなど全くありません。私は助かりたいと思ったのです。また、なぜ私が逮捕され、どんな扱いを受けたかを、クッツマン警部にご理解いただければ、解放してもらえると思ったのです。クリューガー大尉は、『妥協しないのなら、ここから出さない』とおっしゃったのです。」「もちろん、あなたはそれ以外に答えられなかったのだ。」ヘルツルの口調はしっかりしていたが厳しく、尋問のテンポは異常に早かった。おそらく判事は、私の答えに、供述書の内容と異なる点はないと認めたかったのだろう。そこで私は、彼の信頼を呼び起こすように、供述書にある正確な言葉や言い回しを用いて答えようと努めた。痩せた金髪の男は終始何も言わなかったが、私から目を離さなかった。尋問の末、以下のような事実が明らかになった。

(1)ヘルツルはスタニスワヴフにいたことがある(私にクリューガーの執務室の様子を述べるよう命じた)。

(2)ヘルツルは、私の証言が正しいと認める何人かのゲシュタポをすでに尋問している。

(3)クリューガーは、私に教授たちの殺害を話したという事実を全面的に否定している。

ここで明らかなのは、ベルリンで問題にされているのは、クリューガーが教授たちを殺したかどうかではなく、彼が私にそれを話したかどうか、ということである。

ヘルツルは何度も、この最後の点を私に思い起こさせた。彼は、「クリューガーと女性秘書は、あなたがクリューガーと二人だけになったことは一度もない。女性秘書が常に同席しており、そうでなかったことはない、と証言している」と繰り返した。私は、「二度目の尋問の時は、クリューガーと二人きりだった」と何度も言った。ヘルツルは二、三回、「クリューガーがそんなことを話せるわけがないではないか」と繰り返したが、一度、まるで自問するようにこうつけ加えた。「そうだとも。だが、もしクリューガーがあなたに話していないとしたら、あなたはそれをどうやって知ったのか?」「それについて、私はこれ以上申し上げることはありません」と、私は応じた。

ようやく、私はゆっくりと力強く答えられるようになった。自分でも声の調子やテンポが変わったのを感じた。それまでは質問に早口で小さな声で答えていたのだ。「私は宣誓に従い、起きたことを正直に証言しています。」私はヘルツルの目をまっすぐに見た。二人のゲシュタポが私をにらみつけた。しばしの沈黙の後、ヘルツルは、「尋問は終わりだ」と宣言した。彼は私に、「控室で調書を書き終えるまで待つように」と命じた。私は部屋を出た。そこで私を待っていた付き添い人は、「一時間二〇分かかった」と言った。しばらくして、私は部屋に戻るよう命じられた。ヘルツルは私に、短く事務的な調書を読み上げた。それは私の供述内容に応じたもので、次の文で終わっていた。「私はいかなる時も、以上の内容を申し述べることを誓います。」後になって私は、このヒムラーの判事が、犯罪が日常的軍務の遂行であることを承知しつつも、道徳的な人間にとって宣誓とは何かを知っていたのではないか、と思い巡らした。私は調書にあった一つか二つの小さな訂正を申し出た。私が署名すると、彼は私にこう言った。「あなたの供述に対して、私はクリューガー大尉を審議に呼ばなければばならない。対審に備えなさい。」「それは辛いものになるでしょうが、私はクリューガー大尉の眼を見て言えないことを、何も話しておりません。」「それについては疑いません。」それから彼は語調を変えて、私の視線を初めてそらしてこうつけ加えた。「あなた自身の問題については、審問後、あなたの処遇に関する決定が下されます。」

私たちは建物から出て、再び路面電車に乗り、アレクサンダー広場に戻った。この時は昼間だったので、監獄の建物や階段や廊下は、到着した日の夜よりもさらに醜悪で傷だらけで汚れているようにみえた。

獄房の扉が私の背後で閉まると、私は「寝台」に座って、考えを整理しようと努めた。私は基本的には、一回目の尋問の結果に満足していた。私はヘルツルが私を信用したとの印象を持ったが、それは最も重要な事だった。

クリューガーとの対審は、次の審問を決することとなろう。それに備えて私は応答を考え始めた。また、ヘルツルが言った、私自身に関する処遇決定について考えを巡らせた。それまでどれくらい長く待つことになるのだろうか。クッツマンが言った、「仮釈放」という最もありえる処分について、私は恐ろしく感じ始めた。敵の十分な配慮のもとで、私は表面的には自由にドイツ人の間で生活できるかもしれない。が、彼らは名誉という言葉で私を縛りつけるだろう。それが重要性を持つのは、そうした処遇を受ける人間ではなく、それを与える側にとってなのである。それはほとんど醜悪ですらある。しかし、ヘルツル自身が私に言ったように、私の運命はもうすぐ決まるだろう。すべてクリューガーの判決次第だということは明らかだ。また、対審が始まり、ポーランド人女がゲシュタポ将校を訴えるような証言をドイツ人が許さないとするならば、それは「そのポーランド人女を片づける」ことを意味するだろう。それは私が最初から考えていたことだった。他方、クッツマンが大いに可能性ありと考えたヒムラー自身による私への尋問にしても、それはそれで、私を待つのは「砂地（処刑場のこと）」だろう。今度はベルリンでの。だから私は審問での供述についてあれこれ悩む理由はないのだ。

私は獄房の中を眺め始めた。壁のあちこちに黒ずんだ文字がみえた。あるものはイニシャルだけだが、フルネームも結構あり、時には文章もあった。寝台の私の頭の上には、ドイツ語の文章が簡単に読みとれた。「エヴァよ、九歳になる私の子、いつか誰かが本当のことをお前に話してくれるだろうか。私が願ったように育っておくれ。」そこにはイニシャルと、一九四二年の日づけがあった。その少し先にはフランス語で、シェニエ[2]の詩『若き虜囚』の一節、「私は一八歳になったばかりだ」という文章が書いてあった。署名はなかった。一体どれだけ多くの女性がここに連れて来られたのだろう。今、私の隣にいるのは誰なのだろうか。というのも、獄房のかなり厚い壁ごしに、時々何度も音が聞こえていたのである。その答えはすぐに明らかになった。ある日、扉の脇で奇妙な音が聞こえたので、見ると、隙間に白い紙が押し込められているのが見えた。「早く。それはあなた宛よ」というリーズルの声が聞こえた。彼女は若い刑事犯で、掃除婦でもあり、パンも配った。紙を強く引き抜くと、それは私の独房の番号に宛てた手紙だった。左隣の房にいるのはベルリンの女優で、こうやって自己紹介したのだ。同時に彼女は、壁を叩いてアルファベットを伝える通信方法も書いてよこした。私はそれを利用して、すぐに会話をした。私の質問「どうしてここにいるの？」に対して、かなり明白な答えが返ってきた。「ロシアと連絡をとっていたの。私の友人は斬首されたわ。」その後、私は彼女から、「女軍曹殿」が昼飯をとっている間に壁をつたって窓まで這い上がる方法を学んだ。上にある窓の開口部分を通して二人の隣人、つまり左の女優と右の図書館職員とほぼ普通に会話することができたのである。二人とも同じ事件に関係していた。その事件についてその日、上級将校一五人が総統大本営から連行されて来た。それを聞いて私は、事件の解決は長くかかるまいと思った。

自分の行為を道徳的義務だと考える人々と意見を交換するのは興味深かった。ここで私は初めて、道徳心を失っていないドイツ人が見出した解決方法の一つを知り、衝撃を受けた。ヒトラー主義が人々から基本的道義心を排除したために、「戦時に敵と通じることは、数千年前から人間にとって最大の犯罪の一つだ」ということに、この二人の女性は気づかないでいるのだった。彼女らは、「ヒトラー一味は私たちを国家の裏切り者にしている」と言ったが、「裏切り者」という言葉を躊躇せずに使うのだった。なぜなら彼女らが、「ロシアはナチと戦っているのであって、ドイツ人と戦っているのではない」と考えているからである。彼女らは、ヒトラーが敗れた後、ドイツに幸福な時期をもたらすのはロシアだと確信していた。この二人の女性が、自らの運命を毅然として受け入れる態度には尊敬の念を覚えた。とはいえ彼女らの考え方が私とは余りに異なっていたので、共通の話題を見つけられず、会話は何度も中断した。

敵を理解しようとする態度は、クッツマンのとった方法と同様、道徳的一貫性に欠ける。たとえ自分自身を危険に晒して敵を救おうとしても、望むような結果が出るとは限らない。その頃私は、ドイツ人には出口がないことをはっきり感じていた。ドイツ人は皆、政権が犯罪を行うのを許し、自らがより優れた民族に属すると吹き込まれ、世界の支配を約束する扇動者につき従うという罪を犯している。たとえ国家を裏切ったとしても、彼らはその罪から逃れられないのだ。

私は創造主に対し、自分がポーランド人であることを感謝した。私たちが戦っているのは、自らの生および人間にとって最も重要な財産を守るためである。

まもなく囚人仲間は増えていった。私の皮膚病が悪化して、ほとんど眠れなくなり、医者の診察を受けたいと申し出たのがきっかけだった。

ある木曜日の午後、「女軍曹殿」が私を一階の診察室に連れて行った。私は待合室に入り、列に並んで待つよう命令された。小さな待合室に入ると、そこにはあらゆる種類や年齢の女性が二〇人以上ぎっしりと座っており、まるで蜂の巣に入ったかのような気がした。彼女たちはお互いに忙しそうにひそひそ声で脈絡のない話をしながら、診察室の扉を何度も眺めていた。その時、名前が呼ばれ、一人が診察室に入って行った。その人がいた所に向かおうと私が立ち上がった時、とても背が高く骨ばった女性が私の所に来て、私の民族名を聞いた。私がポーランド人だと応えると、彼女は、「私はドイツ人だけど、ヨーロッパ連合のために戦っているのよ」と言った。「ロシアの指導下で?」と、私は聞いた。窓ごしの会話で、そのスローガンを知っていたからだ。「そのとおりよ」と、彼女は勢いづいた。「もちろん、ロシアが私たちを保護下に置いてくれるのよ。私たちはロシアのやり方に従うのよ。」「素晴らしいわね」と、私は心の中で言った。

私はその会話を中断した。というのはその時、部屋の別の隅から二人の女性がポーランド語で話しているのが聞こえたからだ。そこで私は「ヨーロッパ連合の女性市民」に別れを告げ、ポーランド人の所に行った。一人はとても若く、まるで報告でもするかのように早口で、押し殺した声で話していた。もう一人は年配で、注意深く相手の話を聞き、時々質問をしていた。「こんにちは」と、私は二人に声をかけた。会話が途切れ、二人は私の方を見た。「自分の国の言葉を耳にして嬉しいわ」と私は言って、応答を待った。「ちょっと待ってね」と、年配の女性が言った。「まず、こちらの話を片づけるから。」私は少し待った。会話はとても注意深く続けられ、その内容から、尋問にどう応ずるべきか助言していることがわかった。そこで私は、邪魔にならないように彼女らと少し距離をおくと、先ほどの大柄のドイツ人女性がまた近づいて来て、ポーランドもドイツもロシアの保護下に入れば素晴しく良くなると請け合った。「ここにはそうした信奉者がたくさんいるの？」と、私は聞いた。「ここで起きているすべてを終わらせるほど多くないけどね。でも、この部屋には共産主義者が何人もいるわ」と彼女は言って、いくつかの集団を指さした。「私たちは皆、同じ事件で捕まっているのよ。その事件がもとで、総統大本営の将校たちまで何人か捕まったの。だけど、それだけでは足りないわ。まだ私たちは弱すぎるの。」

その時、私の待っていたポーランド人女性がやって来た。彼女は四五歳くらいで、背が低く痩せており、額は高く、白髪混じりの黒い縮れた髪を後ろにきれいになでつけていた。はっきりした鼻梁と薄い唇は彼女の青白い顔に力強さを与え、大きな黒い目は生き生きとしていた。「あなたの出身はどこ？　ポーランド？　どの地方なの？　いつここに来たの？」私は質問に答えた。彼女が私の苗字を聞いた時、私は「監獄では苗字は必要ないわ」と答えた。すると、「全く逆よ。監獄だからこそ、誰と話すべきかが大事なのよ。苗字を教えて。」それはほとんど命令のように聞こえた。私は自分より頭一つ分低いこの女性に敬意を覚えたので、彼女の言うことを聞いた。彼女の顔が輝いた。「何ですって？　ランツコロンスカですって？　答えてくれて良かったわ」と彼女は言って、手を伸ばした。「ボルトノフスカよ。」私たちは抱き合った。マリア・ボルトノフスカ*はポーランド赤十字のとても名高い重要な職員であると同時に、国内軍の偉大な兵士だった。私は彼女の高い評判を聞いていた。私たちはそれまで個人的には知り合いではなかったが、以前から仲間を通じて、公にも秘密裏にも連絡をとりあっていた。私たちは、どちらかが死ぬか解放された場合に、知らせるべき親友の名前や住所を交換しあった。それからボルトノフスカは私に、「何度も辛い尋問を経験したけれど、決して屈しなかったから、ドイツ人には何も知られていないわ」と言った。彼女は私に、木曜日ごとに病気になるよう頼んだ。彼女も、他の何人かのポーランド人女性も、同じ日に医者にかかることになっているからである。その中の一人が、少し前に話していた若い女性だった。「これは大変な問題なのよ。彼女は仕事でドイツに送られて来たのよ。彼女は命令で、自分が働いている工場の図面を描いたの。図面が見つかり、彼女は捕まったの。」

突然、ボルトノフスカが医者に呼ばれた。「じゃ、来週の木曜日ね。」そして彼女は去った。彼女の後が私の番だったが、彼女はそこにはもういなかった。年取った経験豊かな監獄の医師は、私を丁寧に診察した。彼は私の胸音を慎重に聞き、顔をしかめた。「早くここから出ないと大変だよ。どれくらい長く監獄にいるのかね？」「七か月です。」「これは神経の問題だ。」「私はヒステリーではありませんよ。」「残念ながら、そのようだね」と、医者は応じた。「もしあなたがヒステリーならば、違う方法で良くなるだろうに。神経性の皮膚炎にはならなかっただろうに。あなたは獄房で泣かなかったようだね。」「もちろん、泣きませんでしたよ。なぜ、泣かなければならないのですか？」「薬をあげよう。薬は炎症を鎮められるが、病気の進行は抑えられない。」医者は薬をくれた。「女軍曹」のような女性が私に出るよう命令した。私は待合室に戻りたかったが、別の扉に導かれ、まっすぐ廊下に出て房に戻った。

ボルトノフスカとの出会いはとても大きかった。私はベルリンで一人ぼっちではなくなったのだ。彼女とは、それから二回の木曜日に会うことができた。彼女の容態は悪化しているようだった。尋問が厳しさを増せば増すほど、彼女の精神力は強くなった。最後に私たちが会った時、最初の時にいたあの若い女性がそばにいた。彼女は青ざめていたが、しっかりしていた。彼女は死刑を宣告されていた。ラーフェンスブリュック[3]への移送というかすかな希望がまだ残っていたが、叶えられなかった。そこは、かつて私がクリューガーに、送ってやると言われた場所である。ボルトノフスカは、その女性のみならず自分自身にとっても、強制収容所への移送が最良の解決策だと考えていた。それは尋問の終りを意味するであろうし、ポーランド人仲間も一緒だろう。彼女は私と同様、「女性政治犯と一緒にいるのは楽しく、力づけられるに違いない」と考えていたのだ。

民族は異なっていても、思想的に私たちに近い人々との共同生活もまた、楽しく刺激的であるに違いない。ボルトノフスカとの次の会見はかなわなかった。なぜなら「女軍曹」が、私を医者に連れて行くのを金曜日にしたからである。おそらく、私には木曜日が重要なのだということを察したのだろう。彼女らは私を寛大に扱った。掃除婦のリーズルが私に「女軍曹」らの悪口を言った時、私はそれを挑発だと思い、悪く言う理由はないと言った。「もちろん、そうね。彼女らはあなたに関して特別な命令を受けているのよ。あなたがムッソリーニの姪だということは皆知っているわよ。」私は気分を害してそれを否定したが、その結果、リーズルの私への敬意は薄れた。

その頃、私には「適切な」新聞や書籍を買うことが許されていた。そこで私は『我が闘争』を頼んだ。すると、ただちにその興味深い本が手に入った。そこに、国際的な犯罪計画が隠されているのは明らかだった。その時私には、この本を読んだドイツ人が皆、ヒトラーに従い、彼に同意するようになることが理解できた。

ある日、独房の扉が開き、「女軍曹殿」が所長の訪問を告げた。すると、年配の平服を着たドイツ人が背後に「女曹長殿」を連れて扉の傍に立った。所長は私に、「何か希望はないか」と尋ねた。洗面器の件がうまくいかなかったので、私は他のことを頼むことにした。そこで私は、「ゲーテが読みたい」と言った。しばしの沈黙後、所長はこう言った。「あんたはポーランド人なんだろう?」私は啞然とした。「そのとおりです。」「なのに、ゲーテを読みたいのかね?」「その二つに相関関係はありません」と私は答えた。所長は頭を振りながら出て行った。翌日「女曹長殿」が来て、私に、「ゲーテとシラーの本を持って来る」と言った。彼女は「その二冊の本を持っているが、樟脳が中に入っているから、一日か二日あとになるだろう」と言った。確かに二日後に届けられた本は樟脳臭かったが、とても嬉しかった。私は読書に没頭したが、すぐに悲しくなった。一度もよくわからなかったゲーテだけでなく、奇妙なことに、かつて大好きだったシラーさえも理解し難かったからである。彼らと私の間には、何かの障壁があるような印象を受けた。その障壁とは、ドイツ語だった。かつて私はドイツ語を通じて多くの文化的財産を得ていたのに、今の私にはドイツ語が汚れているように思えたのだ。この数年間の苦しい体験がドイツ語に対する嫌悪感を生んでいた。そんな嫌悪感は文化的視野を狭めることになると自分自身を説得してみても、効果がなかった。私は多くの本を読んだが、精神的に得られるものはなかった。

クリスマスが来た。それは静かで、争いも対立もない、孤独のみが与え得る、ある種の親密な時間だった。

ヘルツルの尋問からすでに一か月が過ぎたが、相変わらず何もなかった。大晦日が過ぎ、いろいろなことのあった一九四二年が終わり、一九四三年が始まった。それはきっと、ポーランドに自由をもたらすことになるだろう。一月八日、「女軍曹殿」が来て、私に旅行の準備をするよう命じた。翌日、私はラーフェンスブリュックへの輸送に加わるのだ。

一月九日午前一一時、私たちは監獄の広い一階の廊下に、四人ずつ並んで立たされた。私たちは七〇人いた。男女の看守が走り、数え、探し、怒鳴った。常に誰かが、何かが足りなかった。探されていたのは、事務所に所持金を預けていたバンコフスカという苗字の女性だった。その女性はなかなか見つからなかった。その時私は突然、自分が彼女のふりをすることができるかもしれないと素早く思った。私にも逮捕された時に預けた所持金があるからだ。そこで私は手を挙げた。「女軍曹殿」は不機嫌そうに私に声をかけた。彼女は最初、私のことではないと思ったようだったが、しばらく考えてからこう言った。「獄房にあなたがいないかどうか、四階に電話しなければ。」私がもう一人いるかもしれないということに、私はぞっとした。しかし一五分後、私が獄房にいないこと、所持金は所長の事務所に、私に少し似た苗字のもとに記載されていることが判明した。一時間後、やっと私たちは動き出した。広場で私たちは二台の護送車に乗せられた。それは窓に小さな格子がはめられた大きな箱のような車だった。私たちは三五人ずつ、オイルサーディンのように詰め込まれて立っていた。私は仲間を眺めた。そのほとんどがドイツ人だった。奇妙なことに、彼女らの表情は、政治犯について私が想像していたものと違っていた。彼女らはとても興奮し、大声でしゃべっていた。彼女らは、「駅で列車に乗る時に、どうやったら見られないでいられるか。顔やその一部をどう隠すべきか」などと話していた。私は彼女らの不安をいぶかしく思った。私が前にルヴフを通った時には、知り合いの誰かと会えないか、自分のことを知らせることができないかと強く望んだものだった。今、彼女らは何を恐れているのか。どうしてそんなに恐ろしく見えるのだろうか。彼女たちは刑事犯だったのだ！

第七章　ラーフェンスブリュック
——一九四三年一月九日〜一九四五年四月五日——

私たちは駅までトラックで運ばれ、駅に着くと、四人用車両へ連行された。列車では、一人用の狭い車室に三人ずつ詰め込まれた。私と同室になった大柄な若いウクライナ人女性は、「支配民族（ヘレンフォルク）」(1)の息子と親密な関係になったことが原因で、ドイツの収容所で働くことになった。もう一人の道連れは、年配のドイツ人女性で、助産婦だった。二時間ほどで列車が止まった。歯に矯正具をつけた警官が扉を開け、「出ろ（ヒナウス）」と叫んだ。私たちは苦労して外に出た。車室の中で動きがとれず、足が痺れていたからだ。小さな駅の中央の建物には、「Fürstenberg, Mecklenburg（フュルステンベルク、メクレンベルク）」と書いてあった。私は、クリューガーがこの地名を口にしていたのを思い出した。雪の積もった線路の上に、髑髏のマークのついた制帽をかぶり、灰色の制服を着た二人の女性が立っていた。二人とも、警察犬を繋いだ短い皮ひもを握っていた。私たちは五人ずつに分かれるよう命じられ、引き込み線に沿って歩かせられた。私は新鮮な農村の空気を胸いっぱいに吸い込み、平坦でうら寂しいメクレンブルクの町に目をやった。

最初のグループを乗せた四人用トラックが戻って来るまで、私たちはぶらぶらしていた。車内に詰め込まれて一〇分ほど乗った後、降りて、再び五人ずつになるよう命じられた。私たちが降り立ったのは、灰緑色の低い木造のバラックに囲まれた、とても大きな広場か中庭のような所だった。建物はどれも寸分たがわず同じだったが、脇にある建物だけは高く大きく、コンクリートでできていた。遠くに見える建物と同様、同じ服を着た女性たちが広場を歩いていた。女性たちは灰色と紺色の縞の上着を着、同じ柄のズボンを穿き、頭に茶色の布を被って頤の下で結んでいた。最初の瞬間に最も衝撃を受けたのは、周囲のすべてが恐ろしく醜いことだった。中でも、色の失せたバラック群がことに醜かった。中庭の向こう側から道が延び、その脇にずっと同じ建物の列が並んでいた。バラックが女性たちの服と似ているのも奇妙だった。黄昏が迫る一月の、汚れた雪に覆われた広場からは、すべてが美の対極のように見えたのである。

女性の数が次第に増えてきた。彼女らは仕事から戻る途中のようだった。おおかたは、五人ずつに分かれて行進していた。一人で広場を通ってバラックに戻る者も多かった。彼女らは老いも若きも、大柄な者も小柄な者も足早に歩き、そうでない者は疲れた足を引きずっていた。彼女らは皆、私たちを見ていたが、こちらにやって来る者はなかった。犬を連れた警備兵が彼女らの傍におり、誰一人列から離れるのを許さなかったからである。注意して彼女らを見ていると、その服装には違いがあった。ほとんどの女性たちの左胸には番号が縫いつけてあり、番号の上には様々な色の三角形が着けられていた。緑や黒、紫、最も多いのは赤い三角形だった。赤い三角形には黒い大きなPの文字がついていた。私は彼女らにひどく惹きつけられた。一人の明るいブロンドの髪をした若いポーランド人女性が、私たちの傍を通り過ぎる時に、素早く聞いた。「ポーランド人はいる?」「いるわよ」と私は答えた。「しっかりして。ここはそれほどひどくないわ」と彼女は言って、去っていった。私も、こうしたやり方が通っているならば、それほどひどい所ではないだろうと思った。少ししてから、小柄で陽気な表情をした女性が通り過ぎた。彼女は明らかに、私の最初の答えを聞いてやって来たのだ。「もし食べ物を持っているなら、すぐに全部食べなさいよ。取り上げられてしまうから。」「どのくらいここにいるの？」「三年よ」と彼女は答え、微笑んで立ち去った。

夜の闇が迫ってきた。やっと最初の五人がバラックに入っていった。もうすぐ私の番だという希望で、私の身体は少し暖かくなった。骨の髄まで冷えきっていたのだ。私たちは姓と名を呼ばれた。私の三列か四列前の五人組に、二人のウクライナ人が立っていた。アグリッピナとクラウディアという名だった。古代ローマを連想させる名前を聞いて、私は、コンスタンティノープルからウクライナに、そしてこの収容所へと至るはるかな道程に思いを馳せた。私は事務局のような所に連れて来られた。

そこにいた担当官のような女性は、私の姓名、生年、生まれた場所などを尋ねた。タイプライターに向かっていた女囚は、胸にＰの文字のついた三角形の布をつけていた。彼女は私を見ると露骨に嫌な顔をしたが、私が自分の民族名を答えると、ぱっと顔を輝かせた。私は事務局から更衣室に行くよう命じられた。そこには別の担当官がおり、彼女の命令で、二人のドイツ人女囚が私の係となった。彼女たちは驚くべき速さで私の持ち物を全部取り上げ、私の手に一六〇七六という数字を書いた紙を載せた。そして、その先にある小部屋に行くよう命じた。そこでもまた、別の担当者が私に服を脱ぐよう命じ、服を仔細に調べた。こうしたやり方をみて、私は可笑しくなった。するとドイツ人女性がこう言った。「お前はポーランド人だね。」私は、「何故それがわかったの？」と驚いて尋ねた。すると、「私はドイツ人で、四年間ここにいるから、誰が何人かすぐ見分けられる。ここに入ってくる時、ポーランド女だけは顔を上にあげ、陽気な表情をしている。」こうした歓迎の辞を聞いて、私が顔をさらに上にあげたのは言うまでもない。が、彼女が私を坐らせ、髪をバリカンで刈ろうとして、頭が清潔かどうか調べ始めた時、私の愉快な気分は失せてしまった。アレクサンダー広場の監獄にいた時、両隣の房の女囚らはたえず虱（しらみ）のことでぶつくさ言っていたが、私は坊主頭を目にするのが嫌だった。今回、私がこの措置を逃れえたのは、特別待遇ゆえであることは明らかだった。その後、私は仲間の待っている大きなホールに行った。そこで私たちは丸裸になるよう命じられ、シャワーの下で髪の毛まで濡らすよう強いられた。この大雑把な入浴の後、私たちは濡れたまま、タバコをくわえた二人のSSの医者の前を行進させられた。次に、私たちはよれよれになった収容所の下着と上下服を着、木靴を履いて、再び戸外に出され、五人組になるよう命じられた。あたりは真の闇で、厳しい寒さだった。平時ならば、熱いシャワーを浴びた後、濡れた髪で薄い服のまま厳寒の戸外に出たら、たちまち肺炎になってしまうだろう。ラーフェンスブリュックでは冷気を感じただけだった。ここで私たちを迎えたのは、若くてきれいな、とても背の高い黒髪のポーランド人女性で、右腕に緑の腕章をつけていた。私たちが歩き始めると、彼女は私の傍を歩き、「ポーランド人棟はもうあなたの到着を知っているわ」とささやいた。「すぐに知らせが広まったの。」私はとても驚いた。彼女はさらに続けた。「到着したばかりの女囚がシャワーを浴びに行った時にはもう、私たちはすべて知っていたわ。本部事務局から伝わったのよ。あなたの情報を打ち込んでいたタイピストは、最初あなたがドイツ語を上手に話すので気分を害したわ。あなたが『民族ドイツ人（フォルクスドイチェ）』だと思ったからよ。あなたが

『ポーランド人（ナツィオナルポリン）』だと名乗ると、彼女は機嫌を直して、すぐにあなたがいることを知らせてくれたの。すぐに友達ができるわよ。女性政治犯の到着は、私たちには大事件なの。長い間いなかったから。いつあなたはポーランドを出たの？　一一月末ですって？　まあ、あなたは最近までポーランドにいたのね。私たちはもう二、三年はここにいるわ。そのうちここはそう悪くないとわかるわよ。どんな魂がここに宿っているか、驚くことでしょうよ。」

　私たちはとあるバラックの前に立ち止まり、その中に入ろうとした。入り口には、緑色の腕章をつけたがっしりとした体格の年配の女性が立ち、私たちを数えた。「これは私たちの棟長のツェトコフスカで、私は室長よ。私の管轄は、棟の半分を占める一部屋で、棟長の管轄は棟全体よ。」

　中に入ると、棟長と室長は私たちに三段になった寝台をあてがい、スープとパンをくれた。その時、室長のミェトカが私に囁いた。「棟からこっそり抜け出してみて。外であなたを待つ人がいるわ。」私が外に出ると、何者かが私の首にしがみつき、泣いた。「先生。あなたがいらっしゃるなんて、何て嬉しいんでしょう。」私は苦笑した。若い女性は言い直した。「もちろん先生が収容所にいらっしゃるのは心配ですが、お目にかかれてとても嬉しいのです。私は先生が私たちの担任だった時に、ルヴフの女子学生寮におりました。何てまあ、ずいぶん昔のことでしょう！」「なぜあなたはここにいるの？」と私は尋ねた。彼女は、「重大な政治的事件のためです。そういう人はここにたくさんいます。いつかすべてお話しします」と言った。

「別れて。看守が来るわ。」扉の中から棟長の小さな声がした。私たちはキスを交わした。若い女性は暗闇に消え、私は棟に戻った。二分後に女看守が入ってきた。「気をつけ（アハトゥング）！」と棟長が叫ぶと、皆立ち上がった。扉に、灰色の制服を着た二二歳くらいの、小柄で厚化粧の、髪の毛をカールさせた金髪の女性が立った。棟長は、棟の女囚の数と新入りの数を報告した。驚くほど知性のない顔をしたこの女看守は、報告を聞いた後、棟長と室長を連れて棟の中を歩き回った。私は好奇心から、ある程度の距離をとって彼女のあとをつけた。建物は左右対象の二つの部分から成っていた。それぞれに食堂と共同寝室、洗い場とトイレがあり、約二〇〇人の女性がいた。棟の入り口に、棟長が仕事をする小部屋があった。

　看守が出て行った後、棟長はその小部屋に私を招いた。私は丸椅子に座った。棟長は私より少し年上で、エネルギッシュで赤みを帯びた顔に、温かいまなざしをしていた。彼女は、エリザ・ツェトコフスカだと自己紹介をした。それから私に、経歴について簡単な質問をした。次に、ポーランドの状況を尋ね、ポーランドの人々がラーフェンスブリュックについて知っているかどうかと聞いた。「ポーランドにいる人々は、処刑と『ウサギ』のことを知っているかしら?」私はびっくりした。「もし、あなたに私の言っていることがわからないのならば、それはとても良くないわね。それはつまり、ここでポーランド人女性が政治活動を理由に銃殺されていること、それもポーランド人女性だけがその対象となっていることを、ポーランドの人々は知らないということなのよ。ポーランド人女性だけが人体実験の実験台にされていることも、ね。近くにあるホーヘンリフェンのサナトリウム[2]から整形外科医のゲプハルト*博士がここへ来て、政治犯のポーランド人女性を手術の実験台にするの。何人かはすでに亡くなったわ。残る六〇数人は障害を負うことになった。ほとんどが若い女性で、みな足にとても大きな傷があるわ。」

私はそれを聞いて、信じはしたものの、理解できなかった。棟長はさらに続けた。「どんな手術なのかあなたに詳しく話すことはできないけれど、いくつかのタイプがあるみたいなの。私の仕事は看護婦だけど、手術に関して十分知らされているわけじゃないのよ。」

新入りから故郷の話を聞こうとして、他の棟から三人の女性がこっそりやって来た時も、私たちはまだ話していた。「あなたは私たちに何が起きているのか知らないでしょう。ポーランド人『政治犯』は長く来なかったのだから。」「でも、ここにいるのはみな政治犯でしょ」と私はくいさがった。この言葉にみな笑った。「あなたはこの施設について、意見を根こそぎ変えなければならなくなるわよ。自分の政治的信念ゆえにここに来た女囚で、あなたが連れて来られたのと同じ交通手段でやって来た者は誰もいないのよ。ドイツ人と関係したウクライナ人、ポーランド人と関係したドイツ人、助産婦と娼婦、あとは泥棒だけよ。私たちは少数派だけど、最も重い罪人なのよ。」

「さあ、もう行って。でないと、みな捕まるわ」と、棟長は皆を追い出した。「明日、この新入りにいろいろ教えてあげましょう。点呼のこととかね。もう寝ましょう。」私は「三階」によじのぼり、石のように眠りこんだ。

「起床(アウフ)!」という棟長の響き渡る声で、私は目をさました。六時だった。私は服を着、コーヒーとパンを受け取ると、もう点呼だった。私たちは皆、棟の外に出た。夜が明け始めていた。棟長と室長(彼女らは四人いた)は、私たちを一〇人ずつの列に並ばせた。彼女たちは不安そうに人数を数え、走り回った。棟長は、本部事務局に点呼の結果を報告しに行った。その間、私たちは立っていた。あたりが次第に明るくなってきた。やっと棟長が戻ってきて、「気をつけ(アハトゥング)」と号令をかけると、看守が人数を数え直して去った。私たちはさらに立ち続けた。隣の女性が私に、「今は全棟で人数を数え直しているところで、全部確認し終わったらサイレンが鳴る」と囁いた。「まだ続いているわね」と、慰めるようにつけ加えた。確かにまだ続いていた。

右手の空が明るくなってきた。ということは、「そちらが東で、祖国の方向だ」と思った。なおも私たちは立ち続けていた。私はあちこち眺め始めた。左手にある二つの棟の間から、高い壁の一部が覗いていた。壁のすぐ上に、長い有刺鉄線が二六列張られていた。陶製の絶縁体が一定の間隔をあけて白く光り、そこから高圧電流が流れていることを示していた。壁の向こうには「風景」がかいま見えた。それは黄土色の砂混じりの崖で、その上には数本の細い松が生えていた。

私たちはまだ立たされていた。寒かったが、私にはこたえなかった。ある考えに苦しめられていたのだ。その考えは以前からあったものだが、この時とくに強くわきあがってきたのである。「バッハ、デューラー、ヘルダーリン、ベートーベン。彼らは皆ドイツ人で、偉大な芸術家だった。もし彼らがいなかったら、世界の文化はこれほど素晴らしいものにならなかったろう。」私は大きな恩恵を受けてきたドイツ文化について考えた。だが、今やドイツ人は人間性を汚しているのだ。誰がいつ、こんなことがここで起きたと言えるだろうか。「数人の犯罪者が権力を奪ったために起きたのだ」と言える者は誰もいないだろう。彼らは数人ではなく、集団なのだ。ラーフェンスブリュック強制収容所を計画し、建設し、管理するのに、一体何人必要だろうか。ラーフェンスブリュックが「少しはまし」で、小規模な収容所に属していることは誰でも知っている。ここだけで、クリューガーのような男女が一体何人いるのだろうか。数百万の受動的なドイツ人のことは言うまい。彼らは無関心でいることで目に見えぬ犯罪を可能にし、支持しているのだ。彼らはいつしか「知らなかった」と言うだろう。それはある意味で事実であろう。「知らなかった」のは、知りたくなかったからだ。彼らは勝利に目がくらみ、勝利から利益を際限なく引き出そうとしている。だから彼らは、この勝利がどのような方法でもたらされたかを考えようとはしないのだ。ここにドイツの道徳的カタストロフの原因がある。戦後、世界はドイツに対して、ナショナリズムに毒された復讐心や嫌悪感で応じてはなるまい。同じ様な災厄が将来起こったとしても、キリスト教文明を潰さないようにするためには、人間性を守ることが何よりも必要なのである。

突然、サイレンが鳴った。数秒で私たちは棟に戻った。数分後、歌いながら行進する女性の集団が窓から見えた。「あれは何？」と尋ねると、「外部労働班（アウセニ）」だ、という答えが返ってきた。彼女らは毎日、収容所から外部に労働に行く時は（もちろん監視つきで）、ドイツ語の歌を歌うよう命じられていた。毎日かなり遠くまで列車で行き、夜に帰って来る班もある。仕事は主に工場労働だが、夏には農作業もあった。近くにあるヒムラーが所有する大農場での作業もある。そこで食べ物が振る舞われることもあった。「外部労働は私たちになくてはならないものなのよ」と、私に説明してくれた女性が声を低くして言った。「彼女たちは外の世界とコンタクトをとり、ラジオの情報を持ち帰り、手紙をやりとりすることもあるの。とても危険だけれど、それがなかったらもっと辛いでしょうね。」

その少し後、棟長が来て、私を仕事部屋に伴った。「あなたをどうするか、あらかじめ決めておかねばならないわね。ともかく、あなたがジーメンス工場に連れて行かれないように努力しなければならないわ。」「どういう意味なの？」と私は尋ねた。「収容所の傍にあるジーメンス支社の弾薬工場での仕事のことよ。織物工場や縫製作業所での仕事も、あなたには辛いでしょうね。そこでは制服をつくっているのよ。工場では、直接ドイツ軍の役にたつものをつくっているの。でも、あなたはドイツ語ができるでしょう。あなたにはそのうち緑の腕章をあげる。あなたは室長になるわ。この仕事はある意味でとても大変だけど、少なくとも奴らのために働くのではなく、女囚たちの助けになれるという満足感を味わえるわ。棟長は看守に室長を推薦することができるの。うまくいくこともあるわ。さしあたり、この『新入り棟（ツガンガウ）』で私の手伝いをしてもらうわ。仕事はたくさんあるのよ。」

　最初の仕事は、私とともに輸送されてきた人々の着ける三角形と番号を縫って配ることだった。上着の左胸とブラウスの左腕に、三角形と番号を縫いつけるのだ。本部事務局で七〇名分のアルファベット別名簿と、亜麻布の切れ端に印刷された番号、様々な色の三角形が渡された。文字の無い赤い三角形は、「ドイツ人政治犯」用だった。それを受け取った者の何人かは私に、ポーランド人と親しくしすぎた罪だと言った。「Ｕ」または「Ｒ」のついた赤い三角形は、ドイツ人と「親密になりすぎた」ウクライナ人かロシア人のものだった。そのうちの一人は、「Ｕ」だったか「Ｒ」だったか覚えていないが、印が間違っていると私に文句をつけてきた。

　私が受け取ったのは、「Ｐ」と一六〇七六という番号だった。緑の三角形は、助産婦と何人かのドイツ人女性のものだった。名簿にある彼女たちの姓の横には「ＢＶ」とあったが、それは「犯罪常習者」の略であり、「Ａｓ」とあるのは「反社会的」という意味だった。黒い三角形は売春婦かジプシー、「ＩＢＶ」は「国際聖書研究者協会」の略で、いわゆる「エホバの証人」である。彼女らは紫の三角形を着け、正直で、とても信頼されていた。「エホバの証人」は、戦争に関するあらゆる労働を拒否したために、強制収容所に送られた。彼らは総力戦下の社会から排除されたのだ。収容所で彼女らは、掃除やリネン室の片付けに従事し、噂話にも時々加わった。彼女らはセクト的ファナティズムを持ちながらも、不屈の精神と驚くべき勇気を持っていたのである。

黒い三角形をジプシーの母娘に渡す時、私は、「なぜ、あなた方はラーフェンスブリュックに来たの？」と聞いた。「どんな理由で、だって？」と母親は意地悪く聞き返した。「私たちがジプシーだからよ。部族に関係なく、ジプシーがみな捕えられたことをあんたは知らないんだね。あんたは私たちのことを何も知らないんだろう？ 職業ごとに部族に分かれているんだよ。私たちは馬を商う高貴な部族に属しているんだよ。」「他のジプシーは何をしているの？」と私は聞いた。「他の奴らのことは知らないよ。奴らは卑しいからね。」二人の女性の黒い瞳には嫌悪感と軽蔑の影が浮かんだ。「彼らはどんな仕事をしているの？」と私はしつこく聞いた。「バイオリンを弾いているだけだよ」と、彼女らはいやいや答えた。私は、彼女らがクライスラー[3]やメニューイン[4]の演奏を聞けないのを残念に思った。

ある夜、昼間の労働の終りと夜間労働の開始を同時に告げる二回目の点呼が終わってかなり時間がたった頃、突然、サイレンが鳴り響き、明かりが消えた。空襲警報だ！ 収容所へのこの最初の空襲は忘れられない。私たちの同盟軍が上空に来て、戦っているのだ。未来の勝利者が来たのだ！ その瞬間、強制収容所に蔓延する、希望の無い投げやりな気持ちを忘れた。棟長は床につかず、私に窓際の暗がりに座り爆音を聞くのを許してくれた。最近出された命令書によれば、棟長と室長は空襲警報のさいには床についてはならず、廊下にあるスコップやバケツや砂箱の傍に立っていなければならない。女囚は静かに横になり、収容所の爆撃時には服を着て、もし棟に爆弾が落ちた場合には、棟長が彼女たちを五人のグループに分けて戸外に連れ出すことになっている。棟長は私にこの命令をドイツ語で伝えていたが、突然中断した。「緑の三角形をつけたドイツ人の室長に気をつけなさいよ。彼女は棟内で私たちを監視して、すべて報告するの。彼女は、『収容所古参（ラーガーエルテステ）』で同じく『緑の』室長のマリアンナと仲が良いのよ。二人ともウィーン生まれの犯罪者で、収容所の上役に大きな影響力を持っているの。とくにポーランド人女性についての報告ではね。収容所を管理する側の者で、組織力のある人はまるでいないの。彼女らはみな支配民族（ヘレンフォルク）で、抜け目のない平凡な犯罪者の徒党なのよ。知的水準も低くて、ポーランド人を差別して何の痛みも感じない人たちなの。私がここで言うポーランド人とは、もちろん政治犯のことだけど、数は少ないわ。多くのポーランド人女性が『あちら側』についているの。ポーランド人の犯罪者もいるわ。ドイツに連れて行かれ、そこで盗みや売春などの平凡な罪で逮捕されたポーランド人女性たちが、ここに来て私たちと同じ赤い三角形を受けとるの。そして彼女らは、ポーランド人女性として労働をさせられる。収容所のポーランド人というのは様々で、大部分が思想なんて持ってやしない。単なる犯罪者も多いのよ。でも、中にはポーランドゆえに連れて来られた素晴らしい女性もいるわ。とくにワルシャワのようなドイツ帝国に併合された西部地方出身の人たちよ。」

　その夜から、私は強制収容所の実態について調べ始めた。それまで私は強制収容所を、ヒトラーに反対するがゆえに集められた様々な民族の女性たちが共同生活する場所だと思っていたが、それは甘い考えだった。実際は全く違っていた。私たちは良くも悪くも犯罪者と一緒であり、中には私たちのことを看守に密告する者もいたのである。密告の結果は、逮捕と「掩蔽壕（ブンキエル）」への禁錮だった。はじめの頃私は、「いったん収容所に入ってしまえば逮捕の危険はない」と思っていた。危険な時期はもう過ぎたと思っていた。しかしそれは逆だった。何らかの違反や密告によって、女囚は、収容所で唯一のコンクリート製の、公式には「懲罰棟（ツェレンバウ）」と呼ばれる建物にある暗闇房に入れられた。私は到着した翌日にそれを見せられた。それは長く低い建物で、下の階が地中に深く入り込んでいるところから「掩蔽壕（ブンキエル）」と呼ばれていた。それは塀で囲まれ、特別な門からのみ入れるようになっていた。その管理者はラムドーア*という警部で、尋問のさいには「必要とされる」あらゆる方法（拷問や麻薬その他）を用いた。

　私はこうした情報をすべて昼間に集め、夜に整理した。皮膚病のせいで眠れなかったからである。

　次の輸送でこの棟に来たのは、一八歳以下のうち若いドイツ人女性の一団だった。彼女らは、近くの青少年収容区（ユーゲントラーガー）に建てられた新しい建物に移るまで、私たちと数日間一緒に過ごした。「ここに若い娘たちが送られてきたということは、ヒトラーに反対する若者がとうとう現われたということだ」と私は考えた。その夜、棟長は仕事部屋に娘たちを一人一人呼んで、ここに来た理由を質問した。四人目か五人目の答えを聞いて、棟長は質問をやめた。娘たちは気軽に、ほとんどにこやかにその理由を語った。その中で最も多いのが近親相姦だった。

　同夜遅く、一人のポーランド人女性が棟長のところに来た。彼女は見るからに何か伝えたいことがあるようだった。彼女が出て行くと、棟長は私に言った。「ここにいた娘は懲罰棟の掃除婦よ。彼女によれば、あそこに白いシーツとテーブルクロス、花の飾られた独房があなたのために用意されているそうよ。そこには『特別女囚』と書いてあるそうよ。収容所当局は、あなたがベルリンから特別便で来ると思っているのよ。よくある手違いで、あなたが泥棒と一緒に送られてきたのに気づかず、今もあなたの到着を待っているのよ。」「でも、何だってまた懲罰棟にいかなければならないの？」と私は尋ねた。「今回は罰ではなく、隔離みたいね。私たちから引き離して、特別扱いするためでしょうね。向こうではSSと同じ、とても良い食べ物が出るわよ。私たちのところみたいにカブやジャガイモ入りのキャベツのスープではなくてね。掃除婦は明日、あなたが収容所にいるのを看守長らに報告すべきかどうか、確かめに来るわ。」

私はぞっとした。数か月にわたる孤立と幽閉の後で、やっと親しい友人ができ、棟の外や収容所構内を歩ける「自由」を満喫していたのに。それがまた隔離とは！　私は棟長に、「このことは誰にも言わないで。掃除婦には、私が見つかりたくないと言っていると伝えて」と頼んだ。

その頃、私と一緒に送られてきたグループは、規則に従い、医者の健康診断を受けるために医務室に呼ばれた。私の皮膚の状態（腫れ物があちこちにできていた）を見て、女医のオーバーハウザー博士は、「放置された重度の疥癬」と診断した。私が彼女に、「神経性の皮膚炎であり、疥癬ではありません」と言うと、彼女はこう叫んだ。「黙れ！　ずうずうしい奴め。」

医務室を出ると、「P」という文字を付けた若い女性が私を待っており、「一緒に来て」と囁いた。彼女は長い廊下を案内し、やっと立ち止まると、小声でこう言った。「急いで。今、ここにドイツ人はいないわ。左の部屋に、最近手術を受けた『ウサギ』たちがいるの。あなたはそれを見るべきよ。そして、ここから出られたら、外国のお友達に話してね。あなたなら信じてもらえるでしょう。」

私たちが入った小さな部屋には、五人の若い女性が横になっていた。案内人は彼女らに、私が最近ポーランドから来たばかりだと告げた。彼女らは私を見たが、私は何を話していいのかわからなかった。扉の一番近くに寝ていたのは、二〇歳ばかりのうら若い金髪の女性だった。私が、「この戦争は秋には絶対に終わる」と言うと、病人は私に微笑もうとしたが、痛みと諦めで顔をゆがめた。案内人は病人に、足を見せるように頼んだ。病人の何人かが包帯をはずすと、手術でできた二〇センチばかりの長さの古い傷が二、三箇所、膝の上下にあるのが見えた。病人たちは、ポーランドのことを聞いた。私は、「皆、気をしっかり持っている」などと言ったが、「心そこにあらず」の状態だった。立ち去るように言われた時にはほっとした。案内人によれば、「ウサギ」たちは、今ではある程度世話をされ看護されているが、最初の手術の時は大違いだった。彼女らは放置されたままで、自分たちで看護し合うしかなかった。何日間も、誰も彼女らに近づけず、水さえ運べなかった。

医務室に戻ってきた時ちょうど、私のグループの最後の女囚が診断を終えて出てくるところだった。そこで私は見咎められずに、私の棟に戻る女囚らと合流した。帰り道は、両足の傷のせいで歩くのが辛かった。私の横には、黒い三角形をつけたドイツ人女性がふらふらしながら歩いていた。彼女はほとんど歩けなかった。彼女はそれほど重態ではないということで、病棟に入れなかったのである。彼女は翌日、彼女の様態がさらに悪化すると、手遅れで入院させてもらえなかった。何とかして彼女を私たちの棟に連れて帰ると、彼女はそのまままっすぐ死体置き場に運ばれた。

その頃、収容所では大小の改修が行われていた。ひっきりなしに入って来る女囚のために、収容所を拡大しなければならなかったのである。私たちの棟の傍の、有刺鉄線のついた壁の外に砂丘があり、その向こうに大きな棟が複数新設されることになった。この新しい区域に「保安」対策がなされた後、ずらりと並んだ新棟と私たちの棟を遮る壁が壊された。そして間に合わせの有刺鉄線が張られ、新棟への立ち入りが厳重に禁じられた。それは、さらに多くの刑罰を与える口実のように思われた。皆の話によれば、次の日曜日にとても長い点呼が行われ、私たちの一部が新棟に移されるということだった。その日、私たちは零下一五度（本部には温度計があった）の外気の中に、五時間以上立たされた。所長も含め男女の職員たちは皆、収容所全体を息継ぐ間もなく走り回り、いつものようにちぐはぐな命令を出した。やっと新棟へ行く女囚数百人が選ばれた。その多くは、ウクライナ人やロシア人だった。その間、収容所の全機能は止まっていた。私たちはしだいに凍え始め、動き回れる職員を羨ましく思うほどだった。しかしこの時も、誰一人として風邪をひいた者はいなかった。一部の棟長や室長も、新棟に移された。その中には、私たちの棟長や室長も含まれていた。私たちの新しい棟長は、黒い三角形をつけた若いドイツ人のエルナになり、私は彼女の事務補助員となった。最初私は、私の新しい上司にどのように協力したらいいのか不安だった。しかしすべてうまく運んだ。私がドイツ語文法に堪能なことに、エルナが敬意を隠さなかったためである。のちにわかったことだが、看守たちは自らの母国語であるドイツ語でさえ、満足に読み書きできなかった。

この出来事があった二日後の昼、若い室長がとても青い顔をしてやって来た。「五人が懲罰棟に連行されたわ。私の友人もよ。」と私の耳に囁いた。「どういうこと？」と聞くと、「明日、彼女たちは銃殺されるのよ。私たちはもう一〇〇人以上銃殺されているわ。突然、同じ理由で何人かのポーランド人女性『政治犯』が懲罰棟に連行されると、次にどうなるかは明らかなのよ。彼女たちももう知っているわ。去年、それが初めて起きた時には、誰もわからなかったの。だから彼女たちは手渡された、意識が朦朧となる飲み物を飲んだわ。今はいつも断るの。彼女たちは目隠しも断り、皆、例外なしに、『ポーランド万歳！』と叫んで死ぬの。」「でも、どうしてあなたはそれを知っているの？」「とても簡単よ。懲罰棟とはいつも何かしらのコンタクトがあるの。処刑がある時は、すべて詳しく知ることができるのよ。SSの処刑小隊は、ポーランド人女性が働くSSの食堂で、何でも飲み食いできる権利を持っているの。SSの男たちはいつもへべれけになるまで酔って、お互いに処刑について詳しく語り合うのよ。その時彼らは、ポーランド人女性に対する驚きを隠さないの。ほかにも、いつもではないけれど、私たちは特別の点呼を受けるのよ。夜の点呼の間、静寂の中に銃声が聞こえるの。懲罰棟に連れて行かれた人数と同じ数の音が。時々、その後すぐに、一つか二つの小さな音がするの。兵士が撃ち損ねた時、将校が小銃で撃つ音なの。今回は五人が連れて行かれたわ。そのうちの一人は私の学校時代の友人だったの。彼女の逮捕の理由は、私とよく似ているわ。次は私の番かも。仕方がないわね。とにかく仕事に戻らなきゃ。」彼女はこう言って、急いで立ち去った。

私は残って、目隠しを拒否し、同じ言葉を叫んで殺された女性たちのことを考えていた。彼女らは少なくとも、祖国の土に憩いたかったにちがいない。ここで死ぬことは辛い。なぜなら敵地に憩うことになるからだ。その時、私にはドイツ人がどれほど現実的かわかった。若く体力のある女性たちをポーランドで逮捕し、すぐに殺すのではなく、ここまで連れてきて、一年か二年重労働させてから、平然と銃殺するのだ。

ある日、ツェトコフスカは私に、彼女の姪のケンシツカの死について詳しく教えてくれた。それはいつもと同じ方法で行われた。女性たちは懲罰棟へ連行される前に、収容所に数人しかいないプロの床屋に髪をきれいにとかしてもらう。それから死出の旅に赴く。何ということだろう。ヘロドトスの中に、テルモピレーの戦いのさい、スパルタ人たちが死ぬことを覚悟して、戦う前に念入りに髪をなでつけたとあったのを思い出した（ヘロドトス『歴史』巻七、二〇九段）。彼らに降伏するよう説いたクセルクセスの使者は、その意味がわからなかった。

その頃、私は初めて勉強を教えるよう頼まれた。ポーランド人棟にいる二人の女性が私の所に「講義」を頼みにやって来て、日時を決めたのだ。「新入り」は特別な許可なしに棟の外に出られないことが問題だった。しかし私たちは講義の日時を次の日曜の夕方に決めた。その日、私は何とかその棟に辿り着き、私を待つグループに会えた。私たちは棟の隅に座った。私は小さな声で、ローマの地下墓所カタコンベにある絵について話しはじめた。最初、講義をするのは難しかった。どうやったらいいのか、イラストなしでできるかどうか、わからなかったからである。かつてと同じように、芸術について話すのは奇妙な感じがした。六人から八人の女性が講義を注意深く聴いていたが、その中の二、三人は紙切れにメモをとりながら、とくに集中して聴いていた。数分後、彼女らの集中力が周囲にも伝わった。おそらく、カタコンベというテーマと、私たちの状況との類似性がうまく作用したにちがいない。私はかつてのように講義を続けた。その時突然、私たちの方に棟長が近づいて来て、大きな声で、「解散しなさい。あんたは棟から出て行きなさい」と命じた。聴講者たちは彼女をなだめすかしたが、棟長はシロンスク訛り(5)のポーランド語で、「看守を呼ぶわよ」と脅した。そのため解散せざるをえなかった。私を私の棟まで送ってきてくれた女性たちは、道すがら、あの棟長は、「インテリ」

に対し悪意を持ち、いつも嫌がらせをするのだと教えてくれた。赤い三角形の「P」をつけた彼女は、たとえ同胞であっても協力が難しい最初の例となった。外国人ならばなおさら、協力し難いことはじきにわかった。

その頃、それほど多くいないチェコ人たちが、ロシア人やウクライナ人と一緒になって、ポーランド人に嫌がらせをしており、それには驚かされた。その原因がイデオロギー的なものであることを知ってからやっと、納得できた。チェコ人は共産主義プロパガンダの中心的存在だった。そのためロシア人やウクライナ人と仲良くする一方で、収容所内で最も数が多く反共的なポーランド人を敵視していたのである。ちょうどその頃、スターリングラードにおけるドイツ軍の敗北[6]が伝えられた。チェコ人女性は狂喜した。ポーランド人女性はヒトラーが負けたのを神に感謝したが、その日以来、収容所で共産主義プロパガンダが強まりつつあるのに不安を感じていた。私たちはお互いに、「連合国軍の保護下にあるポーランドが、スターリンを恐れることはない」と言いあっていたにもかかわらず、赤軍の進軍に毎日不安をつのらせていた。

数日後、私の身に大きな変化があった。「新入り期間」、つまり新入り囚人用棟での滞在期間が終わったのである。棟長は私を看守らの所に連れて行き、私を「紹介」し、新しいウクライナ人棟の室長に推薦した。その時、棟長は私に、「病気の手とびっこをひいていることを絶対悟られないように」と命じた。私が彼女に、「それは難しい」と微笑んで言うと、彼女は「そうしなければ終りよ！」と言った。私はまた棟長に、「室長には仕事がたくさんあるけれど、しばらく私は動けそうにない」と言った。すると彼女は厳しくこう応じた。「お互いに注意しあわなければ、ここでは困ったことになるのよ。」
棟長の提案は受け入れられた。一時間後、私はウクライナ人棟の室長となった。同時に私は、医務室のポーランド人女性の力を借りて、二つの許可（傷の手当てと「ベットカルテ」、つまり寝台に寝ている許可と点呼の免除）を得た。そこで私は、働かず、寝ているだけの楽な生活ができるようになり、私の所にはポーランド人女性たちが密かに訪れたのである。もう一人の室長が私の分まで働いてくれたので、私は彼女にドイツ語のレッスンをして、彼女の好意に多少なりともこたえようと努めた。

その頃私は、周囲で何が起きているのかを全力で知ろうとしていた。病気のせいで私は外出できなかったが、その代わり多くの情報を得た。例えば、ラーフェンスブリュックでは一九四三年まで、黒い三角印のドイツ人女室長グレーテ・ムスキュラーと、所長のケーゲル*、女看守長マンデル*が一緒になって残虐行為をしていた。その頃と比べれば、今は天国である。当時いた死刑執行人の大部分は、現在アウシュヴィッツで働いている。おそらくそこでは、彼らはより必要とされているだろう。女性たちはそのすべてを詳細に、しっかりと落ち着いて冷静に語った。その語り口にヒステリーは感じられなかった。

ある日、若い室長が私の所に来た。「起きて、私と一緒に来て。ポーランドからあなたに知らせが来ているわよ！」私は耳を疑ったが、素早く支度をした。二つ目の棟に、私の地下組織の仲間が待っていた。彼女のことは活動していた時に知っていた。私たちは寝室の片隅に行った。彼女は私に手紙*を見せた。手紙は私に、活動のことや自由の時の記憶を思い起こさせた。手紙はアダム・シェベスタからだった。そこには、短い心のこもった挨拶と、「レーニャがかわいい男の子を生んだ」ことが書かれていた。[7] 手紙はポーランド語で書かれ、検閲を受けていなかった。私は驚いて、「どこから手紙が来たの？」と小声でたずねた。すると二人の友人はすぐに口元に指を当てた。そして、手紙をくれた女性はさらに小さな声でこう言った。「私は毎日外部労働に行っているの。手紙は今日受け取ったけど、今日中にそれを焼かなければならないの。」

私は棟に戻った。この一〇か月間で初めて受け取った便りに私は元気づけられた。それは私のいる所を知り、私を思ってくれる者がいるということを示している。長い間子供のできなかったレーニャに息子が生まれたという知らせは、とても嬉しいものだった。同時に、ロシアに連行された将校の妻のふりをし、偽名でワルシャワのＲＧＯで働くレーニャにとって、妊娠がどんなに大変だったか思いやられた。二日の間私は夢見心地で、手紙を自分の手で受けとり自分の目で見たこと、彼らがポーランドで生活し働いていることを、何度も思い浮かべた。

その二日後の三月八日、私を夢から目覚めさせたのは非常に不愉快なことだった。棟長が来て言った。「すぐに着替えて。所長のもとへ行かなければならないのよ。迎えが来ているわ。良くないことよ。たぶんあなたは懲罰棟に入れられるわ。」

私は外に出た。事務局の外には女看守が待っており、私の番号を確認した。そして門の外に出て左に曲がり、大きなコンクリート製の建物に私を導いた。階段を上がり、長い廊下を通って、兵士の立っている扉の前に来た。「一六〇七六番の女囚を所長のもとに連れて参りました」と、女看守は兵士に言った。兵士は部屋に入り、戻って来ると、私に中に入るよう命じた。部屋に入ると、扉が閉まった。贅沢にしつらえた所長室の中に、中背で痩せた赤毛のSS将校が立っていた。私は友人から、彼がズーレン*という名で、戦前は私立探偵だったことを聞いていた。彼は私を、睫毛（まつげ）のない暗い青灰色の目で眺めた。私は彼に、「保護拘禁囚（シュッツヘフトリング）」としての番号と姓名を名乗った。彼は私に、「どれくらい長くここにいるのか」と聞いた。また、私がびっこをひいているのを見て、「病気は重いのか」と聞き、「今後、お前は定期的に診察を受けられるだろう」と言った。そして、「誤解があったようだ。明日からお前の待遇は良くなるだろう。食事もはるかに良くなるだろう」と強調した。私は、「私の部屋は個室ですか。それとも友人たちと一緒でしょうか」と聞いた。「個室だが、今までよりずっと良いから、食欲も出るだろう」と彼は繰り返した。「お願いですから、皆と別れなくてすむように、今のままでいさせて下さい」と、私は言った。「それは不可能だ。明日、お前は囚人棟を出ることになる。それまで、私がお前に話したことを秘密にしておかなければならない。」私は所長室を出た。

その夜、私は棟長に、ルヴフ大学の教授殺害事件についてかいつまんで話し、私が死んだら、戦後、それをしかるべき所に報告するよう頼んだ。というのも、ドイツとイタリアとの枢軸関係が崩れる時、秘密を抱え隔離された私のような女囚は抹殺されるに違いないと思ったからである。友人たちは私の懲罰棟への幽閉を楽観的に捉えた。彼女たちは私に、「そこで治療し、数週間後には自由になれる」と言った。私はその言葉を聞いて喜んだものの、信じられなかった。それは不可能だったからだ。懲罰棟の掃除婦によれば、昨日の食事の点検時になってやっと、懲罰棟にいるはずの私がいないことがばれた。二か月間、SSの誰かが知らん顔で私の食事を食べていたため、わからなかったのである。彼らはベルリンに電話をし、一月九日に私がここに輸送されたのを知った。私はとうとう彼らに見つかってしまったのだ。その時から、懲罰棟の作業員はエホバの証人のみになった。

　ポーランド人女性たちは私のもとに来て、私が帰国したら、親族や友人に知らせるように頼み、心をこめて別れを告げた。この二か月間、彼女らとどれほど親しくなったことか！

　あくる三月九日、十数人が「解放対象者」として浴室と医務室に連れて行かれた。そこで働いていた友人たちは、私の「解放」を全く違うものと解釈した。その中の一人は、通り過ぎながら私の手の中に小さな物を押し込んだ。数分後、それがキリスト像の着いた小さな十字架であることがわかった。そうしたものをそれ以前にも囚人棟で見たことがある。それは歯ブラシの柄を削ってつくられていた。贈り手は、私が処刑されると思ったのだろう。それはありえることであり、その贈り物に私は深く感動した。

　それから私たちは二列になり、日のさしている収容所の庭を通って懲罰棟に連れて行かれた。傍に立っていたポーランド人女性は、私に何も言わずに頷いてみせた。数分後、入り口の門は私たちの背後で閉められた。私たちは建物に入っていった。私たちは一つの獄房に押し込められた。それは狭く、列車の車室に似ていた。しばらくすると、周囲にいる者たちが一斉に話し始めた。彼女らのほとんどはドイツ人だった。彼女らは低い声で話し始めたが、次第に声が大きくなった。彼女らはとても興奮しており、思いがけない自由に酔いしれているかのようだった。ある者によれば、「今朝、いつもと同じように点呼に行くと、名前を呼ばれ、準備するよう命令されたので、解放だとわかった。」他の者は予想を始めた。「どの列車でフュルステンベルクに向かうことになるのか。そこからベルリンまで行く接続列車はあるだろうか。昼あるいは夜の何時頃に家に着くのだろうか。」

私は隅にある板張りの寝台に座り、喧騒の中でただ一人、何とも言えない思いでいた。周囲の人々は騒いでいたが、私はその中で奇妙に孤立していたのである。解放される人々と私との間は何か霧のようなもので隔てられ、それは彼女らがしゃべるたびに濃くなっていくように思われた。やっと私たちは昼食を与えられた。それから扉が開けられ、私以外の人々は獄房から出るよう命令された。ドイツ人女性たちは弾丸のように飛び出していったが、最後の二人は、扉の傍で私の方を不安げに振り向いた。「あなたは解放されないの？」彼女らの反応に私はほっとし、微笑んでこう言った。「すべてうまくいくよう祈るわ。私はここに残るの。」それから扉が閉まった。

しばらくすると女看守が戻り、私をそれまでいた房とよく似た独房に連れて来た。ただし、先ほどの房では板張りの寝台だったが、ここには白い清潔なシーツのかけられたベッドがおかれ、テーブルクロスがかけられた小さなテーブルには花が生けてあった。女看守は私を連れて来ると、注意深く私を見てこう尋ねた。「きれいでしょう？」その時私は、「うっとりするほど豪華な独房」という意味がわかった。私は、「病気なので、ベッドに寝てもいいですか」と聞いた。「もちろんです。あなたはここで好きなようにできますよ」と、女看守は礼儀正しく言った。収容所で起きたすべてのことを考えあわせると、それは不快だった。その時初めて、この特別扱いされている状況ほど辛いものはないと思った。女看守が出て行くと、私は服を脱がずにベッドに腰をかけた。「また鉄格子から空を眺めなければならなくなった」と思い、高い所にある窓に目をやった。すると、そこからは空が全く見えないことがわかった。窓ガラスが、家畜小屋によくあるような針金の入った曇りガラスだったからである。私は座ったまま様々なことを考えた。あるいは何も考えていなかったのかもしれない。近くて遠い囚人棟にいる友人のことをとても懐かしく思い、ただただ辛かった。やっと横になって眠り、目が覚めた時はすでに夕方だった。夕食前の軽食が出た。夕食は、白い陶器に盛られたとても美味しい二品だった。どちらの時も女看守は私に、「お代わりはどうですか」と尋ねた。

翌朝、私は房の中をしげしげと眺め始めた。それは、ベルリンに来た時に興味を覚えた最新式のドイツの獄房だった。扉は、ベルリンにあったような鉄製の傷だらけでさびたものではなく、明るい色のとても厚いオーク材でできていた。寝台も机も椅子もそれと同じ色である。トイレも水洗で、暖房は集中管理だった。房内は白く塗られ清潔だったが、暖房器の傍に大きな赤い染みがあった。それが乾いた血であることは明らかだった。

しばらくして、エホバの証人の女性がやって来た。私の房の掃除を命じられて来たのである。私は彼女に、花を片づけるように頼んだが、彼女は、逆に、「花をもっと多く持って行くよう命じられた」と答えた。彼女が去ると、懲罰棟の第一日目が始まった。数週間の間に、私の健康状態は悪化していた。全身にできた腫物のために、時々訪れるSSの医師の顔つきはだんだん悲観的になっていった。その医師は、私が到着後に受けた健康診断をした医師と同じ人物だったが、今は女看守と同様、礼儀正しく丁寧だった。こうした変化は、以前の暴力的な態度よりもはるかに恐ろしく感じられた。命令一つで人間は、こうも変わってしまうものなのである。

病気の間、「一度も病気をしたことのない女性は妖怪である」というトルストイの言葉が励みになった。私はかつてこの言葉を読んで気分を害したが、今や自分が妖怪でなくなったことに満足した。周囲の意見にかかわらず、私はこの不快な病が治ると信じていた。ビンツとメヴィスという名の二人の女看守が、交代で食事を運んで来た。夜間には二時間ごとに覗きに来たが、その都度、扉の小窓から強い明かりを照らした。彼女らはおしゃべりだった。ビンツは、自分が二二歳で、調理の仕事をしていたと語った。彼女らは私を「ランゲ夫人（フラウ・ランゲ）」と呼んだ。その理由は、「囚人棟の誰にもあなたの存在が知られないように、そう呼ぶことになっている」からだった。この仮名が、身長のせい（ランゲは長いという意味もある）なのか、私の苗字の頭文字のせいなのかわからない。その名は気に入らなかったが、私が生きている痕跡を消すためなのだと思った。時々、ズーレンが来て、「何か欲しい物はないか」と尋ねた。私は彼に、「私の状態にふさわしくないから、テーブルの上の花を片づけて欲しい」と頼んだ。彼はむっとしたが、花は取り去られた。また、彼が来る度に私は、「昨年一二月にベルリンで約束された審問は、いつ始まるのですか」と尋ねた。私がここに入れられている理由がわからなかったからである。彼は私に、「SS全国指導者ヒムラーに、審問の請願書を書く権利がある」と言った。私は定期的に、ドイツ語の新聞『フェルキッシャー・ベオバハター（民族の護民官）』(8)や、ゲッベルスの『ダス・ライヒ（帝国）』(9)を受け取っていた。その中に、ローマのヴェネツィア広場でムッソリーニの演説を聞くドイツ人兵士の写真があった。ふと、ペトラルカの詩の一節が頭をよぎった。「外国人巡礼者らはここで何をしているのか。」（原文はイタリア語）

ある日突然、具体的な方法で、私が全くの孤立状態におかれているのではないことを知った。ポーランドから小包が届いたのだ。それ以来、小包は定期的に届けられ、ドイツ語のカードや手紙もそれに添えられ始めた。それらは短かったが、とても貴重だった。私は郵便物を受けとり、返事をいくらでも書くことが許された。囚人棟ではひと月に一枚の葉書きを受け取ることだけが許されていたが、それすらしばしば届かなかった。収容所内の友人からの便りは何もなかった。斜めに開く「通気用窓」を通じて、毎日正午に女性たちの会話が聞こえていた。だが、その内容まではわからなかった。また「通気用窓」から何度か、奇妙な嫌な臭いのする濃い煙が流れてきて房内を満たした。

数週間後、予期せぬことに、私の健康状態が良くなり始めた。それ以来、私の傷も比較的早く癒えていった。両手がある程度治った頃、私はＳＳ図書館の蔵書カタログを受け取った。その頃私は、周囲の犯罪的状況を理論的に知りたいと思っていたので、ローゼンベルクの『二〇世紀の神話』[10]を注文した。それは難解なドイツ語で書かれており、そこでは肉体的力の神秘的解釈とキリスト教道徳に対する嫌悪感が結びつけられ、暴力と強権体制に理論的基盤が与えられていた。スターリンの目的も似たようなものである。もっとも、後者の教義には、より巧妙なことに、民主的な憲法がつけられている。だが、輝かしく簡潔に書かれたその憲法の内容は、どちらともとれる曖昧なものである。『二〇世紀の神話』を読みながら、私は「強制収容所からのローゼンベルクに対する返書」を考えたが、もちろん、それを書くつもりはなかった。

間もなく、友人から本が届いた。その一つは、ディボスキ*教授に借りた英語の詩集だった。その後しばらくして、今度は私が切に希望したタキトゥスの本が送られてきた。ある日、ビンツが私に、「また本が送られてきたが、所長はあなたにそれを読むのを禁じている。そこには『カトリック祈祷集』が付いているから」と言った。私はとても興味を覚えて、ビンツに、「その本を小窓ごしに見せてくれませんか」と頼んだ。その本を見て、私はこう言った。「看守殿。それはカトリック祈祷集ではなくて、一四世紀の恋愛詩集ですよ。」「それならば、あなたはこの本を手にできるわね。」私は喜んで本を受け取った。それはペトラルカの「ソネット」だった。ビンツはペトラルカの名を初めて聞いたに違いない。おそらく「Madonna mia（私のマドンナ）」という語が間違いのもとになったのであろう。

その頃、私は新聞で、カティンの森事件を知った（第一章注16参照）。最初の数日間は、「そんなことはありえない。ドイツのプロパガンダがつくった身の毛のよだつような真っ赤な嘘だ」という希望を持ち続けた。しかし、詳しい情報や報告書が公表された時にやっと、恐ろしい事実に対する疑惑が氷解した。当時、私も含め誰もが「それをやったのは誰か」を問うていた。ドイツ人の犯罪に囲まれている私たちは、この行為がドイツ人によるものと考えがちである。しかし、二つの事実が私の心から疑念を吹き消した。一つは、ロシアに連行されたポーランド人将校についての最後の情報が一九四〇年春であり、その時期がドイツの情報と一致していたことである。今一つの事実は、殺された将校らが制服のまま埋められ、その傍らに多くの高価な品物が見つかったという情報である。ドイツ帝国の総督府に住む者は誰でも、金目の物に対するドイツ人の貪欲さを知っているから、こんな「無駄」を彼らがするはずがないと考える。私の脳裏には、かつて私のいたクラクフの赤十字にやってきた、老若の女性たちの顔が浮かんだ。彼女たちは、「コジェルスクやスタロビェルスクから夫や息子を連れ戻してほしい」と頼みに来ていた。

歩けるようになると、私は「庭」の散歩を許された。「庭」は二つの部分に分かれていた。一つは、囚人棟側と壁で隔てられた懲罰棟の前にある花壇で、もう一つは、有刺鉄線で覆われた外壁と懲罰棟の間の狭い「廊下」で、ここにも花が植えられていた。この長細い花壇は、小道の両側に設けてあった。囚人棟の壁と同じ灰色をした懲罰棟の建物には、鉄格子のついたとても小さな窓が上下二列あり、下の列は地面すれすれに、上の列は低い屋根の下にあった。下の列の窓は、鉄の鎧戸で外から閉ざされていた。「ああ、地下牢だ。」それは私にスタニスワヴフのことを思い起こさせた。囚人棟と隔てる壁の上には、古めかしいブリキの煙突がそびえ、そこからは房で嗅いだ奇妙な臭いのする濃い煙が立ち上っていた。壁に沿って散歩していた時、独房の窓をじっと見ていると、その一つから咳払いと軽いノック音が聞こえた。立ち止まると、わずかに開いた窓から女性の目と顔の一部が見えた。会話が始まった。彼女はドイツ人看守で、収容所のドイツ人の間で流行っている同性愛疑惑で逮捕されたということだった。彼女はとても話したがっており、散歩する度に、私は彼女つまりヘルタから何かしら新しい情報を得た。彼女によれば、焼却炉の小さな煙突から出る煙の臭いは、髪の毛を燃やす臭いであり、それは、ゲシュタポ将校ラムドーア*の犠牲となった女囚たちのものである。ラムドーアは証言を引き出すために、彼女たちを一二日間、食事を与えず暗闇の中に閉じ込め、それでも自白しない時は拷問にかける。ドイツ人たちは、ポーランド人女性が処刑のさいに英雄的に死ぬことにひどく苛立っている。ビンツは、保護拘禁収容所指導者（シュッツハフトラーガーフューラー）ブラウニングの愛人なので、収容所ではとても力がある。出口に乾かしてある高価な絹の下着はビンツのものだが、それはかつて女囚のものだった。メヴィスは未婚だが、それぞれ父親の違う三人の息子がフュルステンベルクにいる。ここで毎日散歩している四人の女性たちはルーマニア人で、彼女らはドイツの同盟国の国民として特別待遇を受けている、などである。

　散歩から戻ると、私はこれらの情報や噂を整理し、収容所についての知識を豊かにした。ヘルタから私は、サイドテーブルにのぼって窓から外を見ることを教わった。そこからは壁の外の草地や木々、そしてフュルステンベルクの教会の鐘楼も少し見えた。重要なことに、廊下に看守がいなければ、窓の外に足音が聞こえた時に、窓際に身を寄せることができた。春が来ると、「庭」に花が植えられた。庭の手入れはポーランド人女性がやっており、彼女は囚人棟の友人と私とをつなぐ最初の仲介者となった。女庭師はある期間毎日やって来ては、囚人棟の情報や挨拶をもたらしてくれた。また、大きな危険を冒して、地下牢の囚人のために倉庫から暖かい服をこっそり持って来たり、懲罰棟に新しく来たポーランド人女性についての情報や経歴を詳しく伝えてくれたりした。私も彼女に、散歩中に得た様々な情報を伝えた。その頃、重大な問題になっていたのは、以前と同様、供述書への署名に同意するかどうかであった。様々な獄房との連絡は次第に密に大胆になり、それとともに私の健康も回復に向かった。鉄の鎧戸が開けられた後、どうやって食べ物をそこに入れるかが大きな課題となった。一たん鎧戸が閉まると、地下牢にいる囚人は高い所に手が届かなくなる。そこには上にのぼるサイドテーブルがないからだ。そこには板張りの寝台すらなく、女囚はおそらく私より体力がない。彼女たちは飢えて弱っており、状況が絶望的だと思いこんでいる。ある時、散歩中に突然、横領で逮捕されたドイツ人女看守に出会った。彼女は私たちの連帯に気づき、同情してくれ、とっさの判断で危機的状況を救ってくれた。窓が開いている時、上の房への食糧配給はそれほど困難ではない。小包の紐を小石に結びつけ、房の窓の隙間に向けて投げれば良いのだ。房にいる女囚は、紐をほどいて下に落とす。ここ懲罰棟でもルヴフと同様に、私はたくさんの食物を小包で受け取っていた。一度に大量の食物を受け取ることもよくあったが、私がそれを一人で食べるのは無理だと考える者は誰もいなかった。一つだけ問題だったのは、ビンツ嬢の犬が食物に興味を示していたことである。が、幸運なことに、この犬は警察犬ではなく、愚かな雑種犬で、私が散歩に出ると飛びついて来て、私のポケットを嗅ぎ回るのだった。明らかに彼女は、私に「親切に」接するように、という命令を受けていたのだ。私は彼女が大嫌いで、彼女がいつか私の秘密を暴き、ささやかな援助の可能性が失われてしまうのではないかと、いつも恐怖を感じていた。時々（稀ではあったが）、散歩中、メヴィスかビンツが囚人棟に入って行くのを目にすると、私は物凄い早さで懲罰棟の中に戻る。そして房に近づき、ポーランド人がいるのを知ると、扉の小窓ごしに食物の入った小包を投げ入れた。辛かったのは、こうした不定期の援助が、窓が「庭」に面している側の房にしか届かなかったことである。所長室のある本部棟に面した、懲罰棟の向こう側の房に援助の手が届かなかったのだ。この問題は、様々な問題とともに、ボグシが解いてくれることになる。

下の房のいくつかには、男性が入れられていた。隣接する小さな男性用収容所に懲罰棟がないので、彼らは罰のためにここに連れて来られるのである。彼らの中に、シロンスク地方出身の若い青年、ボグシがいた。彼はドイツ語を完璧に話せた。彼は服役していたが、ビンツもメヴィスも彼に魅了されていた。そのため彼は、「必要とあらば何でもできる」と確信していた。彼はとりわけ室内の塗装がうまく、懲罰棟には改修が必要だった。常に男性とつき合いたいと望む二人のドイツ人女は、金髪巻き毛のこの青年に魅了されるあまり、所長から、ボグシに壁を塗装させる許可を取り付けた。私が一人で散歩していた時、ボグシは私とコンタクトをとろうとした。私はもちろん、彼と女看守たちとの関係をよく知っていたので、彼を避けていた。ボグシは私に、懲罰棟に入れられたポーランド人女性のことや、その房の番号といった貴重な情報を教え始めた。そこで私は、一か八か、ボグシと秘密のコンタクトをとることにした。仕事は上首尾に進んだ。食物だけでなく、情報収集に関しても、である。ボグシは独房間の連絡に励んでくれた。懲罰棟と囚人棟との連絡は、女庭師たちが手伝ってくれた。その頃、女庭師は数人おり、仕事に来ては花を植えた。彼女たちはお互いに声高に会話をしていた。ドイツ人女看守が廊下にいない時、私はテーブルにのぼって会話に加わった。時折、庭師のリーダーであるザノヴァ夫人が来た。彼女は私に何かを伝えたい時には、仲間の庭師に呼びかけるかのように、「アドルナ」と叫んだ。[11] すると、私は窓の上の格子に片手をかけて（もう一方の手は壁の窪みにかけ）、メモを受け取るのだった。「アドルナ」という名は、私が孤立状態にあった時の愛着ある呼び名となった。もっとも、孤立状態とはいえ、それはドイツ人がそう思っているだけで、連絡相手は徐々に増えていった。その中の一人には、とくに良い想い出がある。

ある時、窓の下の小道に足音が聞こえたので、私はサイドテーブルに飛び乗った。すると、黒い髪をした若い女性の、とてもエレガントな影が見えた。彼女は背が高く、育ちの良さそうな手と足、細い顔と鷲鼻をし、上品で趣味の良い服を着ていた。この恐ろしい環境下での余りに思いがけない彼女の姿に、私は仰天した。彼女が三回目か四回目に私の房の窓の下を通りかかった時に、私はやっと決心して、小さな声で呼びかけた。「マダム！」（彼女がフランス人であることに私は疑いを持たなかった。）彼女は立ち止まった。私は静かに窓をたたき、手を伸ばして、フランス語で話しかけた。「私はポーランド人です。あなたはおそらくフランス人でしょうね。どれくらい長くここにいるのですか？」彼女は呆然として立ち止まり、少ししてから、次のように応じた。「驚いたわ。ここにいる数か月間で、いま初めてフランス語を聞きましたよ。私はドイツ語が一言もわからず、身振りで意志を伝えるしかなかったのです。」二日後、ビンツは間違えて、私たちを同じ時間に散歩に出した。その間ずっと私たちはおしゃべりしていた。それが理由で捕えられたのである。彼女クリスティアヌ・マビルは、フランスのもと首相ポール・レイノー*の秘書で、彼女はフランス上流階級の女性の持つ優雅さと知性を兼ね備えていた。私たちはすぐに仲良くなった。彼女は多くのまじめな本を持っていた。そこで私はビンツに、「彼女から本を借りられるでしょうか」と尋ねた。クリスティアヌに秘密で本を貸すというリスクを負わせたくなかったからである。ビンツはズーレンに尋ねに行き、ショックを受けて帰ってきた。ズーレンに、「あの者たちがお互いに知り合うことは禁じられている」と言われたからである。この禁令はかえって私たちを親密にした。彼女と散歩で会う時にはいつも、デッキチェアに座って監視しているビンツがいた。私たちが廊下ですれ違う時も監視がついていた。私たちが庭の真ん中で会う時は、二言三言、言葉を交わすだけだった。それより便利だったのは、監視のないまま、窓の下を一人で散歩する時である。その時、私たちは話をし、メモを交換しあった。とくに私が好きだったのは、ゲルマン人に関するラテン語のテキストである。私が窓越しに彼女にカエサルの文章を書いたラテン語のカードを渡した時、彼女はとても喜んだ。「部族の領地の外で為される強奪は不名誉にならない。それは青年を訓練し、怠惰をおさえるために行われると言われている。」[12]当時の私には今よりもずっと、カエサルのこの文章がドイツ人のヒトラー崇拝を説明してくれるように思われたのである。

私と異なり、クリスティアヌは小包を受け取れなかったので、私は彼女に時々食物を渡した。一度、何かの手違いで包みが入れ替わり、クリスティアヌがポーランド人用に送られた玉葱を受け取った。翌日、私が散歩に出ると、彼女は窓越しに待っていた。「何てことでしょう！　生の玉ねぎよ！私ははじめ、それがガラスのコップに生けるヒヤシンスの球根だと思ったけれど、そうではなくて普通の玉葱だったわ！　どうしたらいいのかしら？」「食べるのよ。」彼女は窓から私を不安そうに見た。「どうやって食べるの？」「そのまま生で食べるのよ。とても体にいいから。ビタミンが豊富で、とくに歯にいいのよ。」会話は女看守の足音によって遮られた。

午後、クリスティアヌは私の窓の傍で、涙を流しながら立っていた。「どうしたの？」と私は驚いて聞いた。「何でもないわ。あなたを信じて、一度に玉葱を丸ごと食べたの。それで目がちくちく痛むの」

しかし、玉葱だけが彼女の心配事ではなかった。ある時、彼女は私に、「なぜ私がユダヤ人風の苗字をつけられているのかわからない」とこぼした。彼女はここで、自分がミュラー夫人と呼ばれているのがわかったのだが、彼女はユダヤ人ではなかった。私は彼女にこんなふうに長々と説明した。「私の仮名ランゲも、ミュラーも、ドイツでは平凡でありふれた苗字なのよ。フランスで言えば、『マダム・ドゥラン』みたいなものかしら。彼らが私たちにこんな仮名をつけるのは、私たちから本当の名を奪い、存在の痕跡を消し去って、謎の『鉄仮面』[13]に仕立て上げるためなのよ。」この喩えは彼女を喜ばせ、安心させた。

その頃、私は他の人々とも知り合いになった。下の獄房の一つに、二人のドイツ人女性がいた。彼女たちは占星術師と予知能力者だった。年長で背の低い女性はほとんど口をきかなかった。どうやら彼女は、もう一人の、若く、とてもおしゃべりで太った金髪の女性にいじめられているようだった。後者の話から、第三帝国当局が予知能力を持つ人々を監獄や収容所に閉じ込めていることを知った。彼女は、顧客がルドルフ・ヘス*であったために、ここに入れられたのである。

　彼女らが散歩しながら忍耐強く四葉のクローバーを探していた時に、私は窓ごしに、おしゃべりな方の予知能力者に、「あなたたち二人は戦前、一緒に働いていたの？」と聞いた。すると彼女は憤慨して言った。「客に馬鹿げたことを吹き込んで一マルク半稼ぐような屑と、私が一緒に組むと思う？私の学問的な降霊会は一回二五マルクだったのよ。」

　私は砂糖少々とひきかえに、彼女に占ってもらった。誕生日をもとにした占いで、私は幸福な未来を告げられた。しかし、無料でカード占いをしてくれたルーマニア人女性は、私はまだ当分ここにいることになろうと予言した。彼女は、夫が反ドイツ的だという理由で囚われていたのである。

　間もなく、より信憑性の強い方面から将来を知らされた。ある朝、女看守のメヴィスはエホバの証人の女性を伴い、私の房に来て、もの凄い勢いで掃除を始めた。メヴィスは私に、ベルリンから「大変重要な人物」が来ると言った。昼食後、私は庭に出るよう命令されたが、そのさい、「デッキチェアを使って良い」と言われた。私は愉快になった。シラーの『メアリー・スチュアート』第三幕を思い出したのである。そこでは、エリザベス女王とメアリー・スチュアートが庭で偶然出会ったことになっていた。間もなく、とても背の高いゲシュタポがズーレンとビンツを連れてやって来た。彼はダウムリング博士と名乗り、私の健康について尋ねた。私は、「ヘルツル判事がお約束して下さった審問を、昨年一一月から待っています。私は強制収容所に送られたばかりでなく、ひどい孤立状態におかれています。もし、身に覚えのない罪のために私が勾留されているのだとするならば、せめて他のポーランド人女性と一緒にいたいのです」と話した。ダウムリングは、私の目を見ずに話を聞いていた。私が「囚人棟に戻りたい」と言うと、彼は、「それは不可能だ」と断言した。しまいに彼は、「また会おう」とか「努力してみよう」などと言って、立ち去った。しばらくして私が房に戻ると、そこには花がたくさん飾られていた。するとビンツが来て、花を全部持ち去った。彼女によれば、「大変重要な人物」が房の中を見たいと望んだから花を生けたままでである。また彼女によれば、ダウムリングは国家保安部・ポーランド政治問題局の局長であり、「あの女を厚遇するように。なぜなら彼女は無実であり、イタリアが彼女のためにとりなしているからだ」と言った。「ではなぜ、私を勾留しているの?」と私は聞いた。ビンツは躊躇しているようだったが、口調を変えてこう言った。「彼はそれも私に言った。『彼女は公表することのできない、ある事実を知っているからだ』と。それはつまり、『知りすぎた者はここから出られない』ということなの。」[14]

春で、懲罰棟の庭にも花が咲いていた。だが、そこには鳥がいなかった。散歩中、一度だけコウノトリを見たことがある。その時、スウォヴァツキ*の詩の一編が浮かんだ。「目に浮かぶ。コウノトリが列をなしてポーランドの畑の上を飛んでいくのが」[15]

ある時、囚人棟から私の所へ重要な知らせが届いた。恐ろしい尋問と重病にうち勝ったボルトノフスカ*がここに来たのである。私は驚き、このか弱い女性がどうやってこの収容所で生きていけるのかと不安に思った。

それから数週間たった五月の末、ビンツが私に、午後に尋問があると告げた。私は、自分の楽観主義や幻想と戦おうと努めた。女庭師たちが仕事の合間に、「数年前に、尋問後すぐに解放された女囚がいた」と話して、私に希望を与えたからである。「私たちのことを忘れないでね！　クラクフの皆によろしく！」

その日の午後、私は懲罰棟の事務室に連れて行かれた。そこには、これまで私が尋問を受けてきた場所と同じく、鼻眼鏡をかけたヒムラーの写真が壁にかけられ、冷たい視線で私をにらんでいた。反対側には「忠誠こそ我が名誉」と書かれた紙が貼ってあった（第四章注9参照）。私はどこかでこの言葉を聞いたと思い、記憶の中を探った。そうだ。クリューガーが自慢していたのは、この標語だ。それが今、やっとわかった。忠実に（また盲目的に）従う者は、名誉を必要としない。何という賢い方法でドイツ人は幻惑させられていることか！

しばらくして、SSの将校と女性速記者が入ってきた。尋問が始まった。再びクリューガーと教授たちの問題がとりあげられた。私は、「何か月間も話してきたことの繰り返しだ」という印象を受けた。将校の語調は粗野で敵意を帯びていた。最後に、彼は私に、厳かというよりはねつけるような声で、長々とこう述べた。「もしもお前がクリューガーを訴えることを愛国的行為だと思っているならば、そんな幻想は捨てろ。単なるショーヴィニスト（偏狭な民族主義者）でしかないお前を信じる者は誰もいないからだ。」彼の怒鳴り声を聞いて、私は嬉しくなった。なぜなら、再度の尋問そのものが彼の言葉を否定していたからである。

独房に戻りながら、私は「私の問題」が終わったこと、ドイツとイタリアとの枢軸関係が崩れたら、何らかの奇跡が起きない限り、私は終りであることを悟った。今、私にとって唯一の望みとは、ここから囚人棟に戻って他のポーランド人女性と同じ待遇となり、屈辱的な特別待遇を終わらせることだった。それが難しいのは、どうやら看守たちが、私が懲罰棟にいることを囚人棟では誰も知らないと思っているらしいからであった。私が手違いで、囚人棟で二か月を過ごし、他のポーランド人女性たちにルヴフの教授たちの殺害という秘密を知らせ得たこと（もちろん既に知らせた）、従って、私を内密に監禁することが全く意味を持たないことに、ドイツ人たちの考えは及ばないのだった。ドイツ人が重視するのは常に、命令を実行することであり、その命令の趣旨ではないのだ。

その結果、私が歯医者に行く時でさえ、歯医者は特別に私を夜遅くまで待たなければならなかった。またメヴィスは、私を誰からも見られないように、闇の中を懲罰棟から広場を抜けて、所長室のある建物に連れて行かねばならなかった。私と言えば、夜に出かける時、夜遅く広場を通る口実をつくれるポーランド人女性に、広場で「今晩は、アルドナ！」と呼びかけてくれるよう、庭師を通じて伝えていたのである。

囚人棟とのコンタクトは次第にうまくいくようになった。ビンツは出世して看守長となり、大きな権限を持つようになった。彼女はより「熱心」になり、女囚たちを力いっぱい殴った。殴られている女囚の叫び声があちこちに響いた。その後、ビンツは私の房に来て礼儀正しく親切に振る舞うので、私は彼女を殴らないように自制しなければならないほどだった。メヴィスはビンツの仕事を引き継いだ。それまでのメヴィスの仕事に就いたのは、背の高い若い金髪の女性だった。彼女は読み書きがとても苦手だったので、ボグシが彼女の代理を務めた。彼はそれ以来、囚人の正確な人数や、誰がどこの房にいるかを毎日把握できるようになった。今や、獄房の間ではほとんど自由に、メモのみならず手紙までも行き交った。同時に、庭師や、懲罰棟に洗い物を集めに来る洗濯女によって、懲罰棟と囚人棟との連絡も盛んになった。それから少しして、「子牛」（私たちは、顔の表情から新しい女看守をそう呼んだ）がボグシにぞっこん惚れ込んだので、ボグシは毎晩、彼女の部屋にラジオを持ち込み、翌朝にはロンドン発の最新ニュースを仕入れることができた。それは五月末か六月初めのことである。しばらく大したニュースはなかったが、あらゆる報道から見て、一九四三年の夏に何か大変な事件が起こることは確かだった。

ある美しい夏の日、散歩に出ると、ボグシが梯子にのぼってルーマニア人女性たちの部屋の窓格子を塗っていた。懲罰棟の端にある二つの獄房は、大きな窓のついた一つの部屋に改修され、ルーマニア人女性らは「居間」を持てるようになった。私はボグシが、人が変わったように私に話しかけなくなったのに気づいた。誰もいない時、私は単刀直入に、彼に「どうかしたの？」と尋ねた。沈黙。もう一度質問を繰り返し、得られた答えはただ一言。「シコルスキが殺された」[16]。*

その詳細を知ったのは、少し後のことだった。とはいえ、現在と同様に当時も、公表された内容はわずかだった。「指導者がいなくなった」という事実だけだった。一九三九年の九月戦役以来、戦場や虜囚の苦しみの中にいる私たちを導いてくれたシコルスキ将軍の名が消えたのだ。連合国に高く評価され、連合国とのあらゆる関係がシコルスキ個人に結びつけられていたことを私たちは知っていた。彼は何よりも、自らの国民に約束を守ってくれる人物だったのである。

どんな人間にも弱点があり、灯りの前に立つ者に影ができることは当然である。だが、影を見るには対象に近づかなければならない。祖国の人々は、遠くからシコルスキ将軍の名を称えていた。彼は私たちにとって、善そのもの、ドイツに対する勝利を約束する闘いのシンボルだった。シコルスキとイギリスとの友情は、私たちにとってソ連に対する楯であった。彼の死は、誰がその死をもたらしたのかに関係なく、新たな脅威を感じさせた。それはポーランド全体を揺るがしたと同様、独房にいる私にも大きなショックを与えた。その夜の祈りの中で、それまで私たちを率いていたシコルスキの名を死者の名に加えるさい、祈りではなく、抗議のような言葉が浮かんだ。「神よ。ポーランド人には、ありとあらゆる不幸が降りかかるのですか?」

日常生活がつぶされるような悲劇の後によくあるように、私は懲罰棟での生活が何事もなかったかのように続いているのに驚いた。時計も止まらずに動いているのだった。

それから数週間後、数多くの新しい事件が起きた。最も重要な事件は、シチリア島への連合国軍の上陸[17]である。それは公表された、「ヨーロッパ要塞」への最初の攻撃であった。ゲッベルスの記事からは、ドイツの戦況はかなり深刻であり、イタリアが持ちこたえられるかどうかという不安がドイツで強まっていることが読みとれた。戦争の終りは遠くないと思われた。私の状態は、この切迫した戦況によって大きく変化するだろう。サヴォイア家の外交圧力が終わる時、私の立場が暗転することは明らかだ。論理的には、処刑が唯一の考えられる結末である。それにもかかわらず、私は懲罰棟の特別待遇から抜け出して囚人棟に行くために、何としても戦わねばならないと思っていた。それほど心底から、言葉にできないほど、囚人棟が懐かしかったのである。

ズーレンがやって来る度に、私はそれをしつこく頼み、しまいにはハンガーストライキこそが唯一の解決方法だと考え、決行することにした。ドイツが同盟国としてイタリアを当てにし、私の餓死を望まない期間だけ、この行動が効果的であることはわかっていた。六月のある日、私は食べるのを止め、「囚人棟に戻れなければ、食事をしない」とメヴィスに誓った。ハンガーストライキが辛いのは、最初の二日間だけである。その後、食欲はほとんどなくなり、私の前に出される食べ物の臭いさえ気にならなくなった。ズーレンと彼の副官ブラウニングは、毎日何回かやって来ては、私に食事をするよう説得した。こうした彼らの行動から、食べないことこそが囚人棟に辿り着ける道だと思われた。ゲシュタポとの論争は、弱っていた私には苦しかったが、彼らを困らせることで元気が出た。私はベッドに横になっていたため、彼らは私の足元で次のようにまくしたてた。「ハンガーストライキは名誉ある戦い方ではない。この同じ建物にお前の知らない若いフランス人がいるが、彼女はずっと物わかりがよく、もうすぐ解放される。お前のようなやり方は、当局には痛くも痒くもない。」お説教の間、彼らは時々、私の頭上に架かっている銅製のアッシジの十字架に苛ついた視線を向けたが、一度もそのことにふれなかった。私はいつも同じことを繰り返していた。つまり、「誰も私を起訴していないのならば、私を解放すべきです。もし私がポーランド人だからということで捕えられているのであれば、それは大変名誉なことであり、私は他のポーランド人と同じ扱いをされるべきです。私は『劣等人種（ウンターメンシュ）』以外の何物にも属していません。」私が「囚人棟にいたい」と言った時も、「劣等人種」であると言った時も、二人のゲシュタポは愚かにもうろたえていた。やっと彼らは帰っていった。五日後にズーレンがやってきた。彼はベルリンとの電話でのやりとりを受け、SS将校の名誉にかけて、「二週間後にお前の問題を解決する」と私に伝えた。そして彼は、「これを聞いて、お前は食事をとるか」と尋ねた。私はハンガーストライキを止めることに同意した。

すぐに私は力を取り戻し、忍耐強く待った。時々、ＳＳの新しい主任医師がやってきた。彼はおおまかに診察した後、話をすることもあった。ある時、彼は私に、「母親がドイツ人であるばかりか、外見も明らかにゲルマン的であるような人物が、どうしてこれほど自らのポーランド性にこだわるのか理解できない」と言った。私は次のように答えた。「外見に関しては、私は非アーリア系です。私はハンガリー人の曽祖母にそっくりだからです。また、私の出身『人種』については、先祖の出身民族の多様さからすると雑種です。」彼は私にそそくさと別れを告げ、人種の話はそれ以上しなかった。[18]

クリスティアヌには機会を見つけて、近々彼女が解放されると所長から聞いたことを、余り期待させないように慎重に話した。その数日後の午後、彼女は母のいる「パリへ出立するためにお荷物をまとめよ」、という命令を受けた。私は彼女に私の兄の住所を渡し、もし可能ならば連絡してくれるように頼んだ。私は彼女の部屋の窓の下に立ち、別れを告げた。彼女は幸福だったが、私との別れを惜しんでくれた。一時間後、彼女の房の扉が開き、廊下にドイツ人看守と彼女の足音が響くのが聞こえた。それから懲罰棟の門がガタンと閉まる音がした。その時、孤独を感じた自分自身に呆れた。親友の解放の瞬間に、エゴイスティックな気持ちになったからである。[19]

約束の日が近づいていた。この二週間、私は起こりうるあらゆる可能性について熟慮し尽したと思っていた。それが誤りだったのは、ズーレンがとった行動が思いがけなかったからである。約束の日が来た。午前中が過ぎた。何事もなかった。昼食後散歩に出て、夕方まで待った。が、何もなかった。その日は他の日と同じように過ぎ、ズーレンは全く姿を現わさなかった。いつも私は彼が愚かだと思っていたが、その日は、将校としての彼の言葉を信じた私の方が愚かだったとわかった。

世界情勢は急速に推移していた。数日後の夏の日差しの強い朝、誰かが私の房の扉を叩いた。同時に、弾む息を押し殺すように、ボグシの囁き声がした。「ムッソリーニが失脚した。[20] イタリアはおしまいだ！」私は扉に駆け寄り、その声を聞いた。ボグシはもう隣の房の扉を叩いていた。そこは、チェコ人ＳＳの「クブシ」がいる部屋だった。彼とは散歩の時に一、二度会ったことがある。数秒後、そのクブシが私の房の壁をこぶしで叩いた。帽子に髑髏マークをつけていても、彼は我々の側にいるようである。おそらく、数週間後か数か月後に、終戦が話題にのぼるであろう。

翌日、女占い師たちが消えた。ボグシによれば、彼女らは夜中に連れ去られたのである。それは予期せぬことだったが、翌日、二人が戻って来たと聞いて喜んだ。彼女たちは私たちに、「ベルリンに連れて行かれ、ムッソリーニがどうなったかを占うよう求められた」と教えてくれた。彼女たちがどんな答えをしたかと聞くと、二人はそっけなく肩をすくめ、「空気しか見えない」と言ったそうだ。予知能力を持つ者でさえ、何もわからなかったのだ。

その頃、ルーマニア人女性らが去り、私は彼女らの房に引っ越した。そこは建物の一番端で、壁で仕切られていた。私は一部の廊下や内部階段を比較的自由に動けるようになった。私の房は、二つの房をつないで一つにした部屋で、大きな二つの窓がついていた。ボグシは自分の趣味で、一人でこの部屋の壁を青く塗り、装飾を施した。暖房器具は緑に、家具は、以前クリューガーの部屋にあったような木苺色に塗った。こんな配色は思いもよらないものだったが、自由に動けるスペースがあり、新鮮な空気にふれられるのにはほっとした。この頃から、空襲が頻発するようになった。眠れぬ夜も何度かあった。私の部屋の窓からは、銃弾が降り注ぎ、空が真っ赤に照らされるのが見えた。皆、あそこにはベルリンがあると確信していた。

その頃、こちら側にも犠牲者が何人か出た。太陽が燦燦と照る美しい日、焼却炉から長く煙が立ちのぼっていた。二日前にポーランド人女性の処刑が再び行われ、その中には、かつて私を出迎えてくれたルヴフの女学生も含まれていた。その頃の八月一五日、私はすぐさま荷物をまとめて、もといた独房に戻るよう強制された。散歩の時に私はボグシから、懲罰棟に一〇人ばかりの「ウサギ」が連れて来られ、女看守があちこち走り回っていることを聞いた。二日間ほど私は散歩を許されず、ボグシも庭に現れなかった。再び庭に出た時、「ウサギ」たちが懲罰棟で手術を受けたことを知らされた。その日、私は何とか彼女らと連絡をとった。その中の一人で、その日手術を受けなかったウルシュラが、窓の傍で私を待っていた。三日前、「ウサギ」たちが呼び出された時（一体何度目の「ウサギ」の手術だったかわからない）、初めて彼女らは抵抗し、逃げ、点呼の時に身を隠した。多数の女看守やSSの男たち、警察犬などを動員してやっと、力づくで彼女らを懲罰棟に連れ込んだ。その時、ズーレン所長は彼女らに、「反抗した罰として、手術をこれまでのように診療棟でなく懲罰棟で行う」と宣言した。その時、カラフルに塗られた大きな私の部屋が五人の手術に使われたのである（残りの女性たちは囚人棟に戻された）。手術の後、病人たちは隣の部屋で横になり、痛みや熱で苦しんだ。数日後、彼女らの様態は少し良くなり、死に至る傷ではないように思われた。しかし、数か月間の長きにわたる苦しい回復期に、何度も高熱がぶり返した。私は彼女らに何もしてやれなかった。囚人棟の様子や新聞の情報を伝え、覚えている詩をカードに書いて送っただけである。彼女らが欲しがった詩は、スウォヴァツキのものが多かった。手術の数日後、既婚者で、ポーランドに七歳の娘のいるヨアンナ・

シドウォフスカは、私に返礼として、多くの詩、主にノルヴィトの詩を、ウルシュラ[21]を介して送ってくれた。彼女はノルヴィトの代表的な詩をほとんど暗記していたのである。

その頃、第一五四人棟は、「ウサギ」を匿ったために罰せられていた。罰は、数日間にわたる犬とSSによる包囲および扉と窓の閉鎖、水使用の禁止である。ただし後者については、謝罪するならば許される。もちろん謝罪する者はなかった。八月の暑い盛り、数日後に第一五四人棟は開放された。女囚たちは生気を失っていたが、成果は大きかった。この事件は、収容所にいるあらゆる民族の女性の間で噂になったのである。その時からしばらくの間、「ウサギ」の手術は行われなかった。

九月初めのある日、ウルシュラから「ウサギ」たちが囚人棟に戻ることを知らされた。ズーレンが周囲の誰かに、ベルリンから客が来るので、この部屋は私のものになる、と言っていたそうである。事実、翌日私は再びこの部屋に戻された。私は、つい昨日まで同胞の女性たちが苦しんでいた部屋の中を歩き回った。

世界では、ドイツがあちこちの戦線で敗北していた。ロシアから退却し、イタリアも倒れた。私の生き残るチャンスは日に日に小さくなっていった。ある時、私はボグシにそのことを話し、私が連行されたら、囚人棟のポーランド人女性らに伝えてくれるよう頼んだ。ボグシはそれを理解し、翌日、具体的な提案を持ってやって来た。彼は私と一緒に逃亡することを計画したのである！　私は頭を振って、彼に、「そんな馬鹿なことを考えないように」と説得した。しかしボグシは、「計画は不可能ではない。空襲時の、壁の上の有刺鉄線の電力が切れている時に決行できる」と説いた。「前もってのこぎりで鉄格子を切っておいた窓から出て、壁に出れば、何とかなる。」私には、収容所を出たあとこそ、身分証明書のないせいで試練が始まると思えた。だが、ボグシはそれを信じず、「ドイツ語を流暢にしゃべる二人の人間に対して、空襲時に身分証明書をみせるよう要求する者などいないだろう」と言った。

はじめのうち、私は彼の計画に聞く耳を持たなかったが、この正直で賢い青年が毎日説得するので心を動かされた。少しずつ私はこの計画に慣れ、準備するようになった。囚人にとっては、酒より自由への希望の方が酔いやすい。私が自由に動ける廊下のスペースに、細く長い絨毯があった。四五歳のジュリエットである私は、それを壁に登るさいの縄梯子に縫い直そうと計画した。ある日、ボグシはSS将校と一緒に、ペンキを買うために二日間留守にした。彼は疲れ切って帰って来て、次の日になってやっと私に、「三時間の旅行で、四回も身分証明書の提示を求められた」と明かした。つまり、脱走は不可能だったのだ。計画が潰れた時になってやっと、どれほど自分がこの計画に希望を抱いていたかがわかった。その時、私には出口がないことを悟り、死を待つ心の平安や気の緩みを覚えた。

こんな状態で散歩していた、ある暖かい秋の日、おかしなことが起きた。散歩中に私は、「ランゲ夫人」という名で、懲罰棟の事務室に呼ばれたのである。頭文字だけが同じこの仮名での呼び出しは、死を意味すると思われた。そこに立つSSの姿がそれを物語っているようだった。私は彼の前に立って待った。すると、彼は机の上を指し示した。そこには、大きな小包とそれに添えられたカードがあった。「デンマーク赤十字からの小包を受け取った、というサインをお願いします。これは自筆のサインに限ります。しかし、小包の中にはリストに記載されているソーセージはありません。大変美味しかったです。」私は身じろぎせず立ち尽くした。しばらくしてやっと、ここに連れてこられたのは死の宣告を受けるためではなく、ソーセージの横領問題のためだったとわかった。

数日後、ズーレンから、ダウムリングの後任として医者のトムソンがベルリンからやって来ることを知らされた。その二日後、私はトムソンと話をした。しかしそれはそれまでと同様、何の解決ももたらさなかった。一体、私はこれまで何回、審問を要求してきたことだろうか。私は所長を介してヒムラーへ審問を求める書類を送ったのにもかかわらず、答えの代わりに受け取ったのは、何とトマトだった！　ヒムラーの個人的な命令で、長い間、毎日私にトマトが送られてきたのである。トムソンは私に答えようとしたが、具体性はなかった。彼はこう言った。「私は最近、新しい地位に着いたばかりなので、何故ここにあなたがいるのか全く知らない。あなたについての情報収集をしているところだ。もしもあなたに何の落ち度がなかったとしても、現在の政治状況では、ポーランド人集団の中にあなたを戻すのは絶対に無理だということはおわかりだろう。おそらく気づいているだろうが、我々の戦況は余り芳しいとは言えないのだ。」私は断固として、囚人棟に戻してもらうよう要求した。彼は、それについて調べると約束し、出て行った。

再び回答を待つ日々が始まった。今度は、新しくできた友人が気を紛らわしてくれた。彼女はゲルダ・ケレンハイムという名で、診療棟で恐れられ、ポーランド人の敵として知られていた。彼女は、医者ローゼンタール博士の愛人となり、妊娠した廉で懲罰棟に来たのである。彼女は看護婦で、赤い三角形をつけていた。彼女がラーフェンスブリュックに来た理由はわからない。だが、ゲルダが診療棟のあらゆる秘密を知っていることに私は気づいた。私がまだ囚人棟にいた時、彼女が赤ん坊を絞め殺し、暖房器に投げつけたという噂を聞いた。そこで私は彼女とコンタクトをとろうと考えたが、私が食糧の入った小包を受け取るまで、うまくいかなかった。ゲルダは食べ物を見て私を気に入り、知っていることをすべて話してくれた。

彼女は、「ウサギ」の手術の本当の秘密は知らされていないようだった。彼女が知っているのは、手術には四種類あることだけだった。つまり、細菌感染症状態ならびに無菌状態での骨の手術と、同じ二種類の筋肉の手術の四種類である。亡くなった七人の「ウサギ」に施された処置は、他の種類の手術に属していた。それは、重傷を負ったドイツ人への骨の移植とガス爆弾の実験だった。「回復後、ポーランド人女性政治犯と一緒に銃殺された、六人の『ウサギ』の手術はどの種類に属していたの?」と私が聞くと、「『通常の』手術に属する」とのことだった。この時、ゲルダは私に、「ローゼンタール博士は処刑のさい、ポーランド人女性が恐怖心をできるだけ持たぬよう、あるいは『ポーランド万歳!』と叫ばぬように、常に立ち会わねばならなかった」と語った。食物を前にしてゲルダは、ポーランド人女性に感嘆していた。彼女は「あなたにだけには自由に話せる」と、私にお世辞を言っていた。

ある時、私は彼女に、「収容所で生まれた子供たちはどうなるの?」と聞いた。彼女は全く平静に、「とても残念だが、ドイツの法では最近まで、強制収容所で子供を生むことは禁じられていたから、出産の前後に子供の命を奪う必要があった」と答えた。だが、最近、法が変わったので、堕胎という不愉快な仕事をする必要はなくなったそうである。

その時私は、私にだけは善良でやさしいゲルダから得られた情報を、地下組織に伝えようと決心した。

　ある日、ボグシが新しい計画を持ってやって来た。その頃、ボグシは毎日、ペンキ塗りのためにラーフェンスブリュックのどこかに送られていた。彼は「子牛」（新入りの女看守のあだ名）がいない時に、引き出しから書類を抜き取り、架空の名を書いて戻していた。彼はポーランドに逃げ、ここで起きている事すべてを伝えたいと思っていた。最近、収容所の周囲に、収容所に向けられた機関銃を配備した掩蔽壕（えんぺいごう）が一四基つくられたという事実は、とくに重要だと思われた。それは、終戦時に、誰もここから生きて出られないことを示すように思われたのである。私はハンカチに報告書を書き、それをボグシの上着に縫い込んで、クラクフへの連絡を彼に委ねようと決意した。私はメヴィスに、私の房のペンキの塗り直しが不可欠であり、そのためにボグシを私の所に寄越してくれるよう頼んだ。彼女はすぐにボグシを送った。彼が来た時、その若々しい顔は感動で輝いていた。呼ばれた理由が何だかわかっていたのである。彼は小さなしっかりとした声で、キリスト像のついた私の小さな十字架に指をあて、私のあとについて国内軍入隊の誓いの言葉を繰り返した。ラーフェンスブリュックの懲罰棟で行う私たちの誓いの言葉が、どんなに奇妙に響いたことか！

　それから二日後、ラムドーアはボグシを拘禁するよう命じた。ボグシは扉の小窓越しに、「心配しないで。ハンカチは燃やした。誓いは覚えている」と、私に小声で伝えた。「子牛」は懲罰棟から追い出された。

　その時私は、司令官に報告書を送ろうと思うならば、自分の手でしなければならないことを悟った。そこで、『ポーランド語・ラテン語辞典』にルビを打つという古い方法をとることにした。辞典はこのようなことも念頭に入れてとりよせたものだった。辞典の極小文字を借りて、「ウサギ」や処刑のこと、収容所のポーランド人女性たちの状況を、新たにつくられた一四の掩蔽壕のことも含め、一八〇語で伝えようとした。[22] 急がねばならなかった。なぜならメヴィスが、「近いうちにあなたの願いがかなえられ、囚人棟に送られることになるだろう」と話していたからである。その頃私は、懲罰棟で使用されている拷問道具を自分の目で確かめようと骨を折っていた。が、それは容易ではなかった。というのも、囚人が拷問を受ける場所は、使用時以外はきっちりと閉ざされていたからである。囚人棟の友人たち、後にはゲルダとボグシが、私に三つの部屋にある拷問道具について教えてくれた。第一の部屋には「ヤギ」と呼ばれる木製の馬のようなものがあり、第二の部屋には、換気装置がついた「棺」と、「狼の鉤爪」すなわち囚人の身体にくいこませる金属製の爪のようなものがあった。残念ながら、私は散歩中に一度、部屋の扉がわずかに開いている時に中を覗いただけである。女看守が囚人棟に行った隙に、私は急いで懲罰棟にある例の部屋に入ってみた。そこには木製の鞍のようなものがあった。それは、身体を十字に引っ張って鞍に固定する革紐のついた「ヤギ」だった。それをじっくり見ていたために、第二の部屋に入る時間も、そこにある「棺」や「狼の鉤爪」を見る時間もなくなってしまった。それらは、尋問のさいにラムドーアが使う道具だった。(「ヤギ」は囚人棟の通常の刑罰にも使用された。規則正しい鞭の音とうめき声を聞いたことが何度かある)。女看守が戻ってくる足音が聞こえたので、私は急いで逃げ出さねばならなかった。

その頃、囚人棟との連絡はとてもうまくいっていた。周囲に誰もいない時、「私専用」の廊下の隅にある、カーテンでぴったり閉じられた大きな窓のところに行った。夜、点呼のあとで、ポーランド人女性がそこを通りかかり、口々に「アドルナ！」と叫ぶ。すると私は窓を叩き、会話を始める。何回か私は、洗濯女を介して歴史や文化史の「談話」を送ったので、女性たちは窓の下に来て質問するのである。学びたい女性が多くいる囚人棟は天国のように思え、彼女らに寄せる思いは日毎に募るばかりだった。

収容所当局が私の件について沈黙していた時、私はもう一度ハンガーストライキを始めようと決意した。今度は一週間続いた。毎日おいしそうな食事が届けられ、テーブルの上に置かれた。七日目に、ベルリンから別のSSがやって来た。朝、「とても重要な客」のために私の房を掃除しに来たエホバの証人の女性が、そのことを教えてくれたのである。彼女は熱心に掃除しながら、いつものように、「最後の審判が近い。地上に幸福が訪れる」ことを私に約束して、熱心に私に「真の信仰」に帰依するように説いていた。最も重要なのは、あの「最悪の」カトリック信仰をやめることである。その時、私はハンストで疲れ果てて静かに横になり、答えなかった。「あんたが惜しいよ」と、彼女は床を掃きながら続けた。「私の夫と同じだよ。夫は善人だが、信じなかったから、あんたと同様に呪われたんだよ。二人とも地獄行きさ。全く惜しいこった。」

彼女のやさしい言葉を遮ったのはズーレンだった。彼は、「午後に、ヒムラーの事務局長と一緒に戻って来る」と言いに来たのである。彼らは本当にやって来た。「客」は、ルヴフのNKWD（ソ連の内務人民委員部）が着ていたのと同じような、長くて新しい皮のコートを着ていた。彼は私の前に立ち、「SS全国指導者が、囚人棟へのお前の移動を承諾した。そこでもお前はSSと同じ食べ物をずっと受け取ることになろう」と厳かに言った。[23] 私が後の提案に同意しなかったため、彼は「SS全国指導者がお前の健康を心配している」という印象を与えようとして、同じことを繰り返した。私は、「他の女性と同じ食事で十分です」と、強く答えねばならなかった。

彼は苛ついて横を向き、物も言えぬほど驚いた。テーブルの上に様々なご馳走が並んでいるのを見たからである。「何てことだ！　これは一体どういうことだ！」あっけにとられたゲシュタポに、ズーレンがその理由を説明している時、私は笑わないでいるのが辛かった。この訪問からわかったのは、私はまだしばらくは殺されず、何らかの外国との交渉に利用されるだろうということだった。

数日後、私はポーランドに送るために、英語の本とラテン語の本を数冊、そしてラテン語の辞書を荷造りした。小包に発送者の住所はなく、宛先が、かつて『ギリシャ文学』を送ったことのあるヴィシャ・ホロディスカ*だということは、誰にも気づかれなかった。私はヴィシャに、彼女が勉強に必要なのにもかかわらず、長々とラテン語の辞書を借りていたことを謝る手紙を添えた。所長自らが小包の検閲にあたった。懲罰棟最後の散歩の時、私はボグシに別れを告げた。彼は同じ日に、男性用囚人棟に戻ることになっていた。翌朝、私が浴室に行くと、そこにエホバの証人のレギナが立っていた。彼女は変わった女性で、誰にも自分のことを話さず、常に物静かで温厚だった。だが、目にした怖しい出来事が時々脳裏に浮かぶのを抑えられないようだった。私が浴室に入ろうと彼女の脇を通り過ぎると、初めて彼女は私に笑いかけ、「ランゲ夫人が入って来て、ランツコロンスカが出て行く」と大声で言った。一時間後、私は囚人棟にいた。

有難いことに、私は囚人棟に温かく迎えられた。私は大喜びで、再び上着に番号と三角形を縫い込み、深いため息をついた。やっとあの不快で屈辱的な特別待遇と縁が切れ、自分自身を取り戻すことができた。自らが日常生活における興味の中心であると同時に重荷であるという、孤立状態から抜け出せたのである。私はその時、人間が社会的存在であることを実感し、囚人棟にいられるのを幸福に感じた。朝の四時、まだ暗くて寒いにもかかわらず、外国人保護拘禁囚（ヘフトリンゲ）グループと一緒にコーヒーを貰うために行進し、懲罰棟の傍を通りかかった時、私は自分がそこにいないことを神に感謝した。その時私は、「赤軍」棟の室長に任命されていた。その棟には約五〇〇人の女性がおり、その多くは若く、力強くて健康だった。彼女らはロシア戦線でドイツ軍の捕虜となった。赤軍女性兵士らの棟は、他の囚人棟とは違う特別な場所のようだった。彼女らは多くの点で他の女囚と異なっていたのである。彼女らは特別な意味で、ポーランド人女性を除く、収容所のあらゆる民族集団から一目置かれていた。とくに粗野な外国人女囚（おもにチェコ人）は彼女らに敬意を寄せていた。それは一九四三年秋のことで、囚人棟が共産化される徴候のように思われた。だが、「ソヴィエトの女性たち」は賞賛されてはいるものの、他のグループには全く関心を払わず、仲間うちで行動していた。彼女らはポーランド人に対する嫌悪感を隠しており、それが明らかになるのは例外的な場合だけだった。概して、赤軍女性兵士らからは粗暴さと異質さしか感じられなかった。彼女らの最たる特徴は不信感である。この不信感は、ポーランド人のみならず女囚すべてに向けられていた。一緒に生活をしていると、それが彼女らの間でも蔓延しているのがわかった。ソヴィエト女性が私と二人きりになるような時には、彼女は率直で誠実だった。会話の最中、誰かが近づいたとたん、彼女の語調は急に変わり、笑みは消え、冷たい眼差しで、その場逃れの短い無作法な応答をするのである。三人集まると、それは集団となり、その瞬間に個性は消える。ソヴィエト女性は皆ほとんど同じで、肉体的にも似ており、反応も女性指導者のそれと同じだった。問題の大小にかかわらず、また誰との会話でも、相手に自分が賛成かどうかに関係なく、彼女らは指導者に従う。指導者が否と言えば、自分も否と言うのだ。心の中では指導者に賛成していないとしても、である。彼女らが、鉄のような圧力または無限の恐怖のようなものにとらわれているという印象を度々受けた。ある時、ソヴィエト女性らのグループが何かを話しながら、時々私の方を盗み見ていた。その後すぐ、一人が集団から離れ、私の方に近づいてきた。私が片づけているテーブルの傍をうろつきながら、彼女は何気なくこう聞いた。「カーラさん、あなたは神(ヴィレリギオズナ)を信じているの?」[24]この質問に私は驚いた。素直に肯定的な答えをするのは怖かったが、他に道はなかった。「ええ、信じているわよ。常に信心深いというわけではないけれどね。でも今は強く信じていて、とても幸せよ。」「服の下に何か持っているのね」と、彼女は私の首を指差した。私は、キリスト像のついた小さな十字架を引っ張り出した。それを彼女は注意深く眺め、「それがあなたの神様なの?」と聞いた。「いいえ、神様じゃなくて、ただの像よ。」「神様じゃないとしたら、なぜそれをつけているの?」「ここでは多くの人が殺されるでしょう?」「そのとおりね」と彼女は答えた。「私は死ぬ時、これを手に握りしめるつもりよ。」私がこう話していると、彼女の仲間たちが近づき、彼女の背後に立って聞いていた。彼女は私に囁くようにこう言った。「それがないよりもある方が、人生は楽でしょうね。」突然、彼女は軽く身震いした。その時やっと、仲間たちが彼女の後ろに立っているのに気づいたのである。彼女はふり返って仲間たちを見、さっさと立ち去った。仲間たちもこの不適切な言葉を聞かなかったふりをして、その場を離れた。

ある晩、私は医務室で助手として働く一人のソヴィエト女性を呼びに行った。彼女が一時間後に、他の収容所か工場に行かねばならなかったからである。私が彼女に用件を話すと、一人きりでの出立は辛いようだったが、歯を食いしばって何も言わずに私の後ろからついてきた。真っ暗な闇の中で収容所内を通り抜けるのは一苦労だった。突然、私は背後から何かに摑まれた。二本の屈強な腕で抱きしめられ、平たい顔が私の顔に張りついた。彼女が音を立てて私の両頬にキスしたのである。私はびっくりして、少しの間、全く何もできなかった。彼女は私に囁いた。「カーラさん、もう二度とお会いできないかもしれないけれど、私はあなたを忘れないわ。あなたが『人間』だとわかったのだから。」彼女はもう一度繰り返した。「あなたは人間だ（ヴィチェラヴェーク）」と。そして、「あなたともっと話したかったけれど、でも、それは無理なの。私たちの所ではあなたが考えているようなことはないの。外で語られているのとは全く違うの。でもそれを話すことはできないの。」

　彼女はとても感情をたかぶらせていた。私は彼女を抱きしめ、撫で、心のこもった言葉を二言三言口にし、歩き続けた。私たちが棟に入ると、彼女はいつものように、また皆と同じように、堅苦しく陰気になった。そのソヴィエト女性は私物をまとめ、ホールで私たちに型どおりの別れの言葉を冷淡に告げ、去っていった。

　赤軍女性兵士の他に、棟には四、五人のエホバの証人がいた。彼女たちは、ヒムラーその人に対する抵抗に立ち上がった時からずっと体罰を受け続け、いくつかの棟に分散させられていたのである。彼女たちの中には、点呼に出ない二人の「遵奉者」がいた。点呼の時、私たちは彼女たちを引っ張り出して最前列に据えなければならなかったが、そこでも彼女たちは目を閉じたまま横たわっていた。点呼後、彼女たちは再び棟に連れ戻された。ある時、濡れた雪の上に数時間も横たわる老女の姿を見て、私はいたたまれなくなり、どこからか丸椅子を持ってきて、友人の助けを借りてその上に彼女を座らせた。しかし、彼女はすぐに雪の中に滑り落ちてしまった。彼女は目を開けなかったが、怒ったように、私の方に頭を左右に振った。その時から私はもう、彼女らを動かそうとはしなかった。厳寒の夜の点呼の間、狂信的なセクトであるエホバの証人の上にも、アジアから来た無心論者の赤軍女性兵士の上にも、無数の星が輝いていた。

その頃、私は教師をしていたので、それほど悪くない状態だった。私は個人授業をしていた。夜、暗くなってから私の棟に来る生徒に、あるいは夜一緒に散歩をする生徒に、ローマの歴史を教えたり、中世の文化を説明したりしていたのだ。とくに重要なのは、「ウサギ」のもとで週に二回、ルネサンスの歴史について「講義」したことである。彼女らのもとに定期的に通うことで、少しでも役に立てるような気がした。

ポーランド人女性との連絡は、様々な点で有意義だった。例えば、その中の一人は、ミツキェヴィチの「大即興詩」(25)をすべて暗記しており、暗唱してくれた。私は震えるほど感動し、あたかも初めてそれを聞いたかのように思われたほどだった。時々私は、私たちの「図書室」から本を借りた。そこにはミツキェヴィチの最も重要な作品があった。本は食糧小包の中にパンか砂糖のように隠されて持ち込まれた。検査がとても厳格かつ頻繁だったにもかかわらず、一度もそれが敵の手に落ちたことはなかった。

ポーランド人女性の間には、強い宗教的生活が流行していた。囚人棟では過去二回、「外部労働班」

によってフランス人司祭から手に入れた五〇個の聖餅が密かに持ち込まれた。それは、私が懲罰棟から出てくる前に起きたことである。

日曜日に、私たちは何回か長話をした。棟長のエリザ・ツェトコフスカは、グダンスク近郊のシュトゥトホフの収容所について話してくれた。そこで彼女は見るに堪えない光景を目にした。知り合いのポーランド人将校が、壁に何度も頭を打ちつけられていたのである。その収容所で、彼女は洗濯女としてこき使われていた。ある時、彼女が事務室を片づけていると、机の上に新聞が置いてあった。そこには、「ロシア人は強制収容所で囚人をどのように扱っているか」という見出しとともに、彼女が窓を拭いている写真が載っていた。

ポーランド人女囚棟には、和やかな日曜日もあった。ハリナ・ホロンジナには、自分の棟での生活を生き生きと語る才能があった。そこでは少し前から、将校の妻たちと下士官の妻たちの二つのグループに分かれていた。後者のグループの一人はハリナにこう言った。「ホロンジナさん、あまり気にしなさんな。少尉補（ホロンジ）と将校は、それほど違いはないのだから。」[26]

しばしば年配の女囚たちは若い女囚のことをあれこれ話しあった。私たち年配者は若い女囚たちをとても心配していた。というのは、もし若い女囚らがここから出られたとしても、長い虜囚生活が原因で、深い心理的傷を負い続けるのではないかと思ったからである。「忍耐は人を磨く」と言う。ただし、忍耐にも限度があり、成長期に道徳性を崩壊させない程度であれば、の話である。

女囚の道徳心の欠如も心配の種だった。他人の所有物に対する反応が、「外の世界」と全く違うのである。友人が持っている物を盗ることは、収容所内であっても罪である。しかし、縫製所や作業所から持ってきた物、とくに「倉庫」からくすねてきた毛布や羽根布団、下着、服といったものを食物と交換することは、正常と考えられていた。それを見て、新入りが驚くと、「ドイツ人は、私たちがここで組織する（「盗む」ではなく「組織する」と言った）物よりもっと多くの物を奪っているのだから、驚くに値しない」と言い返される。「組織する」という表現は、看守らが考えたものである。看守らは密告を恐れつつも、女囚のすることを見て見ぬふりしながら、同じように不道徳な行為をしていたのである。収容所では、死を目前にしても、この奇妙な所有欲を持たぬ者はなかった。盗品で嫁入り道具一式を揃える者もいた。しばしば（常にではないが）、所有欲の強さは戦前の所有状況と反比例していた。それはソヴィエト女性を初めとする共産主義的考え方をもつ女囚たちに強く見られたが、ポーランド人女性も例外ではなく、そのことを私たちは心配していたのである。

ポーランド人政治犯の中にも、様々な道徳的価値観を持つ者がいた。抵抗運動に参加したという事実が、その人の道徳性を計る唯一の基準になるわけではない。地下組織には、戦前、理想に燃える教師や社会活動家であった責任感の強い素晴しい女性たちがいるのは事実である。その一方で、大して広い視野を持たずに店員や事務員として働いていたが、ある日突然、生命より大事な理想に目覚めたことが原因でラーフェンスブリュックに来ることになった女性も多い。こうした女性たちの地下活動は、英雄的だがとても短いこともしばしばで、活動の代償は非常に高くついた。その大半は歯を食いしばり、耀かしい記憶に支えられて必死に耐えていた。第三のグループは最も気の毒で、その大方は「ワパンカ（人狩り）」や「手入れ」に偶然居合わせたために捕まった人々である。遊び半分で地下活動に参加した若者もいた。

しかし、戦前の功績や地下活動が常に収容所での女囚の態度と結びついていたわけではない。そこには、性格や意志の強弱、社会的順応性、肉体や神経の強弱、とりわけ不屈の精神の有無が関係していたが、それは個人的長所というよりは、神の恩寵である。

とくに心配だったのが「ウサギ」たちである。彼女らは六〇人ほどの若い女性で、彼女らの苦しみに対するある種の尊敬の念が収容所全体に広まっていた。それはとても自然なことで、そうあるべきだ。だが、否定的な結果をもたらす場合もある。「ウサギ」たちの中には、病気の子供のように甘やかされ、もし、収容所から出られたとしても、まともに生活し働くことができるだろうか、という疑問を拭えないような者もいた。最初はポーランドで歓待されても、彼女たちは英雄ではなく犠牲者とみなされるだろう。様々な犠牲者は数百万もいる。従って、彼女たちのために今できる唯一のことは教育であり、それが私たちの慰めであった。

あらゆる分野の女性が「ウサギ」たちを教えていた。若い女性らは収容所で開かれる大学入学資格試験の準備をしていた。というのは、女囚たちの中に、占領後に地下に潜ったポーランド教育省が実施する大学入学資格試験の準備指導資格を持つ女性らがいたからである。最も人気があったのは、ペレチャトコヴィチ*女史の天文学講義であった。実習ができるのは彼女の授業だけだった。空の星はラーフェンスブリュックからも見えたからだ。若い娘たちは、人間の悪から解放された、無限へといざなう科学の秘密に満ちたこの授業を喜んで聞いた。

囚人棟への帰還そうそう、私は所長に呼ばれた。私は不安を覚えた。というのは、私が本を検閲に出してから数日たっており、検閲官が辞書に隠された秘密の報告をみつけたと思ったからである。「これがガラクタであることはわかっているが、郵便物の宛先が重要なのだ。」私はもの凄く心配した。しかし、囚人棟の事務室に戻った時に、ほっと息をついた。そこにはSSの男がおり、テーブルには私の本がすべて置かれていた。「所長は本を検閲し、お前の書いた宛先に送るよう命じた。俺ではなく、お前が荷造りして宛名を書け。ここに紙と紐がある。」私がこの時ほど熱心に荷造りしたことはない。そこにはコモロフスキ将軍宛の報告書が入っていたからである。[27] それはおそらく、私が従順で素直な女囚であるという印象を与えなければならなかった、唯一の瞬間であった。

収容所幹部との次の会見は、一二月五日夜の点呼の場だった。その時、私はフランス人やユダヤ人女性のいる第二七棟に移る命令を受けた。その棟は、囚人棟の中で最も問題のある棟だという評判がたっていた。秩序や清潔が保たれていないからである。一方で、それは前の棟長のオランダ人女性のせいだという説もあり、どちらが本当かわからなかった。

そのため、私は戦戦恐恐として私物を素早くまとめる一方、ソヴィエト女性の棟から離れ、私が育った文化を代表する国の女性たちと暮らせることを喜んだ。私はフランス人女性に対して、一九四〇年の事件（フランス降伏）ゆえに怨みつらみを言うまいと自分に言い聞かせた。彼女らは単に、降伏に反対したという理由でここに入れられたのである。ユダヤ人女性に対しても、ドイツ人に迫害された人々として、またルヴフの監獄で看護婦として働いた時の記憶から、全く楽観的に考えていた。三〇分後、私は第二七棟におり、棟長は私をユダヤ人側の室長に任命した。もう一人の室長であるウィーン出身の女性は、緑色の三角印をつけ、何度も罰せられていたが、親切な働き者で、囚人だけの時にはとても誠実だった。ユダヤ人女性のもとでの仕事は容易ではなかった。ユダヤ人女囚の間にある驚くほどの格差が、その主な原因であった。そこにはポーランド出身のユダヤ人は少なく、ハンガリーやチェコ、フランス、スペインなどの出身者が多く、とりわけドイツ出身のユダヤ人が多かった。彼女たちの中には、イディッシュ語以外の言葉をほとんど話せず、前近代的な習慣を保持しているものの他人に対する思いやりの深い者がいる一方で、戦前は裕福で、甘やかされて育ち、リヴィエラの別荘やファッションショーに出たことを自慢するような者もおり、後者はその滑稽な自慢ゆえに最も扱いにくかった。高い教育を受け、深い教養を持つ女性もいた。彼女らは、ヒトラーがあらゆる人々を一緒くたにして社会の外に追いやったこと以外、何の共通性もない状況に耐えていた。ユダヤ人女性のもとでの仕事が大変だったのは、命令違反のさいに室長がとるべき通常の方法を私がとらないことを、彼女らが瞬く間に知ってしまったことにある。その方法とは、違反した女囚の名を報告書に記し、罰を受けさせることである。もしも棟内に「罰則のがれ」が大規模に広まれば、大変なことになる。処罰されないと知った女囚たちは点呼に遅れ、そのために「棟全体」が罰を受けることになる。二、三人のために数百人が苦しむことになるのだ。棟長や室長は、ドイツ人に対してだけではなく、女囚全員に対して責任を負う。棟長や室長の第一の義務とは、数時間の起立や日曜日五回分の昼食抜きなどといった、集団に科される罰から棟を守ることなのである。

室長として私は、暴力を用いず、違反者の報告もせずに、自分の権限を使って女囚たちに規則を守らせるために粘り強く努力した。それはとても大変だったが、そのうちにユダヤ人女性たちは何とか従順になり、ドイツ人との軋轢をできるだけ避けるために、集団生活に秩序が必要だということを話し合った。私を助けてくれた女囚の一人に、ヴェーラ・シュトラスナーがいる。彼女には心から感謝を捧げたい。彼女はウィーン最高裁判所長の妻で、教養があり、生まれつき繊細で、室長の役割を共に負い、秩序維持のために弛みなく働いたが、そのために大きな苦労を味わった。

ユダヤ人女性の中には、子供を連れた者も何人かいた。二、三歳の子供の小さな腕につけられた大きなダヴィデの星と数字は、グロテスクだった。

子供の中に、大きな黒い目をした体の弱い四歳のステラがいた。結核病棟で母親が亡くなった後、シュトラスナー夫人[28]が彼女をひきとった。私たちはステラの名で、マウントハウゼン強制収容所にいるステラの父親と、月に一度手紙をやりとりした。また私たちはこっそりと、バルセロナに住む彼女の祖父の住所を書いた紙を何枚か控えておいた。

より大変だったのは、私の受け持ちに多数いたフランス人の扱いである。全員が赤い三角形を胸につけていたものの、そのほとんどは政治とは全く関係なかった。彼女たちはいわゆる「自由業者」だったが、その一部は売春婦で、自分の意志でドイツに仕事に来て、何らかの罪で逮捕された人々だった。彼女たちとレジスタンスの女性たちの関係は険悪だった。その頃、フランスのために戦ったレジスタンス女囚の数は少なかった。その中に、とても知的で道徳的な女性たちがおり、彼女らは棟の規則を守ろうと勤めたが、そのために他の同胞女性から意地悪を受けていたのである。後者の大半は、規則をドイツ人がつくったものとして敵意を燃やし、規律を守り秩序や清潔さを保とうとする人々を「ドイツ人の手先」とみなした。第二七棟にいる多くのフランス人は、ポーランド人に対してもひどい態度をとっていた。こうしたことは強制収容所でよくあることだと今では理解できるものの、その頃の私はこうした態度に頭を悩ましていた。フランス文化の優秀さや古さは誰にも否定できないというフランス人意識ゆえに、とりわけ一九四〇年のフランス降伏後には、彼女らは支配民族たるドイツ人に対して奇妙なコンプレックスを持つようになっていた。ポーランド人には憎しみを抱いていた。戦争被害を受けたフランス人女性の多くは、戦争の責任はポーランド人にあり、自分たちがラーフェンスブリュックにいるのはポーランド人のせいだと考えていたのである。

自分の運命に対するフランス人女性の態度は、私たちとは根本的に異なっていた。ポーランド人政治犯は、抵抗運動に参加する当初から、活動が命の危険を伴うこと、少なくとも監獄か収容所送りになる危険があることをよく知っていた。従って、ポーランド人女性が自らの運命を嘆く時は、間の悪さまたは不注意を嘆いているのであって、政治活動ゆえに捕まったからではない。フランス人女性の場合は異なる。彼女らは嘆いたり文句を言ったりして、道徳的に弱くなるのだ。繁栄し便利な日常生活の中で甘やかされた彼女らは、ラーフェンスブリュックでは歯がみしこぶしを握りしめる以外、どうしたらいいかわからないのだ。強靭な精神とフランスへの情熱的な愛情を持つ女囚ドリア・ドレフュスは、仲間にこのことを告げたが、かえって「野蛮な人だ」と言い返されてしまった。

「野蛮」という悪口は、ポーランド人女性にも投げつけられた。その一因は、多くのポーランド人女性が棟長や室長やチームリーダー、さらには残念ながら、警官の仕事をしていたことにある。ただし、女警官は、他のいくつかの職と同様、政治犯の中から選ばれたわけではない。ある女警官は、ポーランド人ではなく「民族ドイツ人（フォルクスドイチェ）」であり、その仕事を恥じて「P」という字をつけ、不名誉をポーランド人になすりつけていた。フランス人女性の方も、自分たちがラーフェンスブリュックに来た時にポーランド人の熱烈な歓迎を受けたこと、ポーランド人がいつも小包の食物を分けてくれること（フランス人が受け取る小包は小さく中身も少なかった）、調理場のポーランド人が危険を顧みず、フランス人に食物を多く分けてくれることなどを、忘れたか、忘れたいと思っていた。

　私がこの棟に配属されたのは複数の言語を話せるためだったが、もしもフランス人に命令するのがポーランド人でなかったなら、これほど危機的にならなかったかもしれない。いずれにせよ、私はこの状況に心を痛め、彼女らの皮肉に満ちた抵抗と敵意をどうすることもできなかった。「強制収容所とは何か」がわかった今、私にとってのラーフェンスブリュックが始まったのである。それればかりでなく、時間がないため、私は「講義」を続けることができなくなった。その頃の私にとって唯一の楽しみは、医務室を訪問することだった。朝と夜の点呼後、私は病気の女囚の名を書き出し、彼女らを医務室に連れて行く。そこでは、雨や厳寒の時でも、戸外にまで続く行列に並ばねばならない。私は医務室のチェコ人女警官と仲良くなり、時々私が連れて来た病人を部屋の中に入れてもらった。中に入っても、自分の運命を左右するドイツ人看護婦（シュヴェスター）の前に出るまで、病人はさらに数時間待たねばならない時もある。通常、ドイツ人看護婦はできるだけ遠くから病人を診て、アスピリンを一錠与え、大声をあげて追い返すだけである。医者に病人を診てもらうためには、ドイツ人看護婦を説得しなければならない時もある。病人にとって最良の策が、自らも囚人である女医のズデンカに診てもらうことだった。

　ズデンカ・ネドヴェドヴァー＝ネイェドラは、道徳的な友情で、私たち全員に素晴らしい思い出を残した女性である。ズデンカの性格は稀有なものだった。彼女はとても知的で、善良でエネルギッシュだった。明るく、その美しい顔から時々、温和な微笑みがこぼれた。彼女は個人的には、アウシュヴィッツで愛する夫を亡くしており非常に不幸だったが、これ以上の悲しみはもうあるまいと思っていた。彼女が自分のことを語り、自らの苦しい胸のうちを明かしたのは、私たちがかなり親しくなってからのことである。彼女は、共産主義の実態は知らないが、その高尚な理論を自らの耀かしい道徳性によって補うような、確信的な共産主義者であった。私は彼女に何度か、「もし全世界が彼女のような共産主義者ばかりであったら、この世は天国だろう」と言った。彼女は唯一のチェコ人医師で、民族や階級の違いで病人を差別したことは一度もなく、常に全力をあげて救おうとした。ドイツ人の間でさえ、ズデンカはそのしっかりした仕事と毅然とした態度で尊敬されていた。彼女は私を助けて、フランス人女性やユダヤ人女性を救ってくれた。とりわけ病人を救うために、ズデンカは体温を偽った。なぜなら医務室のある診療棟では、三九度以上の病人のみがベットカルテを貰う権利、すなわち医師の診断を受ける権利を有するからである（その頃、囚人棟にいる間は医師にかかることができなかった）。点呼に出ずに数日間横になり、医師の診断を必要とする患者がいると、ズデンカはベットカルテの発行に力を尽くした。フランス人女性はよく病気になった。ラーフェンスブリュックの気候が厳しく、フランスの温和な気候と余りにも違っていたからである。彼女らが頑健なポーランド人女性を憎むのには、このことも関係しているのではないかと、私は何度も思った。フランス人女性は肉体的に弱く、モラルも低かった。彼女らのポーランド人女性に対する憎悪はおかど違いだが、気持ちは理解できる。厳寒の中での長々とした点呼後に肺炎になるのは決まってフランス人であり、ポーランド人ではない。その頑健さが憎々しかったのであろう。

老人や体の弱い者を過酷な労働から守るためのもう一つの方法がある。診療棟では、ドイツ人医師による診察をもとに、囚人番号と医師の署名の入った「労働猶予（ベディンクトタウクリヒ）」と書かれたいわゆるピンク色のカードが発行されていた。このカードを受け取った者は、肉体労働を免れ得る。棟長か室長がカードの該当者を推薦できる。多くのフランス人女囚はこのカードの対象ではあるものの、カード発行のさいに老人や虚弱者の存在が発覚するのを恐れて、私たちは一度もそれを申請しなかった。このことが私たちに対する彼女らの不満の一因でもあった。ドリア・ドレフュスさえ二度、肺炎を起こしていた。その時私は、この不屈の女性を支えているのは精神力だと思った。彼女は、若い時に父と最初の夫を、そして今、義理の息子と愛する実の息子をドイツ人に殺されたのだ。このことを私が知ったのは、彼女を二度目に診療棟に連れて来た時である。その時、彼女は最初の肺炎が治ったばかりだったが、フランスをもう一度その目で見るという強い意志を取り戻した。

診療棟で過ごすことで、私は元気づけられた。女囚を助けるためにそこで直接闘うことができたからである。行列に長時間並んでいる時、彼女らは棟にいる時とは全く違った。私は彼女らに何も強いる必要はなかった。彼女らは抵抗しなかったばかりか、むしろ思いやりがあり、手助けしてくれ、病気や不幸ではあったが、温かく善良だった。診療棟での時間が終わると、私はパンや昼食のために指図しなければならないという平凡な義務感を抱えながら、棟に戻るのだった。仕事場から戻ったばかりの女囚たちに、すぐに昼食のパンや鍋を取りに行くよう追い立てるのは、室長の最も情けない義務である。女囚たちは私たちに悪態をついた。緑の三角印をつけたウィーン出身女性も「ドイツの豚」と罵られていた。彼女はとても怒ったが、それは「ドイツの」という形容詞に対してである。オーストリア出身の彼女に、「何故私がドイツ人と呼ばれなければならないの？」と聞かれた私も、困惑するばかりだった。「パン貯蔵庫」は一二時に閉鎖される。遅れた棟はパンを貰えないので、文字通り、棟から女囚を追い立てねばならない時もあった。そうしなければ、重労働から帰って来たばかりの仲間たちもパンを食べられないのだ。昼食の鍋を運ぶのはさらに大変だった。鍋は重く、フランス人たちは虚弱だったから、彼女らが不平を言うのは理解できるが、他に方法はなかった。夜明け前と日没に毎日繰り返される点呼は最悪だった。まず、棟にいる全員を、トイレや洗面所や寝台から引きずり出さねばならない。それから、規律ある棟として、所長室の真下にある収容所広場まで行進させる。そして、まだ暗い中で一〇人ずつに並ばせる。だが、そのさい、お騒がせ女囚がいつも小さな声で、「九人になれ。一一人になれ」と囁くのが聞こえる。私は走ったり、頼んだり、数えたり、叫んだりしなければならない。そこに保護拘禁収容所指導者（シュッツハフトラーガーフューラー）のビンツか他の奴らが近づいて来てこう言う。「やっぱりフランス人か！　日曜日五回、昼食なしだ！」「点呼の後、立っていろ！」そして再び数人が肺炎になる。

　私はなすすべもなく、この地獄から脱出するためには何でもしようと決心した。私はビンツに、「私は女囚を命令に従わせることができません。私から緑の腕章を取り上げ、肉体労働でもいいから、どこか別の所へ配属してほしい」と頼んだ。そのさい、私は複数の言語に堪能なので診療棟で役立てることを仄めかした。この一言が効を奏した。ビンツは私に、「診療棟の看護婦長（オーヴァーシュヴェスター）に仕事があるかどうか尋ね、良い返事が貰えたなら、そうするように伝える」と言った。診療棟で私が必要とされていると知った時、どれほど幸せな気分になったことか。この時私は、収容所での新しい生活が始まると確信した。私はルヴフの監獄での短く楽しい看護経験を思い出し、再び看護の意欲が湧いた。若い頃、私は看護婦への転職を考えたことすらあった。表面的には高い地位を示すこの忌まわしい緑の腕章を、低い地位にある衛生婦としての黄色の腕章に変えたところで、大差はない。私はこの時、新任医師のマリア・クヤフスカ*と密かに話をつけていた。診療棟担当となった彼女は、私を「複数の言語に堪能なため」看護婦見習いとして助手にし、こう言った。「あなたに興味のあることはすべて教えてあげるわ。その代り、私の仕事を手伝ってね。」

　マリア・クヤフスカは二人の娘を伴い、五〇人ほどのポーランド人女性グループと一緒に一九四四年一月に収容所にやって来た。彼女らの罪とは、ユーゴスラヴィアがドイツに占領された時にそこにいたことである。彼女らは夜に逮捕され、ポーランドに送還すると言われた。道中、彼女らは夫や息子などの男性と別れた（彼らは後にダハウから手紙をよこした）。このグループの中には、マリア・クヤフスカの他に、私の二人の従妹、ゾフィア・ポトツカ*とルージャ・ティシキェヴィチとその娘たちがいた。私たちは長い間、外国の圧力によってグループ全員がラーフェンスブリュックから出られると思っていたが、それは間違いだった。ズーレンの妻がダイヤモンドをつけているのを見た時、私は従妹たちが死んだと思った。そのダイヤが従妹のものだったからである。

　このグループのほとんど全員が、ノイ・ブランデンブルク工場に出かけた。クヤフスカと娘たちは診療棟に残って、病人をより人間的に扱おうと努力した。彼女は最後まで勧善懲悪を信じて、信念に忠実に仕事をした。彼女は愚直なほど誠実で、悪を信じられなかったのである。私は彼女を心配し、救える見込みのない患者から彼女をひき離した。「何を言っているの？　ドイツ人だからといって、医者がそんな酷いことに同意するなんて信じられないわ。全部所長に話して、変えるようにしなければ！」クヤフスカはある時、精神に異常をきたした女囚を助けようとして数週間努力した。その中の一〇数人は、着る物も食べ物もないまま狭い獄房に閉じ込められていた。看護婦長がクヤフスカを「頑固なヒューマニスト」と呼んだ時にやっと、彼女は人間がこれほどにも残酷になれるのに驚き、落胆した。結局、「狂女」たちは殺された。処刑したのはカルメン・モリ[29]というスイス人女囚で、スパイもしていた。彼女には人間らしさがほとんど感じられず、ぞっとするような印象を受けた。彼女はカラスのような黒い髪と目、とても大きく薄い唇と大きな頤をしていた。人間のものか獣のものかわからないような彼女の表情をはじめて見た時、私は驚き、どこかで彼女を見たような気がした。後になって私は、彼女が、フランドルの画家ヒエロニムス・ボス[30]の描く魔女に似ていることに思いあたった。

しかしカルメン・モリでさえ、マリア・クヤフスカの信念とエネルギーを揺るがせ妨害することはできなかった。クヤフスカは病人の真の休憩所をつくろうと夢み、私は彼女を手伝いたいと思っていた。私は苛ついていた。診療棟で働いているのに、まだあの酷い棟に住まねばならなかったからである。ある日、点呼の後、私は今いる囚人棟に留まるように言われた。事務所で働く友人は、片付けの最中に、机の上にあった手紙を読んだ。その手紙はベルリンのヒムラーの事務局から来たもので、私の配置転換を固く禁じる内容だった。私が縁を切りたいと願う緑の腕章を決して外させてはならず、ポーランド人棟以外の、フランス人やジプシーのいる棟の室長として働かせねばならない、という内容だった。

それは逮捕されて以来、最悪の瞬間だった。その時私は、自分が心底不幸だと感じた。ドイツ人は私に緑の腕章をつけさせることで女囚らの憎悪の対象とし、ポーランド人女性から遠ざけ、不本意な状況に置くことで、私を「罰した」のである。

私は診療棟に配属された時、救われた気がしたが、今やその望みも崩れ去ったのだ。

そこで、私は歯をくいしばり（他に手だてはなかった）、じめじめした寒い一九四四年の春を何とか過ごしたのである。春の終わる頃、新たに移送されて来る人々が増えた。その中には、知的な政治犯のフランス人女性が多数含まれていた。彼女らに対する第二七棟のフランス人女性の態度は酷いものだった。私がとりなしを頼んだ、ポーランド人に友好的なモンフォール夫人も何もできなかった。私たち全員の尊敬を集めるイヴォンヌおばさん（フランス海軍提督ルローの未亡人）でさえ、なすすべがなかった。

フランス人のほとんど誰もドイツ語ができないことが最大の問題の一つであり、それがフランス人を室長にすることを難しくしていた。問題が改善されたことが一度あった。ドリアが私たちと一緒に働くのを公式に認められた時である。看守らには、「ドリアの助けがあれば、棟全体の規律が何倍も良くなる」と言って、何とか同意してもらった。だが、道徳的に強靭なドリアはとても感じやすく、同胞の意地悪に苦しんだ。その頃、多数のベルギー人女性が入って来た。その中に、ブリュッセル出身のゴメル夫人とその娘がいた。娘はラテン語研究者でとても背が高く、知的で美しく、物静かで熱心なカトリック信者であった。残念ながら、この二人は間もなく私たちの棟から去った。彼女らはベルギー人とフランス人「政治犯」グループとともに、「ウサギ」のいる第三二棟に移ったのである。そこには、ケーテ・クノルというとても残忍なドイツ人棟長がいた。そこにいるフランス人やベルギー人女囚たちの書類にはNNという印がつけられていたが、それはおそらく「夜と霧（Nacht und Nebel）」という意味であろう。収容所に彼女らがいることは祖国では秘密にされていたため、彼女らは小包も手紙も受け取れなかった。「NN女囚」が出て行ったことで、第二七棟は来たばかりの良識ある同居人を失った。

残った人々の中で最も変わった女性は、メール・マリーと呼ばれる、スコブツォヴァという苗字の亡命ロシア人[31]で、長く住んでいたパリで逮捕されたため、フランス人とされていた。彼女は正教の修道女だった。結婚し子供もいたが、司祭となった夫と別れ、自らも修道院に入った。メール・マリーは、第二七棟の中ではラーフェンスブリュックに入れられたことに不満を言わない唯一の人物だった。というのは、彼女には並外れて多くの仕事があったからである。彼女はウクライナ人やロシア人、とりわけ赤軍女性兵士の棟で弛まず働いていた。メール・マリーはそこで日曜日や休憩時間を過ごしていた。彼女は何人かの女性を帰依させることに成功し、また多くの赤軍兵士に生まれて初めて、「キリストとは何者か」を教えたのである。その一方で、彼女は神を信じないヨーロッパへの軽蔑を隠さなかった。彼女は自分の棟で、フランス人女性に対して、気骨のなさと勇気のなさ、軽率さを咎めながら、誠実かつ不愛想に自分の考えを説いていた。それにもかかわらずフランス人に公平だったので、尊敬されていた。ポーランド人に対しては、軽蔑はしないものの、ロシア人の常として、心底から嫌っていた。私とは個人的に親しくなり、ポーランド人が西欧に対して持つ幻想について、とても興味深い会話をした。彼女は二五年間もパリに住んでいながら間違いだらけのフランス語で、こう言った。「創造的な精神的潮流はパリからも西欧からも出てこなかった。未来はアジア、とりわけ変化するに違いないロシアから生じるであろう。終焉を迎えたヨーロッパからではない。」この特異な女性が強く信じるキリスト教は、彼女の強い知性と結びついてはいるものの、彼女のアジア的魂にはそぐわないように思われた。

世界情勢はかなり定期的に知ることができた。私たちは、「今に大事件が起こるだろうが、すぐにではない。なぜならドイツ人がローマを死守しており、モンテ・カッシノは相変わらず彼らの手中にあるからだ」ということを知っていた。東方からの情報は、より乏しく、より不安なものだった。ロシア人がポーランドの領土に入ってきたら、どうなるのか。連合国は私たちの権利を守るために何かしてくれるのだろうか。私たちはお互いにこの問題をもち出しては、「西欧の国々は道徳的権利を重視しているのだから、侵犯し合ったり、ロシア人がヨーロッパの奥深くまで入って来たりすることを許さないだろう」と慰め合った。私たちは何よりも、戦いの終りが近いことを信じていたのである。

女囚の中には、自分はもう長くなく、臨終の日も近いと感じる者が増えていた。私も足や手が腫れ、寝汗をよくかいた。五月のある日、医務室に行くと、熱（偽ではない）があり、喉が腫れて息ができないほどだった。苦しい息をしながら私は、点呼に出てこない女囚を怒鳴れないこと、ビンツがこちらに向かっていることを考えていた。しかしこの下らない室長としての悪夢はすぐに消えた。数週間、私は熱を出して寝込んだのである。マリア・クヤフスカが私を診察してくれた。他のポーランド人女性たちも、私の寝ている病棟の部屋の窓の下に見舞いに来てくれた。病棟の中では、あらゆる民族の女性たちが妥協して暮らしていた。興味深い会話や「自由な」意見を交換する時間もあった。非常に苦しい状況だったが、自分たちは最小限の保護を受けているという意識が苦痛を和らげてくれた。が、気の緩みにつけこまれることもあった。病棟の棟長はカルメン・モリであり、彼女は絶えず全員のことを嗅ぎ回り、ドイツ人に報告していたのである。彼女が来ると、窓の下にいる友人たちは合図と共に消え、病人どうしの会話は囁き声に変わった。モリと看護婦長（モリに呼ばれるとすぐに姿を現す）は、金切り声で怒鳴り、罰し、追及したが、病人は横になったままだった。

ドリアは毎日来てくれた。というのも、彼女は室長として、常に何かの問題を見つけては、病棟に寄ってくれたのである。彼女はとても体調が悪そうに見えたが、皆と同様、希望に満ちていた。この頃私たちは皆、ドイツの敗北が間違いないことを知っていたのだ。モンテ・カッシノが陥落し、連合国軍が北フランスに入るのが期待できたからである。

ある日突然、思いもよらぬ、驚くような知らせが飛び込んできた。ポーランド人女性は板張りの寝台の間を飛び回り、同胞の病人の耳に何かを囁く。すると、それまで力なく横たわっていた病人が、俄（にわか）に起き上がり、情報をくれた者からより詳しい情報を得ようとする。しかし情報提供者はもうはるか向こうに行って、別の寝台にいる病人に情報を伝えている。病棟全体が囁き声で埋まったが、しばらくするとポーランド人女性らは大きな声で、思いがけない喜びを意味する新しい言葉を繰り返し唱え始めた。「ポーランド人がモンテ・カッシノを奪還した！」(32)

二週間後、主任医師のトライテ博士が、外来患者のひしめく医務室に駆け込み、「侵攻が始まった」と大声で知らせた。五分後には、それが収容所全体に知れ渡った。続く数週間あるいは数か月間、西欧の諸民族、つまりフランス人やベルギー人、オランダ人女性らはドイツ軍に占領された祖国の解放を待った。ポーランド人女性も待ったが、祖国の運命についての不安は日に日に強まっていった。

それからまもなくして、ドリアが私に、「頭がひどく痛み、とても気分が悪い」と言った。私は我慢強いドリアが苦痛を訴えたことに驚き、医務室に行くよう勧めた。彼女は、「あなたが良くなって、私を連れに来てくれるまで待つわ。そうすれば、前のようにすべてが上手く収まるわ。私はもう、二度死んだようなものだから」と言った。ドリアはフランスのことを話し、私に休暇に来るよう誘った。そしていつもより心をこめて別れを告げ、去っていった。次の日、ドリアから、「今日はとても気分が悪く行かれないが、明日は必ず連絡する」という知らせを受け取った。その翌朝、彼女は意識のないまま医務室に担ぎ込まれた。数時間後、ズデンカが私に、ドリアが亡くなったことを告げに来た。脳が原因だった。診療棟に来て一日もたたずに、彼女は亡くなったのである。

七月のある日、私は囚人棟に戻り、棟長として忙しく働くボルトノフスカを訪ねたが、残念ながら私の体力が弱く、大して彼女を助けられなかった。間もなく私は肋膜炎を患ったが、熱がなかったので医務室に行かなかった。それは、私がここで自然死するかもしれないと思った唯一の瞬間だった。

その頃、女囚の数が増加していた。あちこちから多数の女囚が送り込まれてきた。新入りは、ドイツの終焉が近づいていることを語った。七月二〇日、ヒトラー暗殺成功の知らせが届いた。真実を知ったのは、その翌日になってからである。数週間後、暗殺に間接的に関わったドイツ人女性が数人、収容所に来た。このまじめな女性たちは、「カティンの虐殺事件はドイツ人の仕業だ」と言った。ドイツではヒトラーに反対する者すべてにとって、共産主義のプロパガンダがどれほど大きな影響力を持っていることだろうか。たとえこの女性たちが共産主義とは何の関係もないとしても、モスクワが人類史上最も惨たらしい犯罪の一つと無関係だと説明するのに貢献したのである。

ポーランドからは多数の女性たちが送られてきた。彼女たちは皆、ポーランドの雰囲気がピリピリと張りつめており、近いうちに大事件が起きると期待していた。私たちは皆、国内軍総司令官のロヴェツキ*（暗号名グロト）将軍が昨年逮捕され、次の総司令官がタデウシュ・コモロフスキ*（暗号名ブル）将軍であること、国内軍が大規模な作戦を準備していることを、以前から知っていた。新入りは皆、「ソ連の態度は不明で、前線の向こう側で何が起きているかわからない」と語っていた。

夜、私たちはボルトノフスカの仕事部屋に座って何度も話し合い、断片的な情報から、ポーランドの状況を何とか知ろうと努力した。入手した情報が矛盾しているので、何か重要なことを見落としているに違いないと話していた。その頃、私たちが抱いた最も恐ろしい予感ですら、どれほど楽観的なものだったか、その時は知る由もなかった。

八月八日頃のこと、囚人棟は外部労働班からもたらされた情報に揺れていた。最初、その噂は謎めき、確たる裏づけもなかったが、二、三日後には明らかになった。「ワルシャワが戦っている」[33]という知らせである。その日から数週間、私は常にも増して一生懸命働いた。女囚を点呼に追い立て、医務室に連れて行くかどうかで女囚と争い、新しい輸送者を受け入れながらも、皆と同じく、何度も繰り返される伴奏のように、槌を打つ音のように、一つの言葉が心の中で響いていた。「ワルシャワ、ワルシャワ、ワルシャワ」と。

八月末、新たに輸送されてきた新入りを受け入れるために、第二七棟を即座に空にするよう命じられた。二四時間でフランス人とユダヤ人は、すでにぎゅう詰めになっていた他の棟に移され、第二七棟は清掃されて空けられた。

八月の太陽の照りつく暑さの中で働いていると、新しい輸送列車が到着した。それは、病棟の後ろにある有刺鉄線の向こう側に止められた。そこからは二日二晩、水や食物や救援を求める叫び声が聞こえていた。その内容は、「病人が多く出ている。原因はわからない」というものだった。叫び声は、見張っている警察犬の吠え声で時折かき消された。ニュータ・ボルトノフスカと私は相談し、ドイツ語を話せる私が保護拘禁収容所指導者となったビンツの所に行くことにした。道中、私は話す内容を考えた。私はビンツの執務室に入り、私を見て不機嫌そうな顔をしている彼女に、大きな声で出頭報告をした。その頃、収容所当局は権力を失いかけていた。ビンツは腕を組んで、「一体どうしたのか？」と聞いた。私はもったいぶった表情で、「収容所は恐ろしい疫病流行の危機に晒されております。それは有刺鉄線で阻めません」と話した。ビンツの目に浮かんだ恐怖の影を見て、私はさらに声を張り上げ、貨車の中の叫び声からわかった内容を話し、「大至急対処すべきです」と付け加えた。

「だが、一体どうしたらいいのだろう？」と、ビンツが絶望して尋ねた。「ともかく犬を閉じ込めて下さい。それから私に何人かのポーランド人女性を同行させ、収容所の外に出られるよう適切な警護をつけて下さい。私たちは水の入ったバケツと、食べ物の入った鍋を持って行きます。そこで何が起きているかわかったら、すぐに戻って報告書を提出いたします。」ここでビンツは頭を上げた。「何だって。それは駄目だ」と彼女は叫んだ。が、伝染病の恐怖が事態を動かした。彼女は私が望んだ命令をすべて出したのである。ただし、私が部屋の外に出ようとした時、ビンツは私が戻って来ても自分に近づかないこと、という条件をつけた。

私たちが現場に行くと、深刻な症状の女性が数人いた。病棟は彼女らを受け入れなかった。彼女らに番号がなかったからである。新たな騒ぎが始まった。再び看守長が恐怖心から降参してきた。私たちは担架をとり、病人を病棟に運び込んだ。後になって、病人が猩紅熱(しょうこうねつ)であることがわかった。何人かは亡くなり、何人かは回復した。その時、健康だった者は食物と飲物を受け取り、便所の穴を掘った。私たちは働きながら質問を浴びせた。わかったのは、彼女らはワルシャワのヴォラ地区から来た者たちで、商店主や行商人であること。彼女らに「全く罪がなく」、「政治とは全く無関係である」ことは、聞かないでも明らかだった。彼女たちが願ったのはただ一つ、所持しているかなりの量の金を隠すことであった。しかし、その他の、様々な身分や年齢の女性たちは歯を食いしばって黙っていた。彼女らがやっと口を開いた時に発せられたただ一つの問いは、「私たちはここで、ドイツ人のために働かなければならないの?」というものだった。彼女ら全員に共通していたことがある。私たちが、「ワルシャワはどうなっているの?」と聞いた時、答えはただ一言、「ワルシャワはない」というものだった。「ないって、どういうことなの?」「ワルシャワは燃えている。誰もそこから生きて出られない。そこはもう、町ではなくて廃墟なの。ワルシャワはもうないのよ。」私はニュータと一緒に棟に戻りながら、彼女らのことを憤慨していた。「何だってあんな集団ヒステリーが起きるのかしらね。ずっと同じことばかりしゃべっているわ。ワルシャワで何が起こったかじゃなくて、ワルシャワがない、だけなんて。」私より賢いニュータは黙っていた。彼女の顔からは血の気が失せていた。

その日から九月の半ばまで、昼も夜もひっきりなしに、ワルシャワから大勢の人々が輸送されて来た。人々は病棟の背後にある、屋根もない空き地に溢れた。女囚の流入に対処できない当局は、収容所内に巨大なテントを張ることにした。そこには週に何度も、ワルシャワから「難民」が運ばれ、空気も水もないままひしめき合っていた。看守長はもはや、私たちポーランド人棟長や室長に逆らわなかった。そこで私たちは、食べ物や水を持ってテントに行き、病人や死者をそこから出し、新入りに質問を浴びせ、血縁者や友人を探した。様々な女性がいた。ある輸送団の中には、監獄から抜け出し、燃えさかるワルシャワから大量の貴金属を盗んできた犯罪者がかなり多くいた。この莫大な量の貴金属のほとんどはドイツ人のものになり、少しばかりが収容所に残され、風紀を乱した。その頃、収容所では新たな「組織化」が行われていた。輸送団が到着して、新入りが入る風呂場に行くだけで、誰でも物持ちになれたのである。だが、難しい時もあった。女看守が見張っていて、よりましな品物を自分のものにするからだった。かつては、新米囚人の所有物は囚人私物置場[34]に置かれていたが、私たちの夥しい私服の山は、一九四四年から翌年にかけての冬、「敵の空襲によって財産を失ったドイツ市民のために」奪われた。今やワルシャワから来た人々は余りに多くの物を所持していたので、輸送直後に彼女らが入る風呂場から、誰でも勝手に何でも持ち去ることができた。そこには、洗礼の記念メダル[35]、化粧用コンパクト、時計や夜会服、祈祷書や鍋、銀の匙や貴金属の食器セット、鏡、羽毛布団、バイオリン、絹の美しい下着、スカーフなど、ワルシャワのかつての日常生活の断片がすべて一緒くたに置かれており、ぞっとするような光景だった。その後も続々と、女性たちが収容所に入ってきた。

ある時、ワルシャワのどこかの老人ホームから、信じられないほど意地悪なベラルーシ人老婆のグループが到着した。彼女らと比べたら、システィナ礼拝堂にあるクーマエの巫女像[36]でさえ、若々しく魅力的に見えるほどである。子供連れや妊娠中の女性もやって来た。彼女らはラーフェンスブリュックで出産した。今や収容所では出産も許されていたが、子供の多くは単に衰弱のために亡くなった。妊婦たちが到着した時、私はビンツに、彼女らは難民にすぎず、「私たちのような犯罪者ではない」という理由で、彼女らにミルクを与えるよう説得した。この方法は効を奏し、ミルクは与えられたが、量が足りないうえに不規則だった。

女性たちが精神に異常をきたし、話もできない状態で到着することが何度もあった。道中、母か娘あるいは姉妹が、何かの手違いで別々の貨車に乗せられ、下車してから、その貨車が別の収容所に向かったことがわかることもよくあった。バラノフスカという女性は私に、「ドイツ人に捕まったので、二人の子供をワルシャワに残したままだ」と話していた。彼女の隣にいた女性たちは、「あの人の八歳の息子が爆死したのを見た」と私に囁いた。私は彼女らに、母親には当分の間その話をしないように頼んだ。その子だったかどうか、わからないからだ。だが、それは何の役にもたたなかった。午後になって、寝室から物凄い悲鳴が聞こえた。バラノフスカ夫人が子供の死を知ったのである。もう一人の女性は毎晩一回か二回、獣のような叫び声をあげて目を覚ました。とうとう彼女が打ち明けた秘密とは、次のようなものだった。彼女は夜眠れず横になったままだが、眠りにつくとたちまち、見たことが脳裏にありありと浮かび上がってくる。それは、彼女の一七歳の娘がヴラソフ隊[37]に強姦され殺される光景だった。また、早朝の点呼の時に、母親の横で弱々しく立っていた若い女性が突然嘔吐した。私は彼女を座らせようと丸椅子を持ってきた。すると、母親が言った。「たぶん娘は妊娠しているから、絶えず吐いているの。あの子は何度かヴラソフ隊に襲われたの。」

輸送者の数は、ワルシャワの地区が陥落するにつれて増えていった。ヴォラ地区、スタレ・ミャスト地区、モコトフ地区、ジョリボシュ地区、シルドミェシチェ地区。ラーフェンスブリュック行きの列車の半分以上は私たちの棟の前に着き、再び出て行った。ポーランドで仕事を見つけられた人々はほんのわずかである。大部分は、工場や飛行場を建設するためにドイツに送られた。労働力需要は、総力戦の最終段階でも甚大だったのである。

思想的な理由からドイツの軍需工場で働きたくないという人々を助けるために、様々な、時には非常に危険なことをしなければならなかった。その方法に最も長けていたのが、ボルトノフスカだった。彼女は、体は弱いが強靭な精神力を持っていた。彼女はドイツ人を困らせることを何よりも生きがいにしていた。彼女が棟長を務める第二四棟にフランス人政治犯がいた頃、彼女らは弾薬工場での労働から何度も救われた。その中に、ド・ゴール将軍の若い姪がいた。ボルトノフスカは何度か彼女を、一度はすんでのところで、工場労働から救った。手順は次のようである。棟長に、指定された時間に労働局に行くべき者の番号を書いたリストが届けられる。リストが早めに届き、定められた時間がわかれば、その二四時間前に、対象者が「重病にかかった」ふりをすることで、一日か二日は労働を免れることができる。その目的のために、様々な方法を用いて、できるだけ体温を上げなければならない。例えば、肛門にニンニクをおし込むことなどである。

リストに従い、棟長や室長が女囚を労働局の前に五列に並ばせると、労働指導者（アーバイツフューラー）プフラウムが「生ける商品」を扱う商人らとともに現れる（すぐ来る時もあるが、数時間待たせることもある）。この粗暴な太った男は、ボルトノフスカと私をとくに嫌っていた。彼は私を見るなり、拳を振り回してこうわめく。「輸送の時にごまかすのはお前だな。俺は知ってるぞ。お前が棟長と一緒にごまかしているのを。今にお前らを捕まえてやるから、待ってろよ！」幸い、ヒトラーの終りが来るまで、プフラウムは私たちのやり方を見抜けなかった。

一九四四年秋、労働局の仕事は多数の流入者のために増える一方だった。私たちの仕事はさらに困難になった。ワルシャワからの「難民」の中には、どんな状況でも別れたくない人々がいた。すなわち一家全員、あるいは姉妹、最多は母と娘である。ドイツでの工場労働に思想的な抵抗を持たぬ数多くの女性は、喜んで工場に行った。そこでの生活条件がここより良いことを知っていたからである。ただし、彼女らはどんな犠牲を払っても、年老いた母親を連れて行きたがった。とはいえ、母娘を一緒に連れて行くことは難しかった。ある時、娘の方を使おうとした「商人」が母親も連れて行ったことがあったが、それは例外である。時々、プフラウムがひどく酔っ払って、母親を選んだ工場長に、弱々しい娘も有能だと説得するような場合、労働力がとくに必要な時に限り上手くいったが、稀だった。通常は、『アンクル・トムの小屋』に出てくる一シーンのように、商人たちは女性の手足を慎重に調べ、適切な商品か粗悪品かを見定めるのである。「合格者」は医務室に「身体検査」に送られる。彼女たちは裸になり、時には戸外で数時間、自分の番が来るまで待たされる。その時、列の囲りをSSの男たち（もちろん医者ではない）がうろついているのが見られた。数時間後、彼女たちはトライテ博士の前で行進させられる。博士は、輸送用の印をつけられた者を拒否することはほとんどなかった。そのあと、医務室でリストが作られたが、医務室で働くポーランド人女性たちは、私たちの頼みを聞いて、民族に関係なく、思想的理由で工場に行くのを拒む女性の番号をリストからはずしてくれた。この行動は彼女らにとって大きな危険を伴った。労働局のオーストリア人女性と、ドイツ人女性イルゼの確認が必要だったからである。医務室のポーランド人女性らは何度か、私たちが頼んだ女囚が最後の瞬間、「消えた」ことにしてくれた。

このようにして一九四四年の秋、かなりの数の国内軍女性兵士[38]がドイツ軍需産業のための労働を免れた。彼女たちは収容所で「ぶらぶらして」いた。その中には、「ドイツ軍と戦っていたワルシャワのバリケードや地下弾薬工場から、まっすぐドイツの軍需工場に送られるくらいなら死んだ方がましだ」と言う者もいた。残念ながら、その全員を助けることはできなかった。それを思うと、とても胸が痛む。

最終リストに載せられた女性たちは、定刻（通常は夜一一時）に浴室に行かねばならない。そこでは、到着した時よりはるかに細かく調べられ、持ち物すべて（文字通りすべて）を剥ぎ取られる。女看守クノップフ（かん高い声をした残酷な「すずめ」）が、女性たちを見張っていた。殴ることもよくあった。あるウクライナ人女性は、ロザリオを手放さなかったために、血が出るまで蹴られた。また、子供の写真を決して手放すまいと英雄的に戦う女性もいた。入浴中の者の所有物を室長が隠すことは大きな危険を伴うので、ごまかすためには策が必要だった。

明け方近く、すべてを奪われた女性たちは、五人の列になって収容所を出て行った。一一月だというのに、彼女たちは、奇妙な十字のつけられた、花模様のついた色とりどりの安物の夏服を着せられ、靴下もコートもないのだった。縞の囚人服がかなり前から不足していたためである。女性たちの仕事場が遠く離れた他の収容所である場合、彼女らとの連絡はつかなくなる。仕事場がラーフェンスブリュック内の工場である時には、爆撃がひどい時にも、女性たちは帰って来られた。

空襲は次第に頻繁になった。空襲で仕事がしばしば中断されたので、「夜の楽しみ」が持てた。私たちは仕事部屋に座り、目を見張り、耳を澄ましていた。ある時、室長のクリスティナ・ドゥナイェフスカが沈黙を破った。二人のパイロットの母である彼女は、「ひょっとすると、私の息子たちがちょうどこの上を飛んでいるところかもしれない」と言った。空襲時に何度か、収容所全体が灯りに照らされた。飛行機から収容所の写真を撮っているのだろう。間もなく、収容所の四隅の上を漂うかのように落ちてくる、四つの緑色の風船のようなものが見えた。周囲に爆弾が落とされたのだ。この目に見える「空からの援護」の結果は、予期せぬものだった。ゲシュタポの高官がベルリンからやって来て、所長になったのである。私たちはぞっとした。

ワルシャワからの輸送が止まった時でさえ、収容所の仕事は減らなかった。ドイツの支配領域が狭まれば狭まるほど、様々な方面からの輸送が頻繁になったからである。ドイツ軍は退却した場所から女性たちを続々と収容所に送ってきた。フランス、オランダ、ユーゴスラヴィア、イタリア、ポーランド、ハンガリーなど、「ヨーロッパ要塞」全体から女性たちが送られて来たのである。

晩秋のある日、五〇数人のギリシャ人女性が輸送されてきた。困ったことが起きた。彼女たちの中で、ギリシャ語以外の言語を話せる者がいなかったのである。彼女たちが私たちのつけている「P」の文字を指差して、ポーランド人に対する敬意を表わし、真心ある対応をしてくれたのには感激させられた。彼女たちのほとんどは素朴な女性だったが、一人だけ例外がいた。彼女はスーラという名で、サロニキ出身の法学部の学生で、一九歳だった。彼女はすらりとして誇り高く、その美しい横顔は素晴しい先祖を想起させた。彼女は、ギリシャの山中で小軍団の首領として武器を手にして戦い、捕えられた。スーラはフランス語が「できた」から、通訳でもあった。彼女はフランス語が少ししかわからなかったものの、流れるようにしゃべった。彼女の奇妙な発音のために誤解も生じたが、私は何とか聞き取れるようになった。メクレンブルクの秋に、夏服を着せられて点呼に立たされ、寒さで凍えても、スーラは一度も愚痴をこぼさなかった。

ある日、彼女を喜ばせようとして、私は彼女にホメロスの詩を数節、口にした。スーラの反応は思いがけないものだった。彼女は黒い巻き毛の美しい頭を後ろにそらした。その瞬間、その目はえもいわれぬ誇りに輝き、自らを永遠のギリシャの代表と感じたようだった。スーラは私の前に立って、『イリアス』の長い一節を暗唱し始めたのである。私たちの周囲には、口げんかをやめた女性たちが集まり、静かに聞き入った。彼女らは、言葉はわからないものの、厳かで耀かしい表情を浮かべる誇り高い娘の姿を驚嘆して眺めていた。彼女らは明らかに、この声と外国語の詩が、この醜悪な世界とは無縁であると感じていた。私たちは格調高い英雄の詩に聞き入り、囚われの身であることを忘れた。

ある時、スーラは私に、「私たちギリシャ人はポーランド人の管理下にあるから、ラーフェンスブリュックでは気持ち良くやっていかれる」と言った。仲間たちも彼女から、ポーランド人が自分たちと同じ目的のために戦い、最も多くの犠牲を出していること、ポーランド人だけが侵略者に対して徹底的に抵抗していることを聞いていた。また彼女たちは、ポーランドで最も優れた人々が殺されたことも知っていた。はじめのうち私は、彼女らの話していることがよくわからなかった。そこで私は、トゥキュディデスの中で唯一覚えているペリクレスの演説の一文を口にした。「世にしるき人々にとって、大地はみなその墓である」（原文はギリシャ語）[39]。するとスーラは私をじっと見つめ、それから棟の中に駆け込み、仲間を連れて戻って来た。彼女は仲間たちに、「ポーランド人はギリシャからずっと離れた遠い北の地に住んでいるのに、ペリクレスがどういう人物であり、アテネの自由が世界にとって何だったかを理解している」と説明したようだった。それから彼女は、ペリクレスの演説の最も重要な一節を暗唱した。それは、自由と祖国への愛が人間の最高の財産であることを説いたもので、二五〇〇年後にもその魅力を失っていなかった。

その後、ギリシャ人女性のほとんど全員が移送されることになった。スーラは数人の病人とともに残ることになっていた。私たちが棟に戻ってきた時、彼女は私の首に飛びつき、「私も仲間と一緒に移送してほしい」と懇願した。それは思いもよらぬことだった。あらゆる民族の女性たちが、自らの兄弟に銃弾を浴びせずに済むように、どんな犠牲を払ってでも移送を避けているのに、スーラは行きたいと言うのだ！　私が彼女の言うことがわからないのを悟ると、彼女は歯を食いしばり、一言こう言った。「サボタージュ」と。スーラは私にウィンクしてみせた。その時私は、彼女の高貴な顔に全く似合わぬ奇妙な粗暴さを見て驚いた。彼女は、「命令だから、行かねばならない」と言った。彼女は、どんなことがあっても仲間と離れてはならないと命じられていたのである。彼女らは善良で勇敢だが、あることを理解していなかった。すなわちギリシャの名誉ということを。スーラの願いはかなえられた。

夜、移送団が出発する時、看守が近くにいないのを見計らって、ギリシャ人女性たちはお別れに、ポーランド人女性に敬意を表して、自分たちの自由の歌を歌った。彼女たちは涙を流していたが、声は震えていなかった。歌は憂いに満ち、情熱的だった。

棟の中は、食堂にも新たに三段の板張り寝台が設置されたために、人で溢れかえっていた。棟の住人は、食べる時も寝る時も三段寝台（一人分のスペースに三人が寝る）の上で過ごさねばならなかったので、潰瘍が流行した時などはたとえ様のないほど悲惨だった。病棟や食堂で働く者と、棟長、室長および最古参の女性だけが自分の寝台を持っていた。この特権は大きく、棟が満員の時にはなおさらだった。こんな状況下で虱と戦うのは、溺れた者が波と戦うようなものである。

一万五〇〇〇人分に設計された下水道設備は、必要な数の三分の一しかなかったので、始終故障した。そのため女囚らは、戸外で用を足していた。棟の傍で済ます場合は、自分の棟の近くではない。看守に見つかると、棟の居住者が厳しく罰せられるからである。

しかしながら、テントではすべてが無意味だった。晩秋、テントには四〇〇〇人以上の女性がひしめいていた。彼女らは主に、アウシュヴィッツから移送されて来たハンガリーのユダヤ人女性だった。テントの中では息もできず、横になる所もなかった。数少ない仮設便所も壊れていた。そのため、テントの下には大小便が流れ出し、悪臭を放つ排泄物が渦巻いていた。そのうえ、昼も夜もテントから漏れる四〇〇〇人の女性の呻きや叫びが、収容所全体に響きわたっていた。かつては物静かで温和だったテントの棟長、ハンナ・ザトゥルスカの大きく開いた目は恐怖に満ち、表情は歪んでいた。彼女はテントで起きていることをほとんど話さなかった。彼女が漏らしたのは、複数の死体を引きずり出すのは技術的に困難であり、ましてや死体の身元を確認するのは不可能だ、ということだけだった。

ある時、彼女は私に、何気なくこう言った。「今日は別の問題が起きたのよ。若くてとてもきれいなハンガリー人女性が、突然、発狂したの。死体に話しかけ、場所もないのに、踊りながら死体の上を飛び回ったのよ。」

一〇月の終り頃、私は第三二棟の棟長になった。そこには「NN」と赤軍女性兵、そして「ウサギ」たちがいた。私は喜んだ。それまで「ウサギ」たちは棟長のケーテ・クノルにひどくいじめられていたからだ。彼女らに危機が迫る時、私は彼女らとともにいられると思ったのである。

ニュータ・ボルトノフスカと別れるのは辛かった。私たちはお互いに性格が異なるものの数か月間一緒に働き、とても息があっていた。不屈の精神に裏づけられた彼女の知性からは、大きな影響を受けた。ニュータは私たちの中で最もしっかりしていた。彼女はドイツ人に抵抗し、あらゆる所で、それこそ彼女が一歩歩くごとに、ドイツ人を敵に回した。彼らはニュータをとくに憎んでいた。ドイツ人に対する彼女の冷淡で高慢な態度は彼らを苛立たせた。彼女が彼らにコンプレックスを感じさせるからである。ドイツ人は自惚れは強いが自尊心がほとんどないので、自尊心を持つ者を見ると苛立ち、生意気だと言って激怒するのだ。彼らは私たちにこんな悪口を浴びせていた。「Pという字をつけているくせに、そんな傲慢な態度をするな！」そう言われると私たちは皆、満足感を覚えた。

女囚の中には、ボルトノフスカに対して親切で献身的な友人が多くいたが、そうでない者もいた。とくに彼女が冷淡な態度をとる時にはそうだった。彼女はすべての者に愛想よく振る舞っていたわけではなかった。ボルトノフスカが「妥協」を知らないため、彼女の前で恥ずかしさを覚えた者は何人もいる。私が転任した数日後、収容所本部のドイツ人らは、「囚人棟のドイツ人女性がボルトノフスカに不当な扱いをされた」と告発した。それは事実に反していた。実際は、そのドイツ人女性は受けたとされる行為を全く受けていなかった。詳細は覚えていないが、ボルトノフスカは点呼のさい、棟の皆の前で女看守に顔を平手打ちされ、その後、数日にわたって本部の前に立たされた。私は彼女の心臓が悪化するのを怖れ、医務室から盗んできた心臓病の薬を彼女に渡した。彼女はいつもどおり毅然としていた。ドイツ人看守らは彼女に、「他の収容所へ移送する」と言って脅したが、私たちは彼女を病人として病棟に匿った。事実、彼女はその事件後、病気に罹ったのである。

始めのうち、私は新しい仕事場でうまくいかなかった。この棟の構成は、他の囚人棟とはかなり違っていた。ここにいる保護拘禁女囚は、三つの集団に大別される。「ＮＮ」とソヴィエト女性兵士、そして「ウサギ」たちである。彼女たちはそれぞれ孤立していた。「ＮＮ」の中のノルウェー人女性たちは、規律正しく気品があり、文化的だった。彼女らは「政治犯」に数えられない唯一の民族であり、収容所全体で敬意を持って扱われていた。フランス人とベルギー人も、第二七棟よりはるかに良い扱いを受けていた。彼女らは共産主義化していたが、私との個人的な関係は悪くなかった。もちろん、彼女らを朝の点呼に引っ張り出すのは一苦労だったが、それ以外に大した問題はなかった。なぜなら、彼女らはこの棟で、自分で食物やパンを運んで来る必要がなかったからである。それはすべてソヴィエト女性がやってくれた。彼女たちは行列に並んで食物を受け取り、自分たちの棟のみならず、病棟にも食物を届けてくれた。点呼後に、もう一つの問題が女囚らを待ち受けていた。定まった仕事のない「待機要員（フェアフュークバー）」と呼ばれる女性たちは、収容所広場の労働局の看守の前で、五人の列をつくって行進しなければならず、そこから仕事に選別されるのである。私の棟では、「待機要員」はフランス人とベルギー人であった。「ウサギ」たちは働かず、他の者には定職があった。そのため、私はフランス人を収容所広場に連れて行かねばならなかったが、一時も彼女らから目を離せなかった。そうでなければ、彼女らは逃げようとし、行進には誰も参加しなかっただろう。しかしながら、まだ暗い早朝（点呼は四時半だった）には人の姿が見えないので、彼女らを見張ることはできなかった。私は無能とされ、脅かされたが、誰かを見つけられないからといって、罰せられることはなかった。周囲は日ごとに無秩序になっていたからである。ある時、やっと「待機要員」に仕事が見つかった。仕事は楽だったので、彼女らは喜んで通った。そこでは、衣料を含む多くの物を「組織できる」からでもあった。フランス人らは最初、店で売られていた鍋や服、家具や靴といった夥しい量の新しい製品を整理することを命じられた。彼女らは靴を数足くすねてきたが、そこにはワルシャワの会社名がついていた。しばらくして新品の整理が終わり、中古品の整理に移った。それらは整理後、車両で送り出されることになっていた。そこには、カーテンや陶器、羽毛布団から子供の玩具に至るまで、ありとあらゆるものが揃っていた。

そこに動員されたポーランド人のアンナ・ラソツカ夫人は、ワルシャワの自分の家にあった品物をそこで見つけた。彼女は自分の所有物を何一つとして自分の物にできなかったが、多くの女性がそこで着る物を入手し、死なずにすんだ。その頃にはもう、それを咎める者はいなかったのである。新たな移送者は相変わらず続々と到着していた。ひっきりなしの空襲のために、すべてはガタガタだった。ドイツ人の間にも恐怖心が広がり、厳格な規律を誇っていたその雰囲気は見る影もなくなった。しかし囚人の状態は一向に改善されなかった。空前絶後の過密状態と恒常的な騒音の中で人々がひしめきあい、あらゆるものが不足していた。収容所は驚くほど不潔になり、虱がはびこった。シーツや布団などはとうに消え失せ、毛布もほとんどなく、食べ物は不足した。ジャガイモは底をつき、ゆでたカブだけになり、土曜のソーセージ料理やマーガリンはなくなった。唯一の栄養源である食糧小包さえも、ドイツ軍が撤退するにつれ届かなくなった。国際赤十字からの小包さえ、ドイツ人は数か月間、囚人による「受け取り禁止」にした。そのため、私たちの小包の山が所長室に積み上げられていた。それらは後になって、ドイツ人らが苦労して運び出した。しかしその頃は、収容所警察長官ラムドーアの愛人や密告者たちが、国際赤十字の小包をくすねていたのである。冬のある時、ドイツ人らが突然、小包を配り始めた。ある者は少々空腹が満たされ、歯茎も少しばかり治ったが、それは巨大な収容所の中では大河の一滴でしかなかった。

囚人の健康状態は次第に悪化していった。女囚たちはみるみるうちに弱り、赤痢か何かの伝染性の下痢に罹り、それは収容所に蔓延した。病気は腸を弱らせ、食べ物はすぐに体内から出てしまい、体を回復させないので、病人はさらに飢えた。この下痢は発熱を伴わなかったため、女性たちは病棟に入れず、棟内で過ごし、点呼に出なければならなかった。点呼の後の広場は悪臭を放つ糞尿で覆われ、毎晩、寝室から故障中の便所へと、糞尿の流れが幾筋も続いた。夜中に何度も、叫び声や争う声が聞こえた。それは三段寝台の上の方から下の段に糞尿の雫が滴るためだった。棟の外側には、汚穢が八〇センチほどの山となって積み上げられた。

怖しい事態が起きていた。フランス人女性が次々と死んでいったのである。苦しみもせず抗いもせず、時には眠るように亡くなった。それは主に明け方に起きた。点呼の前、死者の隣にいた人が駆けつけてくる。「マダムXが亡くなりました！」「いつ？」「わかりません。明け方には、私たちはまだ話をしていました。私が起きた時、彼女は冷たくなっていました。」その時、私は列の先頭に立ち、前もって提出していた囚人の数を変えなければならなかった。しかし、「一人が死んだ」とは書けなかった。棟内で死ぬことは禁じられていたからである。死亡は病棟でのみ認められていた。そこで、「派遣者一人」と書くほかなかった。実際には、「死への」という語を括弧に入れてつけ加えるべきだろう。こうしたやり方が理想とされていたのである。囚人の死の報告が間に合わないため、点呼に死人を連れて行かねばならない棟もあった。

ある日曜日、年配のガネー夫人が亡くなった。彼女は収容所に長くおり、いつも規律を守り、親切で、大革命時代のフランス人貴族を髣髴とさせる威厳のある女性だった。彼女は全くの正気で、私に、「最後まで仲間と一緒にいたいから、病棟に連れて行かないでほしい」と頼んだ。私は彼女の状態が、熱はなくとも病棟に入れるほど重篤であるとわかっていたが、あと数時間後に死ぬ人間にベッドが必要だとも思えなかった。病棟では病人が床に半裸で寝かされ、死を待っていたのである。フランス人たちはガネー夫人を棟内に留めておくよう懇願した。しかし、午後二時に総点呼がある。そこには病棟にいる者を除く女囚全員が出席しなければならない。しかも病棟には、朝に病人を連れて行かないと受け入れてもらえない。そのため私はとても困惑して、懇意にしていたフランス人医師ドーラ・リヴィエールを連れてきた。ドーラは病人を診察し、二時間はもたないだろうと告げた。そこで私は危険を冒して、老婦人を棟内に留めておくことにした。彼女は一時にはまだ生きていたので、私は彼女を点呼に連れて行かねばならないと思った。一時半に女看守が大声で総点呼を告げに走ってきた時、ガネー夫人はすでに「天国へ派遣」されていた。

グループ全体が死の恐怖にとりつかれていたのは言うまでもない。最もしっかりした女性さえそうだった。しかし、室長のシモーヌ・ライエたちは勇敢にも、最後までグループをまとめるために戦った。死者を目にするのと死体と一緒に生活するのとでは、全く別の話である。事態がさらに悪化したのは、一年前まで監獄にいたフランス人移送者たちが新たに到着してからのことである。この女性たちの多くは年配で、肉体的にも心理的にも数回の点呼に耐えられず、肺炎や下痢に罹っては、ばたばたと死んでいった。彼女らとともに、フランスで捕まったイギリス人数人がやって来た。彼女たちにはとくに悩まされた。というのも、彼女らは病気になると、特別な看護と保護を要求したからである。シモーヌ・ライエと私は彼女らに、「ラーフェンスブリュックにいる限り、そんなことはありえない」と説明すると、彼女らは決まってこう言った。「でも、私は英国人なのよ。」そして、彼女らは亡くなった。

フランス人とベルギー人の新しい移送者グループの到着は、赤軍女性たちとの関係を悪化させた。最初から尊敬され特別扱いされている赤軍女性たちは、今や「明日の勝利者」として扱われ、日毎にずうずうしくなっていた。フランス人らがよろめきながら到着した時、毛布を六、七枚持っていたロシア人は、「一枚をフランス人に渡したらどう?」という私の提案を断った。そこで私は、理にかなった分配をするよう主張しなければならなかった。「私は共産主義者ではないけれど、ある者が毛布を六枚も持っているのに、他の者は凍死するのは間違っていると思う」と私が言うと、赤軍女性らは賛成した。しかし、ある時彼女らは集団で私を脅し、フランス人らを震え上がらせた。シモーヌだけは赤軍女性らを恐れなかった。シモーヌは勇敢な態度ゆえに大きな影響力を持っていたものの、規律を守らない女性たちから嫌われていた。

毛布も助けにならず、フランス人たちは次々と亡くなっていった。遺体あるいは骸骨化した遺体は、棟内で裸にし、その胸にペンで識別番号を書き、死体置き場に持っていかねばならない。担架など手に入るわけはなかった。そこで、袋状にした古い毛布か、クロゼットの戸板（洗ってあるのは稀）で死者を運んだ。死者の親しい友人の体力を維持するため、私は遺体をできるだけ一人で運んだ。私は多くのフランス人女性よりも肉体的に強靭だったのだ。他に方法がなかったためでもある。

ある時、「マダム・ティエリが亡くなった」と女囚らが知らせに来たが、彼女の胸に識別番号を書く必要はなかった。ティエリ夫人は一時間前に起き上がって、体を洗い、自分で胸に番号を書いて横になり、亡くなったからである。「彼女は精神的には弱くなかったのだ」と私は思った。英雄的行為には様々な形があるものだ。私はマダム・ティエリの亡骸を死体置き場に運んだ。本来なら病棟が遺体を引き取るはずだが、当時は毎日一二〇～一三〇人もの死者が出ていたので、それは不可能だった。死者と生者が共に住まうという究極の悲劇を避けるには、棟長の良心か知性または経験がものをいう。しかしそれに等しい状態は何度も起きていた。

ある時、いつものように死体置き場に遺体を運んでいると、主にジプシー女性から成る死体処理班（ライヘンコロンネ）が、わめきながら私の所にやって来た。何かひどい悪態をついているようだったが、ほとんど理解できなかった。そこで私は、「一体どうしたの？　今まで揉めた事なんてなかったのに」と尋ねた。すると、彼女らはさらに声を張り上げてわめいた。「お前は死体に何か小細工をしているな。死体の手をこう組んだり（ここで彼女らは祈る時のように手を組み合わせた）、こう組んだりしている（腕を十字に組んだ）だろ。私らはそれがどういう意味だか、よくわかってるぞ！」そして再び悪態をついた。この騒ぎを聞きながら、奇妙なことに私は落ち着いていた。私は少し待ってから、静かに、きっぱりとこう言った。「あなたたちはそれが何を意味するのか、わかっているのね。嬉しいわ。それがどんなに尊いことかわかるというのは、大変幸せなことなのよ。」彼女たちは黙りこんだ。そして、まるで雷に打たれたかのように身じろぎもせず、恐ろしげに私を見つめた。それから視線を地面に落とした。額は黒い縮れ毛で覆われた。あたりに沈黙が流れた。私は彼女らに挨拶し、戸板を運びながら仲間と棟に戻った。その時以来、死体処理班は私を尊敬するようになった。後になってこのことを思い出すたびに、これほど不幸な生活の中でも、真理の輝きが見られる瞬間があるのだと思う。[40]

最後の瞬間まで死者に敬意を払い、体を洗い、横たえ、目を閉じさせることのできる看護婦もいた。しかし、そうでない者もいた。そうするだけの体力がなかったのである。

戦争の最後の冬、診療棟の前には、厳寒の中でよろめき、ほとんど倒れそうな体に何かを巻きつけた奇妙な姿の人々が長時間、列をなしていた。看護婦のいる所に行きつく前に、待っている者の何人かが亡くなり、列が短くなるのは毎日のことだった。ズデンカさえも時々、取り乱して泣いた。「ベッドも薬も、体力さえないのに、どうやったら治療できるというの！」実際に、ここで医者に診てもらっているのは、かつて女性だったことが信じられないような亡霊のような姿の人々だった。

死に満ちたこの絶望的な状況において私たちに残された唯一の力の源泉とは、知的欲求であり、それは次第に強くなっていった。その頃、素晴らしい幸運が舞い込んだ。アウシュヴィッツから来た一人のポーランド人が宝をもたらしたのである。彼女はさらに遠くへ移送されることになったので、それを私たちの所に置いていかねばならなかった。それは、一冊の英語のシェイクスピア作品集だった。この本には「士官用収容所（オフラーク）」のスタンプがついており、そのために奇跡的にアウシュヴィッツ・ビルケナウ収容所に密かに持ち込まれたのである。私はこの本を藁布団の中に隠して、時々それを読んだ。声を出して読む力はおろか、時間もない日々だったが、リア王やリチャード二世が私たちとともにあるという意識こそが、世界がまだ存在している証拠だった。

「講義」の要望も増えた。その頃、私には「ウサギ」たちの他に、五人の生徒がいた。彼女らの中心は、ハリナ・ヴォルファス*であった。彼女たちはとくに古典に興味を持ち、きちんと講義ノートをとっていた。ある時、ノートの一部が女看守に見つかってしまった。看守は何とかして、ノートから陰謀の痕跡を見つけ出そうとした。陰謀はすべてを崩壊させるとして恐れられていたのである。事態は重大で、厳しい結果になりそうだった。ハリナはこう説明した。「いつかそこに行ってみたいと思って、あちこちを旅した友人が話した地名や内容をメモしただけです。」看守がノートに書かれた「円形劇場」という語を示して、それが陰謀の証拠だとした時、事態は絶望的のように思われた。しかし、数人の人々の大変な骨折りのおかげで彼女は助かった。まじめなハリナの影響で、この生徒たちは私が収容所で教えた最良のグループとなった。

年が明けたばかりのある日、ハリナは数人の女性と一緒に懲罰棟に連れて行かれた。その中には、室長の法学博士ゾフィア・リピンスカも含まれていた。彼女らは皆、四年ほど前に、地下出版に関係した罪で、ワルシャワで捕まっていたのである。あくる一月五日夜、ハリナたちは友人の目の前で懲罰棟から引き出された。彼女たちは収容所の広場を抜け、門を通り過ぎた。そこでハリナたちは、所長室から戻ってきた二人のドイツ人女囚に出会った。二人はこんな時間に厳しい監視下で外出する集団を見て驚き、尋ねた。「あなたたちはどこに行くの?」ゾフィア・リピンスカは空を指差した。

その二日後、生徒の一人が私に尋ねた。「先生はこれからも私たちに教えて下さるのですか? ハリナがいなくなった今も?」私は、「もちろんです。これまでどおり、日曜日に六世紀のギリシャ文化について講義をします」と答えた。そして、講義をこれからどのようにやろうかと思い巡らせた。講義の直前、私はレンブラントの複製画が何枚か載っている小さな本を入手した。聴講生の待つ三段寝台の最上階で、私は彼女らの目を見ずにこう話した。「もし、反対がなければ、今日は古典の授業をやめて、レンブラントの宗教画について少しばかり話をしましょう。」[41]

一月五日の処刑は、長く続いた処刑の最後のものとなった。ラーフェンスブリュックで処刑されたポーランド人女性の数は、一四四人にのぼった。

それから数週間後、ポーランド人に好意的なウィーン出身の女性が私を訪ねて来た。彼女は何かを話したがっているようだった。「お時間はある?」と、彼女は尋ねた。「もちろんよ」「本部に行ってごらんなさい。そこには今、誰もいないから。執務室の横の小部屋に新入りがいるわ。」「ポーランド人?」「いいえ、ケルン市長の奥さんよ。そこに行ってね。知っていることをあなたに全部話すように、言っておいたから。」「何か面白いことでもあるの?」と、私は頭にかけたスカーフを結びながら聞いた。「もちろんよ。」私が出かけようとすると、彼女はこう付け加えた。「気をしっかり持ってね。」

私はそこに行った。執務室の横の小部屋には、まだ若い、背の高く元気そうなブロンドの女性が座っていた。「世界で何が起きているの?」と彼女に聞くと、彼女は私の腕にあるPという字を見て、こう尋ねた。「あなたはヤルタでの合意のことを知っているかしら?」[42]一五分後にそこから出てきた時、私は祖国なき人間になっていた。

数日後、ルブリン委員会[43]の主要メンバーの名が伝わってきた。私たちはそれを口頭で伝えあった。ラーフェンスブリュックには、ポーランド共和国のあらゆる地域から来た、様々な社会的政治的背景を持つポーランド人が集まっていた。にもかかわらず、誰一人として伝えられた名を知る者はいなかった。ビエルト*?　オスプカ-モラフスキ*?　ゴムウカ*?　誰のこと?　誰も聞いたことがないとは、一体どういう人々なのか。祖国の将来についての不安は、日ごとに強まっていった。この不安はエゴイスティックな感情とも結びついていた。それは、祖国の独立や人間の自由という理想のためにラーフェンスブリュックに入れられた私たちにとって、自らを犠牲にした意味がなくなってしまうかもしれない、という不安である。ここに囚われここで死ぬのは、残念だが、仕方がない。愉快ではないが、ありえることだ。だが、「目的が達せられさえすれば」、それはさほど重要ではない。しかし、ポーランドが裏切られ、世界の自由が踏みにじられた今、目的は失せ、私たちの犠牲が突然、意味のないものに変わってしまうのだ。今この時になって、私たち一人一人の苦しみや、ここで斃れた姉妹たちの記憶が汚されてしまうのである。

その頃、ニュータや私のような年配者は、新たな責任を感じていた。それは緊急ではあるが、とても難しいことだった。若い人々は当時、降り注ぐ共産主義プロパガンダのただなかにいた。困難なことだが、「共産主義とは何か」と聞く者に、「真実を話すこと」で、共産主義に全力で抗わねばならない。年長者の中でも、この問題に関する意見は分かれていた。マリア・クヤフスカと交わしたある夜の会話は忘れ難い。彼女は私を、病棟にある自分の「書斎」に連れてきた。そこでマリアは、ずばり核心をついてきた。「あなたは若い人たちに共産主義に反対する宣伝をしているわね。」「力の限りね」と、私は答えた。「そういうことをしてはいけないのよ。今、何が起きているか知っているでしょう。しばらくの間、共産主義やソヴィエト女性と仲良くやっていかねばならないのよ。それは簡単ではないけれど、妥協しなければならないのよ。若い人たちに、ロシアとその体制に逆らうようけしかけることは、断じて許されないのよ。」私はマリアの言うことも、彼女の願いが純粋であることもわかった。しかし、悪を知らぬ高潔な人々が陥る危険も知っていた。そこで私は穏やかに反論した。だが、何の役にもたたなかった。マリアは激しく私をなじったので、私は彼女に静かにこう言った。「大学の教師として、私には若い人たちに最後までつきあわねばならない特別な義務がある」と。私たちは結論を出せずに別れた。それ以来、私たちはこれまでと同じように会っていたものの、どこかよそよそしくなった。[44]

その頃、収容所では変化が起きていた。私のいる棟からポーランド人室長二人が辞めさせられたのだ。その一人はヤージャ・ヴィルチャンスカという名で、私と親しかった。その措置は、前にボルトノフスカと言い争った、本部のドイツ人女性の策略によるものだった。代りに来た二人は、私を見張るための者たちだった。一人は懲罰棟にいたおしゃべりなドイツ女、もう一人はロシア女で、ソ連からの亡命者であった。後者は「カフカスの女貴族」と名乗り、ドイツ人らに少なからぬ影響を与えていた。女星占い師が女貴族の嘘を暴いたが、全く意に介さなかった。「カフカスの女貴族」は、私に逆らうようソヴィエト女性をけしかけ、私の仕事の邪魔をした。ソヴィエト女性らは、看守も含めて収容所のほとんどの人々に恐れられていた。二人の策略は効を奏し、私は室長として、囚人棟に隣接する作業所棟（ベトリープスホフ）に移動させられた。そこの棟長と、もう一人の室長はドイツ人で、私を敵視していたが、女囚たち（ほとんどが「黒」と「緑」印）はまもなく、私の着任後は、それまでより多くの食事にありつけることに気づいた。私は以前の囚人棟区域に行くことを禁じられたので、大事な時に仲間に会えないのではないかと心配した。だが、数週間後、私は発熱（少々偽装した）を伴う感冒のため、病棟に行くことが許された。

二月四日、私の後任となった、「NN」と「ウサギ」がいる棟の棟長が見舞いに来てくれた。彼女は、「『ウサギ』を棟から出さないように」という命令を受けた、と伝えに来たのである。この命令は通常、処刑の前に出されるものだった。

午後、「ウサギ」たちが別れを言いに私の所にやって来た。ある者は「希望は全くない」と確信していたが、「最後の瞬間まで、一人でも抵抗するべきだ」と言う者もいた。しばらくして、二人のソヴィエト女性がやって来て、こう囁いた。「カーラさん、『ウサギ』たちを行かせないことにしましょう。」その日から、「ウサギ」たちを守る戦いが始まった。そこには多くの人々が参加した。六〇人の女性を捕まえ、力づくで囚人棟から連れ出すことは、すでに収容所当局の者たちにとって容易いことではなくなっていた。「ウサギ」たちは、第三二棟から移されてきた第二四棟では夜眠らず、日中だけ短時間、グループでのみ姿を現した。最も危険だったのは点呼の時である。当局は第二四棟を二日間包囲し、その後、女看守やSSの取り囲む中で点呼が行われた。すべてが水泡に帰すように思われた。その時、収容所の電気設備の保全を担当していたソヴィエト女性たちが、電気をショートさせてあたりを真っ暗にし、騒ぎをひき起こした。騒動の中で、「ウサギ」たちは包囲網を抜け出し、ソヴィエト女性たちと他の棟に逃げ込んだ。看守らはパニックに陥った。最も危険な瞬間に「ウサギ」たちを救出した赤軍女性兵士らの行動が、気高く倫理的であることは疑いない。しかし同時に、これは「女囚全員の共感を勝ち得るように」という命令に従った、プロパガンダ的行動でもあるのだ。一方、ドイツ人たちは「ウサギ」を力づくでは捕まえられないことを悟り、憮然としていた。「ウサギ」たちは腕につけた番号を変え、別の棟の点呼に参加した。その棟では、そこにいた別のポーランド人女性を第二四棟の点呼に送った。混乱が広がり、点呼は数日間中止になった。「ウサギ」のあるグループはその間、室長のミェトカがいる棟の穴倉に座り込み、出てきた時には病気になっていた。彼女たちの命を何とか長らえさせることはできるだろうが、緊急事態でも起こらなければ、遅かれ早かれ彼女らの命が失われることは明らかだった。

しかし、その頃、近いうちに緊急事態の起きることが予想されていた。夜になると大砲の轟音が聞こえたが、それは赤軍がすぐそばまで来ていることを意味した。私たちは耳をすませながら、ロシア人が来るならば、ドイツ人がこの娘たちを殺す前に来るようにと、毎晩祈っていた。

しかし、前線の接近は、収容所に意外な結果をもたらした。切れ目のない鎖のように、群集をのせた輸送車が門から出て行くようになったのである。当時、収容所からあらゆる民族の子供たちが消えていた。彼らは点呼の広場や懲罰棟で、うろついたり規律を乱したり、遊んだりしていた。公式には、「ラーフェンスブリュックは一万人の女性たちのための模範収容所である」とされていた。巨大なテントがなくなり、棟の周囲には木が植えられた。私たちはそのすべてを呆然と眺めていたが、オランダ人女性だけは意味ありげに微笑んで、こう言った。「とても良いことだわ。これはつまり、もうすぐ終わるということよ。収容所当局は連合国軍が入って来る前に、私たちオランダ人棟を子供用の棟につくり変え、壁に童話の一場面を描かせているのよ。私たちが退去させられた時には、壁画はまだ乾いてなかったわ。」

「ウサギ」の中には、死んだ女囚の番号と名前を縫い付け、移送団とともに何とか収容所を脱出するのに成功した者が一五人いた。

私たちはビンツに、「ウサギ」の情報が国外で流されていることを気づかせようと努めた。国外に情報を流したのは、アカ・コウォジェイチクである。彼女の父親はアメリカの市民権を持っており、娘をラーフェンスブリュックからスイス経由でアメリカに連れ出した。収容所当局は、二人の「ウサギ」を話し合いのために呼び出した。ヤージャ・カミンスカと「バイカ」（ゾフィア・バイ）の二人である。二人は勇敢で、機転が利き、ドイツ語が堪能だった。ビンツと、新しく赴任した保護拘禁収容所長官シュヴァルツフバー*は二人に、より安全な収容所への「ウサギ」の移動を請け合った。その

「安全な」収容所とは、前線のただなかに位置するシロンスク地方のグロスローゼンにあった！ 他方、二人の代表は、話し合いの目的がアカ・コウォジェイチクの情報を集めることだと認識していた。実際にアカがどうやって目的を果たしたのか、私たちは誰も知らなかった。しかし数年間にわたって私たちの地下組織も様々な方法でポーランドに情報を送っており、それもあって、ラジオ放送が「ウサギ」のことをとりあげているようだった。ビンツ（彼女の名も国外で知られていた）は、ヤージャと「バイカ」が積極的に関わっていたことに恐怖を感じていた。

その後しばらくして、それまでこの問題に関わらないでいたズーレンは、「ウサギ」の一人であるマリア・プラテルを呼びよせた。ヤージャと「バイカ」は「通訳」として、彼女と一緒に出かけた。ズーレンはマリアに書類を見せ、「もしここにサインをしたら、解放してやろう」と約束した。それは、彼女の足の傷跡が工場での事故によるものだと認めるものであった。マリアは、「今のところポーランドに帰れないから、解放は望んでいない。友人たちとここに残りたい」と答えて、断った。長い話し合いの後、ズーレンは、ベルリンに手紙を書き、「ウサギ」たちの運命についての最終的な判断を受け取ったら、彼女らに知らせようと約束した。

その回答は得られず、「ウサギ」たちの戦いはさらに続いた。

私が病棟で横になっていたある日の晩、突然、私のベッドの横に女看守が来て、すぐに起きて、彼女と一緒に所長のところに行くように命じた。私は着替えながら隣人に、「こんな時間に所長が呼び出すわけはないから、処刑されるということだわ」と伝えた。事実、それは処刑が行われる時間だった。私たちが外に出ると、推測を裏付けるかのように、別の二人の女看守が待っていた。二人はともに小柄で、彼女らに挟まれて歩きながら私は、私たちがまるでトリプティク（祭壇の背後にある三枚折り聖画）のように見えるだろうと思った。しかし、門を出ると私たちは右手にある森ではなく、左手にある所長室に向かった。しばらくして私はズーレンの執務室に入り、到着したことを告げた。彼は私を、私が特別保護拘禁囚だった頃と同様、立ったまま出迎えた。私は、「おかしい」と思った。彼は私の健康状態を尋ねた。「病気です」と答えると、彼は「大事にならないことを望む」と言った。私には、これが高度の政治的圧力の結果であるということがやっとわかった。数か月前私は、女看守が本部におきっぱなしにしていた『フェルキッシャー・ベオバハター』を読んだ。そこには、スイスの歴史家で、私の長年の友人であるカール・ブルクハルト*が、国際赤十字総裁に就任したと書かれていたのである。その時、私はズーレンの前に立ちながら、私とズーレンの間に突如、国際機関の威信と友情の力が、まるで盾のように立ちはだかり、私を守ってくれるような印象を受けた。ズーレンは私に、「何かいるものはないか?」「衣類や食べ物は必要か?」と尋ねた。彼の態度は、まるで商品を勧める店主のようだった。私は、「何も必要ありません」と答えた。彼はやきもきして質問を繰り返した。私も同じ答えを繰り返した。私が棟に戻ってきた時、誰も寝ていなかった。ポーランド人たちは祈っていたのだ。「彼女よ！　戻ってきたわ。しかも、笑っているわ！」私は可笑しくなった。受け取ったのは、死の宣告ではなく、缶詰だったのだ。

退院すると私は、ハンナ・ザトゥルスカが棟長を務める第三一棟の室長になったが、そこには結局、数日しかいられなかった。ある日、トライテ医師に呼ばれたので、医務室に出かけた。医務室の扉の傍で待っていたのは、私の友人だった。彼女は太ったチェコ人女警官で、とても興奮していた。「トライテが呼んでいるけれど、その前にまず、ズデンカのところに行って。彼女が待っているわ！」と女警官は言って、私の痩せた肩を太い指で、ズデンカの部屋の方にぎゅうぎゅう押しやった。私が部屋に入ると、ズデンカは乱暴に私の背後でドアを閉め、早口で囁いた。「カーラ、あなたは解放されるわよ！」私はズデンカが正気を失ったのではないかと思ったが、彼女はこう続けた。「トライテはあなたがここに居るのを知らないわ。彼はあなたの健康状態を私に聞いたの。そして看護婦長に何かを小さな声で話していた。さあ、彼の所に行って。その後、彼に気づかれないように私の所に来てね。もしあなたが戻らなかったら、私は好奇心の余り死んでしまうわ！」

しばらくして私は彼女の所に戻り、会話の内容を伝えた。トライテは私に健康状態を聞き、足が腫れていないかどうか診た後、「風邪は治った」と私が言うのにかかわらず、病棟の一号室で横になるように命じた。そこは、彼が直接担当する患者だけの部屋だった。「あなたは外国に知り合いがいるの？」とズデンカが尋ねた。「いるわ。国際赤十字総裁は私の友人よ。」彼女は私の首に抱きついた。「でも、ズデンカ！　私は解放なんて考えてないわ。皆をおいてここを出るなんて！　ありえない！」「そんな風に考えては駄目よ！　あなたの出所は皆を助けることになるかもしれないのよ！　でも今は、誰にも知られないように早く行って！」

私は病棟の一号室に向かった。途中、不妊手術を受けたジプシー女性の金切り声が聞こえた。一号室には六人の患者がいて、私にはシーツのかけられたベッドがあてがわれた。ベッドの上段には重病の女性が寝ており、洗面所に行く時にはよじ登らねばならなかった。どこも何ともない私は、看護婦長の特別な命令で、上段に誰もいない下段のベッドを割り当てられた。そこで横になり、これから何が起きるか待つことにした。間もなく看護婦が世にも素晴しい物、つまりミルクの入ったコップを持ってきた。夜にはビタミンCを飲ませられ、二日後、看護婦長「自ら」が肝油の入った大きな水差しを持ってきた。同時に、私の体のあらゆる部分を可能な限り検査した。その結果、私に必要なのは運動と新鮮な空気、つまり散歩が必要であることを納得させることができた。私は散歩中、授業を続け、小さな水差しで肝油を配ることができた。私が肝油を「たくさん飲んだ」ので、看護婦長から貰う肝油の量は徐々に増えた。一〇日ほどしてから突然、この喜劇が終わった。私は第三一棟に戻されたのである。介入が失敗に終わったのだ、と私は思った。というよりも、この出来事について考える暇がなかった。より重大な事件が起きたからである。

収容所の人数は減りつつあった。シュトラスナー夫人らユダヤ人女性はベルゼン強制収容所へ、「NN」はマウトハウゼン強制収容所へ、ワルシャワの「難民」は「解放」された！　彼女たちは番号を剥ぎ取られ、十字の印のない服を与えられ、市民労働者として工場に送られた。多くの人々にとって、それは精神的苦痛である。表面上、自由な労働者としてドイツ人のために働くことは、囚人として働くよりも辛い。体の弱い者や年配者は、かつての「青少年収容所（ユーゲントラーガー）」に送られた。それまでそこにいた若いドイツ人女性たちがそこから出されたのは、一月二〇日頃だった。数日後、ピンク色の「労働猶予」カード取得者と名簿に記された女性たちが、そこに連れて行かれた。彼女たちは、「青少年収容所」では点呼もなく、一日中寝台に横になって休んでいられると言われたのである。医師のドーラ・リヴィエールと数人の看護婦が、彼女たちとともにそこに行った。十日間は何事もなかった。その後、ドーラと看護婦たちが戻ってきた。「青少年収容所」では毎日、五、六時間も続く点呼を行い、そのさい女性たちは上着を脱がされた。二月五日、「青少年収容所」の所長ノイデック嬢がトラックとともに現れ、女性たちの荷物を集めて運び去った。戻って来たトラックは、飛び散った血にまみれていた。その翌日、ポケットにピンク色のカードの入った血まみれの服が大量に「倉庫」に届いた。ノイデック嬢はブロンドの髪をしたすらりとしたきれいな女性で、せいぜい二四歳くらいだが、常に酒に酔っていた。彼女はその日から定期的に、「青少年収容所」から女性たちを選び、下着まで脱ぐよう命令し、胸にペンで識別番号を書いた。そして別の棟に閉じ込め、翌日トラックで運び出した。トラックにも服にも血の跡はなかったものの、新しくできた大きな焼却場の煙突からは、絶え間なく空に炎が立ちのぼり、夜になると収容所を照らした。それは、『イリアス』の中の、アカイア人の間で伝染病が広まった場面を思い起こさせた。

「死者の炎は消えることなく、永遠に燃え上がる。」

肉体や髪の毛が燃える耐え難い臭いで、息がつまりそうだった。ガス室は二月初めから四月一日まで稼動していた。

二月に、アウシュヴィッツで有名な、ヴィンケルマン博士*がラーフェンスブリュックにやって来た。マリア・クヤフスカは彼のことを、「彼は医者ではない。医者であるはずがない」と、最後まで言っていた。彼は病棟にいる重病人を選別し、ノイデック嬢に委ねた。彼女は重病人をトラックで運んだ。その時から私たちは、重病人を棟内に隠し始めた。

とうとうヴィンケルマンは、普通の囚人棟に現れるようになった。彼は通常、労働局のプフラウムと数人の女看守を伴い囚人棟に来て、棟にいる女囚全員を、一人あるいは二人ずつ、彼の前で八～一〇歩ばかり行進させた。足で立つのがやっとの重病女性は、最後の力を振り絞ってヴィンケルマンの前で行進してみせた。彼女は生きたかったのだ！　身体障害者や病人がよろめくと、「博士」は一分の狂いもない動きで手を動かす。右に動かすと労働を、左は死を意味した。白髪の女性や、足の腫れた女性は絶望的だった。こうしてラーフェンスブリュックでは、最後の絶望的な、生きるための闘いが始まったのである。棟長や室長は、選別時に棟の「秩序維持を手伝う」よう強制された。そこで私たちは、列を乱させたり、女囚を左の列から右の列に移させたりして、「手伝った」。

　ある日、常に私から目を離さないプフラウムがいない時、ヴィンケルマンは二人のとても弱った若い女性（ポーランド人とユダヤ人）を「青少年収容所」送りにし、娘の母親二人を「右側」に選り分けた。死を意味する左側に選り分けられた娘たちは、私に小声で助けを求めた。私は彼女らに、しばらく私と一緒に立っているよう命じた後、二人の肩を乱暴に掴んでヴィンケルマンの前に走っていった。「先生」と、私は怒鳴った（ドイツ人には常に叫ばなければ強い印象を与えられない）。「この二人の健康な怠け者は、『先生が病人の側に並べと命じた』と言ってきました。働きたくないのです。とんでもないことです！　けしからん（ウンエアヘアト）！」ヴィンケルマンが私に怒鳴った。「けしからん（ウンエアヘアト）！　すぐに仕事に行かせろ！」私は娘たちを右側に押しやった。そこで二人は、恐怖の余り呆然としていた母親と抱き合った。今度は私が恐ろしさに震えたが、ヴィンケルマンは他の女性の選別にとりかかっていた。

　選別の後、私たちは「選別された女性の私物を取りに行く」という口実で、作業を中断した。なぜなら、「彼女たちは静養に出かける」とされていたからである。私たちは彼女らが隣の棟の窓によじ登るのを助けた。彼女らはそこで数時間隠れていたが、そのさい白髪を黒く染めることもあった。選別のさいに病人を隠すことが、私たちの最も重要な仕事となった。時折（ドイツ人のやり方は犯罪的で混乱していた）、どの棟にヴィンケルマンがやってくるかを推測することができた。その時は、病人を「匿う」ために、選別が終わったばかりの病棟に連れて行った。病棟で働く多くの人々の協力があってこそ、この危険な仕事ができたのだ。危険な状況の中で、私たちの側にエゴイスティックな面もあった、と付記せねばなるまい。気が狂わずにいるために、それは唯一の方法だったのである。

このグロテスクな状況の中にも、滑稽な瞬間があった。ある時、本部からドイツ人のトゥリー嬢が私の所に来た。「貴族称号を持っているフランス人とポーランド人の名簿をすぐにつくらなければならないので、手伝って」と彼女が言うので、私は、「古くからの社会主義者である彼女が正気を失った」と思った。私の驚いた表情に気づいた彼女は、「今のところ、私の気は確かだけれど、シュヴァルツフバー*から名簿を作るよう命じられたの」と言った。「おそらく彼らはこうした人々をガス室に送りたくないのでしょう。だから名簿をできるだけ長いものにしなければね。」この件で私がフランス人の所に行った時、かつて仲良く暮らしたマリー・クロード（ヴァイヤン・クチュリエ）に会えたので嬉しかった。私は名簿に、かなり多くの侯爵や子爵を加えた。何人かにはとくに仰仰しい称号をつけたが、残念ながら、そうした称号をつけることができた人々は多くなかった。名簿に載せられた人々は、誰もガス室に入れられなかった。

それは、私が緑の腕章を呪わなかった唯一の瞬間だった。しかし幻想を抱いたわけではない。助けられたのはほんのわずかだったからだ。私たちが何人かを助けたのは事実である。だが、それは大河に流れる数滴の水にすぎない。その頃、七〇〇〇人の女性たちが私たちの目の前で、ガス室に送られていたのである。工場への空襲後も、怪我人や病人のガス室送りが続いていたので、喜べる状態ではなかった。同じ頃、ワルシャワからの難民にも犠牲者が多数出ていた。ある夜遅く、私が浴室の近くを歩いていると、暗闇の中で誰かが私の名を呼んだ。行ってみると、浴室の前の地面にフランス人の集団が横になっていた。「マダム。私たちは工場から病人として送られてきましたが、これからどうなるのでしょう?」「あなたたちはきっと、どこかの棟に入れられますよ」と私は答えたが、そう話す声は自分のものでないような気がした。その時、女看守が走り寄り、私を追い立てた。その夜、彼女たちを受け入れた棟はなかった。ガス室から炎が高く立ちのぼっていただけである。

日中何度か、それまで一度も「青少年収容所」に送られた者のいなかった棟から突然、集められた人々を見た。私が彼女たちの傍らを通り過ぎようとした時、誰かが静かに微笑みながら手で別れの合図をした。それはメール・マリーだった。そこにはドイツ人女性も何人かおり、その中にあの、おしゃべりな女占い師もいた。

彼女らがいなくなってから数日後、所長室から事務室に彼女らの囚人番号と名前を書いたリストが送られてきた。そこには、彼女らがシロンスク地方のミットヴェアトにある「回復期患者用収容所」に送られたと書いてあった。ついでに言えば、その頃、シロンスク地方全体がソ連軍の占領下にあることは皆の知るところだった。

三月末に一度、ポーランド人とフランス人の大集団が、自分の荷物を持つ暇さえ与えられずに連れて行かれた。それによる精神的動揺は大きかった。仲間たちは、比較的まともな女看守ゼルトマンに、女囚らに私物の携帯を許すよう説得した。私たちはその中に、パンを少しばかり忍ばせようと思ったのである。女看守が同意したので、私たちはどこからか荷車を見つけてきて手荷物を載せ、収容所の中心部から三〇〇歩ほど離れた松林にある「青少年収容所」に向かった。私たちがそこに着くと、女性たちが取り囲んで、そこで何が起きているかをつぶさに語った。荷物を降ろして別れを告げた時、年配で白髪のフランス人が私を抱きしめた。彼女は助産婦で、確かドゥラン夫人だったか、月並みな苗字だった。「マダム・カーラ。私は第二七棟の者です。あなたがどんなにフランス人に苦労させられたか、知っていますよ。起きた事を全部見ていました。そのせいであなたは病気になったのですね。私は今、自分がこれからどうなるかわかっています。どうか、私に個人的恨みは何もないと言って下さい。だって、私は一度もあなたにひどいことをしなかったのですから。」私は、彼女がいつも善良でやさしかったことをよく覚えていた。私はその時、言葉にできないほど感動した。

私たちは松林にある死の建物に彼女たちを残して、収容所に戻った。

死に満ちた収容所では、ある驚くべき徴候が現れていた。焼却炉から上がる煙が濃ければ濃いほど、また、死をより身近に感じ、死を直接目にすればするほど、精神的要求すなわち知的飢餓感が募ってくるのである。応じきれないほど多くの「講義」の注文があった。毎日午後に、最上階にある「ウサギ」の寝台で講義が開かれた。若い女性たちはその時間に棟に戻り、見張りを立て、カール大帝期の文化史やゴチック建築についての私の講義を聴くのである。生がいつ果てるとも知れない聴講生たちは、集中し、熱心に講義を聴いた。日に三回も講義をすることもあった。私は弱っていた記憶力をレモンのように絞って、何とか話し続けた。私はただ、周囲に蔓延する道徳的腐敗や物質的な惨めさ、膿や下痢、屈辱から彼女たちを引き離し、かつて私の世界を形づくっていた価値観に引き戻したいという希望を抱いていただけである。

聖週間(45)が近づいた頃、マリア・グロホルスカが私の所に来た。彼女はシェンキェヴィチ*の小説に出てくるポドピェンタ(46)のように大柄でやさしく、刑罰棟（シュトラフブロック）に数か月間入れられても揺るがない、強い信仰心の持ち主だった。「刑罰棟に入ったことのない者はラーフェンスブリュックがどういう所か知らず、精神的に損なわれずにそこから出てきた者はない」と言われる。しかし、彼女だけはそれに当てはまらず、屑のような同居人にまで賞賛されていた。彼女は私に、「あなたは『ウサギ』たちに聖週間について講義をするべきよ」と言った。私は「それは難しい」と言ったが、彼女はさらに強く、次のように私を説得したので、私は引き受けざるを得なかった。「この聖週間が私たち、とくに『ウサギ』たちにとって、最後のものになるかもしれないのよ。無関心に過ごすことはできないわ。」私は何をしたらいいのかわからなかった。そこで私は聴講者たちに、「偉大な芸術家たちがどのように主の受難の場面を表現したか」について話すことにした。聖木曜日にはレオナルド・ダ・ヴィンチの「最後の晩餐」とティントレットの同じテーマの作品について、聖金曜日と聖土曜日にはミケランジェロの作品や詩を、晩年の宗教体験のメモと合わせて話した。新しい講義は思っていた以上に好評で、聴衆に大きな印象を与えた。そこで私はそれを何回か繰り返さねばならなくなった。復活祭の月曜日には「レンブラント作品におけるエマオ[47]」を準備していたが、邪魔が入って講義は延期された。昼食の時、労働局のウィーン出身の女性が棟に来て、私に、直ちにフランス人たちと一緒に外に出て、浴室の前で待つよう命じたからである。その日、四〇〇人の健康なフランス人女性が選ばれ、シャワーを浴びるよう命令された。「フランスとの捕虜交換だ」という噂が流れた。私は彼女らと行くことになった。はじめ私は信じられず、「エイプリルフールは四月一日で、今日は二日よ。ゆっくりスープを飲みたいわ」と言った。「だめだ！　急げ！　これは所長からの命令だ！」「所長からですって？」私は機械的に繰り返し、仲間たちを見た。仲間たちは黙って私を見つめた。私は立ち上がり、フランス人たちと浴室の前に立った。それはちょうど二七か月前に、私がここに入ってきた時と同じ光景だった。

医師による精密検査が始まった。足が腫れている者は、飢餓の徴候として棟に送り返された。三〇〇人の女性が留められた。私たちは風呂に入った後、印も番号もない服を着せられ、有刺鉄線で囲まれた特別棟に入れられた。しかしその時はもう、誰も規則に注意を払わなかったので、私は翌日こっそりと抜け出し、エマオの講義と何か他の話をするために自分の棟に戻った。ドイツの敗北についての外からのニュースは、私たちの出発をさらに怪しいものにしていたからである。だが、四月四日の午後になって、翌朝四時に特別点呼を伴う朝礼があるという知らせが届いた。

私は親友たちのもとに駆けつけた。私に別れを告げるため、ボルトノフスカやグロホルスカ、ズデンカらがやって来た。その時私は、外部の人々に伝えるために、ラーフェンスブリュックにいる囚人の総数と、民族別の囚人数を記憶した。他のニュースもあった。ガス室が四月二日に壊され、その代りに、森にある「青少年収容所」の傍に「バス」が現れたというものである。この「バス」のことなら、ルブリンから来た女囚らがよく知っている。[48]その「バス」に一〇〇人が「乗り込む」と、屋根の上の小さい煙突が回り始め、たちまち死が訪れる。女囚の命の危険がまだ続いていることは明らかだったので、私の出立には大きな希望が託された。「あなたが私たちをここから出すのよ！」だが、ペシミストもいた。マルタ・バラノフスカは私に別れを告げに来て、こう言った。「私たちが生きてここを出られるとは思えないけど、私たちの中の一人が生き延びて、ポーランドで私たちのことを話すだろうと思えば、より楽に死ねるわ。」

翌四月五日の朝、最後の点呼があった。この時、新たに劇的な選別があった。この二日間で病気になった数人のフランス人女性が、「健康」な者に替えられたのだ。手続きは恐ろしく長く続いた。最後にやっと、私たちは五人ずつの列になって、門に向かって行進した。私は一番後ろだった。その時、誰かが背後に駆け寄って来た。ハリナ・ホロンジナだった。歩きながら、私たちはそそくさと抱き合った。いくつものポーランド人棟を通り過ぎた。道の両側の棟では窓や扉が開けられ、女性たちが手を振っていた。棟から棟へ、同じ言葉が何度も繰り返し叫ばれた。「私たちを覚えていて。忘れないでね！」こうして私はようやく収容所広場に着いた。そこにはボルトノフスカとグロホルスカ、「ウサギ」の集団が立っていた。[49]グロホルスカはいつもと同様、もの静かでまじめだった。いつも厳しい顔をしているボルトノフスカは、今日は微笑んでいたが、やせこけた賢い顔に涙が流れていた。「ウサギ」たちが気にかけていたのは、ただ一つのことだった。「あなたが出て行く最後の瞬間に、私たちの方に顔を向けて、後ろ向きになって歩いて出ることを忘れないでね。それはあなたが私たちを引き出すことを意味するの。もしあなたがそれをしなかったら、がっかりするわよ。」それは私に、スタニスワヴフのことを思い出させた。

フランス人たちはもう外に出ていた。私は最後にラーフェンスブリュックの門を出た。その時、私は後ろを振り返り、手を収容所の中に伸ばして、ポーランド人女性らが四年前に建設した道路を後ろ向きになって歩いた。この道を何度、鉄格子から眺めただろうか。冬も夏も、私たちは自由になる日を思い描いていた。この道を通って、皆で一緒にポーランドに帰る日を。今、私だけがこの道を通っている。私は西へと歩いた。一歩毎にポーランドから遠ざかっているのだ。曲がり角で私はもう一度、春の朝焼けの中に佇む姉妹たちの姿を目にした。彼女たちは低くなっている柵ごしに、私の方に手を差し出していた。この瞬間がどれほど辛いものだったことか。

私たちは大きな道から、木のまばらな森へと道を曲がった。そこから三〇〇歩ほど離れた所に、赤十字の印がついた白い護送用トラックが列をつくっていた。私たちはこの印をつけたドイツの車を何度も見たが、今回はそこに異なる印がついていた。赤地に白い十字の印である。何ということだ！それは自由の国スイスのシンボルなのだ。いかなる保護も及ばず、いかなる協定にも守られなかった私たちを、スイスは覚えていたのである。トラックのボンネットにはこう書かれていた。「国際赤十字委員会―ジュネーヴ」と。ということは、本当に、この車は私たちのために送られてきたのだ。私はこの字の意味がわからないかのように、もう一度読んでみた。すると、トラックに乗り込むよう急き立てられた。フランス人らはすでに、大きく白いトラックに乗っていた。収容所の監督官たちも「本人自ら」そこに座っていたが、様子がいつもと違っていたので、同一人物だとは思えなかった。けれどもやはりそれは、ズーレン、シュヴァルツフバー*、プフラウム、そして私たちの女看守たちだった。ただし、誰も怒鳴らず、誰かを蹴ったり突きとばしたりもせず、まるで普通の人間のように振る舞い、そこにいた唯一の民間人に対して礼儀正しく接していた。この民間人は誰なのだろう。「スイスの赤十字代表です」と、その人は言った。私は彼を、まるで珍しい人種の標本でもあるかのように眺めた。「彼は自由人なのだ」と、私は自分に言い聞かせた。「自国の全体主義にも、外国の侵略にも苦しめられない人間なのだ。」その時、労働局長のプフラウムが私を見て、わざとらしく喜んでみせた。「何だ！　お前も行くのか。お前が俺を悩ませることがなくなるなんて、嬉しいね！」

九時五分に、やっとトラックが動き出した。ラーフェンスブリュックの生者や死者を置き去りにして、トラックは走り出した。

私たちのトラックはかなり早いスピードで、一日中ひと気のない土地を走った。帝国高速道路（ライヒスアウトバーン）には人っ子一人、一台の車も見えなかった。ただ、道路脇の森には多くの戦車や打ち捨てられた武器があり、それは血塗られたドイツの地に咲く数百万のスミレやアネモネの中で際立ったコントラストを見せていた。夜になって、私たちはバイエルン州のホーフ市に着いた。オーバーコッツァウという小さな町の劇場で、私たちは寝る場所を与えられた。私たちはそこで、ゲシュタポの厳しい監視のもと、ガソリンが着くまで三日間待った。

その三日間に起きた一つのエピソードがある。私たちは劇場のホールの床に敷かれた清潔な藁の上に座って休んでいた。すると一人のフランス人女性が私の所に来て、「イヴォンヌおばさんがあなたと話したがっている」と告げた。海軍提督の寡婦であるこのイヴォンヌ・ルロー夫人は傑出した人物で、文化的フランス人の間で大きな権威を持ち、私には常に親切だった。そこで私は立ち上がり、衰弱して横になっていたイヴォンヌおばさんの所に行った。彼女は私を心から歓迎して、こう言った。「あなたに言いたいことがあるの。将来、もし困ったことがあれば、私にすぐ知らせてね。これは私の住所よ。」そして住所を書いた紙をくれた。私はこの時、この尊敬すべき老婦人の世話になるようなどんな困難が将来起こるのか、全く想像できなかった。私は丁寧にお礼を言って、彼女の邪魔にならないようにその場を離れた。彼女がひどく衰弱しているように見えたからである。事実、彼女はフランスに帰国するとすぐに息をひきとった。解放後少したってから、私はルロー夫人が言っていた「困ったこと」が何だかわかった。ポーランドでニュータ・ボルトノフスカが味わったと同様、西欧で私は、ドイツ人に協力し仲間を虐待したとしてあちこちから訴えられたのである。鉄のカーテンで分断されたニュータと私は、しばらくして、それが若者に対する私たちのイデオロギー的影響に対する復讐だったことに気づいた。私が受けたのは「単なる」誹謗中傷だったが、ニュータは監獄に入れられた。彼女を救ったのは、私たちの親友で熱烈な共産主義者、ズデンカ・ネドヴェドヴァだった。彼女はニュータを出獄させるために、わざわざプラハからワルシャワに列車で来てくれたのである。

やっとガソリンが着いて、私たちは先に進むことができた。今度はドナウ河に沿って、人口の多い南部ドイツを進んだ。ウルムを通過した時、そこは文字通り瓦礫の山だった。私はぞっとして、有名な大聖堂の廃墟を探した。すると突然、トラックの覆いの後ろに（もう車の背後になっていたが）、比類なきゴチック建築の大聖堂が聳え立った。塔が炎のように空に向かって聳え立つ様は、あたかも誠の力の勝利を示しているようだった。

夕刻、私たちはスイスとの国境に辿り着いた。沈みゆく太陽の光は、自由なスイスの山々を遠くから照らしていた。

夜の一〇時、私たちのトラックは最後尾のものも含め、国境の小さな町クロイツリンゲンに到着した。私たちは下車して、五人ずつ並ぶよう命じられた。私は一番後ろの五人の列に並んだ。そこから一〇歩ほど離れた所に、開いている大きな門があった。そこには男たちが立っており、その中には私たちを護送してきたゲシュタポの姿もあった。フランス人女性は五人ずつ門をくぐった。最後の私たち五人は押し留められた。すると突然、私の傍に誰か男の人が来て、「ベルンのドイツ大使だ」と名乗った。彼は私に、「あなたが解放されて嬉しい。あなたはとても攻撃的だということだが、良い(アインダター)人間(メンシュ)のようだからだ」と言った。私は面くらった。その時私はドイツ人と言い争う気分でなかったので、こう応じた。「祖国への愛が攻撃性の原因だとするなら、私は攻撃的です。」「これほどドイツ語が達者ならば、この者をもっと利用できたでしょうに」と、ゲシュタポが大使に言った。私は、「英語も同じくらいうまく話せますよ」と彼に言ったが、「行け!(ロス)」と促された。それから私たちは国境を歩いて越えた。私たちの背後には、ゲシュタポと大使が第三帝国とともに残された。

「こんばんは(ボンソワール)」と、誰かが傍で呼びかけた。それはスイスの警備兵だった。反対側には、ハンカチを振り、「あなた方を歓迎します!」とフランス語で叫ぶ地元の人々がいた。私たちは感激で声も出ず、ただ手を振って応えた。すると、教会の鐘が鳴り始めた。クロイツリンゲンの市長は、「簡素かつ厳粛に捕虜の解放を祝うように」との命令を出したのである。こうした歓迎にどれほど心を動かされたことか。私たちには夕食と寝る場所が与えられた。私たちに与えられたのは、必要以上に手厚い、感動的な保護だった。中にはラーフェンスブリュックでの選別にもかかわらず、死と闘っている女性もいたけれども。病人はクロイツリンゲンに留まり、私たちは翌日、列車で出立した。フランス人は自由な祖国に戻り、私はジュネーヴで降りた。駅には、私の兄と、命の恩人であるカール・ブルクハルト*が待っていた。

第八章　イタリア

簡単な挨拶を交わした後、私は兄に、「すぐにワルシャワの赤十字に電報を打ち、ボルトノフスカをラーフェンスブリュックに残してきたと伝えなければならない」と言った。「ワルシャワに電報だって？」と、兄は私の言葉を繰り返し、「ロンドンに、ということか？」と、急いで付け加えた。私たちは見つめ合ったが、兄はすぐに目をそらした。兄が私と会った早々、すべてを話したくないのはわかっていたが、私はその時、怖しいことに気づいて愕然とした。私は解放された捕虜ではなく、祖国からの追放者になったのである。

翌日から、「日常生活への復帰」とでも名づけるべき時期が始まった。それは本来ならば楽しいはずだが、その時の私にとっては辛いものだった。「普通に」暮らしている人々と外見を合わせなければならない。長い間「普通の生活」の枠外にいた人間が、こうした不文律を理解するのは困難である。「復帰」は決して容易ではない。共通の体験をした人々と一緒に自由な国に戻ることは確かに素晴らしいことであり、それと比べれば、外部のマナーや習慣に合わせる（時代遅れや的外れと思われることもある）という個人的難題はささやかなものでしかないと思われるであろう。

しかしながら、私の場合はすべてにおいて全く異なっていた。自由な祖国ポーランドに戻れなかっただけでなく、同胞を置いて一人だけで出てきたうえ、戦争を経験しなかった奇跡的な国、スイスに辿り着いたのである。私は戸外を歩き、服や靴、そして帽子（！）を買い、レストランで食事をしなければならなかった。そのすべてが馬鹿馬鹿しかっただけではなく、「向こう側にいる人々」が死に瀕している時に、そんなことをするのはおぞましく感じられたのだ。私に残された唯一の問題は、仲間をどうやって救うかであった。ラーフェンスブリュックへの道路は、私の到着から数日後に断たれていたので、二回目の救助隊は道を半ば引き返さねばならなかった。だが、幸いなことに、国際赤十字総裁に提出した私の報告書によって、いわゆるスウェーデン救助隊が組織されることになった。多数の女性がラーフェンスブリュックから連れ出され、リューベックへ運ばれ、そこからスウェーデンに送り返された。[1] また、ジュネーヴでは誰も、マウトハウゼンにフランス人やベルギー人の女性、すなわち「NN」がいることを知らなかったので、私の報告ですぐさま彼女たちのために車が送られた。幸運なことに、「NN」を載せた車は戻ってきた。

私の到着後、ブルクハルトは私の件について、ヒムラーの副官である国家保安部・警察大将のカルテンブルンナー*から直接手紙を受け取った。その手紙（巻末付録参照）には、意外なことに、クリューガーと私の件に関する事実が書かれている。

激しい感情の嵐が吹き荒れた最初の二週間が過ぎると、ラーフェンスブリュックの女性たちを救うあらゆる可能性は、わずかな間接的なものでさえ消えてしまった。幕が降ろされたのである。もはや私の義務はなくなり、自分自身の安全を確保する以外、何もやることがなくなってしまった。それは挫折感と自己嫌悪の原因となり、親しい人々と会っても、スイスの感動的なもてなしを受けても、消えなかった。危機に立ち向かう時、緊張感は大きな力となる。それが突然、自分自身のことだけになったら、それは問題ではなくなり、屈辱的な閉塞感を伴う苦い虚しさしか残らない。

「私たちが無感覚になり、何も望みがないと思うのは、
嵐や戦いの中ではなく、
岸辺にうち上げられた後の沈黙の中だ。
ちっぽけな生活以外のすべてが失われてしまった時だ。」(バイロン)[2]

当時の世界情勢については、ブルクハルト自身がうまく言い表している。彼とは停戦の日に会った。「私たちの周囲に満ちるやかましいほどの喜びをどう思うか」という私の質問に、彼は短くこう答えた。「ヒドラの頭の一方は落としたが、残念ながらそれは愚かな方だ。」

第二の頭がどれほど賢いかは、日ごとに明らかになった。それがとくにはっきりしたのは、結果として、西側の連合国が「東方の偉大な連合国」の侵略的意向に屈した時である。その意向とは、ポーランドの半分を偉大なるソ連のものにし、残る半分に、誰も知らない「大統領」を筆頭とする偽の「政府」を置く、というものである。

一九世紀のポーランドは何と幸せだったことであろうか。嘘をつく必要もなく、ポーランドの名を口にでき、その亡命者は、文明社会にとって自由を求める戦いのシンボルとなっていたのだから![3]

一方、私たちは「平和の敵」となった。連合国が戦いに勝利した後、仲間だった国の上に棺を被せ

た、あの歴史的な協定に同意しなかったからである。

こうした政治的かつ道徳的な混乱の中で、私たちはそれぞれ錨を降ろす場所を探していた。多くの者にとって、それはポーランド軍だった。そこにはまだカタストロフは及んでいなかったのである。とりわけイタリアで勝利したポーランド第二軍団[4]はそうだった。

七月のある暑い日、私は数千人の「解放された追放者」の跡を追って、軍用トラックに乗り、フランスを経由してアドリア海沿岸に向かった。私の人生の新しい章が、こうして始まったのである。

私たちはボローニャを通過し、海に近づいた。ボローニャは最近、ポーランド軍が破壊することなく奪還した都市である。道標や立て札、爆破された橋に立て掛けられた迂回路に、ポーランド語の文字を目にする機会が増えてきた。ポーランド第二軍団の印である、人魚の印をつけた車と頻繁にすれ違うようになり、フォルリ近郊でポーランド軍団の大型車両に出会った。トラックや戦車、武器、すべてが太陽に照らされて輝いていた。日に焼けた屈強な兵士たちが、道すがら私たちに笑いかけた。アドリア海に近づくにつれ、道には軍団の兵士が多くなった。中には、運転手に近くの集落まで乗せて行くよう頼み、私たちのトラックに乗り込んでくる者もいた。彼らは親切で礼儀正しく、いくつもの外国を長く放浪するのに慣れているようだった。彼らはポーランドの、中でも東部地方出身の農民が多く、生まれながらにして知的で、思いがけない活路をようやくここに見出した人々だった。最初に車に乗り込んできた兵士との会話がそれを物語っていた。彼らは、イラクやイラン、パレスティナ、エジプトについて、さらにはアンデルス将軍*、モンテ・カッシノ、アンコナ、ボローニャについて語った。私は、彼らが生き生きと感情をこめて話すのを聞いていた。ある兵士の体験談は、『千夜一夜物語』や『ロビンソン・クルーソーの冒険』、クセノフォンの『道』などにひけをとらないほど面白いものだった。その一方で、彼らがロシアについてほとんど話さないことは衝撃的だった。私は、「ロシアのラーゲリはどうだったの？」と聞いた。彼らはそれに答えるのは気が進まず、思い出したくもないようだった。だが、ロシアに対する嫌悪感は強かった。見た事すべてを自分の心に閉まっておくのは難しい。とくに三年間、外部から遮断され、単調な世界で生きてきた人間にとって、自分の見た事すべてを話したいという欲求に抗うのは容易ではない。私は、何年も待ちわびていた祖国の再建が果たせないことを知った。私はその日、生還したばかりの者が持つ直観で、ポーランド第二軍団の兵士の話に、シェンキェヴィチ*の叙事詩との共通性を感じた。

数日後、私は再びトラックに乗った。その時は制服で、サラリア街道を経由してローマに入った。私は第二軍団の教育部に配属され、軍団の兵士のために高等教育コースを組織するという仕事を与えられた。難しいが、興味深い仕事が始まった。

ある日、ローマにいた私のもとに、ポーランドから来たばかりの若い女性が訪ねてきた。彼女は、アダム・シェベスタ*からの心温まる挨拶と伝言を持って来た。「彼からはとくに、『息子があなたのために毎日祈っている』と伝えるよう、命じられました。」

これを聞いて、私はまるで雷に打たれたかのような衝撃を受けた。その瞬間、詩人スウォヴァツキの次の言葉が脳裏に浮かんだ。「私はもう戻らない！」

「祖国の罪なき子らに伝えよ。

私のために毎日祈るようにと。
私は知っている。
私の船が祖国には向かわないことを。
世界中を巡ることを…」[5]

エピローグ

一九六七年の初め、偶然にも、ロンドンから送られてきた『ジェンニク・ポルスキ（ポーランド日報）』によって、ヴェストファーレン州ミュンスターで、スタニスワヴフの元ゲシュタポ高官ハンス・クリューガー*が、ユダヤ人虐殺の罪で裁判にかけられることを知った。私は、当時私たちの弁護士をしていたフミェレフスキ博士に助言を求めた。そして彼の指示に従って書いた手紙をドイツのしかるべき司法機関に送り、私が証人であることを通知した。二通の書留で送った手紙には、返事が来なかった。そこで、この手紙を『チューリヒャー・ツァイトゥング（チューリヒ新聞）』に公表すると書き送ると、やっと（すぐさま）証人として呼ばれた。

私はフミェレフスキ氏に同行を頼み、出発した。ミュンスターの駅で、背の低いドイツ人女性が出迎えてくれた。彼女は私の手助けをしてくれることになっていた。私たちは車でホテルに向かった。裁判は翌朝の一〇時に始まる。私は彼女に、翌朝早く、私を教会に案内してくれるように頼んだ。そしてミサの後、三人で裁判所に向かった。

壇上には三人の裁判官が座り、両側の半円になった所に陪審員がいた。そこには女性もいた。彼らの左側には、クリューガーと、彼の部下だった八人のゲシュタポが座っていた。その何人かに見覚えがあった。彼らの傍には弁護人が座っていた。右側には検事がいた。私には、壇に近い、ホールの中央にある机と椅子が与えられた。私の背後には、フミェレフスキ弁護士を含む、数十人の聴衆がいた。

私が入場すると、裁判長が丁寧に迎え、型どおりに、証人の義務と宣誓の重要性、私の答弁をテープにとることへの了解を求めた。もちろん、私は同意した。それから私に、公式の質問がなされた。「あなたはスタニスワヴフにいたのですか?」私ははっきりと肯定した。それから私は、スタニスワヴフでの滞在、逮捕、監獄の状態、そしてクリューガーの尋問について、また、その時彼が私に、「ルヴフ大学の教授たちを殺害したのは自分だ」と言ったことを述べた。私は「報告のような」口調で話した。私がスタニスワヴフでの自分の体験についての報告を終え、ルヴフ大学教授の問題に移ると、裁判長は丁寧に、しかし断固として私の話を遮り、こう言った。「この裁判はスタニスワヴフについてのものであり、あなたの話はスタニスワヴフのことだけに限定しなければならない」と。私は不安になった。私は電信文のような口調で、だが重要な事は何一つもらさぬように先を続けた。すると、陪審員全員が立ち上がり、裁判長の所に行き、小さな声で彼に強く何か言った。彼らがルヴフのことを聞きたくないのではないかと私は不安になった。陪審員たちが自分の席に戻ると、裁判長が再び私の話を遮ってこう言った。「陪審員たちはあなたが話そうと思っていることを省略しないよう、求めています。従って、私は先ほど述べた言を撤回します。」そこで当然ながら、私は予定していたよりも長く、六五分間にわたって話したのである。

私の証言が終わると、裁判長は短い休憩をとった。私は喫茶室でコーヒーをたっぷり飲んで、弁護人と被告との戦いに備えた。

法廷に戻ると、弁護人の発言が請われた。驚いたことに、弁護人は、「話すことは何もない」と言った。それに対し、裁判長は被告に、「証人の話について、何か述べることはないか」と聞いた。クリューガーは黙っていた。

そのあと、裁判長は私にいくつかの質問をしたが、それはありふれたもので、彼がドイツ占領下のポーランドの状況を全く知らないことを示すものだった。次に彼は再び、口を開こうとしない被告に発言を求めた。その時、検事が発言を求めた。彼は厳しい調子で、私にこう質問した。「クリューガーが証言するように、ポーランドの抵抗運動はソ連軍と協力し、ボリシェヴィキのパラシュート兵を匿ったのではないか」と。私はびっくりした。発言を求め、こう言った。「検事殿。ボリシェヴィキはかつてポーランドの最大の敵であり、今でもそうです。ポーランド人は共産主義ロシアと共通する点は何らありません。」クリューガーが間違って言ったことを、なぜ検事はとりあげるのだろうか。私は、腕を組んで何も言わずに肩を聳(そび)やかしている裁判長に向き直った。

その時突然、クリューガーが柵を飛び越えて、手を上げた。裁判長は彼の発言を求めた。クリューガーは私のよく知っている野蛮なわめき声で、検事にこう叫んだ。「検事殿。私は、ソヴィエトの奴らを助けたのはウクライナ人だ、と申し上げたではないですか。ポーランド人についてそんなことを言った覚えはありません。ポーランド人はソヴィエトの奴らを憎んでいたんですよ！　何をおっしゃっているのですか！」すると、検事自身もクリューガーに怒鳴り始めた。私は二人が叫んでいる間、静かに座り、これから何が起こるか待ちかまえていた。一つ明らかになったのは、私が証人だというのに、検事は私の告発が与える印象を全力で潰そうとしているが、何も知らず、かえって被告を逆上させるような事態を引き起こしたということである。[1] 裁判長が何とかこの騒ぎを鎮め、私にいくつかの月並な質問をしたあと、三度目に、クリューガーに、「何か言うことはないか」と尋ねた。この時も、クリューガーは黙ったままだった。

その時、台座のついた十字架が運ばれてきた。裁判長は私に、「話したことが真実であると、この十字架に誓えますか」と尋ねた。私は頷き、裁判長が示した簡単な言葉を繰り返し、宣誓した。証人喚問は終わった。

私は、フミェレフスキ氏と世話人との三人で外に出た。かなり後になってから、なぜこの時、二人が路上やレストランで片時も私を一人にしなかったかがわかった。ミュンスターには、私の証言が気にいらない連中が大勢いたのである。

午後、ホテルには、ユダヤ系あるいは非ユダヤ系のジャーナリストたちが私を待っていた。彼らは数多くの、おおかたは月並な質問を浴びせた。私が話したかったルヴフ大学教授の件は彼らには余り興味がないらしく、ユダヤ人問題についての質問が多かった。私はそのいくつかに答えた。彼らの一人が私にこう言った。「あなたの証言がクリューガーをより困難な状況に追いやりましたが、それは裁判のはじめに、あなたのことが問題になっていたからです。クリューガーはその時、こう証言しました。『もしもカロリナ・ランツコロンスカ伯爵が生きていたら、彼女は私がいつもポーランド人やユダヤ人を助けていたのを見ていたから、すぐに私の罪は晴れただろうに。しかし残念なことに、彼女はラーフェンスブリュックで亡くなった』と。」

その後、私たちは、教会にあるアウグスト・フォン・ガーレン*枢機卿の墓を訪ねた。彼がヒトラーに送った英雄的な手紙は、占領下のポーランドで回し読みされた。その手紙は、ドイツ人は不幸にも犯罪に溺れたけれども、個人的には素晴らしい人物が存在したという貴重な証拠である。

翌日、私はミュンスターを出立し、ヴロツワフのジグムント・アルベルト*教授に詳細な報告書を書いた。彼はポーランド共和国で、殺害された教授たちの寡婦や子供たちの支援活動をしていた。それから間もなく、私はシモン・ヴィーゼンタール*に会うため、ウィーンを訪れた。彼は私をとても丁寧に迎えてくれたが、「ルヴフ大学の教授たちを殺害したのは、クリューガーではなく、クッツマンである。彼は他の犯罪にも関わっており、アルゼンチンに隠れている」と言い張った。私はこう言った。「クリューガーの部下であるクッツマンが殺害に協力したことはありえるが、彼だけでこの事件を起こしたとは考えにくい。クッツマンが見つかる前に、ルヴフ大学の二三人の教授殺害に関するクリューガーの新たな裁判を始めるよう、ドイツを説得すべきだ。」ヴィーゼンタールはこの件に関して冷淡だった。

その頃私は、クリューガーがスタニスワヴフでの大虐殺の罪で終身刑となったことを知った。私はドイツのあらゆる法廷に手紙を書いて、ルヴフの事件についての裁判を開き、もう一度私の証言を聞くように頼んだ。しかし、返事はこなかった。パリでは、ボイの甥にあたるヴワディスワフ・ジェレンスキが精力的にこの裁判の開始を求めているが、[2]今のところその成果は出ていない。その頃、ヴィーゼンタール機関はアルゼンチンでクッツマンを捕まえたが、ドイツは彼の引渡しを望まなかったので、アルゼンチンは再び彼を解放した。[3]ルヴフ大学教授殺害事件は、未解決のままである。

ローマ　一九六七年

写真——ランツコロンスキ家のアルバムから

父カロル・ランツコロンスキと著者（1900 年頃）

ランツコロンスキ家。カロル、妻マルガレーテ、アントニと著者（1901 年頃）

妹アデライダ・ランツコロンスカ（左）と著者（1910 年頃）

カロル・ランツコロンスキの妻マルガレーテ・リフノフスキー

カロル・ランツコロンスキと息子アントニ（1915年頃）

1939 年以前のロズドウの邸

ロズドウにて（1938 年）

博士号取得の頃の著者

コマルナ近郊フウォピのランツコロンスキ邸（1939 年以前）

ラーフェンスブリュックでの著者の囚人番号

カール・ブルクハルト
（国際赤十字総裁）

イタリアにて（1945 年）

イタリア・ポーランド第二軍団広報担当将校姿の著者

ローマにて（1946 年）

著者の肩章

ローマでのポーランド第二軍団兵士だった学生の卒業記念集会。
著者は最前列中央（1947 年 7 月 31 日）

ジュネーブにて（1947 年 1 月）

軍服姿の著者（1948 年 2 月 7 日）

教師時代の著者

兄アントニと著者（ヴェネツィアで）1954 年 9 月

ことだったが。(1994年2月23日　K.L.)

[2]（原文は英語）バイロンの詩「バイロン夫人の病気の知らせを聞いて」の一部。

(3) 19世紀のイギリスやフランスなどの自由主義者や社会主義者らは、ロシアなどからの独立を求めて蜂起を繰り返すポーランド人に共感し、自由のために戦う者として称えた。

(4) アンデルス将軍率いるポーランド第二軍団は連合国軍とともに1944年5月モンテ・カッシノ陥落に貢献した後、アンコナやボローニャを解放。戦後もイタリアに占領軍として駐留した後、1946年にイギリスに渡る。1947年に解散。兵士の多くは亡命生活を選んだ。

[5] このスウォヴァツキの「頌歌」は、アレクサンドリアの沖合で書かれた。ポーランド人亡命者のノスタルジックな感情を表現している。

エピローグ

[1] その後間もなく、知り合いのドイツ人の教会史教授、フベルト・イェディン神父に会った。私が裁判の様子を話すと、彼はすぐにこう聞いた。「検察官はどう振る舞いましたか？　検察官は重要な証人に対して否定的に対峙することがあると聞くが。」私はこう答えた。「私に好意的ではありませんでした。けれども彼はポーランド人とウクライナ人の違いを知らなかったので、たいしたことはありませんでした。」かなり後になって、ドイツにおけるこの種の裁判では検察官がナチ犯罪者を助けようとすることがよくあると聞いた。

[2] W. Żieleński, 'Wokół mordu profesorów lwowskich w lipcu 1941r.', *Odra*, 1988, nr.7 に詳しい。

[3] クッツマンは後に、アルゼンチンにおいて心臓麻痺で亡くなった。

ぶ唯一の喪の儀式だった」としている。

(42) ヤルタ会議（1945年2月4～11日）で、ルーズベルト、チャーチルとスターリンは、戦後、それまでのポーランドの国境を西に移動させ、東部をソ連領とすることで合意した。

(43) ポーランド国民解放委員会のこと。ソ連の支援を受けたポーランド人共産主義者らによって、1944年12月にルブリンで結成された。1945年5月のドイツ敗北後、ソ連に支援された挙国一致臨時政府の中心となる。

[44] マリア・クヤフスカは1945年から1946年にかけてポーランドで働いていた時、三つのルートで私に次のようなメッセージを送って来た。「カーラ、私は心底あなたに謝るわ。100パーセントでなく1000パーセント、あなたが正しかったのよ。」彼女が死んだ今、彼女の行動にとても感謝している（K.L.）。

(45) キリストの受難と死を忍び、復活祭への準備として罪を反省する期間。枝の祝日から復活祭前日までの一週間を指す。

(46) ポドビェンタとは、ヘンリク・シェンキェヴィチの歴史小説『炎と剣』の主人公の名。

(47) エマオは新約聖書の中にある地名。その近郊で復活後のイエスが弟子たちの前に姿を現した、とされる。

(48) 総督府東部に位置するルブリン近郊には、ベウジェツ、ソビブル、トレブリンカ、マイダネクなどの絶滅収容所があり、トラックなどでディーゼルエンジンから排出される一酸化炭素ガスによる殺戮も行われていた。

[49] 著者は強制収容所を出る時に、人体実験を受けた女性全員の名をハンカチの縁に書いて持ち出し、ジュネーブにある国際赤十字本部に手渡した。

第八章　イタリア

[1] 数年後、私がまだロンドンにいた頃、スウェーデン経由で脱出したラーフェンスブリュック収容所の仲間が何度か訪ねてきた。彼女らによれば、スウェーデン人は緊急に解放させるべきポーランド人女性の名簿を持っていた。「こんなに多くの『ボリシェヴィキの同情者』の名簿をどこで手に入れたのか」、とスウェーデン人に聞くと、この名簿はジュネーブから電報で送られてきたという答えが返ってきた。彼女らは、この名簿は私が出したものに違いないと思っていた。ズデンカが私に収容所を出るよう強く勧めたことがどんなに正しかったか、その時やっとわかった。とても辛い

詩人、社会活動家、正教修道女。ロシアの貴族の生まれで、1924年にパリに亡命。正教修道女となり、亡命者や貧者を助ける。第二次大戦中にユダヤ人を匿ったことで逮捕され、ラーフェンスブリュックに収監、殺害される。2004年に克肖致命女に列聖される。

(32) モンテ・カッシノはイタリア中部にある山。連合国軍はドイツ軍からローマを解放するため、1944年1月、山頂にある修道院周辺へ攻撃を開始した。両陣営とも甚大な被害を出した末、5月18日にドイツ軍の陣地は連合国軍の手に落ちる。この戦いにおいてアンデルス将軍率いるポーランド第二軍団が重要な役割を果たした。

(33) ワルシャワ蜂起は1944年8月1日、ロンドン亡命政府の指揮下で始められた。ドイツ軍の猛攻に対し国内軍は善戦したが、ソ連軍の支援が得られずに10月2日に降伏する。約20万人の市民が犠牲となり、ワルシャワの街は徹底的に破壊された。蜂起鎮圧後、約70万人の市民が町から追放された。

[34] 囚人から奪った物の倉庫は、"Effektenkammer" と呼ばれていた (K.L.)。

(35) 原語は ryngrafy。ポーランドの伝統的な、洗礼を記念する貴金属製のメダル。通常、騎士がつけた首あての形をしており、聖母マリアの像が彫られている。信仰と愛国心の印。

(36) クーマエの巫女はギリシャ神話に登場する。アポロンに1000年生きたいという望みをかなえてもらったが、若さを保つよう頼むのを忘れたので、時と共に萎びて小さくなった。

[37] ロシア人のヴラソフ将軍によって組織された部隊。彼らはドイツ軍と共に行動し、とくに残虐なことで有名だった。(アンドレイ・ヴラソフ [1900 ~ 46] はソ連の軍人。スターリンへの不信から、独ソ戦のさなかにドイツ軍に投降。ソ連捕虜の中の対独協力者から成る「ロシア解放軍」を組織する。戦後、ソ連で処刑される。)

[38] 国内軍の女性兵士はワルシャワ蜂起の生存者の中にいた。

(39) トゥーキュディデース『戦史』(上)、久保正彰訳、岩波文庫、1966年、232頁参照。

[40] 後に私は、このエピソードを教皇ヨハネ・パウロ二世に話すという栄誉に浴した。(K.L.)

[41] 著者はラーフェンスブリュックでの体験を書いたタイプ原稿 (Archiwum PAU, Kraków 蔵) の中で、講義内容の変更を「ハリナを忍

ウォフスカの回想によれば、「その頃『保護拘禁女囚』として懲罰棟にいたカロリナ・ランツコロンスカが、スウォヴァツキやミツキェヴィチの詩、また励ましの言葉とともに暗号文を送っているのを何人かが知っていた。」(U. Wińska, *Zwyciężyły wartości. Wspomnienia z Ravensbrück*, Gdańsk 1985, s. 135.)

[22] 著者のメッセージは1941年11月、タデウシュ・コモロフスキ将軍に届けられた。

[23] 戦後になって著者は、国際赤十字総裁が何度も著者の解放のために交渉していたことを知った。「1943年、ヒムラーは私が挑発的でショーヴィニスト的態度をとっていることから、私の問題には関わらないようにと赤十字総裁に伝えた。イタリアにいる私の親戚もリッベントロップから同じ回答を受け取った」(*"Kopia. Meldunek sprawozdawczy Karoliny Lanckorońskiej o powodach jej pozostania w więzieniu niemieckim w 1942 r."*, Archiwum PAU w Krakowie.)

[24] 私たちはポーランド語とウクライナ語とイディシュ語の入り混じった、奇妙な収容所語を話していた(K.L.)。

(25)「大即興詩」は、ミツキェヴィチの愛国的劇『父祖の祭り』に所収(第3部2幕)。主人公コンラトは神に、ポーランド人の苦しみに無関心なことを訴え、霊感に満ちた詩が人々の魂に神聖な力をふきこみ、地上における秩序と幸福をもたらすように願う。

[26] ハリナ・ホロンジナは国内軍の兵士。ラーフェンスブリュックで女囚のために「談話日記」を組織した。(ホロンジとはポーランド語で「少尉補」を意味する。)

[27] 小包の宛先にしたヤドヴィガ・ホロディスカは目に炎症を起こしていたが、有難いことに目は治った。彼女は私の180語の暗号を解読して、このメッセージをコモロフスキ将軍のもとに届けてくれた。私がそれを知ったのは、戦後のことである(K.L.)。

[28] シュトラスナー夫人は後に、ベルゼン強制収容所で亡くなった(K.L.)。

[29] カルメン・モリはニュルンベルク裁判で死刑判決を受けたが、獄中で自殺した。

(30) ヒエロニムス・ボス(1450? ~ 1516)。初期フランドル派の画家。幻想的で怪異な作風で、ブリューゲルなど後世の画家に大きな影響を与えた。

(31) マリア・スコブツォヴァ(1891 ~ 1945)のこと。俗名エリザヴェータ。

メディアの一翼を担った。
(9) 宣伝相ゲッベルス指導下で、ナチ党によって1940～45年に発行された週刊誌。
(10)『20世紀の神話』は1930年刊。著者アルフレッド・ローゼンベルクは、ナチ党の外務担当全国指導者。
(11) 庭師のリーダーの苗字ザノヴァの男性形はザン。ザンは、ミツキェヴィチの作品『コンラト・ヴァレンロト』に登場する愛国者の名。そのヒロインの名がアドルナ。
(12) 原文はラテン語。カエサル『ガリア戦記』第6巻23（近山金次訳、岩波文庫、2014年、234頁参照）。
[13] ルイ一四世統治期のバスティーユ監獄にいた鉄のマスクをつけていたとされる囚人。
[14] これは、私がここで死ぬことを示した最初の具体的情報だった（K.L.）。
[15] この部分は、スウォヴァツキの「頌歌」の以下の部分を受けたもの。

「コウノトリが列をなして空を飛んでゆく
目に浮かぶ
ポーランドの畑の上を飛んでいくのが」

(16) 亡命政府首相ヴワディスワフ・シコルスキは1943年7月4日、ジブラルタル沖で飛行機事故により他界した。カティンの森事件以後悪化していた亡命政府とソ連との関係改善を模索していたシコルスキの突然の死に対し、当時から暗殺説が囁かれていたが、真相は不明。チャーチルと親しかったシコルスキの死は、亡命政府の国際的地位を弱めた。
(17) 連合国軍のシチリア島上陸は1943年7月10日。イタリア本土上陸への前段階として敢行された。
[18] 著者の母方の曾祖母、エレオノラ・ツィヒは古いハンガリー貴族の出身であった。
[19] その時、クリスティアヌ・マビルは解放されず、ティロル地方に移送され、1945年5月まで収容所にいた。戦後、私は彼女からこのことを聞いた（K.L.）。
(20) 1943年7月25日にムッソリーニは逮捕された。イタリアの新政権は連合国軍と休戦したが、ドイツ軍がイタリアに侵攻。9月にムッソリーニを奪還して傀儡政権をつくらせ、連合国軍との闘いを続けた。
[21] おそらくウルシュラ・ヴィンスカのことであろう。ヨアンナ・シド

戦末期、ロンメルはヒトラー暗殺計画への関与を疑われ、自殺した。
[22] このノートは現存するが、出版には適さない。本書を書くにあたり、その一部を利用した（K.L.）。

第六章　ベルリン

(1) ヴロツワフ（ドイツ語名ブレスラウ）は第二次大戦後、ポーランド領となる。それ以前はドイツ領。2016年には約64万の人口を抱える西部の大都市である。
(2) アンドレ・シェニエ（1762～94）はフランスの詩人。ロマン主義文学の先駆者の一人とされる。フランス革命に関係し、断頭台に消えた。
(3) ベルリンから約80キロ離れたドイツ北東部にあったナチの強制収容所。主に女性が収容されていた。

第七章　ラーフェンスブリュック

(1)「支配民族」とはドイツ人のこと。支配されるべき「劣等民族」にはポーランド人やウクライナ人などスラヴ系民族が含まれる。人種政策の最下位にはユダヤ人が位置する。
[2] SS将校のサナトリウム。ここでは主に、前線での負傷者が療養していた。
(3) フリッツ・クライスラー（1875～1962）。ウィーン生まれのバイオリン奏者、作曲家。
(4) ユーディ・メニューイン（1916～99）。ニューヨーク生まれのユダヤ系バイオリン奏者。
(5) シロンスク地方は現在、ポーランド西部に位置する。ドイツ語名はシュレジエン。この地方では、ドイツ語やチェコ語の影響を受けた独特のスラヴ系言語が話されている。
(6) スターリングラード攻防戦は1942年夏から1943年2月2日にかけて展開された。この時ドイツ軍は、スターリンの名を冠した都市を死守するソ連軍に敗北した。
[7] 著者の友人レーニャと後の国内軍総司令官タデウシュ・コモロフスキとの間には、1944年に次男イェジが生まれた。（本文は1942年12月に長男アダムが生まれたことを指すと思われるが、原注にその名はない―訳者）
(8) ナチ党の中央機関紙。1920年に創刊され、25年にわたりナチ党の公式

る。ウクライナ地方がポーランド支配下にあった16世紀末に成立。ポーランド分割後、ルヴフがその中心となる。

(8) シェイクスピア『リチャード二世』小田島雄志訳、白水社、2001年、187頁参照。

[9] 古典作品を真に理解するには、原典にあたらねばならない（K.L.）。

[10] 彼女は、以前ルヴフ大学の学長を務めていたアブラハム氏の親戚だった（K.L.）。

[11] 著者のノートには、この引用部分の最後の文章は大文字で書かれ、二重下線が引かれている（訳は、シェイクスピア『リア王』大場建治訳、研究社、2010年、204頁参照）。

(12) シェイクスピア『ジュリアス・シーザー』松岡和子訳、ちくま文庫、2014年、76頁参照。

(13) 前掲書、43頁参照。

(14) アレッサンドロ・マンゾーニ（1785～1873）。イタリアの詩人、思想家。近代イタリア語の体系化に貢献した。『五月五日』はナポレオンを悼んだもの。

(15) ホメロス『イリアス』松平千秋訳、岩波書店、2004年、12頁参照。

[16] クラクフのサルヴァトル墓地。コシチューシコの丘のふもとにあり、ヴィスワ河に面した絶景で知られる。劇作家ロストフォロスキの墓には大きな木の十字架が立つ（K.L.）。

[17] 私の暗号報告書の一つが司令官に届き、司令官はすべて了解していたことを戦後になって知った（K.L.）。

[18] 戦後、私はスリピイ枢機卿の仲介でカナダにいるピャセツキーの家族を探し出し、彼が立派な最後を遂げ、拷問にかけられることなく即座に亡くなったことを告げた（K.L.）。

(19) トゥーキュディデース『戦史』久保正彰訳（上）、岩波書店、2008年、226、247頁参照。

(20) ヒトラーの人種論ではドイツ人こそが純粋なアーリア人であるとし、その優秀性と他民族に対する支配の正当性を説くが、ここではクッツマンは「アーリア人」の中にポーランド人も含めて話していると思われる。

(21) エルヴィン・ロンメル（1891～1944）。ドイツの軍人。第二次大戦中、北アフリカで巧みな戦術を使ってイギリス軍に苦戦を強い「砂漠の狐」と呼ばれた。本文の1942年11月は、英米軍に苦戦していた時期である。大

[7] 彼はアウシュヴィッツで殺された（K.L.）。
[8] 私はこの言葉から、死刑宣告を受けたと思った（K.L.）。
(9) 'Deine Ehre heist Treue' はナチの標語。忠誠の対象はヒトラー。
[10] 彼は毎晩、窓を開けてくれた。私はそれを決して忘れない（K.L.）。
(11)『フィデリオ』はベートーヴェンのオペラ。貴族の妻レオノーレは無実の罪で監禁されている夫を助けるために男装し、刑務所に侵入して夫を助けるという内容。夫の政敵でもある刑務所長の名がドン・ピツァロ。
(12) 1941年7月3日、スタニスワヴフ周辺はハンガリー軍の侵攻を受けたが、まもなくドイツ軍に占領され、「ガリツィア管区」に統合された。
[13] 彼女の苗字は忘れたが、彼の父は鉄道員でプシェミシルのジェチナ通り28番地に住んでいた（K.L.）。

第五章　ルヴフのウォンツキ通りにて

(1) サヴォイア家はイタリア王家の名。当時の国王ヴィットリオ・エマヌエレ三世（1869～1947）はムッソリーニ体制に協力していた。
(2) エミル・ジェヴスキの本名はヴァツワフ・ジェヴスキ（1785～1831）。東洋学者で、アラブ世界やトルコを旅行した。ベドウィン族らと親しくなり、アラブの13部族から「エミル（指揮官）」の称号を得る。ポーランド十一月蜂起（1830～31年）で戦死。ミツキェヴィチの叙事詩「ファリス」は彼に捧げられたもの。
[3] 戦後、カエタニが私の逮捕を知った経緯を知った。ジュネーブにいた私の兄がウクライナ語のラジオ放送で私の逮捕を知り、ローマにいるカエタニにそれを伝えたのである（K.L.）。
[4] 1942年7月21日の手紙でヒムラーは、カロリナ・ランツコロンスカが「ドイツの敵である」と公言したことでドイツ当局の信頼を裏切ったと書いている。彼女はその「反ドイツ的扇動行為」により逮捕の必要性ありとヒムラーは考えた。
(5) オッソリネウムは19世紀初頭、ユゼフ・マクシミリアン・オッソリンスキによりルヴフにおいてポーランド文化を守る目的で組織された団体。図書館や出版社などを抱える。第二次大戦後、ヴロツワフに移される。
[6] フランス革命期にルイ十六世夫妻が処刑時まで収監された監獄。
(7) ウクライナ・ギリシャ＝カトリック教会、東方典礼カトリック教会、ユニエイトとも呼ばれる。儀礼は正教と同じだが、ローマ教皇の権威を認め

ロシアの支配に抗して蜂起したが鎮圧され、多数の参加者に厳罰が科された。

[19] ヴォジスワフは現在のポーランド南部にある村。1370年から1945年まで同一家族（ランツコロンスキ家）により最も長く維持されたポーランドの所領である（K.L.）。

[20] この墓碑は18世紀ウィーンで活躍したアントニオ・カノヴァの作品。おそらく墓に眠る故人の息子のアントニ・ランツコロンスキは、製作者に美しい記念碑を注文し、ヴォジスワフに運んできたのだろう（K.L.）。

(21) マチェイ・ランツコロンスキ（1723～89）は、第一次ポーランド分割の時、ポーランド代表として、ロシア、プロイセン、オーストリアに対する領土割譲条約に署名した。

[22] ボレスワフ神父（本名アウグスティン・フチンスキ）。ポーランド第二軍団司祭。モンテ・カッシノにあるポーランド人兵の墓地に埋葬される。

[23] 略奪された絵画や貴重品の中には、ストリィやドロホヴィチの博物館やルヴフの画廊に所蔵されていた物もあった。

(24) イェジ・オッソリンスキは17世紀のポーランドの大貴族で政治家。ローマで教皇ウルバン八世から爵位を授与されたことにちなんだ銅版画。

(25) ミツキェヴィチが1820年に書いた「青春の頌歌」は自由を称える愛国的な詩である。

第四章　スタニスワヴフ

(1) スタニスワヴフは現在、ウクライナ領イヴァノ-フランキウシク市。両大戦間期にポーランド領だったが、1939年9月にソ連領、1941年にはドイツ領、1944年から再びソ連領になる。人口約23万人（2016年）。

[2] 彼女の夫はヴワディスワフ・ノヴァク。303航空部隊に属していた。

(3) 軍人の勇敢かつ英雄的行為を顕彰するために、ポーランドで1920年に設けられた勲章。

(4) 原文では、著者に対してクリューガーは終始ドイツ語二人称単数敬称Sieを使用しているが、会話の内容を重視して「お前」と訳す。

[5] 壁に時計が掛かっていた（K.L.）。

(6) 復活祭の49日か50日後にあたるキリスト教の祝日。五旬節、ペンテコステとも言う。イエスの復活・昇天後、祈っていた信徒の前に精霊が降りて来た出来事を記念する。

多くの巡礼者を集める。本書にはふれられないが、第二次大戦時、当市でもユダヤ人やポーランド人知識人が多数殺された。

[4] 私のドイツ語に外国語訛りがなかったためである（K.L.)。

(5) ポーランド史における最初の二つの王朝。ピャスト朝は10世紀から14世紀まで、その後ヤギェウォ朝が16世紀まで続いた。

(6) マウォポルスカ地方とは、現在のポーランド南東部の歴史的な地方名。

[7] 1933年に著者の父カロル・ランツコロンスキが没した後、ロズドウの領地は長男アントニが相続した。

(8) 1941年6月22日の独ソ戦開始後、反ソ的ウクライナ民族主義者組織はドイツ軍とともにソ連領に侵攻。ルヴフを占領し、ウクライナ独立を宣言。彼らはドイツ軍に協力し、ルヴフのユダヤ人やポーランド人を多数虐殺した。だが、ヒトラーはウクライナ人の国家建設を認めなかった。

(9) 独軍のソ連領への侵攻後、ガリツィア地方東部にはルヴフを首府とする「ガリツィア管区」がつくられ、総督府に統合される。

[10] 1936～37年にルヴフ大学学長を務めたスタニスワフ・クルチンスキ一家の家。

[11] ロマン・ロンシャン-ド-ベリエは3人の息子（ブロニスワフ、ジグムント、カジミエシ）とともに銃殺された。

[12] スタニスワフとマリア・クルチンスキ夫婦のこと。

(13) 聖カルロ・ボロメオ（1538～84）はミラノの枢機卿。ペストの流行するミラノで患者を助けた。著者の名カロリナはこの聖人の名にちなむ。

(14) 占領下ポーランドの地下組織には、亡命政府に属する政府代表部と呼ばれる行政機関があり、教育、文化、内務、法務などの省に分かれ機能していた。

(15)「ユダヤ人互助協会 Żydowska Samopomoc społeczna」は、RGOにあたるユダヤ人の組織。1940年5月に結成されるが、1942年7月に廃止された。

[16] これはヴェイヘルト博士のことであろう。A. Ronikier, *Pamiętniki 1939-1945*, Kraków 2001 参照。

(17) ヴォウィン地方は現在、ウクライナ共和国領の北西部（ヴォリニ地方)。両大戦間期のポーランド共和国の東南部にあたる。ルヴネ（リウネ）はその主要都市。1939年9月にソ連領、1941年6月にドイツ領となる。

(18) 1863年から翌年にかけての一月蜂起のこと。この時、ポーランド人は故で亡くなったりした者も多い。
(36) コシチューシコを記念する丘。1820年に建設された。現在は教会や博物館などの施設がある。ドイツ占領下では立ち入りが禁止された。
(37) ダンケルクの戦いは1940年5月24日から6月4日にかけてのドイツ軍と英仏軍との戦い。イギリス軍撤退後、フランス軍は敗退。6月13日、パリはドイツ軍に占領された。
(38)「中央救護委員会 Rada Główna Opiekuńcza」は総督府におけるポーランド人の合法的な慈善組織として1940年2月に設立が認められたが、占領軍から様々な圧力を受けた。活動は総督府全体に及び、1944年まで数万人のボランティアが働いていた。
[39] ヤーシ、すなわち、クラクフ第四地区参謀長ヤン・チホツキ大佐は1941年4月17日から18日にかけてスワフコフスキ通り6番地にて逮捕された。
[40] レオン・ギェドゴウド少佐。暗号名レオンは1941年4月20日から21日に逮捕される。
(41) ジェロムスキの小説『忠実なる河』は、ロシアに対するポーランド人の民族蜂起鎮圧直後の状況を描いた作品。
[42] 逮捕の危険のあるコモロフスキ将軍は、ヴェネツィア通り7番地(原文ママ)の著者の住居に匿われた(K. Lanckorońska, 'Komorowscy', *Tygodnik Powszechny*, 1994, nr. 29)。
(43) 1939年9月28日に最終的に結ばれた独ソの国境線のこと。両国の外相の名をとってこう呼ばれる。
[44] 1941年7月3日から4日にかけての夜、高等教育機関の教授およびその家族や同居人計22人はルヴフのヴルカの丘で銃殺された。1943年10月、ドイツ人はその痕跡を消すために、遺体を掘り出し、ルヴフ郊外のクシヴィツキの森で焼いた。

第三章　総督府巡回

(1) サモストシェルはポーランド西部の村。ブニンスキ家は17世紀末から代々村の領主。
[2] ノヴィ・ソンチのRGOの支部長はヤン・ピョトロフスキだった。
(3) チェンストホヴァのヤスナ・グラ教会には、17世紀にスウェーデン軍から国を守る奇跡を起こしたとされる「黒い聖母」のイコンがあり、毎年

まない。『天国の門から』明るい光がさしたのだ。」(K.L.)

(23)「民族ドイツ人」とは、チェコやポーランドなどドイツ本国の外に住むドイツ系住民のこと。とくにナチに協力し、本国人(ライヒスドイチェ)の同胞であると主張した在外ドイツ人を指す。

[24] このことを書くのは残念でならないが、沈黙するべきではないと考えた(K.L.)。

[25] ウクライナ人による大小様々な嫌がらせのために、私は毎晩眠りを妨げられていた。より広い視点から見て、私は次のように確信していた。ドイツ人が去った後、ここに残るのはウクライナ人と我々ポーランド人である。私たちがお互いに何らかの妥協をしなければ、共に暮らすことはできない。今はドイツ人が状況を悪化させているのだ(K.L.)。

(26) クリスマスイヴや大晦日に家族や友人の間で祝辞を言いながら聖餅を割って分け合うのは、ポーランドに古くからある習慣。

(27) サヴォイア家ヴィットリオ・エマヌエレ三世(1869～1947)のこと。1900年から1946年までイタリア王位にあり、一時は、アルバニア王、エチオピア皇帝を名乗っていた。

[28] クリスティナはワルシャワ蜂起の時に看護婦として亡くなった(K.L.)。

(29) ナチはスラヴ系民族、とくにポーランド人を「劣等人種」の中に位置づけて差別した。

(30) スペイン領ネーデルランド総督(1567～73)だったアルバ公フェルディナントのこと。

(31) チャルトリスキ家もポトツキ家もポーランドの古い家柄の大貴族。前者が所蔵していたダ・ヴィンチの「白貂を抱く貴婦人」は現在、クラクフのチャルトリスキ美術館に所蔵される。

(32) クラクフ大学はヤギェウォ大学と呼ばれ、1364年ポーランド王カジミエシ三世によって創設された。コペルニクスが学んだことでも有名。

(33) クラクフのモンテルピ通りにある監獄。1940～44年にかけて約5万人が収容された。とくに大学教授ら知識人が捕えられ、拷問や処刑が行われた。

[34] 本名ヤン・チホツキ。暗号名ヤーシ。ZWZクラクフ地区参謀長。

(35) 第二次大戦中、ロンドンの亡命政府のもとで結成されたポーランド軍の中に、本国との連絡のためにポーランドに夜間、密かにパラシュートで降下する特殊部隊がつくられた。彼らの中にはドイツ軍に殺害されたり事織も結成され、戦時中を通じて活動していた。

(13) 1939年9月、ドイツ軍の激しい攻撃にもかかわらずワルシャワの抵抗は27日まで続き、翌日ドイツ軍は市内に入城した。本文にある通りは戦後に復興され、ワルシャワ中心部に存在する。

(14) アーサー・ヒュー・クラフ（1819～61）はイギリスの詩人。おそらく、彼の詩「Say not the struggle nought availeth（戦いなど役に立たぬと言うなかれ）」のことであろう。

(15) ポーランド人の土地や建物などの資産を管理処分するためのドイツ人。差し押さえた穀物や飼料、家具などを闇市で売り金儲けする者もいた。

[16] この出来事は、ザヴァダにあるボロフスキ家で起きたことである（K.L.）。

[17] ミツキェヴィチの銅像が破壊されたのは1940年8月17日（像の建設は、彼の生誕100周年にあたる1898年である）。

(18) グルンヴァルト記念碑の破壊は1940年11月。この碑はドイツ騎士団に対するポーランド軍とリトアニア軍の勝利500周年を記念して、1910年に建てられた。

(19) ヴァヴェル城は14世紀、クラクフのヴァヴェルの丘に国王の居城として建設された。第一次大戦後のポーランドでは独立の象徴とされた。

(20) タデウシュ・コシチューシコ（1746～1817）はポーランドの軍人で国民的英雄。第二次ポーランド分割に抗して1794年に蜂起し、ロシア・プロイセン軍と戦ったが敗退。アメリカ独立戦争にも参加した。クラクフのコシチューシコ像は1900年に建設。破壊されたのは1940年2月。

(21) バルト海沿岸にあるヘル半島の守備隊は、1939年9月27日のワルシャワ陥落後も約1週間にわたりドイツ軍と戦い続けた。

[22] この詩は十一月蜂起（1830～31）で戦死したメイスネル将軍を悼むもの。著者によれば、「1991年5月27日、私はローマでポーランドの国会議員のアンジェイ・ステルマホフスキに会った。その日、私は『ポーランド復興大十字勲章』を彼から受け取ることになっていた。彼と一緒に大使館に向かう途中、私は彼に、『あなたは1940年10月にクラクフで亡くなったヘル半島防衛戦の英雄のご親戚ではありませんか』と聞いた。すると彼は何と、私の患者だった兵士の弟だということがわかった。彼はこの奇跡的な出会いに大きな感銘を受け、勲章授与式のスピーチでこのことを話した。私はスウォヴァツキの望みがかなえられたことを神に感謝してや

第二章　クラクフ

⑴ 5月3日はポーランドの伝統的かつ愛国的な祝日。1791年5月3日にポーランドの全国議会が憲法を採択したことにちなむ。

⑵ ヤン・カンティ（1390～1473）はポーランドの聖人。聖職者。クラクフの大学で神学を教えたことから、大学や市民の守護聖人となる。

[3] 1940年5月10日、ドイツ軍はベルギーとオランダに侵攻。6月10日、イタリアはフランスに宣戦布告をした。

[4] 1940年6月22日、コンピェーニュの森でフランスは無条件降伏の文書に署名した。

⑸「ジグムントの鐘」とは、クラクフのヴァヴェル城にある大鐘。1520年にポーランド王ジグムント一世の統治を讃えて鋳造された。伝統的に国家の祝事のさいに鳴らされる。

⑹ 当時、ポーランド人はラジオを持つことも聞くことも禁じられ、違反者は処罰された。外国語が堪能な著者は、密かに外国語放送を聞き司令官に報告していた。

⑺ urdeutsche Stadt Krakauとは、クラクフが太古からのドイツ人の都市であるという意味。クラカウはクラクフのドイツ語名。

⑻「グルンヴァルトの戦い」とは、1410年のドイツ騎士団に対するポーランド・リトアニア連合軍の戦い。ここでの「ウィーン包囲」とは、1683年にオスマン帝国軍がウィーンを包囲した戦いを指す。ハプスブルク軍側に加勢したポーランド国王軍は勝利に貢献した。

⑼ イギリス本土へのドイツ空軍による空爆「バトル・オブ・ブリテン」は1940年8月に始まる。1939年9月のポーランド戦役後、イギリスに渡ったポーランド空軍のパイロットたちは、イギリスに協力する亡命政府のもとでドイツ軍と戦った。彼らの中には熟練パイロットが多く、バトル・オブ・ブリテンでは多数のドイツ軍機を撃沈した。

⑽ ヴィスワ河畔の奇跡とは、1920年8月、ソ連軍と戦っていたポーランド軍が首都ワルシャワ近郊まで追い詰められた時、ピウスツキ率いるポーランド軍が奇跡的にソ連軍を撃退した出来事を指す。

⑾ サピエハ家もランツコロンスキ家と同様、古くから続く大貴族で、有名な政治家や軍人を輩出していた。

⑿ 総督府では、抵抗運動を支援する地主や企業家が中心となった地下組

［28］著者はこの教会建設の出資者でありパトロンであった。

(29)「苦い嘆き」は18世紀初頭ワルシャワの教会でつくられ、四旬節の聖歌としてポーランド全体に広まり歌われるようになった。

(30) 二つとも国土分割期につくられたポーランド人の愛国的な歌。「ロタ」はグルンヴァルトの戦いを歌ったもの。「神よ、ポーランドを」はロシア皇帝を称える歌としてつくられたが、愛国的な歌詞に変えられて歌われるようになった。

［31］数時間後、呼び鈴が鳴った。扉を開けると、見知らぬ労働者風の男が立っていた。彼は私に挨拶せず、中に入ろうともせず、こう言っただけだった。「フェドロヴィチ神父様は出発されました。成功したのです。」そして、立ち去った。私は一言、「ありがとう」と言うのに何とか間に合った（K.L.)。

［32］私は反ユダヤ主義に反対するよう躾けられて育ち、実際にそうなった（K.L.)。

［33］学生のレベルが落ちていたからである。

(34) ジョン・エメリク・エドワード・ダルバーグ＝アクトン（1834～1902)。イギリスの歴史家、政治家。『自由の歴史』は1907年に出版。

［35］1996年にドゥディクの娘は「カティンの森事件」虐殺者名簿に彼の名を見つけた（K.L.)。

［36］コマルノはルヴフ大司教区ではなくプシェミシル教区に属していたから、私はトファルドフスキ大司教の人柄を知らなかった（K.L.)。

(37) 1940年4月、ドイツ軍のノルウェー侵攻を受けてイギリスは海軍を派遣したが、ドイツ軍に苦戦。イギリス軍がノルウェーから撤退したことにより、6月にノルウェーはドイツ軍に占領された。

［38］著者による注は1996年10月30日に書かれた。それによれば、「この手記をもう一度読み返してみた。素晴らしい働きをした人々の名を執筆当時は彼らの安全のために書かなかったが、今では残念ながら、忘れてしまって書けない」(K.L.)

［39］ヤン・ヤヴォルスキは1941年11月31日、司令官に「1939/40年、ソ連占領下でのルヴフにおけるZWZ第3地区創設に関する副官報告」(「ZWZ第3地区会員名簿」を含む）を提出。現在それはロンドンのポーランド会館に所蔵されている。

［40］その時は、この言葉に潜む予言的内容に気づかなかった（K.L.)。

(18) アンジェイ・ボボラ（1591 ～ 1657）。ポーランドの聖人。聖職者。フメルニツキの乱のさいコサックに捕えられ、拷問・処刑された。

(19) ヴェルニホラは 18 世紀ウクライナの吟遊詩人で伝説的な予言者。ポーランドの滅亡と復興を予言した。

(20) 1939 年 11 月 30 日、ソ連軍がフィンランドに侵攻。フィンランドは粘り強く戦いソ連に苦戦を強いたが、1940 年 3 月、ソ連に領土の一部を割譲することで講和条約を結んだ。

(21) 総督府とは、1939 年 9 月戦役でドイツ第三帝国に直接併合されなかったポーランド中央部の地域で、10 月のヒトラーの勅令に基づき設立された。首都はクラクフ。総督ハンス・フランクのもとにナチの統治機関が置かれた。一方、バルト海沿岸のポーランド領だったポモージェ地方とポーランド西部のポズナン地方などは第三帝国に直接併合され、「帝国大管区」となる。そこに住むポーランド人は徹底的なゲルマン化政策下に置かれ、それに不適とされたポーランド人は追放された。

(22) 1939 年 9 月、独ソ占領下のポーランドで複数の抵抗運動組織が生まれる。「武装闘争同盟 Związek Walki Zbrojnej（ZWZ）」は 1939 年 11 月に結成された亡命政府に属する地下軍事組織。前身は「ポーランド勝利奉仕団」。ZWZ は後に「国内軍」に再編成される。

(23)「国内軍 Armia Krajowa（AK）」とは、1942 年 2 月、亡命政府首相シコルスキ将軍によって地下国家機関の防衛と国家独立に向けた武装闘争を目的として改組された軍事組織。前身は「武装闘争同盟」。構成員は 40 万人以上とされ、諜報活動や破壊工作、武器製造、パスポートなどの文書偽造などに携わる。

[24] ある時期、多数の言語に堪能な著者は、ルヴフにある ZWZ-AK 第三地区部隊のために、ヨーロッパや世界の情勢についてラジオ放送を聞いて報告していた。

(25) 1648 ～ 57 年にポーランド人支配からの解放を求めウクライナ・コサックが起こした反乱のこと。指導者フメルニツキはウクライナ人の民族運動において英雄とされた。

(26) イヴァン・フランコー（1856 ～ 1916）はウクライナの詩人、文筆家。ウクライナ民族運動活動家。ウクライナ語の体系化に貢献。

(27) ウクライナ語の方言とされるルシン語を話すスラヴ系民族集団。現在はルーマニアやスロヴァキア、ウクライナに居住。

キェヴィチ大統領のもと、パリでシコルスキを首班とする亡命政府を組織する。フランスがドイツに降伏すると、ロンドンに拠点を移した。

(7) プシェミシルは現在、ウクライナとの国境に近いポーランドの都市。町には戦時中、独ソ国境線の一部を成していたサン河が流れる。2015 年現在、人口約 6 万人。

(8) 1905 年のロシア第一革命のこと。ロシア領のポーランド地域でもストライキが頻発し、100 万人以上の労働者が参加した。

(9) ルヴフ大学のこと。17 世紀ポーランド王ヤン・カジミエシによって設立される。大戦間期は「ヤン・カジミエシ名称大学」。現在は、ウクライナ人思想家の名をとり「イヴァン・フランコー名称大学」と呼ばれる。

[10] 1939 年 11 月 6 日、ドイツ占領当局はクラクフにあるヤギェウォ大学、鉱業大学および商業大学の教授 183 人を逮捕し、ザクセンハウゼン強制収容所に送った。

(11) シモン・マルティニ（1284 ～ 1344）はイタリア・ゴチック期の画家。

[12] 著者はルヴフのジモロヴィチ通り 19 番地に住んでいた。

(13)「内部人民委員部」は、ソ連のスターリン政権下で刑事警察、秘密警察、国境警察、諜報機関を統轄していた国家機関。

[14] 1939 年 11 月、西ウクライナ共和国はウクライナ・ソヴィエト共和国に併合された。

(15)『父祖の祭り』はミツキェヴィチの演劇作品。第 3 部には、囚人の一人が、ロシア奥地に学生たちが連行される事件について話す場面がある。

(16) カティンの森事件とは、ソ連軍によるポーランド軍将校らの虐殺事件。1943 年 4 月、ドイツ軍がソ連領スモレンスク付近のカティンの森で数千のポーランド軍将校の虐殺死体が発見されたと発表。ポーランド亡命政府は国際赤十字に調査を依頼したが、ソ連は虐殺をドイツ軍によるものとし、亡命政府との関係を断つ。真相が究明されたのは冷戦終結後のこと。コジェルスクやスタロビェルスクは犠牲となった捕虜の収容所があった町の名。

[17] この一文は、ミツキェヴィチの作品『パン・タデウシュ』の一節（「おお、春よ！　あの年、たれか汝をわれらが国で見しや！　…数々の出来事に満ち、希望を孕んでいたことか！」ミツキェヴィチ『パン・タデウシュ』（下）工藤幸雄訳、講談社文芸文庫、1999 年、218 頁参照）をもとにしている。

do roku 1939, Częstochowa 2000, s. 225-227.

(12) 本書の中では、犠牲者数にばらつきが見られる（第三章では22人、付録では23人と記される）。編者はその後明らかになった犠牲者を加え、25人としている。

[13] 本書（原題『戦時の回想』）は1946年、ローマで脱稿された。2001年の本書出版前に、その一部は在外ポーランド人の雑誌に、1990年代にはポーランドの雑誌『ティゴドニク・ポフシェフニ（週刊普遍）』に掲載された。

[14] 1983年5月27日、ヤギェウォ大学における名誉博士号授与式のさいの著者の演説。

はじめに

[1] カロリナ・ランツコロンスカ教授は2000年、本書の出版を決意した。

第一章　ルヴフ

(1) 現在はウクライナ領リヴィウ。ドイツ語名はレンベルク。本書ではポーランド語名ルヴフと記す。ヨーロッパ陸上交通の要衝として古くから栄えた。第一次ポーランド分割後から第一次大戦までオーストリア領。両大戦間期はポーランド領。2015年の人口は約73万人。

(2) 1939年9月1日、ドイツが西からポーランドに侵攻、ソ連は9月17日に東から侵攻し、ポーランドを分割占領した。両国による分割境界線は8月23日の秘密議定書で設定されたが、9月28日に修正を経て確定された。

(3) 第一次大戦直後、ウクライナ人は東部ガリツィア地方に西ウクライナ共和国設立を宣言した。しかし、ポーランド人もこの地域を自国の領土としていたため戦いとなる。その結果、この地域はポーランド領となり、ウクライナ人は不満を募らせていた。1939年9月にソ連軍がこの地域を占領すると、ウクライナ人共産主義者らは西ウクライナ共和国を設立したが、まもなくソ連邦に編入される。

[4] 1933年の父の死後、著者カロリナはコマルノの最後の領主となった。

[5] マテウシュ・マフニツキ。著者は雑誌記事「ロズドウの人々」で、彼について回想している（'Ludzie w Rozdole', *Tygodnik Powszechny*, 1995, nr. 35）。

(6) 1939年9月、独ソの侵攻を受けてポーランド政府は国外に逃れ、ラチ

〔註〕

［　］は原註。（　）は訳註。（K.L.）は著者による補遺。

本文中の＊印は巻末の人物目録に記載。

編者によるまえがき

［1］これは1991年5月27日、ローマのポーランド大使館における著者への「祖国復興大十字勲章」授与式のさいに著者が行ったスピーチの一部。

⑵ シュラフタとはポーランドの貴族身分のこと。国王が存在するもののシュラフタを中心とする身分制議会が国政を動かすという意味で、近世ポーランドは「共和国」と呼ばれた。ここでは14世紀から18世紀末のポーランド分割までを指す。

［3］S. Cynarski, *Dzieje rodu Lanckorońskich z Brzezia od XIV do XVIII wieku*, Warszawa-Kraków 1996.

⑷ 四年議会とは、1788年から1792年にかけて国制改革について議論したポーランドの全国議会のこと。その中で採択されたのが、五月三日憲法（1791年）である。フランス革命の影響を受けたこの憲法には、三権分立や法の支配などの近代的統治概念が盛り込まれた。

⑸ ガリツィア地方とは、第一次ポーランド分割後にオーストリア領となった地域とほぼ重なる。ドイツ語ではガリツィエン。現在、西部はポーランド領、東部はウクライナ領。

⑹ ポーランド王国とは、1815年のウィーン議定書によりロシア領となった地域に設けられたポーランド人の自治地域。1831年以降、自治権は大幅に制限された。首都はワルシャワ。

［7］R. Taborski, *Polacy w Wiedniu*, Wrocław-Warszawa-Kraków 1992.

［8］A. Wysocki, *Sprzed pół wieku*, Kraków 1974, s. 287.

⑼ 4人とも19世紀半ばから20世紀初頭にかけて活躍したポーランド人画家である。ヤン・マテイコ（1838～93）は歴史画で有名。アルトゥール・グロットゲル（1837～67）は一月蜂起を題材とした作品で、ユゼフ・ヘウモンスキ（1849～1914）は風景画、ヤツェク・マルチェフスキ（1854～1929）は象徴的な画風で知られる。

［10］K. Lanckorońska, ‘Rozdół’, *Tygodnik Powszechny*, 1995, nr 35.

［11］J. Suchmiel, *Działalność naukowa kobiet w Uniwersytecie we Lwowie*

容所の警察将校。政治犯を担当。

［ランツコロンスキ、アントニ（1893 〜 1965）］著者の兄。戦時中はジュネーブの国際赤十字、戦後は「スイス・ポーランド人医療援助委員会」に勤務。二人の妹カロリナとアデライダとともに 1960 年にジュネーブで「カロル・ランツコロンスキ財団」を設立。1967 年、ポーランド文化振興のためにブジェジェでランツコロンスキ家財団に改編。

［レドニツキ、ヴァツワフ（1891 〜 1967）］ロシア語学者。ヤギウォ大学文学史教授。1940 年初頭ブリュッセルに行き、そこからリスボンを経てアメリカ合衆国に渡る。1940 〜 44 年ハーバード大学で、1944 年からはカリフォルニア大学で教鞭をとる。

［レイノー、ポール（1878 〜 1966）］フランス首相。1940 年外相。ドイツ降伏に反対する。1940 〜 42 年、ヴィシー政権下で逮捕、強制収容所に送られる。

［レンカス、ミハウ（1895 〜 1964）］病院司祭。『病者の使徒』編集者。戦時中のルヴフの病院でボランティア活動をし、地下神学校で教鞭をとる。

［レンツキ、ロマン（1867 〜 1941）］医師。ルヴフ大学教授。医学部長。

［ロヴェツキ、ステファン（暗号名グロト）（1895 〜 1944）］1940 年から ZWZ 司令官。1942 年 2 月から国内軍総司令官。1943 年 7 月逮捕。ザクセンハウゼン強制収容所に収監。1944 年 8 月に殺害される。

［ロニキェル、アダム（1881 〜 1952）］1940 年 6 月〜 43 年 10 月、RGO 会長。

［ロンシャン－ド－ベリエ、ロマン（1883 〜 1941）］ルヴフ大学民法教授。1939 年に学長。

（1956年助教授資格獲得）。

［ポトツカ、ゾフィア（1901～63）］アンジェイ・ポトツキ（1900～39）の妻。夫は9月戦役に参加し、ポーランド軍退却のさいウクライナ人に殺害される。

［ポドラハ、ヴワディスワフ（1875～1951）］ルヴフ大学美術史教授。1939年12月からルヴフ市歴史博物館長。戦後、ヴロツワフ大学教授。

［ポラチクヴナ、ヘレナ（1881～1942）］歴史家。文書館員。1941年6月から彼女の住居にZWZの情報局がおかれる。1942年逮捕。同年秋、ルヴフで銃殺される。

［ボルトノフスカ、マリア（暗号名ニュータ）（1894～1972）］戦時中はワルシャワでポーランド赤十字情報局を指揮。1942年10月23日、逮捕。翌年8月ラーフェンスブリュック強制収容所に（1945年7月解放）。1947年3月4日ドイツ軍への協力の罪で逮捕。3年の禁固刑を受けるが、1948年6月5日に解放。著者は彼女の回想記事を投稿（*Wiadomość*, London 1972, nr. 48）

［ホロディスカ、ヤドヴィガ（愛称ヴィシャ）（1905～73）］彫刻家。戦時中は抵抗運動に従事。戦後、クラクフ工科大学建築学部講師となる。

［マチェリンスキ、エミル（1892～1941）（暗号名コルネル）］ルヴフのZWZ活動家。1940年4月から第3地区副司令官。二回逮捕され、解放。NKWDへの協力の疑いによりZWZ内で起訴、1941年12月17日ワルシャワで銃殺刑に処せられる。

［マルチェンコ、ミハイロ（1902～83）］歴史家。キエフ教育大学教授（1937～39）、1939年からルヴフ大学学長。1941～45年ノヴォシビルスクの教育大学講師。戦後はキエフに移る。

［マンデル、マリア（1912～47）］1942年4月から10月にかけて、ラーフェンスブリュック強制収容所の看守長。

〈ミツキェヴィチ、アダム（1798～1855）〉ポーランドの国民的詩人、劇作家。代表作に『パン・タデウシュ』、『父祖の祭り』などがある。

［ヤヴォルスキ、ヤン（1991年没）］ルヴフのZWZ第3地区副司令官。1940年5月、偽名のままNKWDに逮捕、5年間ラーゲリでの労働を宣告される。シコルスキ・マイスキ協約により解放。ロシアのブズルクでアンデルス将軍率いるポーランド軍第二師団に合流。

［ラムドーア、ルートヴィヒ（1909～47）］ラーフェンスブリュック強制収

［ドンブスカ、アレクサンドラ（愛称レシャ）（1902 ～ 88）］看護師。戦時中、ZWZ-AK に属し、中央救護委員会で囚人援助活動を行う。

〈ノルヴィト、ツィプリアン（1821 ～ 83）〉ポーランドの詩人、劇作家。

［バルダ、フランチシェク（1880 ～ 1964）］プシェミシル司教。

〈ピウスツキ、ユゼフ（1867 ～ 1935）〉ポーランド共和国独立の父とされる。第一次大戦開始に乗じて自ら組織したポーランド人部隊とともにオーストリア軍に参加しロシア軍と戦うが、独墺占領下での名ばかりの独立ポーランド軍編成に反対し逮捕される。ポーランド独立後は国家主席、国防大臣を兼ねる。一時、首相にも就任。

〈ビエルト、ボレスワフ（1892 ～ 1956）〉ポーランド労働者党に属す。戦時中、ソ連と協力し、ポーランドの共産主義化をはかる。1947 年から 1956 年にかけてポーランド人民共和国大統領、首相、書記長などを歴任。

〈ヒムラー、ハインリヒ（1900 ～ 45）〉SS 全国指導者。

［フェドロヴィチ、タデウシュ（1907 ～ 2002）］司祭。ルヴフのカトリック司教座聖堂参事会員。ルヴフ大司教座「カリタス」事務官。1940 年、移送者らとソ連に行き、シフェルチェフスキ将軍麾下ポーランド師団司祭として帰国。ワルシャワ郊外ラスキの盲学校校長。

［ブヤク、フランチシェク（1875 ～ 1953）］ルヴフ大学経済史教授。

［ブラヒネツ、アンドリイ（1903 ～ 63）］ウクライナ人歴史家。哲学史・社会思想史専門。1937 ～ 39 年にハリコフの大学で講義。1939 ～ 41、46 年にルヴフ大学哲学科長。

［フランク、ハンス（1900 ～ 46）］総督府の総督（1939 ～ 45 年）。ポーランド文化と知識人の殲滅、ユダヤ人虐殺に関わる。1946 年、ニュルンベルク裁判で死刑宣告を受け処刑される。

［ブルクハルト、カール・ヤコブ（1891 ～ 1974）］1937 ～ 39 年、グダンスクの国際連盟高等弁務官。1944 ～ 48 年、ジュネーブの国際赤十字総裁。

［ヘス、ルドルフ（1894 ～ 1987）］ヒトラー内閣無任所相。ナチの総統代理。1941 年 5 月、和平交渉を図り渡英するが逮捕。ニュルンベルク裁判で終身刑宣告。1987 年獄中自殺。

［ペレチャトコヴィチ、ヤニナ（1890 ～ 1963）］地理教師。啓蒙活動家。1941 年 7 月逮捕され、1940 年 5 月 30 日からラーフェンスブリュック強制収容所に収監。地下学校で天文学、地理学、地質学、鉱物学を教える。1945 年 7 月ワルシャワに帰還。1949 年 12 月逮捕。裁判なしで 4 年間収監

首相。ポーランド軍最高司令官。1943年7月4日、ジブラルタル沖で飛行機事故死。

［シュヴァルツフバー、ヨハン］SS 中尉。アウシュヴィッツ強制収容所閉鎖後、ラーフェンスブリュック強制収容所に囚人大量虐殺のスペシャリストとして赴任。

〈スウォヴァツキ、ユリウシュ（1809～49）〉ポーランドの詩人、劇作家。代表的な戯曲に『コルディアン』、『バラディナ』などがある。

［ストゥディンスキー、キリル（1868～1941）］ウクライナ人文学史家。1939～41年ルヴフ大学の哲学科長、副学長。

［スマチニャク、ユゼフ神父（暗号名ナドヴォルニ）（1896～1942）］ナドヴォルナの司祭。開戦直後からロシア奥地に送られたポーランド人家族への小包送付活動を組織。1941年8月17日逮捕。ルヴフの収容所で殺害される。

［スリピイ、ヨシフ（1892～1984）］枢機卿。ルヴフのギリシャ・カトリック大司教。開戦後赤軍に逮捕される。1941年、ドイツ領「ウクライナ管区」設立を支持。1945年ソ連当局により逮捕され強制収容所に。1963年恩赦によりローマに渡る。

［ズーレン、フリッツ（1908～50）］SS 中尉。1942年8月から1945年撤去までラーフェンスブリュック強制収容所所長。

［セイフリート、エドムント（1889～1968）］第二次大戦前、ルヴフの株式会社「ポーランド鉄道書店協会『ルフ』」重役。1941年2月にクラクフのRGO副部長、1943年7月からRGO本部長を務める。

［ソウォヴィイ、アダム（1859～1941）］婦人科医。ルヴフ大学教授。1941年7月4日、孫とともに殺害される。

［チェンスキ、ヴウォジミェシュ（1897～1983）］司祭。ルヴフの聖マリア・マグダレナ教会教区司祭。開戦後、ZWZ に参加。1940年4月に逮捕、ソ連に送られる。1941年7月、シコルスキ・マイスキ協定により解放。アンデルス軍の司祭となる。戦後、イギリスで聖職者活動。1955年フランスのブリックベックにあるトラピスト修道院に入る。

［ディボスキ、ロマン（1883～1945）］ヤギェウォ大学英文学教授。

［トファルドフスキ、ボレスワフ（1864～1944）］ルヴフ首座大司教。

［トマカ、ヴォイチェフ（1875～1967）］プシェミシルの司教。ウクライナ語に堪能。1939～41年ソ連占領下のプシェミシル管区の一部を管轄。

［コモルニツキ、ヴワディスワフ（1911 ～ 41）］司祭。ルヴフ大学の聖書研究者。ローマの教皇聖書学院で学ぶ。1939 ～ 40 年、ルヴフの神学校講師。オストロフスキ外科医院で働く。1941 年 7 月 3 日、オストロフスキ邸で彼と共に逮捕、殺害される。

［コモロフスカ、イレナ（愛称レーニャ）（1904 ～ 68）］1930 年にタデウシュ・コモロフスキと結婚。戦時中はポーランド赤十字で働く。戦後はロンドンに居住。

［コモロフスキ、タデウシュ（暗号名ブル）（1895 ～ 1966）］1940 年 2 月～ 41 年 7 月、ZWZ クラクフ第 4 地区司令官。グロト-ロヴェツキ将軍逮捕後の 1943 年 7 月から国内軍総司令官。ワルシャワ蜂起降伏後、ドイツ軍に逮捕される。1945 年 5 月解放され、ロンドンに移る。

［コルニイチュク、オレクサンドル（1905 ～ 72）］ウクライナ人の人文学者。共産主義者。

［コルネル］マチェリンスキ、エミルを見よ。

［サピエハ、アダム・ステファン（1867 ～ 1951）］クラクフ首座大司教。ドイツ占領政府に対する不屈の態度ゆえに大きな権威を持つ。

［シェプティツキー、アンドリイ（1865 ～ 1944）］ルヴフのギリシャ・カトリック首座大司教。

［ジェブロフスキ、ヴワディスワフ（暗号名ジュク）（1883 ～ 1940）］砲兵隊大佐。1939 年 12 月から ZWZ ルヴフ第 3 地区司令官。1940 年 4 月 25 日、ルーマニアへの出国のさい国境で逮捕。

［シェベスタ、アダム（1893 ～ 1973）］神経科医。1940 年からクラクフ地方のポーランド赤十字副総裁。後に RGO の衛生視察官。クラクフ地区 ZWZ-AK 衛生部長。戦後、カトヴィツェで赤十字活動に従事（1945 ～ 49）するが、国内軍への協力の罪で投獄された。

〈ジェレンスキ、タデウシュ（筆名ボイ）（1874 ～ 1940）〉フランス文学翻訳者。批評家。文筆家。1941 年 7 月 3 日、ルヴフで逮捕、翌日銃殺される。

〈ジェロムスキ、ステファン（1864 ～ 1925）〉ポーランドの小説家。劇作家。代表作に『忠実なる河』、『灰』、『罪物語』などがある。

〈シェンキェヴィチ、ヘンリク（1846 ～ 1916）〉ポーランドの小説家。1905 年、ノーベル文学賞受賞。代表作に『クォ・ヴァディス』、『火と剣』、『大洪水』などがある。

［シコルスキ、ヴワディスワフ（1881 ～ 1943）］将軍。ポーランド亡命政府

後はヴロツワフ、およびクラクフで大学教授。

［クリューガー、ハンス］スタニスワヴフのSS大尉。1941年7月4日のルヴフ大学教授殺害に関与。スタニスワヴフのポーランド人知識人250人および1万人以上のユダヤ人殺害の容疑者。1967年ミュンスターの裁判でユダヤ人大量虐殺の罪で終身刑判決を受ける。しかし、検察官はルヴフ大学教授殺害とスタニスワヴフでのポーランド人知識人殺害の罪は取り下げる。この決定は「裁判費用の節約」によるもの。クリューガーに終身刑が下されたため、判決後の訴訟は行わないことになった。

［クルチンスキ、スタニスワフ（1895～1975）］植物学者。ルヴフ大学教授。学長（1936～37）。ユダヤ人学生差別に抗議し辞職。1939～41年ルヴフ大学で講義。ドイツ占領期には研究所でチフス菌などを研究。抵抗運動に参加。戦後はヴロツワフ大学教授。

［ケーゲル、オットー（1946年没）］SS中尉。ラーフェンスブリュック収容所所長（1939～42年3月）

［ゲーテル、ヴァレリ（1889～1972）］クラクフ鉱業大学の地理学教授。

［ゲプハルト、カール（1897～1984）］SS旅団長。H.ヒムラーの親友で専属医師。ドイツ赤十字長官。

［ゲンバロヴィチ、ミェチスワフ（1893～1984）］ルヴフ大学歴史学部美術史教授。1945年以後もルヴフに残り、大学で美術史教授を続ける。

［ゴウホフスキ、アゲノル（1849～1921）］オーストリア＝ハンガリー二重君主国の外務大臣（1895～1906）。

［コズウォフスキ、レオン（1892～1944）］ルヴフ大学建築学教授。1934～35年、ポーランド共和国首相。1939年9月26日逮捕されモスクワに連行。死刑宣告されるも1941年解放。ドイツ側に引き渡され、ベルリンで死亡。

［コット、スタニスワフ（1885～1975）］ヤギェウォ大学教育史教授。1939年9月、ルヴフで「難民保護委員会」を組織。1939年12月、亡命政府内務大臣。1941～42年、駐モスクワ大使。後に、亡命政府の中近東担当省と情報省歴任。1945～47年、ポーランド共和国の駐ローマ大使。1947年イギリスに渡る。1955～64年、在外ポーランド農民党最高評議会議長。

〈ゴムウカ、ヴワディスワフ（1905～82）〉共産党員。第二次大戦中は対独抵抗運動に従事。1943年ポーランド労働者党書記長就任。1945年臨時政府副首相。1948年に解任、投獄。1956年に名誉回復され、党第一書記に就任（1968年まで）。

〈オスプカ-モラフスキ、エドヴァルド（1909 ～ 97）〉ポーランド社会党に属す。1944 年にモスクワでつくられたポーランド国民解放委員会（ルブリン委員会）議長、後の臨時政府首相に就任（1945 ～ 47）。

［カエタニ、ロフレド（1871 ～ 1961）］カリクスタ・ジェヴスカ（1810 ～ 42）とミケランジェロ・カエタニの孫。

［カルテンブルンナー、エルンスト（1903 ～ 46）］親衛隊大将。ニュルンベルク裁判で死刑判決を受け、処刑される。

［ガーレン、クレメンス・アウグスト・フォン（1878 ～ 1946）］ミュンスター司教。ナチズムを批判し、ピウス 11 世によるファシズム批判の回勅を広める。

［ガンシニェツ、リシャルド（1888 ～ 1958）］古典語学者。ルヴフ大学教授。戦時中はレンガ積みや店員として働く。戦後はヴロツワフとクラクフで大学教授。

［クシェチュノヴィチ、マリア（暗号名ジージャ）（1895 ～ 1945?）］アスリート。ZWZ クラクフ第 4 地区司令官タデウシュ・コモロフスキの伝令。

［クシェミェニェフスキ、セヴェリン（1871 ～ 1945）］ルヴフ大学園芸・微生物学教授。

［クトシェバ、スタニスワフ（1876 ～ 1946）］ヤギェウォ大学法制史教授。1939 年 9 月 6 日逮捕。ザクセンハウゼン強制収容所に送られる。1940 年 2 月にクラクフに戻る。

［クッツマン、ヴァルター（1914 ～ 86）］SS 少尉。1942 年当時は警部。1944 年アルゼンチンに渡り、匿名でブエノス・アイレスに暮らす。ヴィーゼンタール機関により国際手配。1975 年逮捕されるが、ドイツ当局は身柄引き渡しに応じず、解放される。

［クヤフスカ、マリア（1893 ～ 1948）］医師。シロンスク蜂起時に医師として参加。シロンスク地方の議員を務める。開戦後、娘 2 人とユーゴスラヴィアに逃れる。1944 年 1 月逮捕。ラーフェンスブリュック強制収容所で医師として働き、「ラーフェンスブリュックの天使」と呼ばれた。戦後はポーランドに戻り、医師として働く。

［グラプスキ、スタニスワフ（1871 ～ 1949）］国民民主党活動家。経済学者。ルヴフ大学教授（1910 ～ 39）。大戦間期、宗務・公教育大臣を務める。1939 年 9 月逮捕。1941 年解放。1942 ～ 45 年、ロンドンの国民議会議長。

［クリウォヴィチ、イェジ（1895 ～ 1978）］言語学者。ルヴフ大学教授。戦

人物目録

［　］は原注。〈　〉は訳者による注。

［アルベルト、ジグムント（1908～2001）］解剖病理学医師、ヴロツワフ大学教授。1950～54年同大学学長。戦時中はルヴフ大学講師。1941年7月4日のルヴフ大学教授殺害事件を調査、資料を収集し、結果を出版する（*Kaźń profesorów lwowskich, lipiec 1941*, Wrocław 1989）。

［アンデルス、ヴワディスワフ（1892～1970）］軍人。1939年9月戦役時にはノヴォグロデク騎兵旅団指令官。1939～1941年までソ連軍の捕虜となる。1941年に解放され、ソ連でポーランド軍を結成。ポーランド第二軍団司令官として連合国軍と共にイタリア戦線に参加。モンテ・カッシノ奪還で功を挙げる。戦後はロンドンに居住。

［ヴィーゼンタール、シモン（1908～2005）］ルヴフ出身の建築家。1941～45年にかけてプワシュフ、グロスローゼン、ブーヘンヴァルト、マウトハウゼンなどの強制収容所で過ごす。戦後、世界中に逃亡したナチ犯罪者の捜索、逮捕に関与した。

［ヴィンケルマン、アドルフ］アウシュヴィッツ強制収容所閉鎖後、ラーフェンスブリュック強制収容所で1945年2月から「医師」として働く。

［ヴェイヘルト、ミハウ（1890～1967）］著者はメルヘルトと誤って記憶。法律家、批評家、演出家、クラクフのユダヤ人劇場支配人。1940～42年、ユダヤ人互助協会を率いる。1957年イスラエルに移住。

［ヴェイガン、マキシム（1867～1965）］1939年、中近東におけるフランス軍指揮官。

［ヴォルファス、ハリナ（1916～45）］体育教師。ボーイスカウト活動家。ZWZに参加し、非合法出版物配布に従事。1941年9月9日逮捕。パヴィアク監獄を経て、1942年5月22日ラーフェンスブリュック強制収容所に送られる。詩を書き、英語を教え、自習サークルを組織。1945年1月5日、銃殺される。

［オストロフスキ、タデウシュ（1881～1941）］外科医。ルヴフ大学教授。ルヴフ医科大学付属外科病院院長。1941年7月4日、妻とともに殺害される。

Dr. Ernst Kaltenbrunner
SS-Obergruppenführer
General der Waffen-SS und der Polizei

Berlin SW 11, den 7. April 194 .
Prinz-Albrecht-Str. 8

Sehr geehrter Herr Präsident !

Ich bin in der angenehmen Lage, Ihnen berichten zu können, dass der Reichsführer-SS Ihrem Wunsche stattgegeben und die Gräfin L a n s k o r a n s k a aus der Schutzhaft entlassen hat. Wie ich aus dem Tatbestandsbericht entnehme, wurde die Schutzhaft über die Gräfin Lanskoranska schon im Jahre 1942 wegen starker Aktivität gegen die Interessen der deutschen Besatzungsmacht verhängt. Es wäre an sich eine härtere Bestrafung vollauf berechtigt gewesen; jedoch hat sich der Vernehmungsbeamte der Gräfin Lanskoranska gegenüber sehr ungeschickt benommen und sich ausserdem wichtig und interessant zu machen versucht, indem er ihr von "Machtbefugnissen" seiner Person und "abschreckenden Methoden" der Gegnerbekämpfung erzählte, so dass schon wegen dieser Entgleisungen nicht nur der Beamte bestraft werden musste, sondern insgesamt eine entgegenkommende Handhabung der Schutzhaft stattfand.

Ich

An den
Präsidenten des Internationalen Komitees vom Roten Kreuz
Seine Exzellenz Herrn Gesandten Prof. B u r c k h a r d t
G e n f / Schweiz

Ich darf mich noch einmal auf Ihre persönliche Zusicherung berufen, die Gräfin Lanskoranska, die bei ihrem Bruder in der Schweiz Aufenthalt nehmen wird, dahin zu belehren und zu beeinflussen, sich auf Kriegsdauer gegen Reichsinteressen loyal zu verhalten.

Um Ihren Wunsch möglichst rasch zu erfüllen, habe ich Ihren Beauftragten, Herrn Dr. M e y e r , trotz der Unbequemlichkeit dieser Beförderungsart gebeten, die Gräfin Lanskoranska schon beim ersten Transport mitzunehmen.

Mit meinen besten Grüssen und vorzüglicher Hochachtung

Ihr sehr ergebener

Kaltenbrunner

付録2 ［親衛隊大将カルテンブルンナーから国際赤十字総裁への手紙］

1945年4月2日

国際赤十字総裁ブルクハルト教授
スイス、ジュネーヴ

親衛隊大将
武装親衛隊大将及び警察大将
エルンスト・カルテンブルンナー博士
ベルリン SW11, アルブレヒト公通り 8

敬愛すべき総裁閣下、

閣下のご要望を受け、SS全国指導者がランツコロンスカ伯爵の保護拘禁処分からの解放を認めましたことを、ここに謹んでお知らせいたします。この件に関する報告書を精査した結果、1942年以来保護拘禁下にあるランツコロンスカ伯爵は、ドイツ占領当局に敵対的な行動をとっており、このこと自体が厳しい処罰を受けるに相当します。しかしながら、尋問担当官がランツコロンスカ伯爵への尋問において、大変不適切な対応をしたということであります。そのさい、担当官は伯爵に対し、自らの「権限」や、戦場でとるような「威嚇的方法」を用いて、罪を科さざるを得ぬ状況に導いたことは重大であり、斟酌すべきであります。この逸脱行為ゆえに、尋問担当官は罰せられ、伯爵はより寛大な保護拘禁のもとにおかれております。

これからスイスのご兄弟のもとに住まわれる伯爵に対し、戦争が続く限り、くれぐれも第三帝国に忠実に振る舞われるよう、よろしくご指導下さることを、閣下にお願い申し上げます。

閣下のご要望に迅速に対応するために、閣下の代理人であるメイヤー博士に、ランツコロンスカ伯爵を輸送第一便（快適とは申せませんが）でお連れ下さるよう、お願いいたしました。

敬具

エルンスト・カルテンブルンナー

付録1　［ハンス・クリューガーによって殺害されたルヴフの教授名］

・ウォムニツキ、アントニ（工科大学教授。数学者）
・ヴィトキェヴィチ、ロマン（工科大学教授。機械学）
・ヴェイゲル、カツペル（工科大学教授。数学者）
　息子である法律家ユゼフとともに
・ヴェトゥラニ、カジミエシ（工科大学数教授。数学者）
・オストロフスキ、タデウシュ（ヤン・カジミエシ大学医学部教授）
　妻、客の医学博士ルフ夫妻と息子、およびコモルニツキ神父とともに
・グジェンジェルスキ、イェジ（ヤン・カジミエシ大学医学部助教授）
・クルコフスキ、ヴウォジミェシ（工科大学教授。電気工学）
・グレク、ヤン（ヤン・カジミエシ大学医学部教授）
　妻および客のタデウシュ・ボイ - ジェレンスキとともに
・コロヴィチ、ヘンリク（外国貿易アカデミー教授。経済学者）
・シェラツキ、ヴウォジミェシ（ヤン・カジミエシ大学医学部教授）
・ストジェク、ヴウォジミェシ（工科大学教授。数学者）
　二人の息子（電気技師エウスタヒと化学者エマヌエル）とともに
・ソウォヴィイ、アダム（ヤン・カジミエシ大学医学部名誉教授）
　アダム・ミェンソヴィチとともに
・チェシンスキ、アントニ（ルヴフ、ヤン・カジミエシ大学医学部教授）
・ドブジャニェツキ、ヴワディスワフ（ヤン・カジミエシ大学医学部教授）
・ノヴィツキ、ヴィトルド（ヤン・カジミエシ大学医学部教授）
　息子（医学博士イェジ）とともに
・ハメルスキ、エドヴァルド（獣医学アカデミー教授）
・ピラト、スタニスワフ（工科大学教授。化学者）
・ヒラロヴィチ、ヘンリク（ヤン・カジミエシ大学医学部教授）
・プログルスキ、スタニスワフ（ヤン・カジミエシ大学医学部助教授）
　その息子で技師のアンジェイとともに
・モンチェフスキ、スタニスワフ（ヤン・カジミエシ大学医学部助教授）
・ルジェヴィチ、スタニスワフ（外国貿易アカデミー教授。数学者）
・レンツキ、ロマン（ヤン・カジミエシ大学医学部教授）
・ロンシャン・ド・ベリエ、ロマン（ヤン・カジミエシ大学法学部教授）
　三人の息子（ブロニスワフ、ジグムント、カジミエシ）とともに

訳者によるあとがき

本書は、Karolina Lanckorońska, *Wspomnienia wojenne, 22 IX 1939 – 5 IV 1945*, Wydawnictwo Znak, Kraków 2017の全訳である。原書（原題『戦時の回想——一九三九年九月二二日〜一九四五年四月五日』）は二〇〇一年にクラクフで初版され、現在三版を重ね、電子書籍も出ている。本書には英語訳（translated by Noel Clark, *Those who Trespass Against Us, One Woman's War Against the Nazis*, Pimlico, London, 2005; *Michelangelo in Ravensbrück, One Woman's War Against the Nazis*, Da Carpo Press, Cambridge, 2007）とドイツ語訳（Aus dem Polnischen von Karin Wolff, *Mit ist angeboren, Erinnerungen an den Krieg 1939-1945*, Böhlau Verlag, Wien, 2003）が出ており、和訳にあたり参考にした。

本書が出版されたのは、著者カロリナ・ランツコロンスカが二〇〇二年に一〇四歳で亡くなる前年である。原稿は一九四五年から四六年に書かれたが、体制批判的内容と受け取られ、冷戦下での出版はままならなかった。半世紀以上封じ込められていた記録が日の目を見たのは、東欧革命とソ連崩壊後のことである（内容の一部はその前に雑誌に掲載された）。著者は庶民の女性ではない。数百年も続く富裕な大貴族であるとともに大学助教授という、当時の女性としては稀有な人物である。開戦によって一変した自らの生活や人々の姿を克明に記録する著者の文章には、知性のみならず抵抗運動闘士としての使命感も感じられる。英語版に紹介文を寄せたイギリスのポーランド史家ノーマン・デイヴィスは、「第二次大戦の体験記は数多いものの、本書ほど、深い学識と洞察力、人々への思いやりを兼ね備えた回想録を知らない」と評している。著者については「編者によるまえがき」に紹介されているので、ここでは本書の内容をより深く理解するために、第二次大戦下のポーランド人がおかれていた政治的社会的背景を簡単に確認しておきたい。

＊

著者がその解放のために戦った「祖国」、すなわち第二共和政期のポーランドの領土は、現在のポーランドのそれと異なり大きく東に寄っている（16頁地図参照）。一九一八年一一月に独立したこの国は、一八世紀末にロシアとプロイセン、オーストリアによって分割され消滅して以来、実に一二〇余年ぶりに再建された独立国家であり、ポーランド人に大きな喜びをもたらした。その反面、新国家には様々な問題が山積していた。中でも国境問題とそれに伴う民族問題は、第二次大戦へと繋がる火種となる。

第一次大戦後のポーランド国家再建は、隣国ドイツとソ連にとっては領土の犠牲を意味した。敗戦国ドイツは東部領土をポーランドに奪われ、そこに住むドイツ人たちはポーランド人に不満を募らせていた。その中にはナチを支持した者も多い。ソ連もまた、一九二〇年にポーランドとの戦いに敗れ、西部領土を大幅に失った。この時ソ連がポーランドに奪われた領土には、ウクライナ人やベラルーシ人、リトアニア人などが多く居住しており、新国家ポーランドに不満を抱いていた。

本書の主要舞台の一つである東部ガリツィア地方は、オーストリア＝ハンガリー二重君主国の解体によりポーランド領となった地域である。そこにはウクライナ人が多数居住しており、古くからポーランド人と対立していた。とくにウクライナ人が第一次大戦直後に独立国家を樹立しようとしたのをポーランド人に阻まれたことは、両民族の溝を埋め難いものにしていた。ウクライナ人の怨嗟やナショナリズムは第二次大戦下で独ソ両軍に利用され、ポーランド人を苦しめることとなる。

東部ガリツィア地方の中心都市ルヴフ（現ウクライナ領リヴィウ）は、古くから東西ヨーロッパを結ぶ交通の要衝として栄え、ユダヤ人も多く居住していた。オーストリア領下でポーランド人の自治が許されたガリツィア地方では、ルヴフはクラクフと並ぶポーランド文化の中心であり、大学もあった。著書にとって故郷とは、父祖の地のあるこの地方に他ならない。

＊

一九三九年九月一日、ドイツ軍がポーランドに侵攻する。ドイツ軍の前に敗退を重ねるポーランド軍に対して、九月一七日には東方からソ連軍が国境を越えて侵攻してきた。本書第一章は、著者が住むルヴフに赤軍兵士が現れる場面から始まる。ここには、農村出身者の多い赤軍兵士がヨーロッパ的な大都市に入って来た時の戸惑いや、ソ連占領下での大学内の変化などが描かれる。しかしソ連占領当初にポーランド人がまず直面したのは、ロシア人というよりウクライナ人の攻撃であった。彼らはポーランド人を追い出し、独立国を樹立しようとしたのである。だがウクライナの独立は許されずソ連に統合され、ＮＫＷＤ（内務人民委員部）を中心とする支配体制が強まっていく。ソ連にとって戦前のポーランドは反革命的であり、軍人や知識人はナショナリズムの担い手として排除すべき敵であった。大地主であると同時に地下抵抗組織に加わった著者はソ連当局に追われる身となり、一九四〇年五月、ドイツ領側に脱出することとなる。

ドイツ領となったポーランドの状況も酷いものだった。そこはドイツに直接併合された西部地域と、本書に登場する「総督府」に二分される。総督府の首府となったクラクフは、ポーランドの古い首都である。この町でポーランド文化に関係するものは破壊され、知識人は弾圧された。ナチの人種政策で「劣等民族」となったポーランド人は、教育も初等教育のみで十分とされ、職業学校を除く中高等教育機関は閉鎖された。多くの人々が理由もなく逮捕され、ユダヤ人はゲットーに閉じ込められ、絶滅収容所に送られた。

一九四一年六月、ドイツ軍がソ連領に侵攻を開始する。東部ガリツィア地方はドイツ領となり、新たに総督府に編入される。合法組織「中央救護委員会」に属して囚人救援活動を始めた著者がドイツ領となったルヴフを訪れると、そこではすでにドイツ軍による民間人殺害が始まっていた。ユダヤ人のみならずポーランド人もその対象となり、ルヴフ大学の教授らも消息を絶っていた。監獄は逮捕者で溢れ、著者はあちこちの町の監獄を巡ることとなる。著者の足跡は、ポーランド東部国境付近にあった町ルヴネ（現ウクライナ領リウネ）にも及んだ。こうした著者の行動はナチの疑惑を呼び、ゲシュタポに逮捕されることとなる。著者はスタニスワヴフやルヴフの監獄に収監された後、ベルリンを経てラーフェンスブリュック強制収容所に移される。そこには様々な民族の女性が囚われていた。中でもポーランド人女囚は数多く、明日をも知れぬ生活の中で助け合い、本国の地下組織と密かに連絡を取りあっていた。

＊

開戦直後の絶望的な状況を前にして、ポーランド人はただ手をこまねいていたわけではない。侵攻してきた独ソ両軍に対しポーランド政府は降伏を拒否し、国外に脱出した。亡命政府は一時パリに落ち着いたが、パリ陥落後はロンドンに居を移す。シコルスキを首班とする亡命政府のもとにはポーランドを脱出した兵士が集まり、イギリス軍とともに戦った。〝バトル・オブ・ブリテン〟におけるポーランド人パイロットの活躍は良く知られている。

占領下のポーランドでは様々な抵抗運動が組織された。その最大のものが、亡命政府の指揮下で再編成された「武装闘争同盟」（一九四二年に「国内軍」に改組）である。著者も属したこの組織は、亡命政府に任命された国内代表部に属する軍事部門である。国内代表部には、教育、文化、内務、法務、情報・報道、社会保障などの省が設けられており、その影響はポーランド人の生活の至る所に及んでいた。本書にあるように、ドイツ本国のラーフェンスブリュック強制収容所内でも大学入学資格試験の準備授業が行われていたのはその一環である。女囚らが学ぶ動機は、単なる知的欲求ではなく抵抗でもあったのだ。

ところで、ポーランド亡命政府は独ソ戦開始後、微妙な立場に立たされていた。今や同盟国となったソ連と協力するようイギリスに迫られたのである。そこで亡命政府首相シコルスキは在英ソ連大使と協定を結び、ソ連との外交関係を回復する。この時、ソ連内にいる捕虜を解放してポーランド人部隊を編成し、ソ連軍に協力することが取り決められた。しかしポーランド人の間では、それまで敵対していたソ連との協力に反対する声は強かった。ソ連内で編成されたポーランド人部隊の中にも、アンデルス軍のようにソ連軍との協力を拒み、中東にいるイギリス軍に合流した者もあった。アンデルス軍はその後、ポーランド第二軍団としてイタリア戦線で活躍することとなる。

ソ連との協力をさらに困難にしたのが、一九四三年四月の「カティンの森」事件の報道である。数千のポーランド人将校の虐殺死体発見を報じたドイツは、これをソ連軍によるものとした。事件の調査を国際赤十字に依頼した亡命政府に対し、これをドイツ軍の仕業とするソ連は不快感を表わし、外交関係を断つ。追い打ちをかけるように同年七月、首相シコルスキが事故死し、亡命政府の国際的地位は弱まっていく。

一方、亡命政府と交渉を断ったソ連は、戦後のポーランド政府に共産主義者らを据えようと画策していた。その背景には、この頃ドイツ軍をスターリングラードで破ったソ連軍が力を増し、西へと進軍していた状況がある。ソ連軍が旧ポーランド東部国境に近づくにつれ、亡命政府や国内軍の中ではソ連に対する懸念が高まっていた。

連合国軍においてもソ連の影響力が強まる中、亡命政府はポーランド人による解放の事実を示すためにもワルシャワでの蜂起を必要と考えた。一九四四年八月一日、国内軍はワルシャワで決起する。だが、強力なドイツ軍の前に国内軍は劣勢に立たされた。弾薬も糧食も尽きた国内軍は一〇月二日、ついに降伏する。ワルシャワは徹底的に破壊され、生き残った市民は収容所に送られた。

廃墟と化したワルシャワは一九四五年一月、ソ連軍によって解放される。彼らはポーランド人共産主義者らから成る、いわゆる「ルブリン政権」を引き連れていた。同年二月のヤルタ会談では、イギリスもアメリカもソ連の望むポーランドの新国境を追認する。著者を含む多くのポーランド人にとって、ポーランド東部地域がソ連領となるこの決定は受け入れ難いものであった。

戦後、共産主義政権下のポーランドにおいて亡命政府や国内軍の関係者は多数逮捕された。中には「対独協力者」の汚名を着せられて処刑された者さえいる。弾圧を恐れて戦後も国外に留まることを選んだポーランド人は少なくない。著者も国外に留まり、ローマを拠点に在外ポーランド人の支援活動や文化事業に従事した。

ポーランドで共産党政権が崩壊した後の一九九四年、著者はレンブラントやイタリア・ルネサンスの作品を含む多数の貴重な美術品をポーランド政府に寄贈した。生涯、質素な独身生活をおくり同胞のために活動した著者が愛国者であることに疑いはないが、著者の母がドイツ人であることを思うと、彼女が戦時下においても「ポーランド人」として生きた事実は重い。

*

第二次大戦下で数百万のユダヤ人が犠牲になった「ホロコースト」はよく知られ、日本でも数々の回想録や日記、証言が翻訳されている。その一方で、その主たる舞台となった土地で暮らしていたポーランド人についてはそれほど知られていない。近年、映画や翻訳書、研究書などで、ある程度この時代の状況が取り上げられるようになったとはいえ、独ソ占領下での人々の生活がわが国で知られているとは言い難い。本書によってその間隙を少しでも埋めることができれば幸いである。

訳出には細心の注意を払ったが、教皇ヨハネ・パウロ二世に「ポーランド史の貴重なドキュメント」と称えられた本書を十分に訳しきれたとは思わない。不備は多々あると思うが、ご寛恕を願いたい。原文にはポーランド語の他に、ドイツ語、ロシア語、英語、フランス語、イタリア語、ラテン語、ギリシャ語などの言語が散りばめられているが、本書では読みやすさを優先して、数か所を除き日本語に訳した。また、現在ウクライナ領となっている地名もポーランド語読みを優先した。翻訳にあたり、多くの方々にお力をお借りした。ポーランド語に関してはとくに、いわきカトリック教会のチェスワフ・フォリシ神父、ラテン語やギリシャ語に関しては柴田勝男氏、ドイツ語に関しては秋山千恵氏にご教示頂いた。記して感謝を捧げる。

本書の出版を承諾して下さった明石書店には大変感謝している。とくに編集部の兼子千亜紀氏、編集実務担当の岩井峰人氏にはお世話になった。

出版にあたり、ポーランド広報文化センターから助成金を頂いた。その際、ヤロスワフ・ヴァチンスキ氏にお世話になった。図らずもポーランド独立一〇〇周年にあたる今年、出版にこぎつけることができたのは、多くの方々のご厚意があったからこそである。

二〇一八年三月

山田朋子

ワ行

マ行

ヤ行

ラ行

ハ行

タ行

ナ行

サ行

人名索引

【著者略歴】

カロリナ・ランツコロンスカ（Karolina Lanckorońska 1898 〜 2002）

1898 年、ポーランド人大貴族の家に生まれる。ウィーン大学で美術史を学び、1936 年からルヴフ大学美術史助教授。第二次大戦開始後、ソ連占領下のルヴフで地下抵抗運動に参加する。1940 年 5 月にドイツ占領下のクラクフに移り、傷病兵の看護や囚人支援活動に従事。1942 年 5 月にナチに逮捕され、1943 年 1 月から 45 年 4 月までラーフェンスブリュック強制収容所に収監される。解放後はイタリアに留まり、在外ポーランド人の支援活動や教育文化活動に従事する。

【訳者略歴】

山田朋子（やまだ ともこ）

明治大学文学博士。専門はポーランド近現代史。明治大学、専修大学、国士舘大学非常勤講師。著書に『中東欧史概論』（鳳書房、2001 年）、『ポーランドの貴族の町―農民解放前期の都市、農村、ユダヤ人―』（刀水書房、2007 年）がある。

ポーランド広報文化センター
INSTYTUT POLSKI TOKIO

Niniejsza publikacja została wydana dzięki finansowemu wsparciu
Instytutu Polskiego w Tokio.
本書は、ポーランド広報文化センターが出版経費を助成し、
刊行されました。

世界人権問題叢書 99

独ソ占領下のポーランドに生きて

――祖国の誇りを貫いた女性の抵抗の記録

2018年3月31日　初版第1刷発行

著　者　カロリナ・ランツコロンスカ
訳　者　山田朋子
発行者　大江道雅
発行所　株式会社 明石書店

〒101-0021 東京都千代田区外神田 6-9-5
電 話　03（5818）1171
FAX　03（5818）1174
振 替　00100-7-24505
http://www.akashi.co.jp

装丁　明石書店デザイン室
印刷／製本　モリモト印刷株式会社

（定価はカバーに表示してあります）　ISBN978-4-7503-4655-7